墜落　フリーフォール

ジェシカ・バリー
法村里絵 訳

集英社文庫

目次

[主な登場人物]

アリソン（アリィ）・カーペンター
　　……………………メイン州出身、ベンの婚約者
マーガレット（マギィ）…アリソンの母、メイン州在住
チャールズ……………………………アリソンの父、故人
バーニィ…………………………カーペンター家の飼い猫
ジム・クイン…………アウルズ・クリークの警察署長
リンダ……………………………………………ジムの妻
シャノン・ドレーパー………………ジムの部下の巡査
ベン・ガードナー
　　…〈プレキシレーン・インダストリーズ〉ＣＥＯ
デイヴィッド…………………………………ベンの父
アマンダ………………………………………ベンの母
サム……………………………………………ベンの右腕
タラ……………………アリソンの元ルームメイト
ディー…………………………バーのウエイトレス
トニィ……………………マギィが図書館で出会った男
ポール・リッチ
　　…〈プレキシレーン・インダストリーズ〉研究員
リズ……………………………………………ポールの妻
ルーク……………………………………………雑貨店主

墜落　フリーフォール

両親に、愛と感謝の意をこめて

アリソン

息をして。息をして。

わたしは目を開けた。上方に木々の天蓋が見えている。鳥の群れが一瞬地を見おろし、すぐに飛びたっていった。

助かったのだ。

彼も助かっているかもしれない。

たしかめる必要がある。わたしは足下に気をつけながら、裸足（はだし）で残骸を縫って進んだ。靴はどこ？　でも、そんなことはどうでもいい。どこもかしこも、ねじれた金属片だらけ。すぐ近くの木の叉（また）に引っかかっている片翼と、枝を横切るように絡みついているトイレットペーパー。機体（キャビン）の胴体部分は蓋が開いた缶詰のようになっていて、二列にならんだクリーム色の革張りのシートが見えている。一歩近づいて、なかをのぞいてみた。

彼がコントロールパネルに胸をあずけて、ぐったりとなっている。

「ねえ」わたしは、自分の声に驚いて跳びあがった。「聞こえる？」

答えは返ってこなかった。聞こえているのは、悲鳴のようなエンジンの音だけ。草の上に燃料が漏れだしている。

わたしは、キャビンに足を踏み入れた。ギザギザになった縁を避(よ)けながら。彼の手には無線の送話器がにぎられているが、ケーブルが切れていた。彼をそっとつついてみる。その身体が、キャビンの縁にずり落ちた。

　顔がなくなっている。

ここから出るのよ。出るの。

　わたしはキャビンから飛びだし、吐き気をおぼえて坐りこんだ。**集中なさい。**

　事実をならべてみよう。わたしはひとりだ。そして、山の上にいる。飛行機は墜落した。身体は打ち身と切り傷だらけになっていて、左脚に消毒しなければすぐにも感染症を引き起こしそうな深手を負っている。突き指か、骨折か、指は見る間に腫れだしている。食料も水もわずか。日はまだ高いものの、あと数時間で暗くなる。そして、唯一のシェルターとも言える、ねじ曲がった金属のかたまりは、いつ爆発しても不思議じゃない。

　怖くて吐きそうだった。草に覆われた斜面に身を横たえて重い瞼(まぶた)を閉じてしまいたいと、痛切に思った。死ぬのはどんな感じだろう？　スロープを滑るように、眠りに落ちていくものなのだろうか？　明かりが導いてくれるのだろうか？　それとも、ただ暗闇があるだけなのだろうか？

やめなさい。

　死にたくなんかない。必要なのは計画だ。

行かなくちゃだめ。

頭のなかの声が、繰り返し執拗に訴えかけてくる。

行かなくちゃ行かなくちゃ行かなくちゃ。

生きつづけるのよ。

旅行鞄はどこ？　木に引っかかっている。わたしは、その小型の旅行鞄を引っ張りおろした。肩に焼けるような痛みが走ったが、それは無視した。シカゴで過ごす週末のために詰めこんだ衣類を引っ張りだしてみる。カクテルドレスと、華奢なハイヒールと、薄っぺらなブラと、レースのパンティ二枚……こんなものは使えない。ジム・ウェアがある……よかった。これは使える。わたしはコットンドレスと、バカげたブラと、パンティを脱ぎ捨てた。**両腿にできた派手な打撲傷のことは考えないで。お尻の裂傷も気にしない。ねじれた小指のことも、そのあたりが不安になるような青色に変わっていることも無視するの。白いドレスもお腹も腿も血だらけになってるけど、それも見て見ないふり。とにかく傷については考えないこと。動くのよ。**ランニング用のレギンスをはき、スポーツブラを着けて、十キロマラソンの大会でもらったTシャツを着る。

携帯電話は？　そう、携帯をさがす必要がある。どこにいったの？　わたしは残骸だらけの地面を見わたした。でも、携帯はどこにも見あたらない。

動くのよ。動くの。高価な香水の瓶、シャンプーとコンディショナー、クレンジングオイル、洗顔クリームとスクラブ、ボディと顔と手と目元用のローション……いらない。ヘアドライヤーとヘアアイロン……いらない。待って。コードは使える。コードを引き抜いて、それを別にした。空になった化粧水のボトルと、鏡つきのコンパクトと、トラベルサイズのヘアスプレー……たぶん使える。そうしたものを片側に置いた。デオドラント、化粧品、ヘアブラシ……いらない。リップ・バームはバッグのジッパーつきポケットに入れた。

このくらいの重さなら持てる。彼のスーツケースはどこ？　スーツケースを開けると、収納ポケットの裂け目からターンブル＆アッサーのシャツの袖がのぞいていた。そのシャツとTシャツは着替え用に持っていくことにして、ハーバードのカレッジ・スウェットシャツは、その場で着た。**どれだけ彼の匂いが染みついてるかなんて、気にしてはだめ。**最悪、彼そのものの匂いがする。

行かなくちゃ。

ハイテクウインドブレーカーとソックス二足。これも持っていこう。それでおしまい。

他には？　頭を働かせるのよ。生きるために何が必要？

飛行機のキャノピー・カバーが、低い木の枝に引っかかってはためいているのが見えた。それを巻いて、バッグに結わえつける。腐った切り株のうしろに救急箱が落ちていた。プラスティック製の箱は割れていたが、中身は損なわれていない。ヨードチンキと、消毒用アルコールと、包帯と、絆創膏（ばんそうこう）。ハサミとピンセットと縫合セットも入っているし、鎮痛剤と抗ヒスタミン剤もあった。

わたしはキャビンを振り返った。携帯電話は、あのなかかもしれない。**戻らなくちゃ。**キャビンには食料もある。水も。それがなければ、二日ともたない。でも、エンジンから黒い煙がモクモクとあがっている。**入って。キャビンに入って。入って**。

ビニール袋は？　さっきわたしが突っこんだまま、前列シートのうしろのポケットに入っていた。エナジーバー四本と、ミックスナッツひと袋と、未開封のミネラルウォーターひと瓶。ダイエットコークもひと缶あった。一瞬、目眩（めまい）がした。床を探る手が、割れたガラスにふれた。引っ張りだしてみると、画面がひび割れた携帯電話だった。電源を入れてみたが、クモの巣状にひび割れた画面は黒いまま。壊れている。**クソックソックソッ**。それでも、とりあえず携帯は持っていこう。煙のせいで涙が出てきた。**集中よ。集中**。わたしは二列目のシートのうしろに手を伸ばした。フリース製のブランケットと、ガムテープと、ロープひと巻き。もう一度、手を伸ばしてみる。ふれたのは、ライターのブリキ製のボディだった。そのすべてをバッグに入れた。あたりは、どんどん暗くなっていく。もう行かなくちゃ。

出て。キャビンから出て。早く。わたしのなかにある動物の本能が叫んでいる。でも、待って。計画は？　**生き延びること**。わたしは鋭く尖（とが）った縁を避け、肩の痛みを無視し、ついさっき目にした男の吹き飛んだ顔のことは考えまいと努めながら、残骸のてっぺんにのぼった。**よく見るのよ**。壮大な青い空のひろがりに吸いこまれるかのようにそびえている、雪に覆われた山々。緩やかに波打つようにつづく、眼下に連なる緑の丘。そのどの丘も木々に縁取られ、野の花が斑点のように見えている。広大な大地はどこまでもつづき、その先は地平線の彼方に消えていた。人影は見えないが小径（こみち）が一本延びている。勾配はきつそうだが、さほど凸凹があるようには見えないし、他の細径のところどころにあるような崖もなさそうだ。

はるか下の谷の湾曲部に、細長い鏡のようなものが横たわっている。水だ。計画が立った。あの小径を行こう。

出て。ここから出て。早く。わたしは残骸から飛びおりた。

痛みに叫び声をあげながら、二本の持ち手に左右の腕をとおしてバッグを背負い、長いストラップをしっかり腰に巻きつけた。エンジンの悲鳴のような音はようやく止んで静かになっていたが、煙は出つづけている。わたしは、最後にもう一度あたりを見まわした。割れたガラス、プラスティック片、わたしが脇に放り投げた身のまわり品の山。

もう何も残っていない。回収すべきものは何もない。

日が傾いてきた。行かなくちゃ。

マギィ

朝はまだ早く、窓の外の空は青く変わる前の暗いピンク色をしている。そして、ここにはボリュームを絞って流している〈ナショナル・パブリック・ラジオ〉の音と、カウンターの上のマグカップのなかでゆっくりと冷めていくコーヒーがあって、二度目の朝ご飯をねだるかのように足にまとわりつくバーニィがいた。いつもどおり、足の下で石のタイルが音をたてた。レシピ・カードに目を向けてみたが、確認の必要があったからではない。同じパンを何年も焼きつづけているのだから、レシピは頭に入っている。でも、パンを焼く時は、チャールズの力強いしっかりとした字で書かれているこのカードを、そばに置いておきたかった。これも儀式の一部なのだ。

生地が伸びてまとまってくるのを掌（てのひら）に感じながら、温かくやわらかなそれを手前から向こうへと擦り伸ばし、また折り返すように手前に戻す。ほんとうは、パンづくりなどするべきではないのだ。生地をこねる作業は、何年もタイプを打ちつづけたせいで患った関節炎を悪化させる。それでも、週が明けるたびに食パンを一ローフ焼く。たいてい金曜日には固くなって黴（かび）が生えてしまうのに。

ドアベルが鳴ったが、無視した。手をとめたらパンづくりが失敗に終わるからというだけでなく、髪が鳥の巣のようになっていて、まだガウンを着ていて、六年前にチャールズが贈ってくれた〈L・L・ビーン〉のスリッパを履いていたからだ。たぶん荷物を届けにきた郵便配達人だ。放っておけば不在配達票をドアの下に差しこんで、行ってしまうだろう。またドアベルが鳴った。わたしはため息をついて、粉だらけの手を布巾で拭（ぬぐ）った。**誰だか知らないけど、失礼をしてはいけないわね。**

　ドアを開けたわたしは、警察署長の制服に身を包んだジムを見て、リンダのキャセロールを取りにきたのかと思った。この前、ラザニアを持ってきてくれた時に、お皿ごと置いていったのだが、彼女はいつもキャセロールの回収を忘れない。でも、ジムの顔と、彼のうしろに糊（のり）のきいたブルーのシャツのボタンを全部とめて立っている、緊張した面持ちのほっそりした小柄な女性をひと目見て、キャセロールのことでやってきたのではないとわかった。

「入っていいかな？」彼はそう言いながら帽子を脱ぎ、胸のあたりにそれを抱えた。ジム・クインはハイスクール以来の友人で、あの頃の彼は、わたしの頭のうしろを鉛筆でつついては、アメリカ史の答えを訊いていた。彼がうちに入るのに許可を求めたことなど、これまで一度もなかった。急に彼の制服と、ピカピカに輝いているバッジ以外目に入らなくなった。

「ジム、何があったの？」大きすぎる声で、わたしは尋ねた。

「まず坐ろうじゃないか」彼は答えもせずに、わたしを家の奥へと誘（いざな）った。ここは、わたしの家なのに……。女性警察官が、あとについてくる。「ドレーパー巡査だ」彼女を示してジムが言った。

「シャノンと呼んでください」聞き損ないそうな小さな声で、彼女が言った。

「お目に掛かれてうれしいわ」わたしはジムに向きなおった。「何が起きたのか話してちょうだい」

ジムはわたしの肘をつかんで、キッチンのテーブルへと導いた。「坐って」そう言った声はやさしかったが、彼はわたしを椅子に押しつけるようにして坐らせ、向かいの席に腰をおろした。「マギィ、事故が起きた」

心臓が沈みこむような衝撃をおぼえた。「リンダが事故に？　彼女は無事なの？」そう訊きながらも、事故に遭ったのはジムの妻ではないとわかっていた。

彼は首を振った。「リンダは関係ない」

もうわかっていた。とにかく、わかっていた。それが襲ってくる時、親ならみな、深いところでわかるのだ。ある日、電話が鳴る。あるいは、誰かがドアを叩く。その瞬間、世界は終わってしまう。

「アリィなのね」わたしは言った。

ジムがうなずいた。

彼が青い目を潤ませてわたしを見ている。「飛行機が墜落した」

世界が真っ白になった。

アリソン

バッグの重みが、山をくだるわたしの足を速めてくれた。仄暗(ほのぐら)い月明かりを頼りに、木々のあいだを縫って進んでいく。腕を、脚を、木の枝が打つ。一度、ひどい転び方をした。その時は叫び声をあげたが、それでも立ちあがってまた走りだした。耳のなかで、ドクドクと脈打つ音がする。わたしは、ひと晩じゅう走った。振り返ることは、自分に許さなかった。足をとめることも、許さなかった。

そして、夜明け前に水辺に着いた。岸にしゃがんで、指先で水にふれてみる。驚くほど冷たかった。その水をバシャバシャと顔にかけた。前腕にしたたり落ちた水が、薄いピンクに染まっている。血だ。焼けそうなほど喉(のど)が渇いていた。両手をカップ代わりにして水をすくい、それを口に運んで飲むのは、すごく簡単だ。

だめよ。この水が毒になるかもしれない。わたしが墜落事故で助かったのは、赤痢で死ぬためなんかじゃない。空のボトル二本に水を汲(く)み、それぞれにヨードチンキを一滴ずつ入れた。そして待った。**死に至る道は、いくらでもあるわ。**

わたしは自分の身体を見おろした。痛みは、まるで木霊(こだま)のようだった。身体じゅうにひびきわたっているのに、どこか遠くに――はるか遠くに――感じられる。

感染症にかかってしまう恐れもあるし、失血死する可能性もある。わたしは死んでしまうのかもしれない。死に至る道は、いくらでもあるのだ。

生きるのよ。

レギンスを脱いでみた。左脚の傷は深く、醜く、凸凹になっていた。バッグからシャツを取りだし、それを細長く裂いて消毒用アルコールのボトルに浸した。その布を傷口にあてると、まっぷたつに身を引き裂かれそうなほどの痛みが走った。ふたたび目が見えるようになった時、耳障りな音をたててわたしの口から息が漏れた。白いものが細長く見えている。傷が骨にまで達しているのだ。

息をして。

彼の頭蓋骨……頭蓋骨のあの白さ。それが見えたのは、顔がなくなっていたからだ。世界が斜めに傾いていくなか、わたしは意識を失うまいともがいた。

もがくのはやめて。息をするのよ。集中して。

わたしは傷口をつまんで、蝶形絆創膏を貼った。醜い傷痕が残るにちがいない。

かわいそうな、かわいい小さなアリソン。

わたしはレギンスをはいた。

寒気とチクチクするような暑さが、背筋を駆けあがっていく。アドレナリンが身体を駆け抜け、消えていった。わたしは、首に絡みついた髪を払いのけた。そしてその時、それがなくなっていることに気がついた。ネックレスがない。喉元から手が離せなかった。皮膚の下で心臓が早鐘を打っている。

胃が締めつけられるような感覚をおぼえた。どうして、ここまで迂闊でいられたんだろう？　あれがすべてだったのに、護る価値のある唯一のものだったのに、なくしてしまった。

　でも、そんな思いを押しやった。ぐずぐず考えていても意味がない。もう、どうすることもできないのだ。起きたことは仕方がない。

　わたしは腕時計に――細い金のベルトがついている、フェイスにダイヤを鏤めたバカげた代物に――目をやった。水が飲めるようになるまで、あと五分。ヨードチンキで水を浄化するには、たっぷり三十分かかると、父はいつも言っていた。父はそういう実用的なことをわたしに教えるのが好きだった。たとえわたしが呆れ顔で目をギョロリとさせて、「そんな知識が役に立つことなんてないんだから、聞いても意味がないわ」と邪険に言い放っても……。あんな憎まれ口を叩いていた罰があたったのかもしれない。

　エナジーバーとナッツのことを考えた。胃がよじれそうになっている。食べたほうがいいのはわかっていたが、顔を失った彼の頭部が目に浮かんでしまう。わたしは目をつぶって呼吸した。

　目を開けると六分経っていた。水はもう安全だ。わたしは、あっという間に二本のボトルを飲み干した。でも、あまりに勢いがよすぎた。むせそうになるのを必死でこらえ、なんとかその水を胃に収めた。水は完璧で、冷たく、かすかにヨードチンキの味がした。またボトルを満たし、そこにヨードチンキを垂らす。そして、それをバッグに入れた。

動いて、動いて、動いて。

わたしは立ちあがり、バッグを持ちあげた。肩の内側の何かがずれて、パキッと音をたてた。ひびが入った可能性もあるが、ただの捻挫かもしれない。泣きたかったけれど、必死で我慢した。

怪我のことを考えている時間など、今はない。

わたしは、流れの向こうを目指して、岩から岩へと飛び移った。その一歩ごとに傷が痛む。足を踏み切るのと、着地するのと、どっちがましだろう？　着地するほうがましだと、わたしは思った。そして、なんとか向こう岸にたどり着いた。一面の岩だらけの平地と、そびえる山。輝く太陽のピンクがかった日射しを浴びたその山は、空にまで届きそうに見える。

彼らがわたしをさがしにくるまでに、どのくらい時間があるのかはわからないが、やって来ることはたしかだ。だから、動きつづけなければならない。

東に、太陽が昇る方向に、進む必要がある。つまり、山を登る必要があるということだ。

マギィ

「マギィ、マギィ」

　ひどい耳鳴りの向こうから、わたしを呼ぶ声が聞こえてきた。真っ白になっていた視界の隅に、ぼんやりと何かが映りだし、白さがやわらぎ、見慣れた景色が見えてきた。

「マギィ」

　ジムだった。

「マギィ、アリソンは四人乗りの飛行機に乗って、シカゴを飛び立った。その飛行機が、コロラド州のロッキー山脈のどこかに落ちたようだ」

「わたしの娘が死んだって、そう言ってるの？」自分の声のようには聞こえなかった。別の世界で、別の誰かがしゃべっているみたいだ。

「それは、まだわからない」彼は首を振りながら、そう答えた。「確認しようにも、捜索隊が墜落現場にたどり着けていないんだ。しかし、途絶える前の無線信号からすると……」

　それで、すべてが変わった。あの子は生きているかもしれない。胸のなかで希望がヒマワリのように花開いた。「あの子がほんとうにその飛行機に乗ったって、どうしてわかるの？」

　あの子は、危険な目になんか遭っていないかもしれない。何事もなく、アパートの部屋で過ごしているのかもしれない。

「搭乗者名簿に名前が載っていた。彼女と、飛行機を操縦していた男性の名前がね。それに写真があった。空港の監視カメラの映像を切りだしたものだが……あれはアリソンだ」

「いいわ、わかった」頭が回転しはじめた。わたしのかわいいアリィが、山のなかで迷子になっている。怯えているにちがいないし、たったひとりで、怪我をしているかもしれない。でも、死んではいない。「わたしは何をしたらいいの？　捜索のための人を集めなくちゃね、そうでしょう？　わたしが電話をかけましょうか？　わたしも現地に行ったほうがいい？」

ジムが、ゆっくりとした口調で答えた。「すでに現地の人間が彼女をさがしに出ている」

「誰が？」知らない人間がアリィをさがしているなんて、いやだった。そういう人たちに、あの子を見つける方法がわかるはずがない。きっとミスを犯す。わたしのようには、あの子を理解していないから。「今この時に誰がわたしの娘をさがしに出ているのか、教えてちょうだい。あの子はひとりでいるのよ、ジム。その人たちの名前を教えて」

「マギィ、彼らはできるかぎりのことをしている。山じゅうにレンジャーを送って、墜落現場をさがしているんだ。地元の警察も捜索にくわわっている。しかしマギィ、しっかり聞いてほしい。これは飛行機の墜落事故だ。彼女が生きている可能性は……まずないだろう」

わたしは彼を見た。じっと見た。そして、その目のなかに悲しみの色を認めた。「生きてるわ」わたしは、感じている以上の確信を込めて言った。「アリィは強い子よ。だから絶対に生きている」

彼はゆっくりとうなずいた。「彼女が見つかるよう、われわれが最善を尽くす。約束するよ。シャノン、何かアルコールがないかさがしてみてくれないか?」

わたしがショック状態に陥って、正気を失っていると思っているのだ。「お酒なんかいらないわ」ぴしゃりと言った。

「気分が楽になるよ」ジムは椅子に坐ったまま振り向いて指をさした。「その上、冷蔵庫の上の戸棚。そう、そこだ」

シャノンがベイリーズ(アイルランド原産のクリーム系リキュール)のボトルを掲げてみせた。

「見つかったのはそれだけか?」ジムが尋ね、彼女がうなずいた。「クソッ、ブランデーはどこにいったんだ? 昔はいつもブランデーがあったのに」彼は汚れたマグカップにゴボゴボとベイリーズを注ぎ、わたしの両手のなかに滑りこませた。「さあ、飲んで」

「ありがとう」ミルクを与えられた子供になったような気がした。渋々口をつけてみた。甘すぎて、ミルクシェークを飲んでいるようだった。わたしはマグを置き、傷だらけのテーブルに両手を乗せた。「飛行機を見つけることが、いったいなぜそんなに難しいの? 人工衛星を使うことだって、できるんじゃないの? ヘリコプターは?」アリィが山のなかで、ひとりぼっちで怪我を負って怯えているという考えを、頭から追い払おうとした。そんなアリィを思い描いても、なんの助けにもならない。必要なのは、事実を把握することだ。

「できることはすべてやっている」彼が言った。「保証する」

わたしは考えた。ジムの話では、飛行機に乗っていたのはアリィともうひとりだけだ。

「あの子といっしょに乗っていた人は誰なの？　そのパイロットは誰？　名前は？」

　ジムは坐ったまま身じろぎした。「まだ近親者をさがしている最中のようでね」

　小柄な巡査が布巾でカウンターを拭いているのが、視界の隅に映った。わたしのなかを怒りの波が駆け抜けた。「でも、あなたは知ってるんでしょう？　知ってるのに教えてくれないのね」

「ほんとうなんだ、マギィ。今の時点では、わたしもきみに話した以上のことは知らない」

　わたしは席を立ち、巡査の手から布巾を取りあげると、カウンターの上を拭きはじめた。木製のこね台の上で、パン生地がゆっくりとしぼんでいく。「こねつづけないと」自分に向かってつぶやいた。生地を捨てることを思うと、急にものすごく勿体ない気がしてきた。手と台に粉をつけて、掌の付け根で生地を手前から向こうへと伸ばし、それを折り返すように手前に戻す。向こうへ、手前に。向こうへ、手前に。向こうへ、手前に。

　ジムが立ちあがり、わたしの両肩に手を置いた。「横になったらどうだ？　それとも、シャノンにコーヒーを淹れてもらおうか？　シャノン、コーヒー・メーカーのスイッチを入れてくれるかな？」

「横になんかなりたくないし、コーヒーもほしくない。でも、ありがとう、シャノン。とにかく、この生地をこねあげて発酵させたいの。そうしないと、オーブンのなかで膨らんでくれないから」

　ジムの手に力がこもり、その口からため息が漏れるのが聞こえた。「マギィ、その忌々しいパン生地は放っておけ。とにかく……とにかく、一分でいいから落ち着いてくれ。ひと息つくだけでいい」

わたしは彼と向き合った。「わたしのかわいい娘が、ロッキーの山のなかで行方不明になってるのよ。それなのに、落ち着けっていうの？」

ジムは、しばらくただわたしを見つめていた。「すまない」小さな声で彼が言った。「しかし、そうやって感情を高ぶらせても、なんの助けにもならない」

わたしは何も応えなかった。

ジムが帽子を取りあげ、両方の手で持った。「医者を訪ねて、きみが眠れるような何かを処方してもらえないか訊いてみる。そして、ここに来る途中、薬局に寄って薬をもらってくるよう、リンダに頼もう」

「ジム、わたしは精神的に変になってるわけじゃない。娘が飛行機事故に遭ったの。それに対するわたしの反応のせいで不愉快な思いをさせてしまったなら謝るわ」彼の顔に傷ついたような色がよぎるのを見て、すぐに後悔した。それなのに、また言ってしまった。「リンダに話したの？」

「いや、一報を聞いてすぐに駆けつけてきたんでね。しかし、きみがリンダにいてほしがるんじゃないかと……」ジムはため息をついた。「リンダは、きみの助けになりたがるはずだ。率直に言わせてもらうが、今のきみには、そばにいてくれる親しい友達が必要だ」

この瞬間、アリィ以外の人間には、世界じゅうの誰にも会いたくなかったが、リンダ・クインの善意と闘っても意味がないことはわかっていた。わたしはうなずいた。「時間があったら寄ってちょうだいって、リンダに伝えて」

「わたしは、もう行く」彼はそう言いながら、テーブルからキーを取りあげた。早く帰りたくてたまらなかったにちがいない。その顔に、安堵の色がはっきりとあらわれていた。「リンダはすぐに来る。それに、シャノンもきみのそばにいる」

わたしは小柄な巡査に目をやった。今度は、テーブルクロスの縁をいじっている。彼女がこわばった笑みを浮かべて、こっちを見た。この巡査の何もかもが――睫毛に縁取られた丸い目も、溌剌とした印象を与える短いポニーテールも、皺のないすべすべの肌も――わたしへのあてつけのように感じられた。彼女は、すごく若かった。アリィよりも若かった。この子は、なんの権利があってここにいるんだろう？「ひとりでだいじょうぶよ」わたしは冷たい声で言った。

帽子の庇を持つジムの手に力がこもったのがわかった。「きみがだいじょうぶなのはわかっているが、リンダが来るまで誰かがきみのそばにいると思えたら、わたしが安心する。きみはひどいショックを受けた。だから、ただ――」わたしを見る彼の目に、すがるような表情が浮かんでいる。「頼む、わたしが安心できるように、そうさせてくれ」

わたしはうなずいた。「わかったわ」わたしはオイルを塗ったガラス製のボウルにパン生地を落として布巾をかけると、食品貯蔵室に入り、発酵を待つべく棚の上にボウルを置いた。しばらくそこに立ったまま、冷たい壁に頭をあずけて、整然とならんだコーンの缶詰とオリーブオイルとパスタの列を見あげていた。わたしのことを話しているふたりの小さな声が、ドアの向こうから聞こえてくる。ここまでの無力感をおぼえたのは初めてだ。

わたしは深呼吸をして、キッチンに戻った。ジムがわたしを引き寄せて、ぎこちなく抱きしめた。「何かわかったら、すぐに連絡する。必要なものがあったら、遠慮なく言ってくれ」

「あの子を見つけて」

彼はうなずいた。「すぐにまた来る。シャノン、彼女を頼んだぞ」

シャノンがうなずき、そのあと彼がドアを閉める音が聞こえた。彼女の頬はバラ色で、右手の薬指にクラダ・リング（アイルランドの伝統工芸品の指輪。ハート・手・王冠がモチーフ）をはめている。そのハートの尖りは外向き。つまり、未婚ということだ。わたしは彼女を殴りたくなった。「ほんとうに、コーヒーはいらないんですか？」気遣わしげに目を見開いて、彼女が尋ねた。「それとも、ベイリーズをもう少し注ぎましょうか？」

わたしは首を振った。「ほんとうにけっこう。あなたも、いつでも帰っていいのよ。ここにいるよりも、ましな時間の使い方があるはずだわ」あとどのくらい、叫びださずに彼女のあどけない小さな顔を見ていられるか、自信がなかった。

「クイン署長に残れと命じられています。だから、それに従います」そのきっぱりとした口調に、わたしは驚かされた。それが顔に出てしまったにちがいない。「今月、ここで働きだしたばかりで――」申し訳なさそうに、彼女が言い添えた。「ボスに睨（にら）まれるようなことはしたくないんです」

「わかったわ」わたしは彼女に背を向けると、両手でシンクの縁をつかんで腕を突っ張り、自分の身体を支えた。とにかく息をした。泣いているところを見られないようにすることが、重要に思えた。**自制心を取り戻すのよ、マーガレット。お願いだから落ち着いて。**どのくらい、そうして立っていたのかわからない。一分？　それとも十分？

　彼女が言った。「あの、いいですか？」

　わたしは振り向いた。そして、彼女の顔を見た瞬間、見られてしまったことがわかった。そう、弱い自分を見られてしまった。

「わたし、外にいます。何かあったら、大きな声で呼んでください。クイン夫人がいらしたら、わたしはすぐに帰ります。約束します」

　そのやさしい気遣いを、そのまま受け入れた。「そうしてくれるとありがたいわ」

　彼女は外に出たが、完全にドアを閉めることはしなかった。「決まりなんです」すまなそうに、彼女が言った。

　その種の本をずいぶん読んでいたわたしは、様々な思いを抱えてひとりになった途端、がっくりと膝をつき、金切り声をあげて泣き叫びだすものとばかり思っていた。でも、わたしはそこに坐って宙を見つめたまま、ただ電話が鳴るのを待った。そして、徐々にわかってきた。この先、永遠にこうして待つことになるのだ。

アリソン

目の前にひろがっている平地は、まるで背の低い草と野の花の果てしないカーペットのようだった。太った蜂が、花から花へといそぎもせずに飛んでいる。

遠くには、大きな山がそびえていた。どんなに歩いても、少しも近づけそうにない。ブヨの大群が、頭のまわりでうなっている。

わたしは機上から見た景色を思った。たしか、緑のパッチワークのところどころに、岩と雪のひろがりが混じっていた。上空から、あの雲ひとつない青い空から、ここにいるわたしがどんなふうに見えるか想像してみた。

この山々は神と巨人の領域だ。山々に存在目的があるとすれば、それは唯一、人間に自分などただの点にすぎないと思い知らせること。「おまえが与えられた時間は短くはかないが、ここにある岩はおまえが生まれるずっと前からここにあり、おまえが塵となったあとも未来永劫、ここにありつづけるのだ」と、そう言われているような気がする。

ほんの一瞬、恐怖以外の何かを感じた。

安堵だ。

でも、長くはつづかなかった。何が待ち受けているのか、わたしにはわかっていた。

「跡を残すな。痕跡を見つけたら、やつはきみを追ってくる」そう言いながら彼は、穴があくほどわたしの目を見つめていた。「やつらが総出で追ってくる。あの連中がどれほど力を持っているか、きみには想像もつかないだろう。わかったね？」そう言われて、わたしはうなずいた。「よく聞くんだ。きみは逃げる準備をしておく必要がある。一瞬でも、やつに気づかれたと思ったら、姿を消さなくてはいけない」

携帯電話。何をやってるの！　まだ携帯を持っていた。わたしはバッグからそれを取りだして地面に落とすと、踵で繰り返し踏みつけた。そして、プラスティック製のケースが割れると、指を這わせてチップをさがした。チップを取りだした携帯を片方に、チップをその反対側に放り投げる。回転しながら草のなかに落ちていくチップが、日射しを浴びてきらめいた。

マギィ

「メイン州出身の女性が、飛行機の墜落事故で行方不明になっています。アリソン・カーペンターさん、三十一歳は、シカゴのミッドウェイ空港で単発航空機に乗りこむところを最後に目撃されています。その数時間後、遭難信号が発信され、飛行機はコロラド州のロッキー山脈のどこかに墜落した模様です。現在、レスキュー隊が機体を捜索中です。この飛行機を操縦していたと思われる、自家用操縦士の資格を持つパイロットの身元は、まだわかっていません。次は、目下ボリビアに蔓延(まんえん)しているウイルスについてです。こちらにお越しいただいたアラン・フィリップス博士に、誰もが訊きたがっている質問にお答えいただきましょう。博士、そのウイルスがアメリカに上陸する恐れはあるでしょうか?」

わたしは手を伸ばして、ラジオのスイッチを切った。これまでずっと、誰かの生死に関わる事件のニュースが流れ、その悲劇が見世物に変わって軽くあしらわれるのを見るたびに、気の毒に思うと同時に、自分や自分の身内でなくてよかったと思ってきた。でも今、それがわたしの娘の身に起こってしまった。

もうすぐリンダがやってくる。彼女の車が、四百メートルほど先の角を曲がる音が聞こえている。十年前、リンダはかつて〈メアリーケイ〉の化粧品の訪問販売をしていたという女性から、その車を買った。ジムはその車が大嫌いで、壊れる時を今か今かと待っている。彼はリンダに警察署長の妻にふさわしい、上品で趣味のいいリンカーンに乗ってほしいのだ。でも、ピンクのキャデラックは、リンダに似て頑丈だった。エンジン音はかなり高く、トランスミッションはひどく劣化しているものの、いまだに走っていて、その音はかなり遠くからでも聞こえる。玄関ドアがサッと開き、戸口に彼女があらわれた。シャワーを浴びたブロンドの髪が、まだ濡れている。

「マギィ」

それで充分だった。心の栓が抜けて、抑えこんでいた感情が溢(あふ)れだした。すぐに彼女がそばに来て、わたしを抱きしめてくれた。そうやってどのくらい泣いていたのかわからないが、涙がとまりかけた頃、エンジンが掛かって私道から車が出ていく音が聞こえた。小柄な巡査は、約束を守ってくれたのだ。

目を開くと、リンダがわたしのほうにかがみこんでいた。「何をしてほしい？」自分の手の甲でわたしの涙を拭いながら、彼女が訊いた。

「わからない」わたしは答えた。「わからないわ。あの子はどこにいるの、リンダ？　どこに？」見えるのは、ねじ曲がった金属片のなかに横たわっているアリィの姿だけ。もう吐きそうだった。

「シーッ。捜索隊が見つけてくれるわ。きっと見つけてくれる」リンダに髪を撫(な)でられながら、しばらくそのまま坐っていた。そして、ようやく息がつけるようになった。

「さあ――」リンダが言った。「眠るための薬と、起きている時に気分をやわらげてくれる薬を持ってきたわ」彼女はものすごく大きなハンドバッグのなかをかきまわして、オレンジ色の薬瓶をふたつ取りだした。「これは夜に飲む薬」彼女は片方の瓶を振りながら言った。「睡眠薬よ。あっという間に眠れるわ。そして、こっちが昼間用の薬」彼女がわたしに身を寄せた。「精神安定剤よ」誰かに聞かれてしまうと思っているかのように、声を落として言った。「ジムが椎間板ヘルニアにかかった時の残り」

わたしは見もしないでそれを受け取ると、背後のカウンターの上に置いた。そのまま手をつけないことはわかっていた。わたしは薬嫌いで、頭痛薬さえ飲まない。そのせいで、「ぼくの知らないあいだに安息日再臨派に改宗したのか？」と言って、チャールズによくからかわれていた。わたしはただ、自分の身体が自分以外の何かにコントロールされている感じがいやなのだ。

「他に持ってきてほしいものはない？　あなた、食事はしてるの？　さっき焼いたバナナブレッドを半分持ってきたの。食べる？　それともサンドイッチでもつくりましょうか？」

食べ物のことを思っただけで、胃がひっくり返りそうになった。「いいえ、けっこうよ」わたしは首を振った。「ありがとう」

リンダはわたしの手の甲をそっと叩いた。「お茶を淹れるわね」彼女は立ちあがり、薬缶を火にかけた。

「いてくれなくてもいいのよ」彼女に背を向けたまま、わたしは言った。「誰もそう思ってないみたいだけど、ほんとうにひとりでだいじょうぶ」あんなふうに泣いたのを見られてしまったことが、急に恥ずかしくなった。もちろん彼女は親友だが、そんなことは関係ない。人に泣いているのを見られるのが嫌いなのだ。チャールズが生きていた頃も、彼にさえ見られたくないと思っていた。

「何を言ってるの？」リンダが舌打ちした。「わたしがここ以外のどこにいられると思う？」

彼女がお茶を淹れる音を聞きながら、壁に入ったひびを見つめていた。いつこんなひびができたんだろう？　立ちあがって、今すぐそれを補修したいという衝動に駆られた。重い足を引きずって地下におり、補修用の漆喰（しっくい）を桶に一杯とパテ用のコテを取ってきて、壁をきれいにしたかった。生産的な何かができたら、少しは気分がよくなるかもしれない。なんでもいいから、生産的なことがしたかった。

リンダがわたしの前にマグカップを置き、自分のカップを持ってテーブルに着いた。そしてそのまま何分か、どちらも黙ってお茶を飲みつづけた。テーブルに飛び乗ったバーニィが鼻先でわたしの頬をそっとつつくと、わたしはその毛の長いオレンジ色の身体を撫でてやった。彼はうれしそうに喉を鳴らしていたが、すぐにテーブルから飛びおり、空の餌入れをクンクンと嗅（か）ぎだした。わたしは立ちあがり、かがんでボウルに餌を入れてやった。

「アリィがこの週末に旅行に出掛けることは、知ってたの？」リンダが訊いた。

わたしは首を振った。

「シカゴになんの用があったのかしら？　出張か何かかしらね？」

肩がこわばるのを感じた。「知らないわ」

「それに自家用機っていうのも不思議ね。自家用機で旅をする人なんて、そんなに知らないわ。仕事のお客さんの飛行機だったのかしら？」

「リンダ、お願い。知らないって言ったでしょう」声に含まれた怒りが、部屋を走り抜けた。

「ごめんなさい」小さな声で彼女が謝った。その視線は、お茶の入ったカップに向いている。

「あなたにこんなことを訊くなんて、どうかしてたわ。今、そういう話をしたくないって、わかりきってるじゃないの」

たしかにそういう話はしたくなかったが、それだけではなかった。わたしはリンダのどの質問の答えもほんとうに知らない。アリィがどんな暮らしをしているのか、何も知らないのだ。

わたしが知っていて、リンダが知らないことは、もう二年以上、わたしが娘に会っていないし話もしていないということだけだ。

男は断崖に立って、山々をじっと見据えた。午後の強い日射しを遮るべく、片手を目の上にかざしている。

山の斜面には、ねじ曲がった金属片が散乱し、空気はガソリンの臭いを含んで重くなっていた。彼はキャビンのなかの死体を見た。顔さえなくなっていなければ、安らかに眠っているようにも見えただろう。その横のシートは空っぽで、革張りの座面に、とぐろを巻いた蛇のようにシートベルトが載っている。

男はあたりを歩いてみた。枝に引っかかっていた布の切れ端を引っ張り、大きな爪でえぐられたような地面を踵でつついてみる。残されているものはたいしてなかったが、それでも事態を把握するには充分だった。

彼は電話を取りだし、番号を押した。

——おれです。現場に着きました。やつは死んでます。

彼は背後に目を向けた。飛行機のなかには死体が一体。地面には蓋が開いて中身が散らばっているスーツケースがひとつ。尖塔のようにヒールが上向きに突きだしている、銀色のハイヒールが一足。彼女の姿はどこにも見えない。

――たしかです。

――いいえ、いません。

――わかりました。そうします。

男は煙草に火をつけ、そのマッチをひび割れた燃料タンクに投げ入れた。鼻をつく煙を肺いっぱいに吸いこんで、男は咳きこんだ。

最後に一度、残骸に目を向けた。もう煙があがりだしている。引きあげ時だ。

アリソン

休みなく、一日じゅう歩いた。草地は徐々に傾斜のない岩の地面に変わり、その凸凹だらけの不毛の地は、わたしに月面の写真を思い出させた。アブがブンブンとつきまとい、Tシャツの裾で顔の汗を拭おうと足をとめるたびに、群がってきて皮膚を刺す。太陽が容赦なく照りつけ、それでも水は少しずつしか飲めず、口にした水は舌の上で消えていった。わたしは虫に刺された腕を、血が出るまで掻いた。脚の傷をレギンスの布地が擦る。風はなく、聞こえるのは、背中のバッグの揺れに合わせて絶えず鳴っている革のストラップが軋む音と、砂利を踏みしめる音だけ。アドレナリンの波が身体を駆け抜ける一瞬、わたしは力を得るが、次の瞬間には消耗してがっくりとなっている。とにかく歩くこと。歩くこと。歩くこと。

月面のような岩の上をわたりきる頃には、日は沈みかけていた。最後の力を振り絞って、前方に見えている森に駆けこみたかった。木々のなかに、陰に、安全という錯覚のなかに、飛びこみたかった。でも、ここまで一日じゅう同じペースで歩いてきたわたしは、それを守ってゆっくりと進むことを自分に強いた。充分な食料も水もない今、一気にエネルギーを使うわけにはいかない。ゆっくりと進むにも、ギリギリのエネルギーしか残っていないのだ。

初め、茶色がかった緑の草地がぽつぽつとあらわれ、やがて一面の草むらとなった。そして、間もなくわたしは森に入った。怪物のようにも見える空高くそびえる木々が、頭上に天蓋をつくり、太陽の名残の熱を遮っている。空気が新鮮に感じられた。わたしは生きている。そう思いながら、その空気を深く吸いこんだ。

視界は狭くなってかすんでいた。頭の芯から、かすかなうなりが聞こえてくる。この音は、外にも聞こえているのだろうか？　それとも、自分の頭のなかにひびいているだけなのだろうか？　わたしはその答えが知りたくて、鳥や虫、それに時折すばやく走りすぎていく野ウサギに目を凝らしてみた。**ねえ、聞こえる？**　そう尋ねたかったが、頭のなかのうなりどころか、その質問を聞いてくれる人さえここにはいない。森で木が倒れても、その音を聞く者がいなければ……。

わたしは、朦朧（もうろう）としはじめていた。

目の前に彼の睫毛（まつげ）が浮かんできた。あの密に生えた黒いカールした睫毛と、眠りのなかで脈打つ薄い瞼。夜、彼の傍らに身を横たえるたびに、生まれたての赤ん坊のような長くて上向きにカールしたその睫毛に、驚かされたものだった。**どんな夢を見てるの？**　わたしは、よくそんなふうにささやいた。**わたしの夢？**　彼の胸は、呼吸に合わせて上下に波打っていた。わたしはリズミカルに揺るぎなく、彼に問いかけつづけた。でも、いつも答えは返ってこない。

わたしの夢を見てるの？

木の枝につまずいて、よろめいた。

思い出に浸っている余裕はない。今はまだ、だめだ。

わたしは森の奥へ奥へと進んでいった。そして、すっかり木々に囲まれたあたりで開けた場所を見つけると、キャノピー・カバーをひろげて敷き、横になってブランケットにくるまり、最後の光が消える前に眠りに落ちた。夢は見なかった。その空白がありがたかった。

マギィ

リンダは夕食の時間になって、ようやく帰っていった。ひとたび暗くなりだすと、彼女は不安げに窓の外を見るようになった。白内障を患っているせいで、夜の運転が怖いのだ。わたしは帰るよう、彼女を促した。

初めは、リンダが帰ったあとの静寂がありがたかった。それでも、時計の音と石のタイルの上を歩くバーニィの足音だけを聞いていると、数時間後、閉所恐怖に似た感覚をおぼえはじめた。何もかもが、家じゅうにある何もかもすべてが、わたしにアリィを思い出させた。ここは、あの子が泥だらけのサッカーシューズを置いていた場所。あそこに見えているのは、ブロンズ加工したあの子のベビーシューズが入った箱の隅っこ。あれは——もう二年以上使われていないけど——アリィが父の日にチャールズに贈ったマグカップ。コートクローゼットには、カレッジに入った年にあの子がわたしに編んでくれた、あまり出来のよくないマフラーが入っている。あの時はプレゼントを買う余裕がなかったようだが、親に追加の小遣いをねだるには、アリィはプライドが高すぎたのだ。そして、裏口のガラスのドアを抜けたところには、アリィが四歳の時に転んで顎を切った、板石敷きのパティオがある。わたしにしがみついて泣きじゃくるあの子を抱きしめ、栗色の髪に唇を寄せて息をして、息をして、とささやきつづけるわたしの指に、血が流れ落ちていた。アリィは強い子で、すぐに泣きやんだが、わたしはささやきつづけた。その言葉は、わたしにも必要だったのだ。

ようやく太陽が顔を出した。

歩道からジムの足音が聞こえてきた途端、彼が何を知らせにきたのかわかった。私道の煉瓦を踏みしめて近づいてくる、ゆっくりとした重い足取りの何かが、すべてを物語っていた。わたしは、それを知る必要があった。

わたしはドアを引き開けた。「あの子が死んだのね?」

彼は一瞬驚いたような顔をしたが、すぐに表情をやわらげて、たった一度うなずいた。ヒステリーを起こして彼の足下に倒れこみ、泣いたり嘆いたりするものとばかり思っていたのに、心がしんと静まりかえって、自分が自分の頭の何十センチも上に浮かんでいるような気がした。わたしは片側に寄ってジムをとおし、キッチンへと向かう彼のうしろ姿を見つめた。

わたしは戸口に立ったまま尋ねた。「アリィはどこ?」

「エレクトリック・ピークの中腹で、飛行機の残骸が見つかった。パイロットが高度の選択を誤ったようだ。フライト・レコーダーが見つかれば、もっと詳しくわかるはずだ」

わたしは、自分がうなずくのを感じた。そんな知らせを聞くことが、何よりも自然に思えた。こうなることが、ずっと前からわかっていたような気がした。そう、たぶんわかっていたのだ。スクールバスに乗せた時も、空港で別れる時も、おかしな男の子が運転する車で出掛けるあの子を見送った時も、もう二度と会えないかもしれないと、あの子を取りあげられてしまうかもしれないと、いつも思っている自分に気がついていた。そして今、それが現実になった。「いつあの子に会えるの？」

ジムは首のうしろを撫でた。「すべてが片づくまでに、しばらくかかるようだ。捜査をする必要があるからね。どのくらい時間がかかるかは、誰にもわからない……」彼が身じろぎするのを見て、何か話しだせずにいることがあるにちがいないと感じた。

「ジム、わたしはいつあの子に会えるの」それは、もう質問ではなかった。

彼は視線をあげて、わたしの目を見た。顔のわりに小さな目だったが、その縁が赤くなっている。「墜落現場で火災が発生した。衝撃で爆発のようなものが起きたんじゃないかと、思われている。だから、ほとんど何も……」彼はかぶりを振った。「現場は、ひどい状態らしい」

目の前に、その場面が浮かんできた。焼けた地面と溶けた金属、焦げた髪と燃えている人の身体。「失礼」わたしはトイレに駆けこみ、朝のコーヒーを吐いた。黒っぽい液体が白い磁器の便器のなかで跳ねかえり、酸っぱいものが喉の奥を焼いた。わたしの小さな娘、わたしのかわいい小さな娘。わたしは子供の頃のアリィの顔を、お月さまのようなあの笑顔を思った。その顔が目の前で崩れていく。たったひとりの娘を失ったというのに、自分がまだ生きているのが不思議だった。あの子は、国を半分横切ったあたりのどこかの山の上で、跡形もなく消えてしまった。なぜ、わたしも死んでしまわないんだろう？　なぜ、あの子が死んだ瞬間にわたしの心臓がとまらなかったんだろう？　わたしはトイレに唾を吐いた。子供が死んでも生きつづけているなんて、いったいどういう母親なんだろう？　わたしは便器の冷たい縁に額をあてて、息をすることを自分に強いた。

キッチンに戻ると、ジムがぼんやりと自分の手の甲を見つめていた。「すまない。きみに話すべきではなかった」彼はかぶりを振りながら、そう言った。「話す必要はなかったんだ」

「いいえ。どんなことでも隠してほしくないわ。何が起きたのか、すべて知りたいの。どんなことも全部」事実が知りたかった。大洋の真ん中でブイにつかまるように、しがみつくものがほしかった。「パイロットの名前はわかったの？」

「まだ近親者をさがしているようだ。アリィが誰と付き合っていたか、知らないか？　パイロットは彼女のボーイフレンドだった可能性もある」

「何も聞いていないわ」わたしは答えた。ある意味、それは事実だ。

ジムはうなずいた。「アリソンが何か……ああ、なんと言ったらいいんだ。ええと、アリソンが何か……トラブルを抱えている様子はなかったか？」

「トラブルって、どんな？」

「ああ、なんてこった。つまり、ドラッグとかアルコールとか、そういったことで……」

「アリィは大酒飲みじゃなかったし、あの子がドラッグをやってるなんて思ったこともないわ。でも――」わたしは言葉を呑んだ。自分の娘なのに何も知らない。ここしばらくは何も知らなかった。「なぜ、そんなことを訊くの？」

れ」

「理由はない。ただ、いくつか記録が残っている。いずれにしても過去のことだ。忘れてく

わたしは腕組みをした。「わたしに隠しごとをしてるんじゃないでしょうね？」

彼は首を振った。「もちろん何も隠していない」ジム・クインは、昔から嘘が下手だった。

「あの子のものが何か見つかったら――何か残っていたら、わたしがもらえるのかしら？」

ジムがわたしを見あげた。その目には、どんな人間の心をも挫かせるに充分な悲しみの色が浮かんでいた。そのせいで、一瞬彼が嫌いになった。悲しみも哀れみもいらない。ほしいのは、確固たる事実だけだ。「向こうで、すべてを分類している最中だ。確認の作業を……」そこまでで口をつぐんだ。「さっきも言ったように、捜査の必要がある。だから、どんなものでも、向こうの手を離れるまでにはまだ少し時間がかかるだろう。しかし、返してもらえるものがあるようなら、できるだけ早くきみの手元に届くよう手配する」

返してもらえるもの？　わたしの娘は、ものになってしまったのだ。今、わたしが叫びだしたら、ジムはどうするだろう？　たった一度、大声で長く叫んだら……？　おそらく、わたしを落ち着かせるために、医者を呼びにやるだろう。あるいは、こっちのほうが可能性が高そうだが、バッグに薬を詰めこんでくるようリンダに連絡するかもしれない。

ジムが掌を見つめて、ため息をついた。「連中がアリソンの写真をほしがっている」

「どうして？　空港の監視カメラの映像を写真にしたって言ったわよね」

「写真をほしがっているのは、捜査班の連中ではない。マスコミだ。写真を提供してほしい

と言って、テレビ局からひっきりなしに電話がかかっている。わたしてやらないと、連中はインターネットか何かからさがしだしてくる」彼は、いったん口を閉じた。「写真が載るなら、きみが自分で選びたいんじゃないかと思ってね」

アリソンの写真。わたしの娘の写真。みんなに見せるための写真。「なんてきれいなの！」とか「こんなに若いのに」とか「残念なことだ」とか言いながら、ソファに坐ってテレビを見ている人たちのことを考えた。かわいそうなアリィ。そして、わたし。アリィがそんなふうに人に見られるのだと思うと、怒りがこみあげてきた。でも、ジムが正しいことはわかっていた。「いいわ」わたしは小さな声で言った。「いいのが見つかるかどうか、さがしてみる」

すばらしいわ、ほんとうにね。用事ができた。こんな簡単な用事なら、為し遂げることができる。

わたしはガタガタの木製の階段をおりて、地下室の電気をつけた。その途端、コンクリートの壁に、裸電球の明かりが揺らめいた。ここの内装をととのえて、図書室か娯楽室に仕上げたいとずっと思っていた。でも、チャールズは作業場として使いたいと言い張った。だから今も部屋の隅に、使われなくなった作業台や古い電動工具などが乱雑に置かれ、どういうわけか養蜂家の装備一式が壁の釘に掛かっている。チャールズは趣味を愛する人だったのだ。裸足でおりてきたせいで、石の床が冷たく感じられた。テントのポールやキャンプ用のコンロもあれば、スノーシューズやクロスカントリー用のスキーもある。それ以外の場所は、段ボール箱で埋めつくされていた。蓋が開いているものもあるが、ほとんどは開けてもいない。わたしは段ボール箱のあいだを縫って進み、目的のものを見つけた。その小さな箱には、黒の油性ペンで『写真　二〇〇四～二〇一六』と書かれていた。二〇一六年以降は、写真を撮る理由がほとんどなくなってしまった。

　キッチンに戻るとハサミを使って箱を開け、なかをのぞいてみた。ジムが無言のまま、それを見ていた。いちばん上にあったのは、チャールズとアリィが雪のなかでほほえみ合っている写真だった。裏返してみると『二〇一一／一二／二四　クリスマスイブ』と書かれていた。三人でキリスト・ザ・キング教会の賛美歌礼拝に行った日の写真だ。あの時、家を出て車に乗ろうと歩いていると、アリィが突然、前庭の芝生に積もった雪の上に仰向けに倒れこんだ。初めは、久しぶりの雪に足をとられて転んでしまったのだと思った。でもアリィは、スノー・エンジェル（新雪の上に寝転んで両腕両脚を動かすことで、起きあがった時に、その跡が天使のように見える）をつくっていたのだ。わたしがそれに気づいた時には、チャールズも雪の上に仰向けになり、フロントガラスのワイパーのように手足を動かしていた。ふたりが起きあがると、雪の上に見事なエンジェルがふたつあらわれた。わたしは腕を組んで笑っているふたりの姿を、アリィの新しいｉＰｈｏｎｅのカメラに収めた。それをアリィがその日のうちに印刷し、朝起きてきたわたしたちの目にとまるようにと、ツリーに飾っておいてくれたのだ。あの年のクリスマスは完璧だった。

　わたしはその写真を脇に置き、別の数枚を手につかんだ。何も感じてはいけない。一枚一枚、思い出に浸っている余裕はないのだ。チャールズの引退の記念に夫婦で行ったバミューダへのクルーズの旅、チャールズが友達を何人か連れて出掛けたホワイト山地のキャンプ旅行、ケープ・コッドで過ごした週末。アリィと三人で写っている写真もあった。カリフォルニアにアリィを訪ねた時のもので、日焼けして生き生きと幸せそうに見えるあの子の横で、わたしとチャールズは時差ボケで青い顔をしている。それでも、娘が元気でやっているのを見て、わたしたちはホッとしていた。今でも、あのアパートの部屋を思い浮かべることができる。ビーチからほんの十分のところにあったそのアパートは、アリィと同じように日焼けした育ち盛りの友達でいっぱいで、どの子もみんな研修に励んだり、大学院に通ったり、恋に落ちたり失恋したりしていた。サンディエゴでの最後の夜、チャールズとわたしは、みんなを彼女たちのお気に入りのメキシコ料理店に連れていった。そして、女の子たちが数週間ぶりに食事にありついたかのような勢いでファヒータを食べはじめると、わたしたちはテーブルから身を引くようにしてゆったりと坐り、笑みを浮かべてそれを眺めていた。勘定書きを見たチャールズは、ほんのちょっとだけたじろぎ、翌朝わたしは自分の小さな家族を誇らしく思いながら飛行機に乗った。わたしは、その旅の写真のなかから一枚を抜き取って脇に置いた。それは、淡いブルーのコットンのワンピースを着たアリィが太陽に向かってほほえんでいる写真で、その褐色の髪が輝いている。わたしは残りの写真に目を走らせた。二〇一五年の七月四日と記された写真には、空にあがった花火をバックに、海岸通りに立っているチャールズが写っていた。カメラのほうを向いてはいないが、ズボンのなかの彼の脚がマッチ棒のように細くなっていて、肩ががっくりと落ちているのがわかる。わたしは、その一枚を押しやった。

使いこんだ木製のテーブルの上にひろげた、自分の両手を見つめた。関節が腫れて痛んでいる。結婚指輪をゆっくりとまわしてみると、その下の皮膚が引っ張られるのを感じた。もう長いことはずしていない。指輪をしていない自分の指がどんなふうに見えるものか、想像できなかった。指輪の下の皮膚は白くテカテカになっているだろうし、締めつけられて凹んでいるにちがいない。サイズが合わなくなっているのは、とっくにわかっていたのだが、金に繊細な格子細工を施してあるため、ひろげるとデザインが台無しになってしまう。それに、指輪は関節をとおらないのだから、加工するには、指を切り落とすしかない。わたしの遺体を窯に押しこむ直前なら、そうしてくれてかまわないが、それより前にはやめてほしい。

ジムが腕を伸ばして、わたしの手を取った。その温かさと力を感じて、わたしはギョッとした。人に手をにぎられるなんて、何年ぶりだろう?

チャールズの指輪を抜くのに、指を切る必要はなかった。窯に入れられる前に、わたしが抜き取った。指輪をしたままの状態で彼を埋葬したかったのに、本人が火葬を選んだのだ。貧乏だった頃に買った安物の金の指輪ではあったけれど、あの指輪が溶けてしまうと思うと堪えられなかった。だから、彼の指からそれを抜き取って自分の親指にはめ、家に戻ると、宝石箱のオパールのイヤリングの隣に収めた。そのイヤリングは結婚三十周年のチャールズからのプレゼントなのだが、なくすのが怖くて着けられずにいる。チャールズの指輪は、だいじにしまっておく必要がある。万が一、彼が帰ってきた時のために……。

指輪をとってある理由は、アリィには話せなかった。わたしはなぜか心の奥で、チャールズはいつかわたしのもとに帰ってくると信じている。でも、そう話したら、あの子がなんと言うかわかっていた。「否認は悲嘆過程のひとつで自然な心理的反応だけど、結局は手放すことがだいじなのよ」と言うにちがいない。アリィは、とても理性的だ。そういうところは（亡くなった夫が帰ってくるなんていう、妙な考えを持っていることは別にして）わたしに似ているのだが、あの子はきっと認めたがらない。アリィは、事実を小さな箱にしまいこむわたしのような現実的な人間でいるよりも、父親のように未来に大きな夢を持つ人間でありたがっていた。そんなあの子を誰が責められるだろう？

でも、たぶんわたしはちょっと責めていた。それは認める。

脇によけておいた写真を手に取り、ブルーのコットンのワンピースを着てほほえんでいるアリィを見て胸が痛くなった。それはアリィを産んだあの日、あの子がわたしから離れて、ひとり外の世界に出ていこうとしはじめた瞬間に始まった、あの原始的な深い痛みと同じ類の痛みだった。

わたしはその写真をジムにわたした。「これがいいわ。これを使ってもらって。何年か前のものだけど、そんなに変わっていないと思う」

ジムはしばらくそれを見ていた。「いつも笑顔がきれいだった」

わたしは写真に目を落とした。「父親ゆずりの笑顔よ」

ジムは写真をシャツのポケットにしまうと、立ちあがった。「きみがひとりでいたがっているのはわかっている。無理強いするのは気がすすまないが——」

わたしは手をあげて、彼の言葉を遮った。「いつでも来てって、リンダに伝えて」

彼はうなずいた。「すぐにやってくるだろうね。何かわかりしだい連絡する」玄関に向かって歩きながら、そう言った。「それから、マギィ？　発信者を確認して、電話に出るようにしたほうがいい。ニュースが流れた今、まだかかってきていないとしても、まちがいなくマスコミの連中が電話してくる。あいつらは、残忍を絵に描いたような連中だ」

アリィについてリポーターと話すことを思っただけで、胃がひっくり返りそうになった。あんな人たちに、あの子の一部を分けてやるつもりはない。アリィは、わたしだけのものにしておきたかった。「ありがとう、ジム。何もかも、感謝してる」

「もっと力になれたらと思うよ」彼がそう言ってドアを閉めると、家のなかはまた静まりかえった。

わたしはキッチンのテーブルの前に坐って、胸の重さをそのまま感じていた。肋骨が一本一本引きちぎれそうな気がした。バーニィが足下にまとわりついてきても、手を伸ばして撫でてやることもできない。もう何もできなかった。

時計の音がする。この皮膚を剝ぎ取り、古くなった骨や傷ついた心臓を置き去りにして、ここから抜けだすことができるだろうかと考えた。

カウンターに目を向けてみた。寄せ木細工の天板に小さな薬瓶がふたつ、まるで気をつけの姿勢で立っているかのようにならんでいる。立ちあがって、そのひとつ——精神安定剤

──を手に取って瓶を傾け、掌に一錠、それから二錠、錠剤を出した。水なしでそれを呑みこみ、喉を引っ掻かれるような感覚をおぼえながら、テーブルの前の椅子に戻って、痛みが消えるのを待った。

薬が効きはじめた頃、リンダがやってきた。ノックもせずに入ってきた彼女は、わたしのどんよりとした目を見るなりうなずいた。「よかった」彼女はテーブルの向かい側に腰をおろして、わたしの両手をにぎった。薬が効いていた。ほとんど──ほとんど──何も感じない。時折、一瞬の痛みに襲われるだけだ。

「何かわかったの？」ついにリンダが訊いた。四十五分、彼女は黙っていたのだ。こんなに長くしゃべらずにいたのは、人生で初めてにちがいない。

わたしは首を振った。「捜査が始まるらしいわ」舌が厚くなったような感じがする。

「そう、それはいいことだわ」彼女が言った。「少なくとも、事実がわかる。パイロットについて、何かわかった？」

わたしは首を振った。「まだ何も」またリンダを失望させてしまった。みんなが彼女を失望させている。答えがあるのに、わたしはそれを得られない。アリィには事実が必要なのに、わたしは故意に自分の感覚を鈍らせている。なんて弱い人間なんだろう。

「まだ近親者をさがしてる最中だってジムは言ってたけど、名前を隠しとおすことはできないでしょうね。いずれにしてもマスコミがじきに探りだすわ」

タイミングを見計らったかのように、電話が鳴った。わたしたちは坐ったまま、流れだした留守電の応答メッセージを聞いていた。まだ、チャールズの声のままになっている。「はい、カーペンターです。ピーッという音のあとにメッセージをどうぞ。ピーッ！」録音しなおすべきだということはわかっていた。わたしが自分の声をどんなに嫌っているか知っているリンダが、その役を買って出てくれてさえいた。それでも、彼の声を消すことができなかった。ビデオカメラは持っていなかったから、残っている彼の声はこれだけ。自分で「ピーッ！」と言っている。留守番電話に残されたチャールズのジョークだ。

カチッと音をたてて録音機能がオンになり、聞き心地のいい低い声が部屋を満たした。

「こんにちは、カーペンター夫人。〈ボストン・ヘラルド〉紙のレオン・テルツと申します。このたびのこと、たいへんお気の毒に思っております。お時間がございましたら、アリソンさんについて、ぜひお話をうかがいたいと思い、お電話させていただきました。お嬢さんは、ずいぶんと特別な女性だったようですね。現在、事故についての記事をまとめているところですが、読者は、あなたとアリソンさんとの思い出に興味を持つにちがいありません。こちらの電話番号は、六一七‐五五五‐四九二三です」

リンダとわたしは電話が切れる音を聞いていた。「人でなし」リンダはそうつぶやきながら、気を取りなおしてコーヒー・メーカーのスイッチを入れた。「ああ、いったいわたしは何をしてるの？」彼女はマシンのスイッチを切った。「お酒にしましょう」

「お酒はいらない」わたしは手を振って断った。そして、彼女がまたコーヒー・メーカーのスイッチを入れ、マグをふたつ戸棚から出すのを見ていた。薬のせいで、まだぼんやりしていたが、効果が薄れはじめているのはわかっていた。手足の重さも戻ってきたし、部屋はわたしが見ることのできるペースで動いている。ほんとうはすごくお酒が飲みたかったし、小さなブルーの錠剤ももっと呑みたかったが、今の電話がわたしに自分を取り戻させてくれた。痛みから逃れようとするのはやめるべきだ。砕ける波のように押し寄せてくるその痛みを、そのまま受け入れなくてはいけない。

わたしの娘は死んでしまった。

わたしの娘は死んでしまった。

わたしの娘は死んでしまった。

「ここに電話をかけてくるなんて、図々(ずうずう)しいにもほどがあるわ」テーブルに戻ってコーヒーをすすりながら、リンダが言った。彼女がクリーム代わりに入れた、ベイリーズの香りがただよってきた。「こういう電話をなんとかできないか、ジムに話してみる」

「電話に出なければいいのよ」わたしは言った。いずれにしても電話に出るつもりはなかったが、これでその意志がさらに固まった。

「それに、ニュースも見ないこと。あんなもの見る必要はないわ。よかったら映画のDVDを持ってきてあげる。それとも、前に話した公共放送サービス(PBS)でやってたジェーン・オースティンの番組のほうがいい？」

わたしは首を振った。「だいじょうぶ、必要ないわ」

「どっちにしても、今夜はいっしょにいる。付き合うわ」

わたしは、また首を振った。気の毒なリンダ。ものすごく力になりたがっているのに、頼むことが何もない。わたしは、彼女にはたどり着くことができない島にいるのだ。そう、この島にたどり着ける者は誰もいない。

「ひとりでいるのは、ほんとうによくないわ」

わたしはため息をついた。リンダは、それを聞き流してはくれなかった。「あなたがわたしの力になろうとしてくれてるのは、わかってる。わたしは、そういうあなたを愛してるの。ほんとうよ。でも、今はひとりでいたいの」

リンダの顔に落胆の色があらわれた。彼女の気持ちを傷つけてしまったことはわかっていたが、どうしようもなかった。誰かが――それが、たとえリンダでも――この家のなかに坐って、苦しんでいるわたしを見ているなんて、堪えられない。誰にも証人になってもらう必要はない。自分で、いやというほどわかっている。

リンダはテーブルを離れ、冷蔵庫のなかをかきまわしはじめた。「帰る前に、せめて夕食をつくらせて。あなたを飢え死にさせるわけにはいかないわ」そう言った途端、彼女は凍りついた。「ごめんなさい」小さな声で彼女が謝った。

「何を言ってもかまわない」〝死〟という言葉を聞いて寒気がしたが、わたしはそう言った。

「だいじょうぶよ」

「だいじょうぶじゃないわ」リンダが振り向いた。「だいじょうぶなわけないじゃない。わたしは、ただ……わたしは、ただ……」

「わかってる」わたしは立ちあがって彼女のそばに行き、背中に手を置いた。その手に、彼女の体温が伝わってきた。

「ごめん」目尻の涙を拭いながら、リンダが言った。「わたしが泣くなんて、ひどい話よね。慰める側でなくちゃいけないのに。ただ、なんていうか……なんていうか……」

「何かでなくちゃいけないなんてことはないわ。あなたは、あなたでいてくれればいいの」

彼女の背中をさすりながら、わたしは言った。すごく疲れていて、手を動かすにも腕が重くてたまらなかった。「謝る必要なんてない」

「謝らなきゃ」突然リンダの目が輝いた。「こんなことになって、誰かが謝るべきよ。それがわたしじゃ、どうしていけないの？　マギィ、あなたがこんな目に遭うなんて納得できない。チャールズだって、あんな目に遭う謂われはなかったのよ。飛行機事故に遭うなんて、アリィがいったい何をしたっていうの？　あなたがこんな目に遭うなんて絶対におかしいわ」

瞼が重くなってきた。まっすぐに立っていられるのが不思議だった。ブーツの底で頭のてっぺんを踏みつけられて、ゆっくりと、でも確実に、地面にめりこんでいくような気がした。

「誰も、どんな目にも、遭う謂われはないわ」ついにわたしは言った。そして、その事実が、わたしの膝の力を奪った。

アリソン

朝の薄明かりのなかで完全に目覚める直前、アウルズ・クリークにいつもただよっていた湿った敷き藁の甘い香りと、かすかに灰色を帯びた煙の匂いを感じた。一瞬、わたしは子供の頃の自分の部屋にいるような錯覚に陥った。階段の下から母の呼ぶ声が聞こえている。キッチンでパンケーキとオレンジジュースが待っているのだ。キルトの掛け布団の重みも、いっしょに寝ていたベルベットの犬の縫いぐるみのやわらかな手ざわりも、頬にふれている枕カバーの冷たい滑らかさも、感じられた。

わたしは目を開けた。前夜からの霧がまだ残っている。身を起こすと、身体じゅうの筋肉が異議を唱えた。ブランケットで肩をくるみ、そして身震いした。この何時間かで百歳も年をとったような気がする。どこも痛くないという状態がどんな感じだったか思い出そうとしてみたが、思い出せなかった。夜は思った以上に寒く、ようやく血が通いだした手足の指がチクチクと痺れている。頭は砂でいっぱいになったように重く、口のなかはかすかに金臭い味がした。

わたしは生きている。

これ以上進む前に、水をさがす必要があった。水がなくなりかけているまま、補給もせずに山を登ることはできない。何よりも、まず水をさがすこと。

弱々しい笑いが、肺からこみあげてきた。**山を登る？**　嘘でしょう。

腿の深い傷の具合を見るべく、レギンスをおろした。絆創膏が乾いた血で黒くなり、端のほうが汚れている。取り替える必要がありそうだ。絆創膏はゆっくりと剝がしたが、だからといって猛烈な痛みがやわらぐわけではなかった。傷は炎症を起こしていて、そのまわりの皮膚が青白くなって少し腫れている。消毒用のアルコールを取りだし、わたしは身構えた。傷口にアルコールがかかった瞬間、わずかに血が泡立つのを見たと思う。でも、それは痛みをやり過ごすために、脳がわたしに見せた幻だったのかもしれない。傷の上に新しい絆創膏を貼り、最後に破傷風の予防接種を受けたのがいつだったかは考えないようにした。

指は恐ろしいほどの紫に変わっていたものの、腫れも痛みもだいぶ引いていた。治ってきたとも考えられるが、神経がやられている可能性もある。これも〝考えないことリスト〟にくわえるしかなさそうだ。

わたしはバッグのなかをかきまわして、ナッツの袋を取りだした。その途端、激しい空腹感に襲われたが、食べたいだけ食べるというわけにはいかない。いつまでこの状態がつづくのかわからない今、持っている少量の食料を長持ちさせる必要がある。ブラジルナッツの端を、それがベーグルであるかのように囓った。とはいえ、こうなる前も、ベーグルを食べることを自分に許していたわけではない。

こうなる前……。炭水化物を敵と見なしていたあの頃は、すでにセピア色に変わり、わたしの人生のアルバムのなかで、他のページに挟まれてペシャンコになっている。滑走路に立っていた時のことを思い出してみた。あまりの暑さに耳鳴りがしていたのをおぼえている。それに、漆喰塗りの床と、どこもかしこもクロムメッキ仕上げを施してあった、あのビーチを臨む家。でも、何も感じない。吐き気がするほどの恐怖が、またゆっくりとひろがりだしただけだった。あの人たちはもうその辺にいて、わたしをさがしているかもしれない。

動くのよ。

まだ朝の早い時間で、太陽は木々のカーテンの向こうで穏やかに輝いている。野の花はギュッと身を丸めるようにして、その花びらの先だけをほんのちょっと葉のあいだからのぞかせていた。きのうはとんでもなく恐ろしい悪夢を見ているような気がしていたが、今日は同じ夢でも別の種類の夢を見ている気分だった。気だるくて、現実味のない夢だ。

目の前でシマリスがせわしく頰を動かしながら一瞬足をとめ、そのあと落ち葉の山のなかに姿を消した。わたしは、下側を青緑の苔に覆われ、小さなキノコが斑点のように生えている倒木の幹によじのぼってみた。空気が清々(すがすが)しく香るなか、サラサラと小さな音が聞こえてきた。水音だ。

小川とも言えないような細い流れだったが、それで充分だった。わたしはきのうの水の残りを飲み干し、空のボトルを流れに浸して水を汲むと、腰をおろしてヨードチンキが効果をあらわしてくれるのを待った。スニーカーから足を引き抜き、ソックスを脱いで流れに足を浸す。新たにできた水ぶくれがヒリヒリとした。破れた水ぶくれを水のなかで擦ってみる。

きっと、これで皮膚が強くなる。そうでなくては困るのだ。

レースのようにひろがっている切り傷が、また口を開けないように気をつけながら、顔と首に水をかけ、シャツを切り裂いてつくった新しい布きれでそっと水気を拭った。わたしは、足の爪に目をとめた。サロンに行ったばかりの爪は、繊細なシェルピンクに塗られている。ほんとうにバカげている。滑稽でさえあった。わたしは新しいソックスを履くと、脱いだソックスを洗って、乾くようにとバッグのうしろに掛けた。

正午頃には、最初の尾根に着いていた。森はまだ深く、正しい方向に進んでいるのかどうか判断するのは難しかった。だから裸地に出て、ようやく視界が開けた時、自分の居場所がわかるまでに少し時間がかかった。木々のてっぺんが眼下に見えていて、深い谷の向こうに、飛行機が落ちた山がそびえている。

その粗い鋸（のこぎり）の刃を思わせる頂にまで、木々の梢が波のようにうねりながら延びていた。それは、絵葉書やホットチョコレートの広告に描かれているような、やさしげで幻想的な美しい山だった。どうしたら、こんなに早くあの大惨事を隠してしまえるのだろう？　景観を損なうような傷が残っているものとばかり思っていたのに、表面上は何もなかったかのように見えている。まるで、郊外のモールで売られている絵のようだ。

でもその時、わたしは見た。チラッと見えただけだから、最初は想像力が生んだ目の錯覚かと思ったが、そのあと別のものが目にとまり、やはり現実だったのだと確信した。日射しを浴びた金属片が放つ眩（まばゆ）い光と、かすかではあるが、木々のあいだを縫って、くねくねと流れている細い煙。それは、そこにあった。事故は、ほんとうに起きたのだ。そして今、機体は燃えている。燃えれば煙があがる。煙は注意を引く。

あの人たちがやってくる。

潮が満ちるように、パニックが押し寄せてきた。動物の本能が戻ってきた。

何をしてるの？　早く、さっさと動いて。

行くのよ、登って、早く。登って、登って、登って、足をとめてはだめ。動きつづけるの。休まずに。

さあ、動かなくちゃだめ。

恐怖を突き抜けて、そのうしろから深い悲しみがあらわれた。愛した人を失ってしまった。いつかはその現実を受け入れなければいけない。

でも、まだそれはできなかった。

マギィ

眠ろうとしても、幻影に苦しめられて眠れなかった。恐怖に歪んだアリィの顔。痛みに声をあげて泣いているアリィ。傷だらけになって血を流しているアリィ。火に包まれているアリィ。骨から溶け落ちたアリィの身体。世界一残忍なニュース映像を見ているようだった。何度もテープを替えようとするのに、映像は繰り返し流れ、わたしはそれを見つづけた。それが、今のわたしだ。心のなかで、そんな幻影を見つづけている。何年も経って、名ばかりのふつうの暮らしが再開し、食料品を買いに出たり、病院の待合室に坐ったり、ガス会社への電話で待たされたりするようになっても、もう他には何もない。恐怖。痛み。血。炎。骨。アリィ。

わたしは起きあがって階下におり、リンダが持ってきてくれた薬瓶の蓋を開け、睡眠薬を四錠呑んだ。そして、二階に戻るとベッドに入り、バーニィがわたしの足下に落ち着くのを待って電気を消した。しばらくは身を横たえたまま、流れだした幻影を見ていたが、やがて忘却の重い頭巾に頭を包まれて、深く暗い眠りへと落ちていった。

翌朝は、リングで十ラウンド戦って負けたような、ひどい気分で目覚めた。身体じゅうの筋肉が痛かった。この二年ちょっと、深い悲しみはわたしにふさわしい相棒になっている。

時が経つにつれ、悲しみがゆっくりとわたしの鋭さを磨り潰し、感覚を鈍らせてくれたおかげで、もう慣れたと思っていたが、今の気持ちはそれとはちがう。お腹にパンチを食らったも同然だ。チャールズの病気と徐々に訪れた死は、険しい丘をゆっくりと登るような、長くつらい試練だった。でも、今味わっているこれは暴力だ。

また幻影があらわれた。恐怖。痛み。血。炎。骨。アリィ。悲しみの重みで身体が痛かった。皮膚の裏に鉛が張ってあるような感じだ。

枕に乗ったバーニィが、ベッドから出ようとしているわたしに、蔑むような視線を向けた。午前七時。十時間眠ったことになる。薬を持ってきてくれたリンダに、お礼を言わなければいけない。可能ならば、もっと持ってきてくれるように頼む必要がある。

キッチンの石のタイルが、足に冷たく感じられた。七月の初めとはいえ、朝はまだ寒くて、草は露に濡れている。留守番電話のランプが、聞いてくれと言わんばかりに、こちらに向かって瞬いている。再生ボタンを押してみた。ジェニファー、チップ、マーク、サンドラ。気配りを持ってアリソンの人物像を描こうとしているという、国じゅうの様々なニュース配信組織の誰かが、ほんの数分わたしと話すことがどれほど必要か、次々に訴えていた。ひとり娘を飛行機事故で失った母親に、しつこく電話をかけてくる人間のどこに気配りがあるのか、わたしにはさっぱりわからなかった。

メッセージをすっかり消去したあと、電話のプラグを引き抜いてしまおうかと思った。でも、電話は繋いでおくべきだと感じていた。その理由は、最後の最後にチャールズの指から結婚指輪を外したのと同じだ。アリィの遺体は、まだ見つかっていない。今度のことが、すべてとんでもないまちがいだという可能性もある。だから、事実を知らせてくれる電話がかかってくるかもしれない。

酸っぱい発酵臭がキッチンを満たしていた。わたしは、その臭いをたどってパントリーに足を踏み入れた。臭いの元は、すぐにわかった。棚に載ったガラスのボウルに掛かっている布巾を持ちあげると、そこにしぼんだパン生地のかたまりがあった。てっぺんに薄い膜ができて、青緑色の黴(かび)が生えている。台無しにされて、そのまま忘れられていたのだ。それを見ていたら、たまらない気持ちになってきた。なんて勿体ない。わたしは涙を流しながら、ボウルをゴミ入れに傾けた。生地は諦めたように、ドスッと音をたててゴミ入れに落ちた。

テーブルに載っているオレンジ色の薬瓶を目にしたわたしは、それをガラクタが入っている抽斗(ひきだし)に押しこんだ。アリィには、わたしのすっきりした頭と鋭い目が必要だ。

玄関ドアをノックする音につづいて、誰かが家に入ってくる独特の音が聞こえてきた。リンダだ。一瞬後、せわしくキッチンにあらわれた彼女は、両手に〈ショップン・セーブ〉の買い物袋と、いくつものキャセロールを抱えていた。

「ニュースは、あっという間に伝わったみたいね」ぞんざいなやり方でカウンターにキャセロールを置きながら、彼女が言った。

アウルズ・クリークの女たちは、キャセロールには癒やしのパワーがあると信じこんでいる。赤ん坊が生まれた時、誰かが病気にかかった時、悲しいことがあった時、だいじな人を亡くした時。そんな時は、キャセロールが助けてくれると信じている。チャールズが亡くなった時は、玄関前のステップにキャセロールの高い山ができていて、そのひとつひとつに付箋が貼られ、料理名とそれをつくった者の名前が記されていた。『ジョーン・ドハーティ ツナ・ヌードル』『スー・プロヴンシェ サヤインゲンのサプライズ』『ダイアン・ボーリュ ミートローフ』『イレーヌ・マクナルティ スイート・ポテト』『キャスリーン・サリヴァン マカロニ・マヨ』『ホーリー・パーカー ハムとポテトのソテー』『メアリー・ビアンキ ベークド・ジーティ』『ジョイ・チェンバレン チリ・チーズ』。キャセロールは何週間か冷蔵庫に入っていたが、最後には思いきって中身を捨て、耐熱ガラスの容器を洗剤つきのスチールウールでゴシゴシ洗って、まちがいなく持ち主に返した。

彼女たちの気遣いが本物で、言葉にできない同情と思いやりの気持ちを、キャセロールという形であらわしているのだということはわかっている。それでも、生まれた時からこの町で暮らしているわたしは、それだけではないことを知っていた。そこには、あまり寛大ではない何かがある。わたしは、このアウルズ・クリークの熱いキャセロールづくりに一度も参加したことがない。だからこそ、こんなにたくさんバカげた贈りものを受け取ることになるのだ。彼女たちが料理を届けるのは、自分はわたしよりもましだと証明するためでもある。そして、容器を返し忘れるなど言語道断なのだ。

「スーパーで少し買い物をしてきたわ」床に置いた買い物袋を示して、リンダが言った。鼈甲（べっこう）のヘアクリップで頭のてっぺんにまとめてある髪が、少し乱れて顔のまわりに落ちている。

彼女は、何気なくその髪に指をやった。「キャセロールの中身といっしょに捨ててくれていいわ。でも、手ぶらでここに来るなんてできない。いつかは食べなくちゃ」

「ありがとう」心から感謝していた。リンダは、キャセロール女たちとはちがう。彼女は見返りを期待して人にやさしくするのではなく、常に親切でいることが当たり前になっていて、それ以外のことは心に浮かびもしないのだ。リンダが買い物袋に手を突っこんでパンをひとつ取りだし、ぼんやりとそれを食べはじめた。その顔に疲れが滲（にじ）んでいる。

「少しは眠ったの？」

キャセロールを冷蔵庫に押しこんでいる彼女を眺めながら、わたしは答えた。「あなたが持ってきてくれた薬を呑んだの」

「いい子ね。もっと欲しい？　よかったら、病院に電話してあげる。あの先生なら、きっと来てくれるわよ」

わたしは首を振った。「だいじょうぶよ」

リンダがうなずいた。「気が変わったら、そう言って。あのあともハゲタカどもは、電話をかけてきてるの？」

「呼び出し音が鳴らないようにしたわ」

リンダは袋からスープの缶詰をふたつ取りだし、それをパントリーに運んだ。「それ、いい考えだわ」

「何か見た？」わたしは訊いた。「ニュースで？」

「七時のニュースをチラッと見た」彼女はそう答えると、手をあげて落ちてきた髪をクリップに戻した。「でも、ゆっくり見てる暇はなかったの。いつもどおり、ほとんどずっとわが国の不愉快きわまりない大統領についてしゃべりつづけてたわ」

わたしはリンダをじっと見た。彼女は感情を隠すのがうまくない。「話して」

リンダはパンをひと口囓って、不自然なほど考え深げに咀嚼した。時間稼ぎをしているにちがいない。

「リンダ、お願い」

彼女がゴクリとパンを飲みこんだ。「あなたがジムにわたした、アリソンの写真を見たわ。マスコミ用にあなたが選んだ写真」

ブルーのワンピースを着て日射しを浴びているアリィの写真のことだ。わたしはうなずいた。

「ジムはあの写真をマスコミにわたした。でも、マスコミは別の写真を使ってるの」

これがわたしの人生なの？　アリィの写真さえ、もうわたしのものじゃない。「どんな写真？」

「わたしが見たことのない写真」リンダが答えた。「インターネットかなんかから手に入れたにちがいないって、ジムは言ってるわ」彼女は一度口をつぐんで、テーブルに身を乗りだした。「わたしは、二年以上も彼女に会っていない。それはわかってるけど、あの写真を見ただけじゃ、アリソンだってわからなかったと思う。ずいぶん……変わったみたい」

衝撃がわたしのなかを駆け抜けた。「変わったって、どんなふうに？」

「とにかく、アリソンじゃないみたい。写真のアリソンは、ブロンドで痩せてるの。昔からほっそりしてたけど、あれはガリガリっていう感じ。ダイエットしてたの？」

「さあ……」小さな声で答えた。

「してたにちがいないわ。写真のアリソンが魅力的じゃないなんて、言ってるわけじゃないのよ。だって、魅力的なんですもの。まるで、映画スターかなんかみたい。初めて見た時、わたしたちの知ってるアリソンじゃないわって、ジムに言ったのをおぼえてる。とにかく、すごくすてきなの！　雑誌の仕事をしてることは知ってたし、昔からお洒落(しゃれ)だったけど……」リンダはわたしを見て、しばし黙りこんだ。「ごめん。こんなふうにベラベラしゃべるべきじゃなかった」

わたしは目をあげて彼女を見た。打ち明ける時が来たのだ。「あなたに話さなくちゃいけないことがあるの」

「何？」

わたしは深呼吸をした。「チャールズが亡くなって以来、アリソンには一度も会ってないの」

リンダは眉をひそめた。「どういう意味？　去年の感謝祭に彼女のところに行ったじゃない！」

「あの時は、フロリダの妹のところに行ってたの。アリィは、わたしを招いてくれなかった」

「よくわからない。なぜ、アリソンはそんなことをするの？　なぜ、あなたは何も言わなかったの？　わたしたちと感謝祭を過ごすことだってできたのに！」

「大騒ぎしたくなかったの」もちろん、わたしは恥ずかしかったのだ。会いたいと思ってもらえないなんて、あの子にとってわたしはどういう母親だったんだろう？　あんなつらい時期をいっしょに乗り越えてきたのに……。でも、あんなことのあとだからこそ、こうなってしまったのだ。

「深い悲しみは、人に変な影響を与えるものよ」かぶりを振りながら、リンダが言った。「理由はどうあれ、アリソンにはあなたを拒絶するつもりはなかったはずだわ」

「リンダ……」事実を打ち明けることを思うと吐き気がしたが、話さなければいけない。ここまで来たら、もう嘘をつきとおすことはできない。「チャールズの病状が悪化して、もう長くないってわかった時、あの人は、あの人に頼まれたの。助けてほしいって。わかる？」リンダの顔に表情はなかった。「あの人は、もう苦しみたくなかったの。終わりにしたかったの。わたしが言ってること、わかる？」

リンダが理解したのがわかった。彼女はほんの一瞬たじろぎ、それから涙を浮かべてうなずいた。「ああ、マギィ」小さな声で彼女が言った。

わたしは目をそむけた。彼女の顔に非難の色があらわれるのを見たくなかった。「アリィには話さなかった。あの子を混乱させたくなかったから」蛇に嚙まれた傷口から毒を吸いだすように、すべてを吐きだしてしまいたかった。「アリィが、父親にできるだけ長く生きていてほしいと思ってることはわかってた。自分が……」わたしは肩をすくめた。「自分が何を考えていたのかわからない。話さなかったけど、あの子にはわかってしまったの」襲ってくるものを避けようとするかのように、リンダがかぶりを振った。

わたしは大きく息を吸った。「あの日、先生はモルヒネが入ったケースに鍵をかけなかった。わたしたちの計画について、先生に相談したことはなかったわ。面倒に巻きこんでしまったら、たいへんだもの。医師免許を失うことにだってなりかねない。でも、先生にはわかっていたんだと思う。それで、簡単にすませられるようにしてくれたのよ。アリィはジョギングに出掛けてて、まだしばらく戻ってこないと思ってた。チャールズは、あの子に見せたくないって言ってたし、わたしもそう思ってた。あの子には、自然に逝ったと思わせたかったの。理由はわからない。今思えばバカげてるし、あの子にさよならを言わせてやらなかったなんて、ほんとうに残酷なことをしたわ。でも、わたしたちは霧のなかにいて、どちらもはっきりものを見ることができなかった。わたしはチャールズにキスをして薬剤をセットし、あの人が逝ってしまうまで手をにぎってた。すぐに終わったわ。思ってたよりも、すぐに」わたしは涙を拭った。「そして、振り向いたら、ドアのところにアリィが立ってたの」今でも、この瞬間の出来事であるかのように、あの時の光景がはっきりと目に浮かぶ。「顔を見て、すぐにわかった。あの子はわたしがチャールズを殺すのを見てたのよ」

リンダが腕を伸ばして、しっかりと手をにぎってくれた。「わたしを見て、マギィ」

わたしは怖ず怖ずと目をあげ、彼女を見た。その顔には、愛と心配とやさしさ以外、何もあらわれていなかった。ホッとして力が抜けた。これがリンダだ。わかっているべきだった。もっと前に打ち明けるべきだった。

「あなたが殺したんじゃない」彼女が、やさしい声で言ってくれた。「あなたは彼を助けたの」

不意に自分がアリィを裏切っているような気分になった。ホッとする資格なんて、わたしにはないのだ。わたしは火傷したかのように、手を引き抜いた。「アリィは、そんなふうには思ってないわ。あの子の目に、ママがパパを殺したって書いてあった」深い悲しみと、憎悪と、裏切られたくやしさ……そんな感情があらわれていたアリィの顔が、よみがえってきた。自分の子供の顔にあんな表情が浮かぶのを見たい母親なんて、どこにもいない。「アリィは何も言わなかった。ただ荷物をまとめて家から出ていったの。お葬式に出なかったのは、そのせいよ。あの時は、悲しみに打ちのめされてるとか、インフルエンザにかかってしまったとか、言い訳をしてたけど嘘だったの。アリィがお葬式に出なかったのは、チャールズが死んだのはわたしのせいだって知ってたから。わたしのそばにいるなんて、耐えられなかったのよ」

「チャールズが死んだのは、誰のせいでもない。じわじわと彼を蝕んでいった、忌々しいがんのせいよ」リンダが言った。「あなたはチャールズに頼まれたことをしただけ。彼がどれほど苦しんでたか、わたしは知ってる。アリソンも見てたわ。あなたは彼を救ったの。アリソンだって、心の奥ではわかってるはずよ」

わたしは肩をすくめた。「わたしにわかってるのは、最後にアリィの目を見た時、そこには憎悪の色が浮かんでたってことだけ。そして、今となっては、もう二度とあの子の目を見ることはできない」その現実が、またもわたしを引き裂いた。なぜ、わたしはまだ生きているんだろう？　修復できないほどズタズタになっているというのに、なぜこの胸のなかで、まだ心臓が動いているんだろう？

「ああ、マギィ」リンダがこっちに来て、わたしの椅子の横にしゃがみこんだ。「ほんとうにごめん。わたしには想像もつかない……」ジムとリンダには息子が三人いて、カレッジを出たあと、三人ともメインに戻ってきた。長男のクレイグは、実家がある通りに家を買って奥さんと暮らしている。次男のベンは、車で一時間ほどのポートランドに住んでいる。クイン家の週末は、いつも人でいっぱいだ。もっと早く打ち明けられなかったのは、そのせいでもある。リンダがわたしの喪失の痛みを、自分のことのように受けとめてしまうのはわかっていた。彼女にそんな思いをしてほしくなかった。「あなたに愛されてたことは、アリソンだってわかってたはずよ」彼女がささやいた。「それにアリソンはあなたを愛してた」

そう言ってくれたのはうれしかったが、時制が気になった。**アリィはわたしを愛してた。アリィはわたしに愛されてた。**過去形になっている。

「マギィ」わたしの顔を見つめながら、リンダが言った。「少し休んだほうがいいんじゃない？」

こみあげるものを感じた。リンダとは、もう長い付き合いだ。わたしは彼女の問いにうなずいた。

リンダがわたしの腕をギュッとにぎった。「帰るけど、起きたら電話して。起きたらすぐによ」

リンダは立ちあがり、テーブルの上の空になったマグをシンクに運んだ。「お皿なんかは、このままにしておいてね」キッチンを出ていきながら、彼女が言った。「愛してるわ」

銃声のような音をたててエンジンが掛かり、車は遠ざかっていった。

リンダは行ってしまい、わたしはひとりになった。

アリソン

とまって。

息をするのよ。

何時間も登りつづけてきた。掌はすりむけ、膝は血だらけで、肺は悲鳴をあげ、背中は痛んでいる。それでも頂上にたどり着いた。限定的な世界ではあるが、ここは世界の頂上だ。

つぎはぎだらけのカーペットのような景色が、眼下にひろがっている。下りは急で危険が潜んでいそうに思えたが、うねりながら下に向かってのびる小径の輪郭が、山腹にかすかに見えている。あの径を行くなら、方向を見失わないように気をつけなければいけない。でも、あの径を行かなければ、崖から落ちて頭を割る可能性が高くなる。

白い骨。

死に至る道は、いくらでもある。

あの小径を行こう。それが計画だ。

わたしは数時間ぶりに腰をおろし、水をひと口飲んで、エナジーバーを半分食べた。アブが飛んでいたが、もう追い払いもしなかった。すでに身体じゅう、真っ赤なミミズ腫れとかさぶただらけになっている。もう刺す場所なんて、どこにも残っていない。もちろん、それはまちがいだった。いやらしいアブたちは、ミミズ腫れになっていようとかさぶたができていようと、かまわずに刺してきた。

またブンブンと音が聞こえている。その音は前よりも大きくて、しつこかった。わたしは脱水症状を起こしていたが、どのくらい深刻なものかはわからなかった。わかっているのは、気を失う余裕などないということだけだ。水をもうひと口飲むと、ボトルをバッグに押しこんだ。これで充分。そうでなければ困る。立ちあがろう。出発の時間だ。

わたしは小径に向かって歩きだした。小さなサイドステップで、鋭い岩伝いに尾根の急な坂をそろそろとくだっていく。その一歩ごとに、バッグが跳ねて腰のくびれにぶつかった。左右交互にゆっくり動く足の運びと、自分の間断のない耳障りな息づかいと、まわりを飛びかうアブのしつこい羽音。瞑想(めいそう)に入ってしまいそうな気分になってきた。

そして、不意にはっきりと見えた。わたしは、その光景に息を呑んだ。記憶がよみがえってきたのだ。ふわふわのスノースーツに包まれたわたしの小さな手足は、たまらないほど熱くなっていた。ウールの帽子のせいでおでこがムズムズする。コーデュロイのズボンにブーツを履いて古いスキー・ジャケットを着た父が、わたしが乗ったプラスティック製の赤い橇(そり)を引っ張って丘を登っていく。そして、てっぺんまで来ると、父はわたしのうしろに乗り、雪を蹴って橇を滑らせた。丘の凍った小径を疾走するわたしたちの横を、木々がピューッとうしろに飛んでいく。わたしが叫ぶと、父がギュッと抱きしめてくれた。でも、それはちょっと怖いけど、絶対に安全だとわかっている人間があげる叫び声だった。

そして、またすぐに次の記憶がよみがえってきた。ガリガリに痩せ、肌が黄色くなって、弱々しくソファに横たわっていた父。ひび割れて血が滲んだ唇をしきりに動かして、何かささやきつづけていたが、何を言っているのかわたしには理解できなかった。母が傍らで身をかがめて、片手で父の両手をにぎっていた。母の目の下の皮膚は、袋のようになっていて黒いくまができていた。

今でも母への怒りを呼び起こすことができる。母が父にモルヒネを投与したのを見たあとの数カ月、わたしは掌で風から炎を護るように、憎悪で身を包むようにして生きていた。母が父を殺したのだと感じていた。母に父を取りあげられてしまったような気になっていた。わたしに何も言ってくれなかった母を恨んだ。さよならを言う機会さえ与えてくれなかった母を憎んだ。

そして、長い熱のあとで目覚めたかのように怒りが消えると、深い苦しみと後悔の波がそれに代わった。でも、遅すぎた。

わたしはよみがえってきたそんな記憶を、胸の奥に押し戻した。誰にも見えない深いところに、そうした記憶を収めておく場所があるのだ。今、記憶に思いを巡らせてはいられない。生きつづけること以外、考える余裕はなかった。

だから、足を引きずって、巨石の平らな面をくだりつづけた。歌をうたおうかと思った。詩を口ずさんでもいいかもしれない。でも、暗記している詩はないし、思い浮かぶ歌はクリスマスソングくらいで、クリスマスソングは父を、橇で丘をくだった冬を、思い出させる。

そして、橇に乗っていた父の姿を思うと、毛布の上からでもわかる父の痩せ細った脚や、蠟(ろう)のような皮膚や、父がこっちに手を伸ばすのがわかって後ずさりした時の感じがよみがえってくる。あの日、父の手をにぎっている母を見ていたわたしが、何よりも強く感じていたものは憎悪だ。それを思うと、自分がいやになる。でも、自分を嫌う理由は、それだけではなかった。

わたしはつまずいて派手に転び、肩を捻(ひね)ってしまった。「何をしてるの！」わたしはひとり叫んだ。何につまずいたのか、振り向いて見た。木の根だった。

バカね。なんて迂闊(うかつ)な娘なの。

掌がヒリヒリして肩はズキズキしていたが、その痛みのおかげで頭の霧が晴れた。

計画は、生き延びること。

わたしは立ちあがり、小径に向かって歩きだした。ゆっくりと。慎重に。日が暮れるまで、あと数時間。長くて四時間というところだろう。その前に眠る場所を見つけて、夜の準備をととのえる必要がある。わたしは足を置く場所に気をつけながら、一歩ずつ前に進んでいった。

小径にたどり着くと、頑張ったご褒美に水をひと口飲んだ。残りはボトルに半分ほど。とても充分とは言えない。日は傾きはじめているというのに、ものすごく暑かった。頭のなかでずっと聞こえていたかすかなうなりが、大きな音になっている。

いそいで。

下り坂が終わって径が平坦になる頃には、徐々に暗くなりだしていた。わたしは小径を逸れて森に入り、木々に呑みこまれるかのように、奥へ奥へと進んでいった。

そして、小さな裸地に出ると、顔を歪めながらバッグをおろした。バッグのストラップの跡がついた皮膚に指を這わせてみた。血が滲んでいて、ふれると痛かった。まるでわたしの身体のそれぞれの部分が、ちがった音域を持っていて、痛みのシンフォニーを奏でているようだった。

空はベルベットを思わせる深みのある紺色に変わっていて、気温も急激に下がっていた。昼間の暑さはもう跡形もなく消え、今、あたりには乾いた冷気がただよっている。震えながらバッグからスウェットシャツを取りだして着てみたが、そんなものでは足りなかった。寒さが骨にまでしみてくる。火をおこす必要がありそうだ。

わたしは薪を集めた。そして、それを裸地に運ぶと、風向きと木が生えている位置を確認し、父に教わったとおり、火をおこした。必要なのは火口ひと束と、焚きつけにする樹皮や落ち葉ひと山と、火花を大きくするための乾いた太めの枝数本。

わたしはライターを取りだして点火ボタンを押し、淡いブルーの炎を松葉にあてた。火がついた松葉が、オレンジ色に変わっていく。わたしは、その火が焚きつけにひろがって、太めの枝がゆっくりと燃えだすのを待った。やがて、パチパチと音がしはじめ、枝に火がついた。

焚き火の熱のせいで腕時計の金属部分が温かくなってくると、それをはずしてバッグのジッパーつきのポケットにしまった。いずれにしても、時間などどうでもいい。わたしはお腹が鳴っているのも、喉が渇いているのも、喉の奥に大きすぎる恐怖がうずくまっているのも、無視しようと努めた。

炎が枝を舐め、それを灰に変えていく。父から火のおこし方を教わったのは、九歳の時だった。父は市役所でデスクワークをしていたが、余暇はいつも戸外で過ごしていた。冬はスノーシューズを履いて歩き、夏はキャンプと山登りを楽しんでいて、わたしが歩けるようになるとすぐに、わたしを連れて出掛けるようになった。

あの夜、わたしたちは前日に掃き寄せておいた枯葉を燃やすために、裏庭で焚き火をしようとしていた。父はわたしに、家の近くの森から焚きつけを取ってこさせ、そのあと何をどんなふうに置くか見せ、火をつける時がくると石をふたつ取りだした。ひとつは石英で、もうひとつは平らな石だった。

「よく見ているんだよ、アリィキャット。まるで手品だ」父はそう言うと、ふたつの石を打ち合わせはじめ——パッ！　火花が散った。

「やってごらん」父はわたしにふたつの石をわたして持ち方を教えると、平らな石の真ん中を指さしながら言った。「手に持った石のここに、火打ち石を打ちつけるんだ」

何度もやってみたが、何も起こらなかった。「つづけなさい」父は言った。「きみならできる」

わたしは石を打ち合わせつづけた。でも、何も起こらない。腕が痛みだして、指が動かなくなった。「こんなのバカみたい。どうして、こんなことしなくちゃいけないの?」わたしは言った。「おうちにマッチがあるじゃない!」

「これはだいじなことなんだ」父は、そう答えただけだった。でも、その言葉を聞いて、それがだいじなことに思えてきた。

平らな石が割れてしまうと、父は代わりを見つけてきた。「諦めてはいけないよ」父は言った。「きみは強い子だ。我慢強い子だ。きみならできる」

そして、それは起こった。オレンジ色の火花がひとつ飛び、もう一度石を打ちつけると、火花の小さなシャワーがあらわれた。父が歓声をあげた。「もう一度やってごらん!」父が言った。「今度は火口の上で!」やってみると、小さなオレンジの火花のひとつが、枯葉と松葉の山の上に落ちた。父がそのあたりを手で囲い、そっと息を吹きかけつづけると火がおこった。わたしたちは少しさがったところに坐って、小さな炎が小枝に燃え移り、あっという間に焚き火になるのを眺めていた。わたしが火をおこしたのだ。父がわたしの身体に腕をまわして、ギュッと引き寄せてくれたのをおぼえている。「きみならできるとわかっていた」

あの瞬間、わたしはなんでもできる気になっていた。

でも、父が亡くなって、わたしは父を裏切った。なんの役にも立たない、着飾るだけの人間になってしまった。ひとつをのぞけば、できることは何もない。

焚き火に目を戻した。冷たかった空気が温(ぬく)もり、手足の感覚が戻りはじめている。わたしはナッツの袋を取りだして、ピーナッツふた粒とクルミひと粒を、ひとつずつ口に入れ、ぺースト状になるまで噛みつづけた。そしてそのあと、焚き火をおこすのに成功したお祝いに、エナジーバーを半分食べた。そのせいで目を覚ました胃が、あまりのひもじさによじれそうになっている。

残りはエナジーバー二本半と、ナッツが袋に半分。もってあと二日というところだろう。どうしたらいいのかわからないが、とにかく何か考えなくてはいけない。でも、まず眠る必要がある。

ブランケットとキャノピー・カバーを置いてあるところに戻って、靴を脱いだ。新しい水ぶくれが、いくつもできている。ふれただけで痛む爪も一枚あって、シェルピンクのネイルの下が黒くなっている。この爪は、きっと剝がれてしまうだろう。

身を横たえて、ブランケットにしっかりとくるまった。炎がパチパチ鳴っている。わたしは煙のなかに父の匂いを嗅ぎながら、痛む筋肉や傷の下に何かを感じていた。胸骨のあたりに根差す深く揺るぎない切望。それは、慰めにも似た感覚だった。

あなたは強い。あなたならできる。

真っ黒な空と半月と輝く小さな星の海の下、わたしはそう思ったのを最後に眠りに落ちた。

マギィ

アリィとのことを、リンダに話す日が来るとは思わなかった。でも、話してしまった今、重荷をおろしたような気分になっていた。

アリィがわたしのもとを去って二年と数カ月経っている。チャールズが亡くなってすぐの頃は、関係を修復しようと必死だった。アパートに電話をかけて、留守番電話にメッセージを残したり、ルームメイトに伝言を頼んだり、話を聞いてほしいと手紙を書いたりもしてみたが、アリィからは何も言ってこなかった。あの子は自分の人生からわたしを締めだしたかったのだ。それがはっきりとわかった。深い悲しみと罪の意識と後悔の念に苛（さいな）まれてズタズタになっていたわたしに、閉ざされたドアを叩きつづける気力は残っていなかった。だから、アリィの意志に従うのが、あの子の決断を尊重するのが、いちばんなのだと自分を納得させた。でも、ほんとうはわたしが弱かったのだ。ドアを叩きつづけるべきだった。あの子が会ってくれるまで帰らずに頑張るべきだった。アリィはわたしの娘で、あの子は傷ついていたのだ。関係を修復するために、力を尽くしてできるかぎりやってみるべきだった。

もうアリィは永遠に帰ってこない。亀裂を埋めるには遅すぎるが、わたしにはあの子の身に何が起きたのか突きとめる義務がある。あの時は、アリィのために戦ってやれなかった。でも、今は戦える。

まずは、その写真を見る必要がある。

わたしはチャールズの古い肘掛け椅子にヘビのように身を丸めて坐り、六時のニュースが始まるのを待った。そして、オープニングのクレジットが流れだすと、身を乗りだした。

驚くほど真っ赤なスーツを着た赤毛の女性が、デスクに着いてこちらにまっすぐしかめっ面を向けている。「今夜のトップ・ニュースです。バンゴア（メイン州中南部の港町）に住む女性が、自分の息子を虐待したとして告発されました。その残忍きわまりない犯行の瞬間について、目撃者は――」

わたしは音を消して、椅子に深く坐りなおした。自分が大きな災いに苦しめられている今、他人の身に起きた災いについて聞く気にはなれなかった。

レッドソックスがオリオールズをノーヒットに抑えて勝利したというニュースに変わると、わたしは音を戻した。

「レッドソックスのファンは、これでようやく笑顔になれそうですね」シャツの袖をまくりあげたスポーツキャスターが言った。

赤毛の司会者が彼に向かってうなずいた。「ほんとうですね、ジム」そう言うと、彼女はカメラに向きなおり、またしかめっ面に戻った。「メイン州出身の女性が死亡した航空機事故の捜査がつづいています」

赤毛の司会者の顔の左側に、写真が映しだされた。アリィの髪はブロンドだった。アリィは痩せていた。痩せすぎていた。背中の開いた黒いドレスを着たアリィが、肩ごしに振り向いてほほえんでいる。その背骨のひとつひとつが見えていた。ウェーブのかかったキャラメルのようなブロンドの髪。頬骨は高く、肌は輝いていて、笑顔からこぼれる歯は眩いほど白かった。きれいだ。息を呑むほどきれいだ。でも、わたしが知っている娘とはまったくちがっている。もちろんアリィは昔からきれいだったが、写真の女性は、まるで映画スターのようだった。一瞬、自分の娘だとわからなかったくらいだ。

「アリソン・カーペンターさん、三十一歳は、コロラド州のロッキー山脈に墜落した単発航空機の唯一の乗客と見られています。パイロットの身元は、まだわかっていません。カーペンターさんはメイン州で生まれ育ったようですが、事故当時はカリフォルニア州のサンディエゴに住んでいました。当局が事故原因を調べている最中ですが、今の時点では犯罪捜査は行われていない模様です。最新情報が入りしだい、詳しくお伝えします」

司会者の女性の表情が、また変わった。「今夜の宝くじのキャリーオーバーは、記録を更新して百六十万ドルになっています。ブラッド、あなたも買いました？」

「もちろん買いましたよ、メラニー」

テレビを消した。そして、日射しの名残のなかで輝いている埃（ほこり）と沈黙に包まれた。

写真のアリィは、とても華やかに見えた。どうして、あんなドレスが買えたんだろう？

それにあの髪。ファッションについては詳しくないが、アリィの稼ぎで手に入れられるようなものじゃないことはわかる。あの子は〈フェイス〉という軌道に乗りはじめたばかりの女性誌の広告の仕事をしていた。訪ねていった時に、その雑誌を見せてもらった。〈フェイス〉のページは、太陽の下で撮影された、様々な肌の色をした美しい女性たちの写真で溢れ、そのなかには太っている者も痩せている者もいて、顔を横切るような傷痕がある女性さえ混じっていた。とにかく、さっきのニュースで映しだされた写真のような女性は、ひとりもいなかった。「わたしたちは表現したいの」難しい顔をして、アリィはそう言った。「この雑誌のテーマは、女性が女性を称えること。それだけよ。あらゆる方法でそれを表現し、それが意味するものすべてを伝えたいの。大企業に都合よく使われるなんてまっぴら。経営者を問いただして秘密を暴きだしたりもしたいと思ってる」チャールズもわたしも、アリィが何を言っているのか理解できなかったが、熱意だけは伝わった。「すばらしいじゃないか、アリィ」チャールズがそう言い、わたしもうなずいた。わたしたちは、その雑誌を持ち帰って飛行機のなかで読んだ。気に入りはしたが、この雑誌に広告を出したがる企業があるかどうかは疑問だった。それでも、〈フェイス〉は創刊され、刊行されつづけているのだろう。ただ、売れているという話は聞かないし、ディスカウントストアの雑誌コーナーで見かけたこともない。

わたしはキッチンに行って、古いiMacを立ちあげた。カレッジに持っていけるよう、わたしたちがアリィに贈ったものだが、あの子が自分でシルバーの洒落たノートパソコンを買うと、わたしがおさがりを使うようになった。ファンがうなり、起動画面があらわれた。

わたしの友達のほとんどは、インターネットの仕組みが理解できないらしく、最も詳しい友達でもフェイスブックのアカウントを持っているという程度だ。リンダも例外ではなかった。休暇旅行の写真に飛ぶリンクをメールで送ってくるお嫁さんに、それをやめて、ドラッグストアのウェブサイトに写真をアップロードしてプリントの注文をし、ドラッグストアに仕上がった写真を取りにいくよう電話で知らせてほしいと頼んだらしい。でも、わたしはちがう。二十年間、ボウディン大学の図書館のレファレンス・デスクで働いていたおかげで、思うままウェブサイトを巡り、情報を引きだすことができる。うちにあるパソコンは遅いけれど充分使えるし、退職スタッフのバッジがあれば、いつでも大学の図書館に行って、必要なサイトに制限なくアクセスすることができる。つまり、知識も道具も揃っているということだ。それなのに、連絡をとることを諦めて以来、オンライン上でアリィの名前をさがすこともしなくなっていた。せめて、アリィの意志を尊重して、あの子の人生に踏みこまないようにしようと思っていたのだ。なんてバカだったんだろう。

検索ボックスにアリィの名前を打ちこんでみたが、ヒットしたのは事故関連のものばかりだった。フェイスブックのプロフィールもなし。何年か前、クリスマス休暇に帰ってきた時に見せてもらったから、当時アカウントを持っていたことはたしかだ。わたしたちはアリィのハイスクール時代の友達をさがして、誰がどうなっているか見たりして、二時間ほど過ごした。「ジェニーが三人の子供のお母さんになってるわ」アリィがそう言って、口をポカンと開けたのをおぼえている。「信じられる？」でも、サンディエゴに住んでいるアリソン・

カーペンターの名前はどこにもなかったし、わたしに笑いかけてくるサムネイル画像のなかにもアリィは――あの映画スター・バージョンのアリィさえ――いなかった。

次に『フェイス 雑誌』で検索してみたが、それもたいした結果は得られなかった。トップに表示されたのはウィキペディアだった。もののわかる学生が口を揃えて言うように、ウィキペディアは信頼できる情報源とは言えないが、取っかかりとしては悪くない。記載は短く、アリィから聞いていたミッション・ステートメントが列挙されていた。なんとなく聞きおぼえのあるポップ・スター絡みのスキャンダルも載っていた。そのスターが、〈フェイス〉のモデルについて、ひどい発言をしたというのだ。画面の右側に創刊号の写真が載っていて、その下にこう記されていた。『編集長：アガーテ・シルヴァーマン。刊行頻度：月刊。刊行期間：二〇〇九年九月～二〇一六年一月』

そんなはずはない。二〇一六年の一月といったら、チャールズが亡くなる四カ月前だ。その頃はたびたびアリィに会っていたのに、そんな話は何も聞かなかった。

自分の娘のことなのに、わからないことだらけだ。アリィについて何かを知っている誰かと話す必要がある。わたしは、古い布装のアドレス帳をしまってある抽斗を開けた。メモや名刺をいっぱいに挟んだそのアドレス帳には、もう何年も会っていない――そして、たぶん二度と会うことのない――人たちの名前がならんでいるはずだった。わたしは抽斗からアドレス帳を引っ張りだし、ページをめくっていった。あった。チャールズの角張った字で、アリソンのアパートの電話番号が書かれていた。かけなくなって二年以上になる番号だ。

　ルームメイトは、なんていう名前だっただろう？　サラ？　タラ。そう、タラだ。わたしはその番号をダイヤルした。タラと事故の話をするのは気がすすまなかったが、答えを知る必要がある。

「もしもし？」聞きおぼえのある声だったが、アリィの声ではなかった。心のどこかにあった妙な期待がしぼんでいくのがわかった。チャールズが帰ってくる日のために結婚指輪を取っておいたり、すべてがまちがいだったという知らせを聞くために電話のプラグを抜かずにおいたりするのと同じ類のその声が、ささやいている。**何もかもまちがいだってこともあるんじゃない？　アリィはアパートにいるかもしれない。ずっとアパートにいた可能性だってあるんじゃない？　スウェットパンツ姿で、何事もなくアパートのなかを歩きまわっているかもしれないじゃない？**

「タラ？」

「そうですけど」

「タラ、アリィの母のマギィ・カーペンターよ」

　タラが息を呑んだのがわかった。「カーペンターさん！　ああ、なんてこと。ほんとうにお気の毒です。今、ニュースを聞いたところで、まだ信じられなくて……」電話の向こうのタラが見えるようだった。ブロンドの髪をポニーテールに束ねた彼女が、細い肩を震わせている。サンディエゴを訪れた時に一度会っただけだったが、腕に抱きしめてサンドイッチやアイスクリームを食べに連れていきたくなるような、かわいらしい女の子だった。

「わかるわ、あなた。わたしも同じ気持ちよ」

「ものすごくショックで……。アリソンにはずっと会ってなかったけど、彼女が死んじゃうなんて……」

「あの子は、長いことアパートに帰ってなかったの？　出張か何かで？」

電話の向こうで、タラがすすり泣いている。「えっ……出張？　わかりません。その可能性もあると思うけど」

「あの子の部屋を見て、何かわからないかしら？　洋服をたくさん持っていったか、そんなに持っていかなかったか、とか？」

長い沈黙が流れた。「カーペンターさん、アリソンはもうここに住んでいなかったってことは、ご存じですよね？」

一瞬、息ができなかった。「ああ。そうだったの。あの子は、いつ引っ越したの？」

「一年半くらい……ううん、二年近く前です」

「二年近く……」わたしは、その事実をゆっくりと理解した。チャールズが亡くなって間もなくということだ。「引っ越し先は？　あなた、住所を知ってるの？」

「いいえ。わたしは……知りません。わたしたち……アリソンが引っ越す頃には、あまり話もしなくなってて……」タラは泣きだした。

「いいのよ、あなた」わたしは穏やかな声でつぶやくように言った。アリィはわたしに何も言わずに引っ越してしまった。娘がどこに住んでいるのか、わたしは二年近くも知らずにいたのだ。アリィに連絡をとる必要が生まれても、連絡はつかなかったということだ。あの子は、完全にわたしとの関係を絶ってしまった。

「アリソンの荷物は、まだほとんどここにあります。持っていったのは、スーツケースひとつだけでした。だから、いろんなものがそのままになってるんです。いっしょに選んだ毛布とか、テレビのスタンドとか、お皿とか……」タラのすすり泣きは号泣に変わっていて、喘ぎながらやっと声を出しているようだった。

「深呼吸をなさい、あなた。アリィがどこで働いてたか知ってる？　あの子が前に働いていた雑誌社をさがしてみたんだけど……」

「あそこはだいぶ前に辞めたんです」タラが小さな声で言った。

「それで、別の雑誌の仕事を？　その関係で旅をしてたのかしら？　アリソンがなぜあの飛行機に乗っていたのか、まだわかってないの。だから、もしかしたらその雑誌の仕事で旅に出たのかと思って」

　電話の向こうから、また沈黙が流れてきた。「アリソンは、結局カクテル・ウエイトレスになってしまったって聞きました。この街のダウンタウンで働いてるって話でした」

「カクテル・ウエイトレス？」アリィが――大学の学位とたくさんの本を持っている、きれいで聡明なアリィが――傘を飾ったグラスでいっぱいのトレイを運んでいるところを想像してみた。「他に仕事が見つからなかったのかしら？」

「さがしてはいたけど、うまくいかなくて……ここにいた時は、いつもいろんなところに履歴書を送ってました。でも、いい返事は返ってこなかったみたいです」

新たな情報を消化すべく、頭がブンブンうなっている。もっと知る必要があった。「タラ、あの子が働いてたバーの名前をおぼえてる?」

「ガスランプ・クォーター地区(古い建物やガス灯を残して再開発された歴史地区)の〈サファイア〉っていうお店だったと思います」タラが、また泣きだした。細い小さな肩を震わせて泣いている彼女の姿を思うと、胸が張り裂けそうだった。「アリソンに会いたい」タラが喘ぎながら言った。「会いたくてたまらない」

「わかるわ。みんなそう思ってる」わたしは言った。これ以上、タラに訊くことはできない。もうすでに、追い詰めすぎてしまった。身体に気をつけるよう彼女に言って、電話を切った。

わたしは、新たなアリソン像を、記憶のなかのアリィに結びつけようとした。子供の頃のあの子は夢をいっぱいに抱えて、いつも本に夢中になっているか、ノートに何か書いていて、自分の部屋の壁にロンドンとパリの写真を貼っていた。あの子が特に賢いことを口にするたびに、チャールズとわたしは目を合わせ、自分たちがそんなすばらしい子供を持ったことが信じられなくて、かぶりを振ったものだった。アリィなら、望むままなんでもできたはずなのに、カクテル・ウエイトレスになってしまった。わたしには、このふたりのアリィを結びつけることができなかった。成長した子供の母親は、ふたつの思いを抱くことになる。今のようになった子供を全身全霊で愛すと同時に、その子供がなれなかったすべてを思って嘆くのだ。

でも、今となっては遅すぎる。アリィがどんな女性になったのか、知るチャンスは奪われてしまった。アリィに関するかぎり、時間はとまってしまった。新たに何かがわかるたびに別の何かを打ち消され、アリィの輪郭がどんどんぼやけていく。

それでも、やってみる必要がある。

アリソン

遠くから聞こえてくる、ブーンという機械音で目が覚めた。たぶん、飛行機かヘリコプターだ。わたしはまっすぐに身を起こして、遠ざかっていくその音を聞いていた。そして、その音が消えると、今度は森の穏やかなささやきが聞こえてきた。木々のあいだを縫って、森に日が射しこんでいる。わたしは目を細めて木漏れ日を見あげ、その途端、また頭のなかで音が鳴りだしたのを感じた。それはしつこいドラムのようで、前よりも音が大きくなっていた。

なんとか地面に両肘をつき、気を失うまいと闘った。肩がズキズキと痛んでいる。水のボトルを見てみた。数口分しか残っていない。わたしは自分を抑える間もなく、それをすっかり飲み干してしまった。今すぐに水をさがす必要がある。それが真っ先にすべきことだ。そこで小径のことを思い出した。とにかく、あの小径に戻ろう。

何もしなかったわけではない。募集がかかっている雑誌の仕事に片っ端から応募し、そのあとはあらゆるオフィスの事務職をあたり、最後には職種も選ばず、とにかく履歴書を送ってみた。派遣会社にも登録して、採用担当者にも何人も会ったが、彼らはいつも眉をひそめながらわたしの履歴書に目をとおし、連絡すると約束するだけで、たいていはそれきり何も言ってこなかった。たまに電話がかかってきても、わたしには資格がありすぎるとか、電話番程度の仕事だから多くを望まない大学を出たての女の子がほしいのだとか言われた。給料さえもらえれば、それ以上は何も望まないと食い下がってもみたが、そういうことではないらしい。とにかく仕事は得られなかった。

そんなふうにして半年が過ぎた。その半年のあいだに、太陽が激しく照りつけるみすぼらしいアパートの家賃さえ払うのが難しくなっていった。わたしは、ソファに置き去りにされたような気分で、容赦なく押し寄せてくる後悔の波に打ち砕かれながら、昼間のテレビを見たり、ネットの求人リストをチェックしたりして過ごしていた。仕事に就いていた時に貯めたわずかばかりの蓄えは、ゆっくりと減っていき、アパートを出るか車を売るかの選択を迫られるまでになった。カリフォルニアでは車がいる。だから、わたしはアパートを出ることにした。

少し前から、タラがわたしの分の家賃も払ってくれていた。でも、それが彼女の負担になっていることはわかっていた。だから新しいルームメイトをさがさなければならないと彼女に言われた時、わたしは新しい部屋を見つけたと嘘をついた。タラは、アパートに残ってソファで寝てくれてもいいと言ってくれたが、すでに面倒をかけすぎていた。もう彼女を心配させたくなかった。わたしは昔の友達に電話をかけて、二、三日泊めて欲しいと頼んだ。二、三日が一週間に、そしてさらに二週間になり、友達の目を見られなくなると、また別の昔の友達に電話をかけた。その繰り返し。わたしは昔の友達が尽きるまで、彼女たちの厚意が尽きるまで、街じゅうの友達の家の空き部屋やソファで過ごさせてもらった。

そして、そのあとは車で暮らした。

母に頼めば助けてくれることはわかっていた。夜は硬いソファや窮屈な車の後部座席で眠り、昼間はラーメンと茹で卵を食べて、日が沈むまで時間を潰す。うちに一本電話をかけさえすれば、そんな暮らしが終わることはわかっていた。でも、わたしにはそれができなかった。母への怒りは消えはじめていたが、すっかり治ったように見える打撲傷のように、よくよくさがせばまだその痕がわかる。でもそれは、怒りの名残というよりも、つかみどころのない名状し難い何かに変わっていた。裏切り？　そう、母はわたしを締めだした。でも、それに対して自分がどう振る舞ったかを思うと、恥ずかしかった。わたしは父の葬儀にも出なかった。母がいちばんつらい思いをしている時に、母を見捨てたのだ。そして今、わたしは仕事さえ見つけられない、救いようのないだめな娘になってしまった。どうしようもない役立たず。わたしは負け犬だ。

できない。母に電話なんてかけられない。今はまだ。これは、ひとりでやり遂げる必要がある。

わたしは重い腰をあげて、キャンプの片づけを始めた。キャノピー・カバーの下の草がペチャンコになっていて、やわらかい土の上に人の形が残っている。スニーカーの爪先で地面を均し、焚き火の焦げ跡を木の枝で覆った。証拠は残したくなかった。

夜のうちに木が伸びたような気がする。頭上を見あげると、緑が空までひろがっているように感じられた。わたしは木々の幹に目を走らせて、小径への目印に結んでおいた布切れをさがした。キャンプから、ほんの数歩左にいったところにあるはずだった。でも、右だったかもしれない。わたしはゆっくりと半周まわってみた。足の下で小枝が音をたてている。何もかもが同じに見え、見おぼえのあるものが何もない。きのうキャンプを張ったのは夕暮れ時だった。だから、薄暗くて細かい部分までは見えなかったし、いずれにしてもよく見ていなかった。

バカね。なんて迂闊な娘なの。

わたしは目を細めて空を見あげた。木々の天蓋があまりに厚くて、太陽の位置がつかめない。どっちが東で、どっちが西なのかもわからないし、時間もわからない。上も下も、とにかくまわりじゅうから、木々が表情もなくわたしを見つめ返してくる。そよ風に吹かれてブルーベルの花が揺れている。神経がよじれそうになってきた。

考えるのよ。パパならどうする？

でも、答えてくれる父はここにいない。自分で考えるしかないのだ。

右だ。右に行こう。

ちがう。左よ。

わたしは確固たる足取りで歩きだした。背中の擦り傷を、バッグがさらに擦る。それでも、身体に馴染(なじ)んだその重みが心地よかった。近づくとピタリと黙ってしまうものの——愛を求めてか、さみしいのか、危険を感じてか——鳥たちが互いを呼び合っている声が聞こえていた。

「聞こえるかい？」父がささやくように尋ねた。あれは、家のそばの森の奥にいた時のことだった。わたしはその場に立って身動きもせずに、一心に耳をすました。あの時の、耳を引っ張られるような感じを今でもおぼえている。やがて、木々の上から金属的な妙な音が聞こえてきた。誰かが地下室のドアをそっと、でもせわしく、叩いているような音だった。「キバシカッコウだ」父はそう言いながら、物知り顔でうなずいた。「帰ろう、じきに嵐になるぞ」

「どうしてわかるの？」荷物をまとめて家へといそいでいる途中で、わたしは訊いた。

「カッコウだ」そう答えた父は、自分の鼻の横を指で軽く叩いていた。「カッコウたちが、知らせてくれているんだ」

家の裏口にたどり着いた時には、土砂降りになっていた。

今、わたしは耳をすましてみた。でも、わたしには父のような力は備わっていない。父はメイン州の森を長年の恋人のように扱っていた。「ほら、きれいだろう？」銀色の雲母を差しだしたり、ヤグルマハッカの茂みを指差したりして、父はそう言ったものだった。わたしは父が見せてくれるものなら、それがどんなものであっても、しっかり目を向け、その何かが父に明かした秘密をわたしにも明かしてくれるのを待った。でも、わたしの目には、雲母はただの岩のかけらとしか映らなかったし、ヤグルマハッカはモジャモジャの草にしか見えなかった。そうしているうちに、あまりの寒さにわたしの歯がカチカチと鳴りだし、わたしたちは家へと戻るのだ。そんな帰り道には、父をがっかりさせてしまったという苦い思いが、いつもじりじりと追いかけてきた。

そして時が経ち、わたしは岩も草もカチカチ鳴る歯も捨てて、陰ることなく常に照りつけるカリフォルニアの太陽を選んだのだ。「四季がないなんて、妙な感じがしないかい？」初めて訪ねてきた時に父と母が言った。ふたりの服には、まだ機内の淀(よど)んだ空気の臭いがついていた。

「ぜんぜん」意図したよりもきつくひびいたその返事を聞いて、父と母が少したじろいだのがわかった。大きな青い空の下で、ふたりはとても小さく見えた。そして、父も母も歳をとったことに、この先さらに歳をとっていくことに、初めて気がついた。

わたしは木の根に足を取られてつまずいた。影ができるほどの日射しも届いていない森のなかで、身をかがめるようにして、一歩ごとに足を置く場所を見定めなければならなかった。進む方向をまちがえたのかもしれない。きっと右に行けばよかったのに、左に来てしまったのだ。わたしは踵(きびす)を返して、来た道を戻りはじめた。そして、何歩か進んだところで足をとめた。また、逆方向に歩きだす。まわりじゅう、低い位置に枝が突きだして絡み合っている。もうこのあたりにはブルーベルは咲いていなかった。擦れて剝(む)きだしになった黒い土と、落ち葉のカーペットがあるだけで、姿を見せずに虫が鳴いている。

小径。小径はどこに行ってしまったの？

わたしは、また振り返り、何歩か引き返した。この木の幹に走る深い傷。この折れて妙な角度にぶらさがっている枝。こんなものがあっただろうか？　前に見ただろうか？　大きな切り株をオオアリが列をつくって這いのぼっていく。前にこの切り株の横をとおっていたら、目にとまっていたはずだ。

パニックが羽ばたき、喉のなかで翼をひろげた。

森のなかで迷子になってしまったのだ。

マギィ

電話が鳴るのを聞いて、跳びあがりそうになった。この二日、呼び出し音が鳴らないようにしていたせいで、それがどんな音か忘れていた。ゆうべ帰っていくリンダに、必要な時に連絡がとれないと困るから、音が鳴るようにしておくよう約束させられた。彼女は自分の携帯電話をわたしに持たせようとしたのだが、それは押し返した。携帯電話が嫌いで、これまで持たずにとおしてきたのに、今それを持ちはじめる気はなかった。いつでも、どこにいても、つかまってしまうというところがいやなのだ。わたしの暮らしに、土足で入りこまれるような気がする。

わたしは手榴弾にでもふれるように、怖ず怖ずと受話器を取った。「もしもし？」

「マギィ、ジムだ。いくつか知らせたいことがあってね」

鼓動が激しくなった。「何？　アリィの遺体が見つかったの？」

「それはまだだ」ジムが咳払いをした。「しかし、捜査班から最初の報告が入った。当初はエンジントラブルが疑われていたが、その証拠は見あたらないということだ」

「だったら、何が原因なの？」

長い沈黙のあと、ジムが答えた。「パイロットの操縦ミスのようだ」

「操縦ミス？」

「まだ捜査中だが、連中はそう考えている」

「パイロットのせいなの？　パイロットが、飛行機が墜落するようなミスを犯したっていうこと？」

「今、言えるのは、機械的な故障の跡は見られないということだけだ。パイロットが飛行計画を立てる段階で、高度の選択を誤っていたのかもしれない。あるいは、山の高さに気づかなかったという可能性もある。それに、パイロットの身体に異変が起きたとも考えられる。まだなんとも言えない」

「名前はわかったの？　そのパイロットの？」

紙が擦れる音がした。それからジムが咳払いをした。「ベン・ガードナー。サンディエゴ出身の三十四歳。オーナー・パイロットだ」

わたしは紙切れにその名前を書きとめ、アンダーラインを二本引いた。「オーナー・パイロットって？」

「彼は二年前にパイロットのライセンスを取得し、その直後に自家用機を買っている」電話の向こうから、一瞬の沈黙が流れてきた。「調べてみたんだが、その型の飛行機を飛ばすには、五十万ドルほどかかるらしい」

一瞬、息がとまった。「五十万ドル？」

ジムがうなるように言った。「彼は製薬業界のやり手らしい。どこかの製薬会社のＣＥＯ

で、たいへんな資産家だ」

　わたしは、あの華やかなアリィの写真のことを思った。「その人とアリィは……お付き合いをしてたのかしら？」

「きみからその話を聞けるんじゃないかと思っていたんだが」

　わたしはためらった。黙っていてくれたリンダに感謝したかったが、今回にかぎっては、できれば自分でジムに話さずにすませたかった。わたしは大きく息を吸った。「アリィとは、連絡を取り合ってなかったの」

　しばらく沈黙が流れた。「気づかなかった。残念だよ、マギィ」

「だいじょうぶよ」だいじょうぶではなかったが、他に言いようがなかった。「あなた、彼を知ってる誰かと話せないの？　もしかしたら、ご両親や、お友達が……」わたしは一度言葉を呑んで、またしゃべりだした。「もしかしたら、ご両親や、お友達が、ふたりがどうして知り合ったのか話してくれるかもしれないわ」

「その方向でも動いている」ジムが言った。「彼の近親者に連絡をとろうとしている最中だ。連絡がとれたら、もっと何かわかるだろう」

「その人について、他にわたしに話すことはないの？」

　また紙が擦れる音がした。「たいしてない。きみに電話をかける前に、さっと目をとおしてみたんだが、記録は見あたらない。逮捕歴も何もなしだ」

　少しホッとした。少なくとも、アリィは犯罪には関わっていなかった。わたしは思いついいて訊いてみた。「その人の写真はあるの？　見せてもらえない？」

一瞬の間を置いて、ジムが答えた。「規則に違反しないか、確信が持てないな。しかし……ほんとうに彼の写真が見たいのかい？」

「ジム」

「わかった。シャノンに持っていかせよう」

「シャノン？」

「ドレーパー巡査だ。この前、会っただろう？　あのチビさんだ」

わたしのキッチンの戸棚をかきまわしていた、小柄な女性だ。「ああ、あの人ね」彼女には、弱り切っている姿を見られてしまった。だから、二度と会いたくなかった。

ジムは、わたしの声に苛立ち（いらだ）の色を認めたにちがいない。「シャノンは写真を届けるだけで、すぐに帰る」

わたしはため息をついた。「わかった。彼女を寄こして」

「昼食のあとで行かせる」

「それでいいわ。ありがとう、ジム。感謝してる」

ジムが、また咳払いをした。「マギィ、もうひとつ話がある」

わたしは受話器をにぎりしめた。「何？」

電話の向こうから、大きく息を吸う音が聞こえてきた。「アリソンは死亡したとみられると公表された。検死官事務所の考えだ」彼が静かに言った。

胃がムカムカした。「でも、あの子は見つかっていないのよ」わたしは言った。「見つかってもいないのに、どうしてそんなことを公表できるの？」

ジムがため息をついた。「現場の状況を見ての判断だ。あの墜落事故で、生存者がいるとは考えられないということだ」

「納得できないわ」そんなのは、ただの怠慢だ。あまりにいいかげんすぎる。ひとかけらの証拠もないのに、わたしの娘を死んだことにしてしまうなんて、どういうわけなの？　第一、アリィはその忌々しい飛行機に乗ってさえいないのかもしれない。遺体が見つからないかぎり、たしかなことなんてわからない。

「現場でネックレスが見つかったようだ」わたしの心を読んだかのように、ジムが言った。「その写真を送ってきた。見おぼえがあるかどうか、見てもらえるかな？」

どんなネックレスかすぐにわかった。心臓が膨らむと同時に縮んだような感じがした。

「聖クリストファーの金のロケット」電話の向こうでジムが沈黙した。「そうでしょう？」

亡くなる一週間前に、チャールズがアリィに贈ったものだ。「旅人と子供を護ってくれる聖人だ」あの人はアリィの首にそれを掛けながら、そうつぶやいた。それを聞いて、アリィとわたしは目を見合わせた。チャールズは、けっして信心深い人間ではなかったのだ。わたしたちの思いを察したのか、チャールズが言った。「わたしのかわいい娘を護ってくれるというなら、試してみる価値はある」あの人はわたしの視線をとらえて、悲しげな笑みを浮かべた。ロケットの裏に刻まれた文を今でもおぼえている。『空、陸、海――旅人がどこにいようと、神はその身を護り導きたもう』

アリィはロケットにふれながら、身をかがめてチャールズの頭のてっぺんにキスをした。あの人が目を閉じて、アリィの匂いを吸いこんでいるのがわかった。あの時、チャールズはさよならを言ったのだ。

そのあとあんなことがあったのに、いろんなことがあったのに、アリィはあのロケットを身に着けていた。そこには、何か意味があるはずだ。「どこで見つかったの？」

「現場近くの繁みに落ちていたらしい」呑みこんだ何かが気管に詰まってしまったような、変な声だった。「おそらく衝撃で吹っ飛んだんだろう」

わたしは一分ほど黙っていた。ネックレスが見つかったということは、アリィが飛行機に乗っていたということだ。今、それが明らかになった。この事実は認めなくてはいけない。でも、ネックレスが見つかったのに遺体は見つからない。何かが変だ。「向こうで必要がなくなったら、そのネックレスを送ってもらえないかしら？」

「できるだけ早く送ってくれるように、検死官事務所に頼んでおく」

よかった。アリィの何かを、見たりふれたりできる何かを、持つことができる。それはお守りのように、わたしの力になってくれるにちがいない。「墜落現場で、他にアリィのものは見つかっていないの？」衣類でもいい。スカーフでもいい。とにかく、この腕に抱ける何かがほしかった。アリィの匂いが残っているかもしれない何かがほしかった。

「みんな焼けてしまったようだ。残っているものは、ほとんど……」電話の向こうから、また沈黙が流れてきた。ジムの規則正しい息づかいが聞こえている。「すまない、マギィ」「ジム、あなたの気持ちはわかってる。ありがとう」ネックレス。少なくともネックレスがある。

電話を切ったわたしは、窓の外に目を向けた。よく晴れた日で、そろそろ暑くなりはじめていた。外の空気を入れたほうがいい。もう三日、窓を閉ざしたままだった。でも、新鮮な空気や、暑い夏の日の刈りたての芝生のピリッとする甘い香りを思うと、何かちがうような気がした。深い悲しみに日をあてててはいけない。

わたしはジムから聞いたパイロットのことを考えた。アリィは、そんなお金持ちの男性の自家用機に乗って、何をしていたのだろう？　そんなことができるだけの大金を持つというのが、どんな感じなのか想像してみたが、無理だった。アウルズ・クリークのいちばんのお金持ちは、ペノブスコットバレー病院の心臓専門医だ。彼女は旦那さまと、ヒルクレストの赤煉瓦づくりの屋敷に住んでいて、揃いのバニティ・プレート（持ち主が選んだ数字と文字からなるナンバー・プレート）をつけたレンジ・ローバーを二台持っている。「これ見よがしに」その一台とすれちがった時、リンダがそう言って舌打ちしたのをおぼえている。でも、自家用機？　そんな世界を、どうしたら理解できるだろう。自分の娘を理解できなくなる材料が、またひとつ増えてしまった。

ほんとうのことを言えば、チャールズが亡くなるずっと前から、アリィとわたしの仲は妙な感じになりはじめていた。大学の休みに帰ってきたあの子が、キッチンで冷蔵庫をのぞいていたり、頭にタオルを巻いてバスルームから出てきたりするのを見て、わたしの家にいるこの女性は誰なんだろうと、一瞬ではあるが、思うようになっていた。アリィも、それを感じていた。それはまちがいない。わたしたちはいっしょにいても、視界がぼやけてしまったかのように、互いが見えなくなっていた。相手のほうに手を伸ばしてみても、どうしても届かなかった。

シャノンは二時ちょっと過ぎにやってきた。緊張しているのが、ありありとわかった。大きすぎる制服を着た彼女は、やかましい音をたてて玄関に足を踏み入れた。

「コーヒーでもいかが?」自然に出た社交辞令だ。

わたしが嚙みつくとでも思ったのか、シャノンは後ずさった。「いただいてもいいですか?」いかにも恥ずかしそうだった。「ご面倒でなければ」

「少しも面倒じゃないわ」苛立ちが顔に出ないよう、気をつけて答えた。

わたしにつづいてキッチンに入るなり、彼女が言った。「お嬢さんのこと、ほんとうにお気の毒です。ひどすぎます」

出ていって。心のなかで繰り返した。**出ていって**。**出ていって**。**出ていって**。「ありがとう」わたしは言った。「コーヒーにミルクとお砂糖は?」

「ミルクをお願いします」シャノンはテーブルに着くと、バッグのなかをかきまわしはじめた。わたしはコーヒーを半分ほど注いだマグに、たっぷりのミルクをくわえた。

「どうぞ」わたしは彼女の前にカップを置いた。

「ありがとうございます」カップを口に運ぶシャノンの手が震えていた。ひと口飲んで、彼女はたじろいだ。舌を火傷したにちがいない。彼女が茶封筒をわたしのほうに滑らせた。

「署長からです」

そっと封筒を開けてみた。そして、二枚の写真を取りだした。

彼はハンサムだった。それは認める。額にかかる黒い髪、青い目、まっすぐな鼻、そして大きな口とふっくらとした唇。昼メロのスターか、ゲーム番組の司会者みたいだ。若い時なら、追いかけたかもしれないと思うようなタイプの男だ。そう、分別がつく前だったら追いかけただろう。

一枚目は、黒っぽいスーツを着た彼が、別のスーツ姿の男と握手をしている写真で、ふたりとも満足そうにほほえんでいる。二枚目はもっとカジュアルな感じで、チノパンに淡いブルーのボタンダウンという出で立ちの彼が、かなり大きそうなヨットのデッキに坐っている写真だった。このヨットも、彼のものなのかもしれない。勝利者然とした笑顔と、ならびのいい白い歯と、きれいに日焼けした肌。そんな彼が、カメラに向かってシャンパン・グラスを掲げている。

「ハンサムだこと」わたしは言った。

シャノンが写真をじっと見て、眉をひそめた。そして、深呼吸をして言った。「わたしが通ってたハイスクールのクォーターバックに、そっくりです」彼女の頬が真っ赤になっている。かわいそうに、必死でしゃべっているのだ。

「どこのハイスクールのクォーターバックも、こんな感じだわね」わたしはうなずいて同意した。そして、もうしばらく写真を眺めていた。彼の容姿が好きになれなかった。結んだ口にただよっている影は、冷酷さのあらわれではないだろうか。わたしはため息をついた。

「コーヒーのお代わりはいかが?」

シャノンは首を振った。「もう充分です。そろそろ戻らないと」

「わかったわ」そうは言ったものの、どちらも腰をあげなかった。妙だった。今、目の前にシャノンが坐っている。そして、わたしは彼女にもっといてほしいと思っていた。シャノンが顔にかかった髪をかきあげた。彼女はとても若く、とても……汚れなく見えた。前は、彼女のすべてに怒りをおぼえていたのに、今は不思議と心が癒やされた。もう少し、彼女を見ていたかった。「どうしてアウルズ・クリークに? ここに来て、もう長いの?」

「一カ月前に来たばかりなんです」髪を耳にかけながら、シャノンが答えた。「ジャクソンヴィルから移ってきました」

「フロリダの?」

「はい」マグカップの持ち手をいじりながら、彼女が答えた。「うちの家族は、ジャクソンヴィルの出なんです」

「それじゃ、メインに来て驚いたでしょう。こんな天候ですもの。でも、まだ冬を経験してないのね」

シャノンの顔いっぱいに、輝くばかりの笑みがひろがった。「雪が降るのが待ちきれないくらいです」彼女が言った。「寒いところに住みたいって、ずっと思ってたんです。ホットチョコレートに、暖炉に、ホワイトクリスマス。そういうものに憧れてました」

「そうね……三月になって、膝まで浸かるほどのぬかるみにはまったり、車のフロントガラスに張った三センチの厚さの氷を砕いたりしている頃に、また話しましょう。その時に、まだあなたがここに住みつづけたがっているかどうか、楽しみだわ」

「あら、絶対に住みつづけたがってます。暑いのは苦手なんです。フロリダは、もううんざり。あの日射しも、湿気も、毎日降る午後の雷雨も、大嫌い」シャノンがわたしを見た。

「フロリダにいらしたことは？」

「二度行ったわ」去年の感謝祭に妹を訪ねた他に、アリィの七歳の誕生日に家族三人でディズニーワールドに行ったことがあった。あの時は、チャールズがエプコットのイギリス館で食べたフィッシュ・アンド・チップスにあたってしまい、そのあと彼は休みの残りをホテルの薄暗い部屋のベッドに横たわったまま、気の抜けたジンジャーエールを飲み、高すぎるソルトクラッカーを食べて、過ごしていた。アリィとわたしの計画では、ミッキーと朝ご飯を食べたり、ビッグサンダー・マウンテンに乗ったり、カントリーベア・ジャンボリーを観たりするはずだったのに、どちらももうそんな気分にはなれなかった。シャノンの言うとおり、毎日四時きっかりに空が割れたかのような雨が降り、わたしたちはテーマパークの雨宿りできそうな庇の下へといそいだ。あの時のアリィの姿を、今もはっきりと思い描くことができる。濡れた髪が貼りついたようになっていた小さな頭と、傾いたミッキーの耳。空が晴れるのを待つあいだ、あの子の細い手足は震えていた。あの小さなかわいいアリィを思うと、胸が痛くなる。

「だったら、わたしの言っている意味はおわかりでしょう？」フロリダで何をしたのかと聞かれなくてよかった。シャノンは、わたしが自分と同じように感じていると決めてかかっている。でも、考えてみれば、たしかにそのとおりだ。

わたしは立ちあがって、シャノンのカップにお代わりのコーヒーを注いだ。「でも、なぜアウルズ・クリークを選んだの？　本物の冬を体験したいっていうのは、わかったけど」

シャノンは肩をすくめた。「北部の警察で、空きがあるところがあまりなかったんです。アウルズ・クリークは住みやすそうだし、クイン署長はすごく評判がいいから……」

「ジムが？」

シャノンが、熱を込めてうなずいた。別に驚いたわけではない。ジムがすばらしい警察署長だということは、もちろんわかっていた。町の人はみんな彼を尊敬しているし、その仕事ぶりを高く評価している。それでも、子供の頃にジムの紙つぶて攻撃の的にされたことがあるわたしには、彼が十五年近く警察署長を務めているとわかっていても、すごく評判がいいクイン署長を思い描くのは難しい。わたしは椅子の背にもたれて、向かい側に坐っているシャノンを見つめた。彼女は信じられないほど若く、そして……輪郭さえ完成していないかのように見えた。親指で頬を押したら、その跡が凹んでしまいそうだ。

「そうね、たしかにジムは立派よ」わたしは言った。「それにしても、あなたは警察官らしく見えないわ。なぜ警官になったの？」

「ああ、それは——」クラダ・リングをいじりながらシャノンが言った。「昔から犯罪小説が好きで、そういう本を山ほど読みました。だから大学に入った時、刑事司法について学んだらおもしろいんじゃないかって思ったんです。それで、はまっちゃった感じです」

　わたしは彼女を励ますようにうなずいた。「楽しい？」

「たいていの時は楽しいです。ハイスクール時代は、運動ばかりやってたんです。クロスカントリー走とか……。だから、この仕事の身体を動かす部分は好きです。まだ新人だから、あまりおもしろい仕事はさせてもらえないけど、そのうちできるようになるはずです。少なくとも、そう期待しています」シャノンはかぶりを振った。「この先ずっと、事務手続きに追われてデスクで過ごすなんていやだわ」

「女だというだけで損をすることはない？　男の同僚から嫌がらせを受けたりはしないの？」シャノンはあまりに小柄で、あまりに繊細に見える。不意にわたしは、彼女を護ってやりたいという強い思いにとらわれた。

「だいじょうぶ、そんな人はいません。いたら、懸垂で勝負するまでです」彼女がにやりと笑った。「それで、いつもわたしが勝ってます」

　わたしは声をあげて笑った。「そんな細い腕で懸垂ができるなんて、信じられないわ」

「見かけより、ずっと強いんです」シャノンはそう言うと椅子に深く坐りなおし、恥ずかしそうな笑みを浮かべながら、力こぶを収縮させてみせた。

「よくわかったわ。ねえ、ほんとうに何もいらないの？　お昼でもどう？　差し入れのキャセロールが山ほどあるの。だから、食べていってくれるとうれしいわ」

シャノンは首を振った。「ほんとうにもう行かないと、クソまずいことになります」彼女はハッとして、恥じ入ったようにわたしを見た。「下品な言葉を使ってすみません。いつも男の人たちのなかにいるものだから……」

「今朝だけでも、自分の口からもっと下品な言葉が飛びだすのを何度も聞いてるわ」わたしは手を振って、そう言った。

シャノンは笑い声をあげ、テーブルの上の写真を顎で示した。「置いていきましょうか？」

こちらを見返している、日に焼けた艶やかな彼の顔を見おろしながら、わたしはうなずいた。「何かに使うあてがあるわけじゃないけど、とりあえず手元に置いておきたいの」

「かまいません。署に同じものが何枚もありますから。話は変わりますけど、アリソンの写真を見ました」

「ニュースの？」映画スターのようなブロンドのアリィの姿が頭に浮かんで、顔から血が引いた。

シャノンが首を振った。「いいえ、あなたがクイン署長にわたした写真です。ものすごくかわいらしい方だったんですね」

あの淡いブルーのワンピース。日射しを浴びて輝いていた、あのアリィの褐色の髪。わたしはほほえんだ。「ええ、かわいらしかったわ」

シャノンは立ちあがり、自分のカップをシンクに運んだ。わたしは、蛇口をひねってカップを洗いはじめた彼女を追い払った。「そのままにしておいて」わたしは言った。「することがあったほうがいいの」

玄関まで送っていったわたしに、シャノンが言った。「頼れる人がたくさんいることはわかってます。でも、わたしにできることがあったら……いつでも喜んで駆けつけます」

「うれしいわ」驚いたことに、それは本心だった。

「よかった」シャノンはそう言いながら、また恥ずかしそうな笑みを浮かべた。「それじゃ、また」

わたしはキッチンに戻り、こちらに向かってほほえみかけてくる写真の男を見つめた。この数日ずっと心に掛かっていた黒い雲が、今初めて切れた。

あなたは誰？　わたしのアリィと、いったい何をしていたの？

アリソン

わたしは時間の感覚を失っていた。森は一歩足を進めるごとに暗くなっていき、頭上の枝が低く迫っているせいで、身をかがめて歩かなければならなかった。背中が痛かった。わたしはホットヨガで習った呼吸法で、パニックの波を封じこめようと闘っていた。サンディエゴのホットヨガのクラスには、かぞえきれないほど通った。そこのポニーテールの男性インストラクターは、背が高くて痩せていて手足が長く、鼻にツンとくるような臭いを放っていた。彼はレッスンのあいだじゅう、心を閉ざすなとか、アライメントが乱れているとか、まるで子供を叱るように怒鳴りつづけていたが、クラスは大人気で、毎週スタジオは女性たちでいっぱいだった。みんなマットに横たわり、啓発と称して、まちがいを指摘して怒鳴り散らす男を待っていたのだ。慣れてしまって、それが当たり前になっていたのだと思う。わたしたちは毛穴や鼻に彼の汗の臭いが押し入ってくるのを感じながらウジャイ呼吸を行い、彼を満足させようとヨガのポーズをとりつづけていた。

どんなに簡単に方向を見誤るものか、気づくべきだった。迷子になるかもしれないと、気づくべきだった。

日はまだ高いが、空気が冷たくなっている。夕暮れには寒くなりそうだ。わたしは、永遠につづくと信じていた、カリフォルニアでの日々を思った。日に焼けたわたしの肌は、ふれると温かかった。今、たった一日でもあんなふうに過ごせるなら、なんだって差しだすにちがいない。ほんの一瞬、目を閉じてみた。ビーチに立っている彼が見えた。ふたつの輝く大理石のような青い目と、赤く焼けた砂だらけの肩と、手を繋ごうとしてわたしのほうに伸ばした手。

あの時は彼を愛していた。

わたしは肩からバッグをおろし、ドサリと地面に坐った。目の前に、太い幹の真ん中に完璧な洞（ほら）ができている木があった。くまのプーさんが、ハチミツを求めて首を突っこみそうな洞だ。上を向いて、木々の隙間から空をのぞいてみようとしたが、日射しはここまで届いていなかった。

メヒシバの繁みの上で空中停止していたトンボが、ぎこちなく羽を動かしたかと思うと、サッと飛び去っていった。ふつうトンボは水の近くにいる。そう遠くないところに水があるということだ。頭のなかで、また音が鳴りだした。わたしは立ちあがり、バッグを持ちあげて肩に掛けた。

図書館のフリーWi-Fiを使ってクレイグズリスト（一九九五年にクレイグ・ニューマークによって開設されたウェブサイトの名称で、地域ごとの不動産情報や求人情報等が掲載されている）の求人情報に目をとおしている時に、その広告を見つけた。『求人：高級会員制バーのウエイトレス／ホステス。経験不要。履歴書と写真（顔写真と全身写真各一枚）

を下記のEメールアドレスに送信してください。一シフト七十五ドル+チップ。制服貸与』
わたしは、マクドナルドの化粧室の明るすぎる蛍光灯の下で写真を撮り、その日の昼前にそれを送った。そして、午後にマネージャーから電話が入った。「いつから始められる？」彼はそう言った。
そのバーはガスランプ・クォーター地区にあった。身体の大きな用心棒が開けてくれた、何も記されていないドアを抜けて、わたしは店内に入った。贅沢なつくりだと感じる者もいるだろうが、わたしはそうは思わなかった。照明は仄暗く抑えられていて、どこもかしこもベルベット張り。店はスーツ姿の男たちでいっぱいで、黒いミニスカートにハイヒールという格好の女たちが接客にあたっていた。イヤホンを着けたオールバックの肌の黄色い男から、黒い服が入った小さなビニール袋をわたされた。貸与される制服だ。「初日はトライアルだ」わたしを更衣室に案内しながら、男が言った。「正式に雇うまで、給料は払わない」
カウンターのうしろで飾り用のレモンを切っていた時のナイフの重さを、今でもおぼえている。噛んで短くなった爪のちぎれた甘皮にレモンがしみた。わたしは、背中と腰と土踏まずに鈍い痛みをおぼえながら、カウンターのうしろに立って、他のウエイトレスたちが、カモメのように部屋じゅうを滑らかに動いてはテーブルに着くのを眺めていた。みんな背筋をぴんと伸ばして顎をあげ、かろうじてお尻が隠れる程度の黒いミニスカートをはいて、不安定なハイヒールで踊るように歩いている。ヒールの高さは、最低でも十五センチ。爪先側にも厚みのある、十五センチくらいのヒールを履いている者もいた。

「まだ戦力にはなれそうもないわね、小鳥ちゃん」レジで戸惑っているわたしに、ヘッド・ウエイトレスが言った。彼女はわたしを押しのけて、モニターにあらわれた注文を指さすと、片手で冷蔵庫からシャンパンのボトルをつかみだし、もう片方の手で食器用冷蔵庫からグラスをふたつ取りだした。そして、口紅を塗った唇の端を引きあげて目も眩むような笑顔をつくると、担当のテーブルに戻っていった。

わたしは片方の踵をそっと靴から抜いて、べたつくコンクリートの床に置いた。足先が痺れていた。感覚が戻るまでに何日もかかりそうな気がした。

オレンジがかった金髪のウエイトレスが、そばにやってきた。ヨガ・インストラクターなみのスタイルをして、大きな緑の目に長いつけ睫毛をつけている。「靴を脱いでるのを見たら、ボスが不機嫌になるわ」カウンターの先の閉まったドアに目を向けて、小さな声で彼女が言った。

「ありがとう」わたしは靴に足を押しこんでお礼を言うと、まな板の上にかがみこみ、レモンを半分に切った。その時ナイフが滑って、親指と人差し指のあいだのデリケートな皮膚を傷つけてしまった。血が滲んできた。「なんてこと」わたしは手を口にあてて、血を吸った。

オレンジがかった金髪のウエイトレスが、呆れ顔で目をギョロリとさせた。「来て」彼女はそう言うと、また不安げにマネージャーの部屋のドアに目を向け、階段の吹き抜けへとわたしを引っ張っていった。

スタッフルームは下の階にあった。その小さな箱のような部屋には、いつもヘアスプレーと湿気と汗の臭いがただよっていた。部屋の片側には、ウエイトレスがシフトに出ているあいだ私物を入れておくためのロッカーがならんでいて、それ以外の場所には、くたびれた古い椅子が一脚と、小さなテーブルがひとつあるだけ。テーブルの上の灰皿は、煙草の吸い殻でいっぱいになっていた。厳しい禁煙令も、ここは適用外ということらしい。

彼女は自分のロッカーから、紫のピカピカの化粧ポーチを引っ張りだした。バンドエイドかガーゼが出てくるものと思っていたのに、あらわれたのは白い粉が入ったプラスティック製の小さな瓶だった。彼女はその蓋を開けると、傾けた瓶を軽く叩いて、自分の掌に白い粉を少量載せた。「さあ」彼女がわたしにその手を差しだした。

学生時代に一度やったことがあった。コモンウェルス・アベニューの外れの地下のバーで飲んでいた時に、クスクス笑っている友人たちにトイレに引っ張りこまれて試してみたのだ。結局、好きにはなれなかった。自分を抑えられなくなりそうな気がしていやだった。でも、あの時あのスタッフルームにいたわたしのなかに、ソファにじっと横たわっていた父と、目が合った時の母の顔が浮かんできた。車の後部座席の下に押しこんである毛布のことも頭をかすめた。それに、ヒールのせいで、脚はふくらはぎまで痛みはじめていた。差しだされたものが、突然ものすごくほしくなった。完全に自分を失ってしまいたかった。わたしは身をかがめて彼女の掌に鼻を近づけると、勢いよくそれを吸いこんだ。頭蓋骨のうしろ側にそれがヒットするのを感じた。身体全体が床から浮きあがったような気分だった。

「このあたりでは、白雪姫って呼ばれてるの」オレンジがかった金髪のウエイトレスが、ウインクしながら言った。「これで口笛を吹きながら働けるわ」彼女は自分用に掌に粉を載せ、ひと息ですばやく吸いこんだ。「ところで、わたしはディー」彼女は紫のポーチをロッカーに戻し、乱暴にドアを閉めた。

気がつくと、歌をうたっていた。いつうたいだしたのかはわからないが、自分の歌声に気づいた瞬間、わたしはその音にギョッとした。もちろんビートルズだった。それ以外に、空でうたえる歌があるだろうか？　うたいだして、もう何曲目になるのかもわからなかった。年代順にうたっていたんだろうか？　ハンブルク時代の曲から始めて、サイケデリックに？でも、気がついた時には途中でやめて、《エリナー・リグビー》を口ずさんでいた。気分があがる曲ではあり得ない。わたしは途中でやめて、今の状況に合わないことはわかっていたが、《グッド・デイ・サンシャイン》をうたいだした。今、木々の隙間から見えている切れぎれの空は、淡い紫に色を変えていた。もうすぐ暗くなる。それなのに、まだ水は見つかっていなかった。あのトンボは、迷子になっていたのかもしれない。わたしは、まちがいなく迷子になってしまった。

わたしの声は、美しいとは言い難い。低すぎるし、しゃがれている。子供の頃はソプラノで、ガラスのように高くて透きとおった声が出ていたのに、思春期に何かが変わってしまい、学校の合唱隊でもうしろのほうにならばされるようになった。それでも、彼はわたしがうたうと喜んでくれた。「ジャニス・ジョプリンよりもすてきだ！」シャワーを浴びながらうたっているわたしの声を耳にするたびに、大きな声でそう言った。そして、照れるわたしに向かって首を振り、声をあげて笑った。「ほんとうに完璧だ」そのあと彼はわたしを引きよせ、濡れてクルクルになった髪にキスをするのだ。「うたっているきみは、とても幸せそうだ」「あなたのおかげよ」わたしは、いつもそう応えた。あなたがわたしを幸せにしてくれるの。あなたのおかげだわ。

彼は、それが誰であっても、人がうたっているのを聴くのが好きだった。わたしの歌だけじゃない。ハウスキーパーの女性が床を磨きながら鼻歌をうたっているのを聴くのも好きだったし、通りで大きなヘッドフォンを着けたティーンエイジャーが、歩道の割れ目を見つめながら、唇をほんのちょっとだけ動かして、小さな声でうたっているのを見つけただけでも喜んでいた。街角で誰かがうたっているのを見かけると、彼は必ず足をとめた。ミュージシャンは、たいてい古いアコースティック・ギターを肩に掛けていて、ずんぐりとしたオンボロのアンプが横に置いてあることもあった。うまいかどうかは問題じゃない。彼は顔いっぱいにゆったりとした笑みを浮かべ、満足げにうなずきながら、歌を聴いていた。たいていの人は、いそぎ足でとおりすぎていくだけで、なかには開いたギターケースに二十五セント硬貨を何枚か投げ入れていく者もいるが、彼はずっと聴いていて、歌が終わるとミュージシャンに歩み寄って手を差しだし、相手の目を見つめて「ああ、すばらしかった。よかったよ。楽しませてもらった」と言うのだ。そして、ミュージシャンにお金をわたす。お尻のポケットから取りだしたひとにぎりの小銭をわたすわけじゃない。高額のピン札を一枚わたすのだ。

初めてそれを見た時、わたしは静かな畏敬の念に打たれた。彼のやさしさに、忍耐強さに、お金だけではなく時間を費やす気前のよさに、物事を味わい楽しむ才能に、好意的なものの見方に、感動した。なかでも、いちばん価値があるのは、彼の好意的なものの見方だ。

わかったでしょう？　誰だって、彼を好きになる。あなただって、きっと恋に落ちたはず。救いを必要としていたらなおさらね……。


バッグの重みで肩がズキズキと痛んでいた。もう死にそうだと思ったが、この程度の肩や、腰や、指の痛みで——たとえその指が、緑がかったいやらしい黄色に変わって、曲がったままになっていても——死ぬことはない。深刻なのは、さっき見た時に膿(うみ)だらけになっていた腿の深い傷と、焼けるような喉の渇きと、この一時間で十度ほども下がり、このあとも下がりつづけるにちがいない気温だ。

多くのものが、わたしをじわじわと死に追いやろうとしている。このままでは、やがて森の地面に倒れ、肉体を土に委ねて囓られ啄(ついば)まれ、骨だけになって日にさらされつづけることになるだろう。

飛行機の燃料と焼けたゴムの臭いが脳裏をかすめた。顔を失った頭部を見たショックのせいにちがいない。

あれが、たった数日前のこと？　自分はもっと強いと思っていた。わたしは強いと思っていた。

あのジムでの日々を思った。どこにも行き着かない何キロものランニング。こまめに摂っていたプロテイン。火曜日のキックボクシング。**さあ、頑張れ。プッシュ！　水分補給を忘れないで。**なんてバカだったたんだろう。

足の下で小枝が音をたてた。薄明かりが、森に長い影を落としている。そんななか、暗がりに顔が見えた。こっちを向いているその目はギュッと閉じられていて、口は叫んでいるような形のまま凍りついている。わたしは足をとめ、胸をつかんで目をしばたたいた。「こんにちは？」一歩前に進むと、顔は消えた。ただの木の幹だった。その太い幹の真ん中に大きな洞ができている。くまのプーさんが、ハチミツを求めて首を突っこみそうな洞だ。

嘘でしょ。前にとおった場所だ。

一日じゅう歩いて、スタート地点に戻ってきたのだ。何をしてるんだろう。バカもいいところだ。

こみあげてきた笑いが、唇から漏れだした。ヒステリーが、喉の奥に巣くっていた恐怖を押しのけて、静かな夜気のなかに飛びだした。

笑わなければ泣いてしまうよ。子供の頃、よく父に言われた。たいていはレッドソックスのことだった。病気になってからも、がんにこの世のあらゆる楽しみを奪い取られてさえ、父はわたしに目を向けて肩をすくめてみせた。笑わなければ、泣いてしまうよ。でも、最後に父は笑わなくなった。がんは、父から笑いまでも奪い取ったのだ。

マギィ

わざわざシャノンに来てもらう必要はなかったのだ。ベンの写真は、いくらでも見られるようになっていた。
わたしは、シャノンが乗ったパトカーが私道を出ていく音が聞こえてくるまで待って、コンピュータを立ちあげ、検索ボックスに彼の名前を打ちこんだ。画面いっぱいに、検索結果があらわれた。メディアに名前が流された今、飛行機事故関連の記事が最初のほうにならんでいた。わたしはトップのサイトをクリックした。

ＡＰ通信
〈プレキシレーン・インダストリーズ〉の先駆的ＣＥＯ 航空機事故により死亡

先週の日曜日、ベン・ガードナーさん（三十四歳）所有のムーニー・アビエーションの単発機が、コロラド州のロッキー山脈に墜落した。事故当時、機はガードナーさんが操縦していたものと見られている。ガードナーさんと、もうひとりの搭乗者アリソン・カーペンターさん（三十一歳）は死亡。当局は墜落原因の調査を進めている。

ガードナーさんは二〇一一年に、〈プレキシレーン・インダストリーズ〉のCEOに就任。同CEOの指揮の下、〈プレキシレーン・インダストリーズ〉は世界一の高収益製薬会社に成長を遂げた。

（ジェニファー・マクナルティ）

ジムは彼のことを「製薬業界のやり手らしい」と言っていたが、ほんとうだったようだ。わたしはグーグルの検索ページに戻り、彼に関する記事にいくつか目をとおしながら、メモをとっていった。ノートのページに要点をきちんと箇条書きにしていく作業には、心を満たす何かがあった。こうしていれば、自制心を取り戻せそうな気がした。そんなふうにして、ひとつの記事の途中まで目をとおしたところで、誰かが玄関から入ってくる音がした。

「マギィ？　いるの？」

「キッチンにいるわ」

リンダが、ふたつのケーキの箱と山のような封筒を抱えて、よろよろとキッチンに入ってきた。「玄関の前のステップに置いてあったわ」カウンターに荷物をおろしながら、彼女が言った。ケーキの箱を開けてなかをのぞいた彼女が、顔をしかめた。「ひとつはパウンドケーキみたい」

「持って帰ってくれない？　子供たちが遊びにきた時に、食べさせてやって」

リンダは首を振った。「子供に甘いものを食べさせちゃいけないって、ケリィにとめられてるの」クイン家のお嫁さんであるケリィは、怒りっぽい金髪女性で、リンダの息子のクレイグが彼女の指にダイヤモンドの指輪をはめて以来、リンダと消耗戦をつづけている。「あの人、子供にはドライフルーツと人参スティック以外、おやつを食べさせないのよ。かわいそうに」リンダは、そう言って舌打ちした。「でも、この前ケーキを食べさせたら、ベンジーのやつ、わたしの上等のカーテンを引っ張りおろして要塞づくりに使ってくれたの。ケリィの言うことにも一理あるのかもね」彼女はテーブルに着いて、わたしの顔を見つめた。「調子はどう?」

わたしは肩をすくめた。「わかってるはずよ」

「わからないわ。でも、想像はできる。アリソンのこと、ジムから聞いたわ」わたしはテーブルに目を落としたまま、うなずいた。「残念だって言う以外、なんて言ったらいいのかわからない」わたしは手を伸ばして彼女の手をにぎった。そして、どちらも無言のまま、何分かそのまま坐っていた。

リンダが身じろぎして、魔法が解けた。「パイロットの名前がわかったって、ジムに聞いたわ。あなた、その人の写真を見たんですってね」

「ええ」わたしは二枚の写真を彼女のほうに押しやった。

「ハンサムだこと」リンダはつぶやくようにそう言うと、立ちあがってコーヒー・メーカーの前に進んだ。「飲む?」

「わたしはけっこう。ありがとう」

キッチンをせわしなく歩きまわるリンダに苛立ちをおぼえないよう、気持ちを抑えていた。

いっしょにいてくれるのはありがたいし、彼女のことは心から愛している。でも、早く帰ってほしがっている自分がいた。帰ってくれれば調査に戻れる。自分のカップを持ってテーブルに戻ったリンダが、腰をおろしてわたしを見つめた。「それで？　何を見つけたの？」

「なんの話？」とりあえず、とぼけてみた。わたしが何をしようとしているか知ったら、リンダが心配すると思ったのだ。

彼女が呆れたように天井に目を向けた。「わたしを相手に、とぼけるのはやめて。わたしは、思い出したくないくらい昔から——ええ、あなたも思い出したくないでしょうけど——あなたのことを知ってるのよ。何かを見つけたいと思ったら、あなたがどんなふうになるかわかってる。ええ、骨をさがす犬みたいになるのよ。ボウディン大学の図書館で二十年働いてきたあなたが、こんな時にただぼんやり坐ってるわけがないでしょう。さあ、白状しなさい。その人のことで何がわかったの？」

わたしは椅子を引きずって少しうしろにさがり、ため息をついた。「まだ、たいしてわかっていない。でも、かなりの資産家だっていうことはたしかだし、実家もお金持ちみたいね。何年か前の〈ニューヨーク・タイムズ〉にサンディエゴの家族の屋敷についての記事が載ってたわ。父親が建築家に委託して建てさせたようだけど——ほら、よくあるじゃない——無駄を極限まで省いたセメントの箱みたいな家。近所の人たちは、眉をひそめてるにちがいないわ」

「わかるわ。ああいうのって目障りなのよ。それで、他には？」

わたしはテーブルの上のノートを取りあげ、メモを読みあげた。「ベン・ガードナー、経営学修士課程を修了して、二〇〇九年にシラキュース大学を卒業。賞などは受けていないことから、平均的な学生だったと見られる。二〇一一年に両親より家業の運営を任される」

「ああ、その手のタイプね。生まれた瞬間、三塁ベースに立ってたような男。三塁打で生まれてきたのよ。それで、家業っていうのは？」

「製薬会社。〈プレキシレーン・インダストリーズ〉っていう会社よ。とにかく、彼がその会社を率いていたの。あの――」急に声が詰まった。恐怖。痛み。血。炎。骨。アリィ。

「あの墜落事故が起きるまで」なんとか言いおえた。

リンダがわたしの手に自分の手を重ねた。「自分を追い詰めすぎよ」

わたしは首を振った。「いいえ。こうしているほうが楽なの」顔をあげて彼女の目を見つめた。そこには、疑いの雲がかかっていた。彼女は心配しているのだ。「ほんとうよ」

リンダがコーヒーをひと口飲んで言った。「会社の名前、なんて言った？」

「〈プレキシレーン・インダストリーズ〉」

「聞いたことがあるわ」リンダは天井に目を向けて、テーブルを指で叩きはじめた。わたしは待った。「産後うつに悩む新米ママのための抗うつ剤をつくってる会社だわ。コルトンを産んだあと、ケリィもちょっとのあいだ使ってた。助けがほしければ、すぐ近所にわたしがいるのに、なんでそんなものが必要なのか、さっぱりわからないけどね。でも、すぐにやめたみたい。あれを飲むと頭が変になりそうになるって言っててね。いずれにしても、テレビでしょっちゅう宣伝してるわ。あなたも見ればわかるわよ」リンダが、考え深げにコーヒーをひと口飲んだ。「そのベンっていう人が、あの薬をつくってる会社のCEOなら、自家用機を持ってても不思議じゃないわ。大儲けしてるにちがいないもの」

「そうね。わたしはただ、アリィがその人と何をしてたのか知りたいの」

リンダがわたしに悲しげな笑みを向けた。「ロマンティックな関係だったんじゃないの？」

うぬぼれが強そうな非の打ち所のない彼の顔を思って、わたしはたじろいだ。「アリィがあの人といるところなんて、想像できないわ」

リンダが片方の眉を吊りあげた。「彼はハンサムでお金持ちなのよ。たいていの女の子は、自分が彼みたいな誰かといるところを想像するわ」

「アリィは、たいていの女の子とはちがう」わたしはピシャリと言った。顔を見れば、彼女が傷ついたことはわかった。でも、謝ろうとは思わなかった。

「もちろん、アリソンはたいていの女の子とはちがってたわ」過去形を使ったリンダに腹が立った。「ねえ、ずっと考えてたんだけど……」どうつづけたらいいのか悩んでいるかのように、彼女はテーブルを見つめた。そして、そのあと深呼吸をして言った。「〝お別れの会〟のことは考えてみた？」わたしは問いかけるように彼女を見た。「アリィの〝お別れの会〟」

彼女が静かな声で言った。「〝お別れの会〟をすれば、あなたも気持ちが……」

わたしのなかでパニックが羽をひろげだすのを感じた。「遺体も見つかってないのよ、リンダ。遺体もないまま、どうしたらお葬式なんてできるの？」

彼女のやさしい顔に哀れみの色が滲みだしたのを見て、わたしは目をそむけた。彼女が腕を伸ばして、わたしの手をにぎった。「お葬式をするべきだなんて言ってないわ。でも、みんなが集まって弔意をあらわせる機会を設けるべきだと思うの。この町にはアリソンを愛していた人が大勢いる。あなたを愛してる人がたくさんいるの。あなたのためにもいいはずよ。踏ん切りをつける、いいきっかけになるわ」

柩(ひつぎ)の蓋が閉まるところが目に浮かんだ。「踏ん切りなんてつけたくない」わたしは吐き捨てるように言った。「わたしは、自分の娘の身に何が起きたのか知りたいの」

にぎられている手を引き抜こうとしてみたが、リンダが放してくれなかった。「気持ちはわかる。でも、いくら探ってもわからないかもしれないわ」

喉の奥にお馴染みのかたまりがあらわれ、胸のなかで黒い深淵が口を開けた。「お願いだから、そんなことは言わないで」わたしはささやくように言った。

「意地悪で言ってるわけじゃないの」リンダがやさしく言った。「わたしを信じて。あなたがさがしてる答えを見つけてあげられるなら、なんだってするわ。今だって、大勢の人が何が起きたのか突きとめようと、昼も夜も働いてる。でも、あなただってわかってるはずよ。真相が明らかになる保証なんてない」彼女がわたしの手をギュッとにぎった。「わたしは、あなたにとっていちばんいいように事が運べばと思ってるだけ」

「わかってる」リンダはいつもわたしにとって——彼女が愛する人にとって——いちばんいいように事が運ぶよう考えてくれる。わたしはため息をついた。自分が負けた時はわかる。

「大袈裟なのはいやよ」それだけは言っておいた。「教会もいや。黒い服もなし。それにユリの花はやめてね。アリィはユリが嫌いだったの」わたしもユリが嫌いだ。チャールズの葬儀の日、教会はユリでいっぱいで、その香りが何日も鼻について消えなかった。

「なんでも言うとおりにするわ」リンダは時計を見て、椅子をうしろに引いた。「子供たちを迎えにいってくる。何か買ってきてほしいものはない？　あったら、子供たちをうちまで送ってから届けにくるけど……？」

わたしは首を振った。パソコンが急かすようになっている。ひとりになって、調査を再開したかった。

リンダが立ちあがり、カウンターの上のバッグを取りあげた。「あしたまた来るわ。何か必要なものがあったら……」

わたしは彼女に向かってほほえんだ。「どうすれば連絡がとれるか、ちゃんとわかってる」

わたしはリンダを見送り、テーブルに残されたカップをシンクに運んだ。手をあげて顔にふれてみて、濡れていることに気づいた。わたしは泣いていたのだ。リンダの言うとおりだ。何が起きたのかどれだけわかったとしても、結局は同じ。飛行機は墜落した。そして、アリィは死んでしまったのだ。

アリソン

わたしはプーさんの木の下で、大きな洞に見おろされるようにして眠った。そして、わたしたちの家のベッドに掛かっていた、大きな白いピーマ綿（アメリカ産の高品質綿）のシーツに動きを封じられる夢を見た。彼のほうに手を伸ばそうとするのに、やわらかな布が絡みつき、そのせいで身動きがとれない。でも、彼がそこにいるのはわかる。マットレスが、ほんの少し沈んでいる。この窪（くぼ）みをたどれば、そこに彼が横たわっているはずだった。石鹸（せっけん）の香りに、酸っぱいような息の臭いがかすかに混ざった、彼の匂い。わたしは腕を伸ばそうと、指で探ろうと、闘いつづけた。でも、もがけばもがくほど、布がきつく絡みついてくる。

早朝のピンク色の光のなかで目を開く直前、わたしはサンディエゴに戻っていた。テイクアウトのメニューと式の日取りを知らせるプレ招待状に覆われた傷だらけの古い冷蔵庫が置かれていた、タラとシェアしていたアパートではない。あのアパートの廊下の先には、美術書の切り抜きや、歩きやすいとは言い難い靴や、飲みかけのコーヒー（母が飲み方を教えてくれたブラックコーヒーだ）が入ったままのカップで散らかった、わたしの狭い部屋があった。そう、わたしが戻っていたのはあの部屋ではなく、クリーム色の革張りソファがあって、裏のパティオから海が見える、バード・ロックの家だ。あのベンの家だ。目を閉じると、高価な服でいっぱいの広々としたクローゼットが見えてきた。サラウンドサウンド・システムと、ピカピカのイタリア製のガスレンジと、わたしにはどうしても使い方が理解できなかった複雑きわまりないエスプレッソ・マシン。

「コーヒーを飲むかい？」もつれた白いシーツをすり抜けてベッドから出ると、いつも彼はそう訊いてくれた。エスプレッソ・マシンがゴロゴロとうなり、そのあと泡立つ音がして、最後にコーヒーがしたたる音が聞こえてくる。そして数分後、湯気のたつカップをふたつ持って、彼が寝室に戻ってくるのだ。わたしにカップのひとつを持たせてキスをすると、彼はベッドに滑りこむ。わたしは手を伸ばし、この身体の上へと彼を導いた。ベッドサイドのテーブルで、コーヒーが冷めていく。

目覚める前、わたしは夢のなかでしたように彼に手を伸ばした。そして目を開く前に、すべてを頭のなかで再現した。

コツはすぐにつかんだ。たいていの夜、バーは一般会員を相手に営業していたが、そこに憂さ晴らしにきて、かわいい女の子の注意を引きたがっている男たちから余分にチップを得る方法を、わたしはあっという間に学んだ。そして、一週間後には、車での生活をやめて、カーニー・メサの〈モーテル6〉で暮らせるようになっていた。

でも、まとまったお金を得るチャンスは、貸切イベントの夜にあると、仲間の女の子たちが教えてくれた。月に一度、裕福な白人男性たちがバーに集まるのだ。黒の蝶ネクタイを着けたバッタといった風情の彼らは、握手をしまくり、アメックス・カードを使いまくる。政治家、弁護士、実業家、不動産業界の大物。そうしたサンディエゴの有力者たちが、慈善パーティと称して集まるのだが、なんのための慈善活動かもわかっていないにちがいない。

　初めての貸切イベントの夜、そばから離れないようにと、ディーに言われた。「同じテーブルで働くのよ」シフトに入る前、彼女はリキッドアイライナーで慎重にアイラインを引きながらそう言い、鏡ごしにわたしの視線を捉えてウインクした。「大物たちを驚かせてあげましょう」制服はカクテルドレスに変わっていて、わたしたちの仕事は、きれいに着飾ってテーブルに着き、溢れるようにシャンパンを注ぎつづけて、ゲストを楽しませること。どんなふうに楽しませるかは解釈しだいだと、わたしたちは言われていた。

　八時きっかりにゲストが到着した。年齢は三十代前半から七十代後半までと様々だったが、お金をかけて磨きあげた彼らは、ひとり残らず輝いていた。ディーとわたしは、部屋の正面に設えた、六人掛けのＶＩＰテーブルを任された。わたしは、銀髪の銀行幹部と、太鼓腹をした航空宇宙会社の副社長のあいだに坐った。笑みを浮かべて、差しだされた彼らのグラスにシャンパンを注ぎ、そのあと自分のグラスを半分ほど満たした。わたしたちも飲んでいいことになっているが、飲みすぎて厄介なことになったら引き合わない。

　それは、ほとんどパーティ開始と同時に始まった。銀行幹部がわたしの手をにぎり、航空宇宙会社の副社長があらわになっている太腿にジリジリと手を近づけてきた。テーブルの向こうに目をやると、ディーのおじいさんくらいの歳の老人が、恥ずかしげもなく彼女のドレスを見おろしていた。航空宇宙会社の副社長の手が、ドレスの裾にふれている。シャンパンをもう一本取ってくるよう、銀行幹部に言われて立ちあがったわたしは、彼にお尻をさわられたのを感じた。胸にパニックの波が押し寄せてきた。ディーについてくるよう目配せして、わたしはカウンターに向かった。

「このいやらしい集まりは、いったいなんなの?」冷蔵庫から取りだしたシャンパンのボトルを彼女にわたしながら、声を殺して言った。

ディーはわたしの顔をチラッと見て、貯蔵室にわたしを引っ張りこんだ。彼女が手の甲にコカインを振りだしている。「とにかく気を緩めることね。さあ」彼女が手を差しだし、わたしはそれを一気に吸った。クスリが効いてくるのを待って、ディーが言った。「ねえ、稼ぎたいんでしょう?」わたしは、ぼんやりとうなずいた。「あの人たちは無害よ。ちょっと楽しみたいだけ。ここで我慢すれば、すぐに〈モーテル6〉を出られるわ。わたしが保証する」

恥ずかしさのせいで首が赤くなるのを感じた。「どうして知ってるの?」

ディーは肩をすくめた。「バッグのなかのキーを見たの」彼女がわたしの顔に手をあてた。その一瞬、病気の時に母が頰を撫でてくれたことを思い出した。「みんなとおってきた道よ。いい子になさい」彼女が言った。「わたしがするとおりにするの」わたしはうなずき、ディーに従ってテーブルに戻った。

シャンパングラスの下に、パリッとした百ドル札が挟んであった。わたしがそれに気づいたのを見て、銀行幹部がウインクして言った。「今夜、きみといい友達関係を築きたいと思ってね」わたしは無理やり笑顔をつくり、席に着いた。「もちろんです」わたしはグラスを手に取り、残りのシャンパンを飲み干すと、百ドル札をブラに押しこんだ。その頃にはコカインが血管を巡り、向かうところ敵なしという気分になっていた。「きっといいお友達になれるわ」

何分かそのまま身を横たえて、胸がゼイゼイいう音と、朝の挨拶を交わし合うアメリカコガラのさえずりを聞いていた。**ええ、そうよ。**わたしは思った。**そのとおり。あの銀行幹部とやったのよ。**わたしはブランケットの下から両腕を出して、指先を見つめた。まだネイルが剝がれていない。ジェルネイルは、ほんとうに長持ちするようだ。でも、皮膚の色は青く変わっていて、感覚もなくなっている。よくない兆候だ。寒さに備えて眠ったものの、夜の寒さは予想以上で、朝になった今でさえ吐く息が白く見えている。

動く必要がある。今日こそは、あの小径を、あるいは水を、見つけなくてはならない。とにかく、またこの場所に戻ってプーさんの木を見ることになるのはごめんだ。勢いよく立ちあがった瞬間、まわりの木々が消えた。わたしは、今度はゆっくりと横になり、目眩が治まるのを待った。

息をして。

カウンターに山積みになっている郵便物を、ぼんやりと選り分けていった。封書のほとんどはチャールズ宛に届いたものだ。彼はかぞえきれないほどの月例クラブに入っていたのだが、どのクラブもそのままで、退会の手続きをしていない。アウトドア月例会、アマチュア地質学会、釣り人の会、天文クラブ。それに、アウトドア用品のサブスクリプション・ボックス（定額料金を支払うと、利用者の好みに合った商品が箱詰めされて送られてくるビジネスモデル）。毎月届くその段ボール箱を、地下に運んで保管しているのだが、いつまでとっておくつもりなのか、自分でもわからない。ただ、無駄だとわかっていても、処分することなど考えられなかった。封書のほうも、送り主を調べて退会の手続きをするべきだと思いながら、それができずにいる。それ以外に、様々なコレクター仲間から届く小包もあった。チャールズが興味を持つのではないかと、いまだに標本を送ってくるのだ。そういう人たちに「やめてくれ」と言う勇気は、わたしにはない。だから、毎日のように地下室の電気をつけ、軋む階段をおりて新しいボックスを古いボックスの上に載せ、また階段をのぼってドアを閉めることになる。

チャールズがいてくれたらと思う。あの人ならば、どうすればいいかわかるはずだ。

アリィ宛の郵便物も二、三あった。ティーンエイジャーの頃に申しこんだままキャンセルしていない洋服のカタログと、女性の保護施設のために寄付をしてほしいというお願いと、地元の銀行の取引明細書。その口座を開いたのはアリィが十歳の時だった。チャールズとわたしに連れられてセントメリーズ信用組合に行ったアリィが、わたしたちから百ドル札をわたされた時にどんな顔をしたか、今でもおぼえている。口座は、もうだいぶ前から休眠状態になっていた。最後にチェックした時の残高は二百ドルほど。お金の出入りはなく、利息はついていないも同然だった。解約しようかと話してもいたが、うちに帰ってくるとアリィはいつも時間がなさそうで、そのあとまったく帰ってこなくなった。それでも取引明細書は、時計仕掛けにでもなっているかのように毎月届き、わたしはそれを机の抽斗に押しこんで、次の明細書が届くまで忘れている。その封筒を脇においた。もう解約するしかないだろう。

わたしはパソコンの前に腰をおろした。そして、暗い画面を見つめているうちに、自分はいったい何をしているのだろうかと思いはじめた。アリィは死んでしまった。少なくとも、みんながわたしにそう言いつづけている。アリィは自分の人生からわたしを締めだそうとしていた。そのアリィの人生を探りまわって、何になるんだろう？　でも、そんな思いは長くはつづかなかった。アリィのために闘いつづけろと言う心の声に押さえこまれて、すぐに消えてしまった。アリィは死んではいない。わたしのなかではまだ……。キーボードに指を乗せた。これまではベンとアリィを別々に検索していただけで、ふたりの名前をいっしょに検索ボックスに入れてはいなかった。やってみる価値はある。わたしは、ふたりの名前を打ちこんだ。大量のヒットが画面にあらわれたが、どれも墜落事故関連のものだった。詳細は読まずにリストをスクロールしていくと、〈サンディエゴ・クロニクル〉の見出しが目に飛びこんできた。『ベン・ガードナーさんとフィアンセ、航空機墜落事故で死亡』

記事には、ふたりの写真が添えられていた。まず笑顔のふたりが画面にあらわれ、徐々に全身像が映しだされた。アリィは、ライラック色のシルクのロングドレスを着て立っていた。鎖骨がくっきりと見えている。そう思った途端、頭のなかにまたあの一連の幻影があらわれた。わたしは、どこかの山の窪んだ地面に横たわっている、焼けて骨になったアリィの姿を締めだすべく、目を閉じた。そして、ようやくそれが消えてくれると目を開けた。アリィの指にはまったダイヤモンドの指輪が、カメラのフラッシュを浴びて輝いている。

ふたりは婚約していたのだ。

記事に貼られていたリンクをクリックして、数カ月前に発表されたふたりの婚約について報じたページへと飛んでみた。

サンディエゴのラ・ホヤ在住のデイヴィッド・ガードナー夫妻は、息子であるベン・ガードナーさんが、メイン州出身のアリソン・カーペンターさんと婚約したことを発表した。新郎となるベン・ガードナーさんは、シラキュース大学のホイットマン・スクール・オブ・ビジネスを卒業。現在は製薬会社〈プレキシレーン・インダストリーズ〉のCEOを務めている。新婦となるアリソン・カーペンターさんは、ボストン大学を卒業している。結婚式は九月八日に行われる予定だ。

結婚式は数カ月後に予定されていたのに、あの子は知らせてくれなかった。招待もされていない。わたしに式に出てほしくなかったのだ。

わたしはふたりの写真に目を向けた。アリィは幸せに見えるだろうか？　いいえ、幸せそうだというのは難しい。たしかに笑ってはいる。でも、その目に幸せとは別の何かが感じられた。アリィはあのネックレスを――チャールズが贈った金のロケットを――着けていた。それを見て、わたしは少しホッとした。アリィの横に立っているベンは、やけに気取っているように見えた。彼が着ているスーツが高価なものだということは、わたしでもわかる。常に望みどおりのものを手に入れるタイプの男のようだ。ボウディン大学で、そういう学生をずいぶん見てきた。自分がいるだけで世界のためになるとうぬぼれているような、金持ちの息子たちだ。写真に手を伸ばして、彼の首を絞めてやりたかった。

〈プレキシレーン・インダストリーズ〉がすごい薬の開発に成功したとリンダが言っていたのを思い出し、検索ボックスに彼の名前と会社名を打ちこんでみた。そして、〈タイム〉誌の記事に飛ぶリンクを見つけた。それをクリックし、画面に顔を近づけて目を細めて見た。

ヘルス

母親の小さな救いとなるか？

産後うつをなくすための、ひとりの男の探求

二〇一五年二月二十三日

新生児の母親は、常にたいへんな試練にさらされている。睡眠不足に、子供の健康を気遣っての不安に、授乳。そうしたすべては、母親にとって大きな負担になる。しかし、それだけではない。新しい命をこの世に産みだしたことによって、さらに苦痛を強いられている母親たちがいる。最近の統計で、五人にひとりが産後うつを経験していることがわかった。その症状は、気分が急激に変化するというものから、自分の子供との絆(きずな)を形成できないというものまで様々だ。しかし、そうした症状を訴える母親のなかで、適切な治療を受けている女性はわずか十五パーセントほどと思われる。ベン・ガードナー氏は、それを変えたいと考えている。

「これで状況は大きく変わります」巨大製薬企業〈プレキシレーン・インダストリーズ〉のCEOは、そう語っている。過去三年にわたり、同社は先頭に立って産後うつの原因について研究を重ねてきた。そして、ついに突破口を見つけた。産後うつ患者をターゲットとした新薬、ソムヌブレイズの認可に向けた、連邦医薬品局(FDA)(架空の名称。アメリカ政府で実在するのは食品医薬品局(FDA))の承認審査は最終段階に入っている。

「ソムヌブレイズは、産後うつの治療のために開発された史上初の抗うつ剤です」ガードナー氏は語っている。「この薬をもって、新しく母親になった女性とその子供たちの人生に、大革命を起こすことができればと望んでいます」

来月にもFDAの認可がおりるものと思われるが、それが実現すれば多くのアメリカ人女性が産後うつという拘束を逃れ、子育てに専念できるようになるだろう。

リンダが話していた薬だ。彼女の言うとおりだった。ソムヌブレイズのことは知っている。知らない人間はいない。歯が白すぎる完璧な容姿のブロンドの女性が、片方の腕に赤ん坊を抱き、もう一方の手にブリーフケースをぶらさげて登場するコマーシャルが、十分に一度、テレビで流れている。「これで何もかも望みどおりよ！」彼女が輝くばかりの笑みを浮かべ、そのあとナレーションが入る。「あなたの症状をソムヌブレイズで改善できないか、ぜひ主治医にご相談ください」ソムヌブレイズは、処方薬としては異例の速さで認可がおり、市場に出まわったというニュースも見た。

アリィが生まれたばかりの頃のことは、今でもおぼえている。毎晩、夜中に三回起こされながら、チャールズもわたしも早く起きて仕事に出掛けなければならず、ふたりとも常に赤い目をして苛立っていて、ひどい疲れのせいで骨という骨が痛んでいた。厚い雨雲の下で、土砂降りの雨が降りだすのをただ待ちながら暮らしているような気分だった。それでも、たとえあの時代にそんな薬があったとしても、わたしはそれを使うという選択はしなかったと思う。わたしたちの世代は、そういうことは黙って我慢するものだと思いこんでいた。どんな気分かなんて、人には話さなかった。でも、時代は変わった。今はみんな、自分がどんな診断を受けたかしゃべるのが大好きだ。

わたしは記事に添えられた彼の写真を見た。真っ白な歯と、まくりあげたシャツの袖。彼がアリィの手を取ってキスをし、片膝をついてダイヤモンドの指輪を掲げるところを思い描いてみた。簡単すぎるくらい簡単に、その場面が浮かんできた。わたしはギュッと目を閉じて、それを追い払った。

いいえ。誰が彼のことを聖人扱いしようと関係ない。アリィがその飛行機に乗ったのは、彼のせいだ。だから、ありったけの力を尽くして、彼についてひとつ残らず調べあげてみせる。

アリソン

最悪の二日酔いなみに頭がうずいていた。わたしはバッグに手を伸ばしてジッパーを探り、それを引っ張った。もう水は残っていないが、食べ物はまだ少しある。今は、得られるかぎりのエネルギーが必要だ。指がナッツをひとにぎり探りあてると、四粒かぞえて、ひとつずつ口に運んだ。ナッツのザラザラした皮が喉に引っかかる。わたしは喉を詰まらせないように、必死でそれを飲みこんだ。

ひと月経ち、またイベントの夜を迎えた。その頃には、もうすっかり慣れていて、ディーとわたしは、最も有力なメンバーが着くテーブルを任された。不動産王。映画の元プロデューサー。有名な軍需企業の会長。上院の議席を狙う政治家。ヘッジファンドの経営者。それに、製薬会社のCEO。

わたしは不動産王と政治家のあいだに坐っていた。政治家は軍需企業の会長をおだてるのに忙しすぎて、わたしにはたいして興味を示さなかったが、不動産王のほうは、わたしが席に着いた瞬間から、レーザーのような視線を向けてきた。そして、まだ九時だというのに、お尻をつかんで、彼のヨットで夜を過ごそうと誘いかけてきた。「嘘はつかない。大きなヨットなんだ」彼はウインクしてそう言うと、わたしに抱きついた。

わたしは笑いながら左に避けるふりをして、彼を払いのけようとした。その時、誰かが彼の肩をつかんで、うしろに引っ張った。目をあげてみると、製薬会社のCEOが不動産王に覆いかぶさるように立っていた。唇を引き結んで、すでに拳をつくっている。「無礼な真似をするんじゃない」その声は驚くほど落ち着いていた。不動産王が立ちあがった。その勢いでシャンパングラスが割れ、椅子がひっくり返った。部屋じゅうが静まりかえった。「さわるな」不動産王は吐き捨てるように言ったが、その目には恐怖の色があらわれていた。CEOは不動産王の半分くらいの歳で、仕立てのいい白いシャツの上から筋肉の輪郭が見て取れる。

ディーがわたしの視線を捉え、なんとかしろと合図した。これ以上の騒ぎになれば、夜は台無しになってしまい、ふたりとも店をクビになって、給料ももらえないまま追いだされてしまう。「さあ、ぼうやたち」これ以上ないくらい甘い声で言った。「お願い、おしまいにしましょう」わたしは不動産王の胸に手をあてて、上着の襟の折り返しに指を走らせた。「代わりのシャンパングラスを取ってくるから、坐って待ってて。いいでしょう、あなた?」不動産王は拗ねたような顔でうなずき、椅子を起こした。

CEOは、まだ拳をにぎったままだった。わたしは彼の腕を取ってバー・カウンターへと導き、バーテンダーにテキーラを二杯頼んだ。そして、CEOにショットグラスをひとつわたすと、どちらも無言のままそれを飲み干した。わたしはカウンターにもたれながら、テキーラが喉を焼くのを感じていた。

　CEOが手の甲で口を拭い、ようやく笑みらしきものを浮かべた。「すまなかった」小さな声で彼が言った。「それにしても、くだらない男だ」

　わたしは一瞬目を閉じた。テキーラがまわりはじめていたが、足りなかった。まだ感覚は麻痺していない。わたしは彼を見あげて肩をすくめた。「こんな仕事ですもの。避けられないわ」無理に笑顔をつくって言った。「たいしたことじゃない。あの人は無害よ。ただ楽しみたいだけ」

　彼は首を振った。「無害には見えなかったがね」

　わたしは顔に笑みを貼りつけたまま、身振りでバーテンダーにお代わりを頼んだ。「だいじょうぶよ」その声には、感じている以上の確信がこもっていた。

　CEOが嫌悪感もあらわに部屋を見わたした。「なぜ自分がここにいるのかさえわからない。慈善パーティと聞いたはずだが、これは……」彼は、かぶりを振った。「きみも我慢なぞするべきじゃない」わたしは羞恥心をおぼえて、たじろいだ。彼は、この場所に不快感を抱いている。わたしに不快感を抱いている。一瞬、わたしも同じ気持ちになった。でも、そのあと怒りの大波が押し寄せてきた。

　三千ドルのタキシードを着て、ハリウッド・スターなみの完璧な笑みを浮かべて、わたしにそんなことを言うなんて、いったい何様のつもりなの？「あなたがわたしを救おうとしてるのはわかる」静かな声で言った。「でも、救っていただく必要なんて、ほんとうにないの」わたしは二杯目のグラスをクイッと空けると、バー・カウンターに乱暴にグラスを置き、鏡に映った自分を見て、ほつれた髪を撫でつけた。「仕事に戻らなくちゃ」

CEOは両手をあげた。「オーケー」彼はテキーラを飲み干し、グラスの下にバーテンダーへのチップを二十ドル置いた。「いずれにしても、もう帰るよ」彼は胸ポケットから名刺を取りだした。「何かあったら、連絡してくれ」そう言ってわたしの手に名刺を押しつけた。「自分をだいじにすることだ」

彼が店を出ていくのを見届けたあとで、名刺に目を向けた。『プレキシレーン・インダストリーズ CEO ベン・ガードナー』その下に電話番号が印刷されていた。わたしはその名刺をブラに滑りこませると、テーブルへと戻った。「われわれの幼い友人はどこに行った?」テーブルに着くなり、不動産王に訊かれた。薄ら笑いを浮かべてはいるが、目には恐怖の色がかすかに残っていた。

「ママに呼ばれたみたい」唇を尖らせて答えてやった。「もうわたしたちとは遊べないわ」

不動産王が安堵したのがわかった。「それは残念だ」彼はテーブルの下に手を滑らせた。「しかし、これできみとふたり、存分に楽しめる」

数分後、立ちあがる力が戻ってきた。まだ、ぼうっとしていたが、立ちあがってキャンプの片づけをすることはできた。出発する前、シャツの最後の一片を切り裂いて、細いリボンをつくった。一度とおった場所に戻ってしまったらすぐにわかるように、今日はしるしをつけながら進むつもりだった。こちらに向かってあくびをしているように見える洞を横目に、まずその枝にリボンを結んだ。

木の皮に白いリボンがくっきりと目立って見える。わたしはリボンを解いて地面に擦りつけ、土色になったそれをあらためて枝に結んだ。わたし以外の誰かの目にとまるようなことがあってはならないのだ。

マギイ

もう眠らなかった。眠れなかった。ただベッドに横たわって、瞼の裏に映しだされる幻影のスライドショーを見ていた。

恐怖。痛み。血。炎。骨。アリィ。ただ、今回は新たな映像がくわわっていた。写真のなかからほほえみかけてくるベン・ガードナーの、真っ白な歯と氷のようなブルーの目。

早朝の光がブラインドから漏れてくるとすぐに起きだした。わたしが上掛けの下から滑りでると、ベッドの端にいたバーニィが哀れっぽい声で鳴いた。まだ六時前だった。

階下におりて裏口を開けた。事故の知らせを聞いて以来、家の外に出ていなかったわたしは、足の指のあいだに芝を感じて戸惑いをおぼえた。空はまだピンク色で、裏庭のほとんどの部分は薄暗かったが、木々のあいだを縫って届きはじめた日射しが、滑り台つきのブランコのてっぺんを照らしている。

とっくに処分するべきだった。滑り台は錆だらけだし、ブランコのひとつは座板がなくなっている。他にも、目に見えない部分に、安全上の問題が潜んでいるにちがいない。子供はもちろん、猫でも乗せたくない。この遊具を処分して、畑かバラ園をつくるという大計画について、チャールズと話していた時期もあった。彼が蜜蜂の巣箱を置こうと言いだした時には、心臓がとまりそうになった。蜂と聞いて不安になったのだ。でも、そんな計画があったにもかかわらず、毎年夏の終わりになると、ブランコがまだそこにあることに気づく。

ほんとうのことを言えば、チャールズもわたしもその滑り台つきのブランコを捨てることができなかったのだ。ちょこんとふたつに結んだ髪を頭のうしろで躍らせ、はしゃいで頰を赤くしていたアリィ。チャールズは何も言わなかったが、裏庭に目を向けるたびに、ブランコに乗っていたアリィの姿を、そこに見ていたにちがいない。どちらも口にはしなかったものの、わたしたちはいつか——もちろん、その前に修理をする必要があったが——小さな孫息子か孫娘がこのブランコに乗る姿を思い描いていたのだと思う。

ブランコから落ちたあとわたしに駆け寄ってきて、擦りむいた膝を指さしてみせたアリィの姿が、今でも見えるような気がする。「どうしてブランコから落ちたの？」泥がついた膝を拭いてやりながら、わたしは訊いた。

あの子は目を大きく開いてわたしを見おろし、小さな肩をすくめて答えた。「手を放したらどうなるか知りたかったの」

裸足で芝生に立っているうちに、骨という骨が重くなってきた。もう一秒も堪えられそうもない。逃げだす必要がある。

シャワーを浴びて身支度をし、九時には車に乗って通りを走っていた。アウルズ・クリークの町は、すっかり目覚めていた。メイン・ストリートのパン屋の前には、朝のコーヒーを飲もうと待つ人たちの列ができていた。子供たちが持っている白い紙袋には、サマーキャンプに持っていくマフィンやサンドイッチが入っているにちがいない。キックスケーターに乗った小さな女の子を、母親が慌てて歩道へと導いている。近頃、子供たちはみんなキックスケーターに乗っている。金髪をおさげにしたその女の子は、何か気に入らないことがあるらしく、口を大きく開き、目をクシャクシャにして泣き叫んでいた。母親と目が合ったわたしは、〝よくわかる〟という気持ちを込めてほほえんで見せた。子供を育てるのは簡単ではない。でもそれは、なかなかわかってもらえないものなのだ。

湖沿いの道をとおって町を抜けると、ルート1に乗った。バンゴアやポートランドに向かう通勤者の車で混雑していたが、かまわなかった。フリーポートを過ぎると道は空いてきて、気がつくと見慣れた風景のなかを走っていた。〈モーター・コート・モーテル〉、〈C&Rトレーディングポスト〉銃砲店の大きな赤い看板。パイパー・ファームに向かう分かれ道。ブランズウィック空港の看板が見えてきたら、もうすぐだ。次の出口でおりて、ボウディン大学に向かってカーブを曲がる。

わたしはストウ・ハウスの裏のフェデラル・ストリートに車を駐め、中庭へと入っていった。夏休みとあってキャンパスは静かだったが、裸足になって袖をまくりあげ、本を片手に芝生に寝そべっている学生たちもいくらかはいたし、口元に難しい表情を浮かべて足早に歩きすぎる、バックパックを背負った学生たちも時折見かけた。どれも、お馴染みの景色だ。でも、今二十年間、わたしはこうした学生たちを見ながら、この中庭を横切っていたのだ。そう、最近はずっとそんな気分だ。他人になって、自分の人は侵入者になった気分だった。

生に入りこんでいるような気がする。

わたしは、ホーソン・ロングフェロー図書館の高さのあるアーチ形の窓ガラスの前をとおりすぎ、ガラスのドアを抜けて館内に入った。相変わらずダグがそこに坐っていた。わたしを見て、彼が立ちあがった。

「マギィ！　なんてうれしい驚きだろう！　こんなところで何をしているんだ？」そう言ったあと、ダグがたじろいだ。事故のことを思い出したにちがいない。「アリソンのこと、聞いたよ。ほんとうに気の毒に。こんなことが起きるなんて、ひどすぎる」

「ありがとう、ダグ。ベッツィは元気？　まだ働いてるの？」

「去年、引退した。うるさくてかなわないよ。毎日毎日『今日はどこに行ってたの？　何時に帰ってくる？』ってね。朝の九時に、夕食に何を食べたいか訊かれるんだ。朝の九時にだよ！」

「ずいぶん変わったわね。でも、きっとすぐに新しい暮らしに慣れるわ。それで、あなたは？　そろそろ引退を考えてもいいんじゃない？」

「ぼくが？　冗談じゃない。死ぬその日まで働くさ！」その意志を強調するかのように、彼がデスクを叩いた。

わたしは天井に目を向けた。「わたしのすべてを賭けてもいい。あなたは一年以内にベッツィと世界一周の旅に出て、太平洋のどこかに浮かぶ豪華客船の上でマイタイを飲んでるにちがいないわ」

彼がかぶりを振った。「そんなふうに思うなんて、きみはどうかしている。バーバラに会いにきたんだろう？　何分か前に仕事に入ったのを見た。どこに行けば見つかるか、わかってるね？」

わたしは帰りにまた寄ると約束して、閲覧室へと足を踏み入れた。その瞬間、冷たい静けさと、黴臭いような紙の臭いを含んだ、カーペットクリーナーの不快な甘い臭いに襲われた。木製の長いテーブルに学生が数名、距離を置いて坐っているだけで、閲覧室はほとんど空っぽだった。わたしは書架の列を抜けて、奥のレファレンス・デスクへと向かった。バーバラはそこにいた。青みがかった白髪を頭のてっぺんでキュッとまとめて、鉛筆を挿している。わたしが挨拶代わりに片手をあげると、デスクのうしろから彼女が飛びだしてきて、しっかりと抱きしめてくれた。

「会えてよかった」バーバラがささやくように言った。それでもその声は本を読んでいた者たちの耳に届いたらしく、顔をあげた何人かに眉をひそめられてしまった。「さあ、わたしのオフィスに行きましょう」

わたしは彼女に従ってスタッフ用のドアを抜け、入り組んだ廊下をとおって、以前ふたりで使っていた狭いオフィスに入った。わたしのデスクは、予想どおり、山積みの本と書類の束で埋め尽くされていた。揃って腰をおろすと、バーバラがそのデスクを示して言った。

「散らかしててごめんなさい。それで、調子はどう？」

わたしは肩をすくめた。「なんとかやってるっていう感じね」

「いいわ、あなたの時間を無駄にしたくないから、お悔やみは言わない。でも、わたしの気持ちはわかってね。さあ、何をすればいい？」

「いくつか調べたいことがあるの。パソコンを使わせてもらえる？」

「もちろんよ」バーバラは、わたしを閲覧室の奥のパソコンがならんでいる場所へと導いた。「助けなんていらないと思うけど、わからないことがあったら呼んでね」彼女はそう言うと、デスクに戻った。

アリソンがトラブルを起こした記録があると、ジムが言っていたことを思い出した。法的なトラブルだろうか？　わたしは画面上の〝ペイサー〟のアイコンをクリックし、以前使っていたものが無効になっていないことを祈りながら、ログインに必要な認証情報を打ちこんだ。〝ペイサー〟は、国じゅうの裁判の記録を収めた電子データベースだ。アリィが警察の記録に載っていたというなら、ここで検索してみればヒットするはずだ。検索ボックスにアリィの名前を入れ、リターンキーを叩いた。パソコンがうなりだした。

ヒットは一件。わたしは、それをダブルクリックした。

刑事事件　三八－四七一
カリフォルニア州パームスプリングス司法管轄区郡上位裁判所
警察官による宣誓供述書
原告 カリフォルニア州　対　アリソン・カーペンター

事案番号　8YU-11-39GT

わたくし、ジェローム・ラムジィは、次のとおり宣言する。

二〇一六年十月二日午前零時五十五分頃、無謀運転の通報が入り、わたくしはパームスプリングスのパームキャニオン・ドライブ六二二Nに急派された。通信指令室によれば、女性の声で、女性が運転するブルーのメルセデスSクラスが車線を跨がってジグザグ走行しているという、九一一番通報があったとのこと。助手席に男性が乗っていると、通報者は併せて話している。

午前一時三分に現場に到着したわたくしは、法定制限速度をはるかに下まわる速度で蛇行運転をしている問題の車両をただちに発見。パトカーのライトを数回点滅させたにもかかわらず、メルセデスが停車することはなかった。短い追跡のあと、助手席の男性がハンドルをとるのが目に入り、その直後、車は路肩に停車。メルセデスに近づいてみると、運転席の二十代後半の女性が、法定飲酒許容量をはるかにこえたアルコールを摂取していることは明白で、おそらくは薬物の影響も受けているものと思われた。免許証と登録書の提示を求めたところ、カリフォルニア州の運転免許証により、女性がカリフォルニア州サンディエゴ、エイドリアン・ストリート二七九九在住のアリソン・カーペンターさんであることが判明。登録書により、車は同乗者の六十代前半の男性、同じくサンディエゴ在住のジョン・ドワイヤーさんのものであることを確認した。ドワイヤーさんは、薬物およびアルコールの影響は受けていない様子だった。

酒気検知器による検査を拒んだため、カーペンターさんを飲酒運転の疑いでその場で逮捕し、パトカーの後部座席に乗せた。自分の車でついてくるよう指示したものの、ドワイヤーさんが警察署にあらわれることはなかった。

カーペンターさんは、同日の朝、保釈された。

警察官　ジェローム・ラムジィ

二〇一六年十月三日 カリフォルニア州 パームスプリングスにて
本職の面前で署名し宣言（確約）した。

画面をスクロールして他の文書をさがしてみたが、どれも閲覧できないようになっているか、黒塗りだらけになっていた。アリィは正式に告発されることなく、この訴えは取りさげられたようだった。

わたしと同年代の男性と車に乗って、そんな状態で運転をするなんて、いったいアリィは何をしていたのだろう？　わたしは考えた。それに、どうやって告発を免れたのだろう？

この文書を見るかぎり、アリィに罪があることはわかりきっている。

わたしは椅子の背にもたれた。**ああ、アリィ。いったい何を考えてたの？**

「失礼ですが……」

見あげると、小さな丸い眼鏡をかけた、モジャモジャの銀髪の男性が、そびえるように立っていた。「お邪魔して申し訳ないが、以前にここで働いていた方じゃありませんか?」

「そうですけど」辞めてから、もう四年になる。わたしをおぼえている人間がいるなんて驚きだ。

「当時、よくここでお見かけしました。ただ、失礼、名前を思い出せなくて……」

「マギィです」わたしは言った。

「そう、思い出した。マギィだ」笑みを浮かべた彼の目尻に皺が寄った。「トニィです。またお目に掛かれてよかった」

「ええ、ほんとうに」そうは言ったものの、前に会った記憶がまったくなかった。とはいえ、わたしの在職中、この図書館を利用していた人間は大勢いる。その全員をおぼえているはずがない。

「いいですか?」彼は答えも待たずに、わたしの隣に坐った。「膝がね」すまなそうに笑みを浮かべて彼が言った。「近頃では言うことを聞いてくれない。一、二時間、坐っていると、うまく動かなくなってしまうんです」わたしは、起床時におぼえる妙な痛みや、長時間坐っていると感じる腰の痛みや、歩く時に足首がパキッと鳴ることを思い出した。彼が両手を腿に置いて、身を乗りだした。「なぜボウディンに戻られたんですか?」

わたしは彼を観察した。いい人のようではあるが、こちらがすすめもしないのに隣に坐って、個人的なことを尋ねてくるような人間は好きになれない。そのせいで、わたしは苛立っていた。「家のパソコンが壊れてしまったんです」嘘をついた。「だから、修理が終わるまで、ここのを使わせてもらおうと思って」彼は何も言わなかった。どうやら、自分のことを尋ねられるのを待っているようだ。「あなたは？」仕方なく尋ねた。「ここの教授？　それとも……？」

「わたしが？　いや、まさか！」彼は声をあげて笑った。図書館ではけっして許されないような笑い声だった。「ちがう、ちがう。ただの引退したさみしい老人ですよ。シニア割引を利用して講義を受けにきてるんです」

「いいことだわ」このタイプの男性はさんざん見てきたから、離婚か死別かまではわからないが、彼が独り身だということは想像がついた。この年代の既婚男性は、大学に講義を聴きになどこない。奥さんのほうは、夫から逃れたくてやってくるが、既婚男性は家にこもる傾向がある。

彼は肩をすくめた。「悲しいかな、暇つぶしです。美術史とフランス文学のクラスを始めたところでね。次の学期には考古学をやってみようと思っています」

「意欲的だこと」わたしは意図を悟ってくれるよう祈りながら、パソコン画面に向きなおった。

彼は何かためらっているようだった。視界の隅に映っている彼が口を開いたのを見て、また何か訊かれるものと身構えた。でも、彼は質問をする代わりに口を閉じ、大儀そうに立ちあがった。「さて、そろそろ戻ります。ちょっと挨拶をしたかっただけでね。あなたがここで働いていた時、なぜ今日も自己紹介をしなかったのかと、いつも悔やんでいたんです。そして、ある日を境に、あなたはもう来なくなった。チャンスを逃してしまって、どんなに後悔したことか。しかし、あなたはまたここにやってきた」

わたしは両手をあげた。「ええ、やってきたわ」

彼は手を振って、自分の席へと戻っていった。彼を追い払ったことを悔いて、胸が痛んだ。おそらく、ちょっとしたおしゃべりに飢えた、ただのさみしい人なのだ。害などない。彼の前に積みあげられた本に目を向けてみた。プルースト、ベルジェ、モーパッサン。夏の過ごし方としては最悪だ。もっとやさしくしてあげるべきだった。

わたしはそんな思いを脇に押しやって、パソコン画面に向きなおった。今はするべきことがある。国家運輸安全委員会（NTSB）のサイトを開き、アリィの墜落事故の情報を打ちこんで、リターンキーを押した。

NTSB 識別番号 CEN36FA455
連邦行政規則集 第十四巻 第九十一部：一般航空（ゼネラルアビエーション）
発生日時：二〇一八年七月八日 日曜日
発生場所：コロラド州 エレクトリック・ピーク
型式：ムーニー・アビエーション3
死傷者：二名死亡

本調査報告書は予備情報としての文書であるため、今後変更される可能性があり、誤りが含まれていることも考えられる。本文中のいずれの誤りも、最終報告書が完成した時点で訂正されるものとする。ＮＴＳＢは現地に調査員を派遣し、事故調査のサポートにあたらせるとともに、現地外でも人員を割いて相当量の調査の指揮を取り仕切っている。本報告書は、多方面から入手したデータをもとに作成されたものである。

二〇一八年七月八日、一七〇〇山岳部夏時間（ＭＤＴ）頃、ムーニー・アビエーション3、Ｎ65ＥＦが、墜落の衝撃と、墜落後に起きた火災により大破した。コロラド州のボレアス山付近でコントロールを失ったことが原因と見られている。同機は、連邦行政規則集第十四巻第九十一部のもとに、自家用機として個人が所有し操縦していた。同機はシカゴ・ミッドウェイ国際空港（ＭＤＷ）を離陸し、カリフォルニア州サンディエゴのモンゴメリーフィールド空港（ＭＹＦ）に向かっていた。二〇一八年七月六日金曜日、同機はモンゴメリーフィールド空港を離陸しているが、飛行計画は提出されていなかった。パイロットと同乗者は死亡。

墜落地点は、事故機の前脚を含む残骸の大部分が発見された場所の三メートルほど南と見られる。事故機の位置と墜落地点から、墜落時、機は東から山に衝突したものと思われる。機体はほぼすべてが、墜落後の火災により焼失。それにより、残骸の回収は困難となった。パイロットの焼死体は回収され、近親者により身元が確認されている。同乗者の遺体は、本報告書作成時点では未発見だが、衝撃の大きさと現場の状況から見て死亡は確実。現場の状況が厳密な調査を妨げているものの、同乗者は墜落の衝撃で機体から投げだされたものと思われる。エンジン及びエンジン付属部品に異常は確認されていないが、火災による激しい損傷が、構成部分の完全な調査を困難にしている。墜落現場に残された証拠のいくつかは、調査員の到着前に野生動物によって損なわれた模様。一六〇〇山岳部夏時間（ＭＤＴ）のボレアス山の気象観測値は、三四〇度方向からの風九ノット、視界十六キロ、晴天、気温摂氏二十三度、露点温度摂氏マイナス三度、高度計規正値一〇二三ヘクトパスカル。したがって、天候が墜落の一因であったとは考えられない。

ForeFlightアプリがインストールされたｉＰｈｏｎｅが墜落現場より回収され、解析とダウンロードを行うべく、ＮＴＳＢのフライト・レコーダー研究室に送られた。

わたしは椅子の背にもたれた。ベンの遺体は見つかっていたのだ。シャノンもジムも知っていたはずなのに、わたしにはまだ話さないほうがいいと判断したのだろう。期待を持たせたくなかったにちがいない。この報告書を読めば、遺体が見つかっていないにもかかわらず、調査員たちがアリィの死は確実と考えていることは明らかだ。わたしは報告書を読み返した。『機体から投げだされたものと思われる』『野生動物』考えたくもなかったが、もちろんそんな場面が次々と浮かんできた。『死亡は確実』わたしは目の焦点が合わなくなって視界がぼやけるまで、その文字を見つめつづけた。

でも、ネックレスのことがある。アリィのネックレスが見つかっている。ネックレスが見つかったのに、遺体が見つからないなんていうことがあるだろうか？

遺体が回収されたというなら、ベンの両親は、もう事故のことを知っているはずだ。デイヴィッド・ガードナー夫妻。彼らはアリィとよくいっしょに過ごしていたのだろうか？　アリィのことをよく知っていたのだろうか？　夫妻と話す必要がある。ふたりが何を知っているのか、尋ねてみる必要がある。

わたしは立ちあがった。その動きが急すぎたのか、立った途端に部屋がグルグルまわりだした。

「マギィ？　だいじょうぶですか？」目をあげると、トニィが顔いっぱいに心配そうな表情を浮かべて、自分の席からこっちを見つめていた。わたしはだいじょうぶだというしるしに彼に手を振り、荷物をまとめた。

中庭の緑がかすんで見える。芝生に坐っている学生たちも、頭を寄せ合って歩いているふたり連れも、何かしゃべりながら声をあげて笑っていた。なんて若いんだろう。この子たちもみんな、両親に言えない秘密を抱えて生きているのだろうか？　けっして打ち明けることのない秘密を胸にしまったまま、休みには家に帰って夕食のテーブルに着き、母親の手料理を食べて、父親のジョークに笑うのだろうか？

アリソン

夜に向けて日が沈みはじめた頃、強風に乗って雲が次々とあらわれだした。その雲が集まって、じわじわと青い空に迫り、やがてマントをひろげるかのようにすっかり空を灰色に変え、太陽も隠してしまった。大きな親指で上から押さえつけられているような感じがするほど、空気が重くなっていた。そして、雲のマントがふたつに引き裂かれたかのように、雨が降りだした。

最初は葉にパラパラと落ちる程度の降りだったが、そのやさしい雨音は、すぐに轟（とどろ）くようなうなりに変わった。木々の天蓋の下に隠れたものの、それを突き抜けて落ちてくる雨のせいで、数分と経たないうちにずぶ濡れになってしまった。

気温が急激に下がっている。雨宿りする場所はないし、服も持ち物も防水加工されてはいない。歯がカチカチと鳴るのを聞きながら、両腕できつく胸を抱いた。恐怖が爪をたてはじめている。嵐が始まって数分、わたしはショックとためらいと濡れたバッグの重みのせいで、ただその場に凍りついていた。震える手を見おろしてみても、自分の手のようには感じられなかった。

顔に彼の熱い息がかかっている。唇の輪郭を指でなぞられて、顔をしかめそうになるのを必死で我慢した。「なんてかわいい子だ」

床に膝をついて、身を乗りだすようにベッドに胸をあずけているわたしを、彼がうしろからまたひと突きした。ディーが言ったとおり、それはすぐに終わった。ほとんど何も感じなかった。自分が身体とは別の場所にいたような気さえする。

わたしは身体にシーツを巻いて、バスルームへと向かった。鏡をハロゲン電球が縁取っている。その明かりの眩さに、わたしは目を細めた。大きくなった瞳の縁が、真っ黒な中心から押しだされたかのように緑になっている。妙な気がした。こんな目をした自分は見たことがない。なんだか自分の目じゃないみたいだ。

「早くおいで、ベイビー！」

「すぐに行くわ」わたしの声が大理石の床にひびいた。

洗面台の上に小さな石鹸がならんでいて、ソーイングセットとシャワーキャップも置いてあった。わたしは、それを全部持って帰ることに決めた。シャンプーやコンディショナーやローションのミニボトルも、クローゼットに掛かっている厚手のローブも、持っていこう。そんなものは必要なかったが、そういう問題じゃない。何もかもわたしのものだ。テーブルの上に彼が置いているはずの二十ドル札の束と同じだ。でも、彼が部屋を出るまで、お金にふれてはいけない。「男の前でお金にふれないこと」ディーが言った。「そんなことをしたら、安っぽく見られるわ」だから、ひとりになるのを待って、札束を鼻先に掲げ、そこにしみこんでいる革と金属と石鹼の香りを嗅ぐのだ。

ねっ？　ベッドルームに戻りながら、わたしは思った。**稼ぐのなんて簡単。**

動くのよ。動かなくちゃだめ。

わたしはよろめいた。脚が重かった。何歩か進んだだけで顔を雨が流れ落ち、汚れた髪がおでこに貼りついてくる。前など見えない。滝のように降る雨が、怒り狂った幼児のように、激しく地面を叩いている。大きく息を吸おうとしたが、雨を呑んだだけだった。わたしは咳きこみ、喉を詰まらせた。

いいわ。とまって。じっと待つのよ。

バッグを置くと、湿った地面が凹んだ。また指が青くなりはじめていることに気づいて、脇の下に挟んで温めた。急に気温が下がってすごく寒くなっている。木々は、うなりながら森を吹き抜ける風を、いくらか遮ってくれるだけだった。濡れたスニーカーのなかで足先が痺れはじめていた。末梢神経がおかしくなっている。このままでは神経が死んでしまうかもしれない。

動きをとめるわけにはいかない。とまったら死んでしまう。ここまで来て死ぬのはいやだった。

身をかがめてバッグを持ちあげようとしたが、肩が悲鳴をあげた。バッグを地面に落としたわたしの口から、しわがれたうなり声が漏れた。一瞬、肩がはずれたかと思ったが、焼けるような痛みは数分で引き、そのあとに鈍くうずくような痛みが残った。この痛みなら、もう感じないほど慣れている。すっかり慣れてしまった。

痛くても息をとめないで。母はいつもそう言っていた。子供の頃、わたしはよく怪我をした。長すぎる脚と大きすぎる足が、すぐに絡まってしまうのだ。そんなふうにして膝を擦りむいたり、唇を切ったりするたびに、わたしは、裏口からキッチンに駆けこんでいた。

痛くても息をとめないで。母はそう言いながら、消毒用のアルコールで、傷口をやさしく拭ってくれた。**痛いのはわかるわ、アリィ。でも、息をとめちゃだめ。**

息をした。

肩の痛みは、ものが考えられないほどひどいわけではなかったが、何をどう考えたらいいのかわからなかった。とにかく寒かった。ずぶ濡れになっていた。その上、森で迷子になっている。あの人たちは、きっとわたしをさがしている。今、この山にいて、犬のようにわたしのあとを追っているかもしれない。それに対して、できることは何もない。

足先に血が通いだしてくれることを祈ってバッグのまわりを歩いてみても、針の上を歩いているようにしか感じなかった。あたりは暗くなっていたが、厚い雲が太陽を隠しているせいなのか、日が落ちたせいなのか、わからない。時間は現実味を失い、ただスルスルと滑っていくように思えた。雨がやむ気配はなかった。それどころか、激しくなっている。まるで、この場が居心地よくなった嵐が、長い夜をここで過ごそうと決めたかのようだった。

無理に進んでも意味はない。

キャノピー・カバーをひろげ、折れた枝を何本か使って屋根を張ってみようとしたが、一瞬で潰れてしまった。いずれにしても、完全な防水加工を施してあるわけではないし、すでに濡れている。そんなものが――それに、今ここにある他のどんなものも――屋根になるわけがない。

わたしは見つけたなかでいちばん大きな木の下にバッグを置くと、幹に寄りかかり、膝を抱えて身を丸めた。松葉をとおして雨が落ちてくる。

わたしは一瞬、目を閉じた。

マギィ

受話器をとって、ジムに教わった番号にかけてみたが、誰も出なかった。今回も留守電にメッセージを残してみたものの、向こうからかかってくることは、あまり期待していなかった。もう二日も電話をかけつづけているのに、ベンの両親からは何も言ってこない。深い悲しみに沈んでいるのはわかるが、それはわたしだって同じだ。ガードナー夫妻に、わたしを無視する権利はない。うちの娘が夫妻の息子と婚約していたのだから、そんなことは許されない。アリィが死んだのはベンのせいでもあるのだし、無視するなど言語道断だ。

インターネットも、ほとんど助けにならなかった。夫妻の名前を慎重に打ちこんでみたが、たいした成果は得られなかった。『デイヴィッド&アマンダ・ガードナー』――聞いたことがないほどの資産家夫婦だ。デイヴィッドは地元の慈善団体の役員として名前が載っていて、アマンダはオーデュボン協会が催す毎年恒例のチャリティーパーティに花を贈ったとして、いくつかの社交関係の記事に登場していた。でも、それ以外は、どちらの名前もネット上にあがっていなかった。

わたしは、もう一度、アリィの名前を打ちこんでみた。あの子の死についてのヒットが、何ページにもわたってあらわれた。その一件をクリックし、記事は飛ばして写真を見た。ニユースで使われていたのと同じ写真だった。金色の髪と、痩せた身体と、洒落た身なり。わたしのアリィとは別人だ。少しずつ画面をスクロールして、寄せられたコメントを読みはじめたが、すぐにやめた。いったいどういう人たちなんだろう？　まるで死肉を食らう悪霊だ。亡くなった女性のことを、どうしたらこんなふうに言えるんだろう？　わたしの娘じゃなくても赦(ゆる)せない。

電話をかけてきたジムに、サンディエゴにあるアリィの持ち物のことを尋ねてみたが、いつ引き取ることができるかはわからないと言われた。警察はアリィが彼と住んでいた家を突きとめている。ちょっとしつこくせがむと、彼はその住所を教えてくれた。わたしはストリートビューでその場所を表示させ、ズームインしてみた。生け垣があって高い門がそびえ、門の向こうに砂岩とガラスからなる建物がチラッと見えた。わたしの娘は、わたしが会ったことのないフィアンセとこんな家に住んでいたのだ。あまりのショックに息がとまった。

ふたりがいっしょに暮らしていたと知って、なぜそんなに驚いたのか自分でもわからなかった。アリィくらいの歳になっていれば、カップルが結婚前に一緒に住むというのは自然だし、わたしは修道女タイプの人間ではない。それでも、やはり面食らった。アリィの服が、彼の服の隣に掛けてあるところを想像してみた。アリィの本がベッド脇のナイトテーブルの上にならんでいて、バスタブの縁にアリィのシャンプーが置いてある。そうしたアリィの持ち物を要求することは、今はまだできないらしい。うちに送ってもらうには、まだだいぶ時間がかかる。ジムにそう言われた時は、はらわたが煮えくりかえる思いがした。アリィの服やへアブラシや香水を――なんでもいいからあの子の何かを――手に入れるために戦う必要がある。

わたしは、病院からアリィを連れ帰った日のことを思った。あの子は小さな野生のリンゴのような丸くて赤い頰をした大きな赤ちゃんで、なんと四千グラムで生まれてきた。チャールズとわたしは、子供ができる日を長いこと待ち望んでいた。アリィは、何年も待ってやっと授かった赤ちゃんだった。だから、ようやく迎えた出産の日には、〝この十年ほどのあいだに分娩室に入った夫婦のなかで、最も歳のいった夫婦〟になっていた。わたしたち夫婦には、もう他に子供を望めないことが、三人きりの小さな家族になることが、わかっていた。チャールズとわたしは、アリィのベビーベッドの横に立って、眠っているあの子の小さな胸が上下するのを見つめていた。何かを見逃してしまったらと思うと怖くて、眠るなど言語道断、動くことも、瞬きさえも、できなかった。もちろん、そんなことをつづけられるはずはなく、二週間もすると、どちらも寝不足で気が変になりそうになっていた。それでも、あの頃のことは、生涯で最も幸せな日々として記憶に残っている。何年も待って、ようやくアリィが生まれてきたという事実に――あの子が、わたしたちの娘としてそこにいるという事実に――言葉ではあらわせないほどの幸せを感じていた。

二カ月目に入るとアリィは夜泣きをするようになり、よちよち歩きを始めるまで、それがつづいた。だから、黄金の日々はあっという間に終わった。それでも、三人が水入らずでいっしょにいたという思いが、消えることはなかった。

わたしは、またチャールズの指輪をはめるようになっていた。それはまるでお守りのようで、親指に感じるその重さが勇気を与えてくれる。指輪を引き抜いて、内側に刻まれた文字を読んでみた。『C&M 常に そして 永遠に』 わたしはため息をついた。なぜ、わたしたちの子供がこんなことになってしまったんだろう？ 永遠につづくものなんて何もない。常に誰かが去っていく。

リンダが玄関を開けた音を聞いて、わたしは跳びあがった。どれくらいこうして坐っていたのか見当もつかなかった。十分かもしれないし、二時間かもしれない。もはや時間は濃厚なシロップのようで、把握するのが難しくなっている。何通かの手紙と、浅い段ボール箱を持って、リンダがキッチンに入ってきた。「チャールズ宛だわ」顎で段ボール箱を示しながら、彼女が言った。

「カウンターの上に載せておいて。あとでどうするか考えるから」

テーブルの向かい側に腰をおろしたリンダが、わたしの前に開いてあるノートをさして訊いた。「それは何？」

わたしはノートを引き寄せ、それを見おろした。「アリィの身に何が起きたのか、もっと知りたいと思って。留守電にメッセージを残してるのに、ベンの両親は電話をくれないの。それに、アリィが働いてたバーは、誰も電話に出ない」

リンダが、サッと眉を吊りあげた。「あなた、バーに電話をかけたの？」

「サイトに電話番号が載ってたのよ！」一瞬にして身構えて、わたしは叫んだ。のめりこみすぎているると思われているのは、わかっていた。

　リンダがため息をついた。「わたしはただ、こういうことは、あなたの心にも身体にもよくないんじゃないかって思ってるだけ。電話をかけたり、リストをつくったり……」眉間に皺を寄せて、気遣わしげに彼女が言った。「あなたが何をしようと、アリソンは帰ってこないのよ」

「遺体は見つかってないわ」わたしは指摘した。

　リンダがうなずいた。「わかってる」その声は穏やかだったが、目に哀れみの色が浮かぶのを見て、わたしは顔をそむけた。

「バカバカしい」わたしは小さな声でつぶやいた。わかったことをすべてリンダに話すつもりでいたのに、この一瞬、わたしは激しい苛立ちをおぼえていた。話して何になるだろう？　彼女にわかるはずがない。誰にもわからない。「娘の身に何が起きたのか知りたいだけ」わたしは言った。自分の気持ちを誰かに説明しなくてはならないなんて、いやだった。とにかく、今はいやだった。だから何も言わず、沈黙がひろがるに任せた。

「悪かったわ」彼女が言った。「あなたがどんな思いをしてるかなんて想像もできないし、この上、つらい思いをさせたくはない。ただ……もう、そのままにしておくのがいちばんだと思うの。そうじゃないと、あなたは精神的に参ってしまう。わたしは、あなたにとっての最良を望んでるだけ」

　疲れたから少し横になりたいと言うと、リンダは荷物をまとめて、玄関に向かって歩きだした。「またあした寄るわ。〝お別れの会〟の計画について、もう少し話したいの」彼女はそう言いながら、わたしを抱きしめた。

「あしたは、うちにいないわ。病院の予約を入れてあるから、バンゴアまで行ってくる」

「それじゃ、あさってね」

わたしは首を振った。「あさっては一日じゅう用事があるの。ねえ、〝お別れの会〟のことは、あなたにすっかり任せていいかしら？　あなたなら、完璧にやってくれるにちがいないもの」

一瞬、何か訊こうとしているように見えたが、結局リンダは口を閉じ、わたしを引き寄せて、もう一度抱きしめてくれた。「もちろんよ。何も心配しなくていい。任せておいて」

手を振って彼女を見送ると、またテーブルの前に腰をおろし、車が通りに出ていく音を聞いてからパソコンを立ちあげた。受信トレイを表示させて、一件のメールをクリックし、印刷ボタンを押す。

病院の予約など入れていなかったし、アリィのことで葬儀屋に会うつもりもなかった。

プリンタが、eチケットの〝お客様控え〟を一行ずつ吐きだしはじめた。トレイから取りあげたチケットの控えは、まだインクが乾いていなかった。

あしたの朝、日が昇る前に、わたしはカリフォルニアに向かう飛行機に乗っている。

向こうが来ないなら、こっちが行くまでだ。

アリソン

電話が鳴っている。初めは遠くのほうで鳴っていたのに、今はすぐそばで執拗に鳴っている。そのけたたましくしつこい音が、耳にきつく絡みつく。音が起きろと迫っている。

わたしは、ハッとして目を覚ました。

真っ暗だった。暗闇以外、何も見えない。目を開いても、閉じているのと同じ。真っ暗だ。頭上の木々のあいだを吹き抜ける風の音がする。今、寒さはわたしの内にあった。この身体を押し潰しそうなほどの重さを持つその寒さは、果てしない激流のようにも感じられた。

わたしは、バッグのストラップを探りあてると、それを引き寄せた。食べ物。まだ食べ物はある。バッグに手を突っこんで、エナジーバーを取りだした。思うように動かない指で、ビニールの包みを剝がそうとする。ここだ。包みが開いた。

口を開けると唇が割れた。血の味がする。口のなかは、厚切りの肉のようになった舌でいっぱいになっていた。エナジーバーをひと口齧る。顎が小さく鳴った。嚙んでも嚙んでも、なかなか砕けない。それでも、なんとか飲みこんだ。そして、喉を詰まらせた。

雨。地面を軽く叩くように手を動かして、落ち葉を探りあてた。それを唇に運び、雨水を吸う。エナジーバーがやわらかくなって、喉をとおっていった。また、ひと口齧る。咀嚼(そしゃく)する。飲みこむ。雨水を吸う。その繰り返し。穏やかな時は一瞬にして終わり、すぐに吐き気が始まった。

胃がよじれ、そのあとわたしは身をふたつに折って、ピンで刺されたかのようにギュッと目を閉じた。身体がひどく震えているし、内臓を絞られているような感じがする。じっとしていようとしたが、できなかった。まるで、内側から揺すぶられている、縫いぐるみのようだ。

立って。立つのよ。

脚に力が入らない。足も、指も、顔も、感覚を失っている。手でふれて、そこに耳があることをたしかめた。身体のそれぞれの部分が、同じ宇宙に点在する星のように感じられた。どれもが遠く離れた場所にあって、繋がっていない。

でも、痛みは――痛みは消えていた。

また戻ってくることはわかっていた。すでに、そのかすかな足音が――びしょ濡れの地面を踏みしめて忍び寄る、痛みの足音が――聞こえている。その痛みにつかまる前に、動く必要がある。時間はある。まだ逃げられる。

あなたみたいなパーティ・ガールが、こんなところで何をしてるの?

このスウェットは重すぎる。そのせいで、うまく動けない。いずれにしても、もう寒さは感じなくなっていた。もう何も感じない。わたしは、スウェットを脱いで歩きだした。とにかく動くこと。忍び寄る足音が聞こえる。痛みと寒さが襲いかかろうと迫ってくる。今度は、逃れられるかどうかわからない。

「きみにぶつかられたくらいじゃ、痛くもなんともないよ」それが次に会った時、彼が口にした言葉だった。わたしは仕事に遅刻していて、二日酔いで、疲れ切っていて、眩しすぎる太陽に目を細めていた。だから、よく前を見ていなかった。バン！　走っていたわたしは、歩道で彼にぶつかった。彼のコーヒーが派手にこぼれた。恥ずかしさのあまり、口ごもりながら謝り、クリーニング代を払わせてほしいと言ってみたが、彼はただ笑っていた。「きみにぶつかられたくらいじゃ、痛くもなんともないよ」彼は袖口を拭いながら、そう言った。「きみは、まるで小さなツバメだ。さあ、手伝おう」初めは、わたしのことをおぼえているのかどうかわからなかった。なんと言っても、店は暗かったし、あれから二カ月も経っていた。でもそのあと、わたしのバッグの中身を拾い集めながら、彼が顔をあげてほほえんだ。「アリソンだよね？　ベンだ」言われなくても、とっくにわかっていた。

　彼からバッグを受け取ると、わたしはとびきりの笑顔を見せた。「コーヒーを奢らせていただける？」空になったカップを示して尋ねると、彼がうなずいて答えた。「もちろん。ただし、ぼくが奢る」

　狭いテーブルの向こう側に坐った彼が、上唇についた泡を舐め、まだウエイトレスをつづけているのかと尋ねた。わたしは、自分のみすぼらしいワンルームのアパートや、首にかかる他人の湿った熱い息や、しみついた汗と安い香水と恐怖が入り混じった留置室の臭いのことを思った。そして、彼の目を見て、そこに批判めいた色があらわれるのを待った。でも、礼をわきまえた範囲内の興味の色以外、何も浮かんでいなかった。彼はほんとうのことを知らないのだと気づいて、安堵のあまり泣きそうになった。彼の目に、わたしは白紙状態で映っている。わたしは、どんな人間にでもなれるのだ。

その瞬間、運命だと確信した。ハンサムな顔と、やさしいほほえみと、高価な腕時計を持ったこの人は、前に一度わたしを救おうとした。今回は、救わせてあげる。その時、自分が過去の人生を捨て去ろうとしているのを、すでに感じていた。彼を愛していることが、もうわかっていた。

一歩。また一歩。でも、走るべきなのかもしれない。

おいで、スイートハート。わたしを相手に気取ることはない。これがどういうことかは、互いにわかっている。何も知らないふりをするのはやめるんだ。

ようやく目が慣れ、渦巻くような暗闇のなかに濃い影と薄い影を見分けられるようになってきた。わたしは、走り出した。猛然と脚を動かし、甘い新鮮な空気で肺を満たして走るわたしの横を、影たちがうなりながら流れていく。小枝が折れ、木の葉が足下で音をたてるのを感じながら、密に生えている木々のあいだを縫い、低い位置に伸びている枝の下をくぐって、とにかく走りつづけた。重く垂れこめるような暗闇のなかで、身体が軽く、軽く、軽くなっていく。これまで、こんなに速く走ったことがあっただろうか？

父に手を引かれているような気がした。「もっと速く、アリィキャット。速く走るんだ！」わたしたちは家の裏の丘を全速力で駆けおりていた。小さかったわたしの脚は不安定で、前のめりの身体になんとかついていっているような感じだった。そんな無茶な行動のせいで、わたしのなかにヒステリーにも似た何かが溢れだしていた。とまって！　わたしは叫んだ。とまって！　でも、ほんとうはとまりたくなかった。転げ落ちていくかのように、このまま風に頬を打たれ、同じ大きさの喜びと恐怖を同時に感じながら、永遠に走りつづけていたかった。胃がシューッと泡立つようなこの感じ……まるで、宙で裏返ってフライパンに落下する直前のパンケーキになった気分だ。

彼がコーヒーに粉のミルクを入れてかきまわし、カップの縁にスプーンを軽く打ちつけた。その唇には笑みが浮かんでいる。ちょっとばかり警察の世話になったことがあるという話は、フィアンセに知られたくないんだろう？

突然、地面がわたしに迫ってきた。

手を貸してくれればいい。それだけだ。

星だ。星が見える。頭上の木々の向こうに星が見えている。まるで星の海を見ているようだった。

アリソン。起きなさい、アリソン。そんなところに寝そべって、何をしているんだ？

目を開けると、そこに彼が立っていた。暗闇のなか、彼の目がふたつのブルーの光となって輝いている。彼がこちらに向かって手を伸ばしているのはわかっていたが、わたしは立ちあがってまた駆けだし、つまずき、転んだ。

あなたを傷つけるつもりはなかった。それはわかってくれるでしょう？　でも、結局あなたは選択肢を与えてくれなかった。

やはり寒さは感じない。妙に温かくて、眠くなりそうだ。

デイジーがだらりと頭を垂れ、こちらに向かってうなずいている。わたしは、茎を引っ張って、その花を摘んだ。

摘んだデイジーが首をもたげたら、その日は一日幸運に恵まれる。

いいえ、嘘よ。そんなふうにはいかない。

愛してる、愛してない、愛してる、愛してない。

花びらをむしったりはしない。指が言うことを聞いてくれないもの。

彼がわたしを愛してるかどうか、どうしたらわかるの？

まわりの木が、伸びたような気がする。それとも、小さな瓶に入った縮み薬を呑んだ『不思議の国のアリス』のアリスみたいに、わたしが縮んでしまったのだろうか？　だったら、大きくなるケーキはどこにあるんだろう？

もうひとつ、お話を読んでくれる？

いいや、アリィキャット。もうベッドに入る時間だ。

ベッド。そう、ベッドだ。苔のマットレスを敷いたベッド。わたしは、ゆっくりと身を横たえた。木々が身をかがめるようにして、わたしを包みこんでくれる。シュシューッ、木の葉がささやきかけてくる。シュシューッ。

ほらね、アリィキャット。ベッドのなかは、温かくて気持ちいいだろう?

瞼が重かった。それでも、目をこじ開けて空を見あげた。一度。そして、もう一度。

おやすみ、森の木々。

おやすみ、星たち。

おやすみ、お月さま。

ディーの顔が目の前に浮かんできた。「簡単に稼げるわ。わたしを信じて」

夜は滲んで混ざりだし、昼間は眠りによって消えてしまった。わたしたちは、お札を丸めては、あらゆる場所――休憩室の靴下の入った抽斗や、ロッカーや、通風孔――に隠した。あんなに多くの現金を見たことがなかった。

「ただにこにこして、やさしくしてやればいいの。あの人たちが望んでるのは、それだけよ。きれいな女の子にやさしくしてほしいだけ」

アフターシェーブ・ローションの香りと、淀んだ酒の臭い。無理にあげる笑い声。肌にふれる髭(ひげ)の感触。

「したくないことは、しなくていいのよ」

札束を鼻に近づけると、どんな匂いがするか知ってる?

「あの人たちは、いろんなやり方で稼いでるの。それを使わせてあげればいいのよ」

札束は、血のような臭いがする。

アリィ、起きる時間よ。

母が、やさしくわたしを揺り起こしている。

さあ、アリィ。起きなさい。

目を開きかけたところで、恐怖が押し寄せてきた。明かりに裂け目ができていて、そこから泣き叫ぶようなサイレンの音が聞こえている。面倒なことになってしまった。たいへんなことになってしまった。

眠っちゃだめよ、アリィ。起きなさい。

起きあがろうとしてみたが、脚が動かなかった。そう、それだけのこと。ただ、脚が動かなかった。わたしは両手であたりを探ってみた。そして、尖った石を見つけると、できるだけ強く掌を押しつけた。痛みが衝撃となって疾風のようにわたしのなかを駆け抜け、心のくもりを晴らしてくれた。

そう。これだ。この痛みが必要なのだ。

感覚の鈍った指で石を包むようにして、ギュッと手をにぎりしめる。石の鋭い縁が皮膚に刺さって初めて、また痛みをおぼえた。

立って。立つのよ。

まず地面に両肘をつき、それから両膝をついた。そして、すぐ上にぶらさがっていた枝に両腕を絡めるようにして、立ちあがった。残っている力のすべてが必要だったが、とにかく立つことはできた。それでも、まだしっかりと石をにぎりしめていた。掌がズキズキと痛んでいる。

冬のあいだじゅう着ていたブルーのフィッシャーマン・セーター姿の母が、わたしの前に立って手を差しのべていた。腕を伸ばすと、母がわたしの手首をつかんだ。

ごめんね、何もかも。

母は首を振った。

いいから行きなさい、アリィ。とにかく進みつづけること。

マギィ

空港が街の真ん中の、ビーチのすぐ隣にあるということを忘れていた。滑走路に向かって高度をさげていく飛行機の窓から、眼下にひろがる白い砂浜を見て、チャールズといっしょにアリィを訪ねた日のことを思い出した。空港を出た時、チャールズはすでに汗をかいて、反対側にある海をひと目見るなりこう言った。「飛行機にオーシャン・ビューが必要だとは、驚きだな」天気がよすぎるということで、彼はサンディエゴが好きになれなかったようだが、わたしは好きだった。雲ひとつない輝く青い空と、深みのあるブルーグリーンの海。その海は、夜になると水面に映る高層ビルの色とりどりの明かりで、ライトアップされるのだ。ちょっと派手すぎないかとか、やりすぎじゃないかとか、ここでは心配する必要はない。そういうところが、わたしは好きだった。それはリンダを思い出させた。もちろんここに住みたいとは思わないが、訪ねるには楽しい街だ。

ターミナルのガラスのドアが開き、歩道に足を踏みだした途端、乾いた温かな空気に包まれた。北に位置するメインの夏は、こんなふうではない。湿気を含んだ重い空気が、べたつくフィルムのように皮膚に貼りつき、その空気を吸うだけで身体が重くなったような気分になる。でも、サンディエゴの空気は、撫でるようにやさしく身体を包んでくれる。

わたしは車――ホンダの小型のツードア――を借り、手のなかでキーをジャラジャラいわせながら、その車をさがして駐車場を歩いていた。引きずっているキャスターつきの黒いスーツケースが踵にあたった。どうしてこんなに荷物を詰めてきたのか、自分でも不思議でならなかった。ここに長くいないことはわかっていた。

車はいちばん遠い奥の列の、二台の四輪駆動車のあいだに駐まっていた。わたしはトランクを開けてスーツケースを積みこむと、運転席に収まり、次に何をするべきか考えた。カウンターにいた男に、変人を見るような目を向けられて「携帯電話を持ってないんですか？」と言われたが、とにかく地図はもらってきたし、三つの住所を書いたメモを持っている。わたしはその住所を見て、地図の三箇所にボールペンでしるしをつけると、エンジンを掛けて車を出した。

ラ・ホヤに向かって坂をのぼっている時、車がエンストしそうになった。エンジンがもがくたびに、わたしはアクセルを踏みこんだ。トランスミッションが一瞬ためらい、そのあと車はまた速度を取り戻して走りだしてくれた。その道は岩をまっすぐに突き抜けるようにつくられていて、両側の崖にしがみつくように家が建っていた。その景色は、マッチ箱のコレクションのようで、強い風が吹いたら飛ばされてしまうのではないかと心配になった。

スピンドリフト・ドライブは海岸線沿いの通りで、道づたいに高く伸びた緑の生け垣がつづき、そのうしろに建つ屋敷を隠している。わたしは車まわしにつづく門に記された番地表示を横目で見ながら、車を走らせていた。バラの剪定（せんてい）をしていた男が、とおりすぎるわたしの車に目を向けた。ラ・ホヤでホンダ・シビックを見かけることは、あまりないにちがいない。

　ガードナー家の屋敷は、ガラスとコンクリートでできた巨大な立方体で、地面に建っているようには見えず、まわりの空間より沈んで見えた。わたしは、ネットで読んだ、この屋敷についての〈ニューヨーク・タイムズ〉の記事を思い出した。それによれば、この屋敷は〝ポストモダンの傑作〟ということだったが、わたしは〝目障り〟だと言ったリンダに賛成したい気分だった。少なくとも、錬鉄製の高い門の外側の歩道から見るかぎり、そんな感じだ。わたしはドアベルを押して待った。応答はなかった。背伸びをして、車寄せのカーブの向こうをのぞいてみた。先頭に黒のベントレーが、そしてそのうしろに深緑のジャガーが駐まっている。誰かがいるということだ。

　もう一度、今度はさっきよりも強くベルを押してみた。ようやくインターホンが断続的に鳴る音が聞こえた。「はい？」訛りのきつい女性の声だった。ハウスキーパーにちがいない。

「マギィ・カーペンターと申します」声が震えないよう努めながら言った。「アリソンの母です。ガードナー夫妻にお目に掛かりたいのですが」

「申し訳ありませんが、夫妻は外出中です」インターホンの接続が切れた。

　わたしは、再度ドアベルを押した。またインターホンが断続的に鳴り、声が聞こえた。

「はい？」

「他のどなたかと、お話しできませんか？　遠くから訪ねてきたんです。娘のことで、どなたかと話がしたいんです」

「申し訳ありませんが、夫妻の留守中に、お客様を屋敷内に入れることは許されておりません」インターホンが切れた。何度ベルを押しても、もう誰も出なかった。

しばらく歩道に立って、波が岩にあたって砕ける音と、近くで鳴っている芝刈り機のうなりを聞いていた。窓にフィルムを貼った赤いスポーツカーが、何か意図があるとしか思えないほどゆっくりと走りすぎていった。ガードナー夫妻は屋敷にいるのではないかとも思ったが、どうでもいい。いずれにしても、わたしと話す気はないのだ。

夫妻が話してくれなくても、他の誰かが話してくれるかもしれない。まず左隣を試してみたが、ベルを鳴らしても応答はなかった。二階のカーテンが動いたような気がしたが、目の錯覚かもしれない。右隣のドアベルを鳴らすと足音が聞こえ、部屋着（ドレッシングガウン）姿の女性がドアを開けてくれた。わたしは、車が動かなくなってしまったのだと彼女に話し、レッカー車を呼びたいので電話を貸してほしいと頼んで、なかに入れてもらった。困っている年配の女性が相手だと、人はこんなにも簡単に騙（だま）されてしまうものなのかと、驚かずにいられなかった。

寄せ木張りの玄関に足を踏み入れたところで、車は故障していないことを打ち明けた。それでも、彼女の目に恐怖の色があらわれることはなく、気の毒そうな表情のなかに混乱の色があらわれただけだった。「道に迷ったのかしら？」そう訊かれて、わたしは首を振り、実はガードナー夫妻に会いにきたのだと話し、自分はアリソンの母親で、娘のことで誰かと話がしたいのだと訴えた。そして、ガードナー夫妻を知っているか、彼らの息子を知っているか、うちの娘を知っているか、彼女に尋ねた。でも、ガードナー夫妻の名前を聞いた途端、彼女の顔から表情が消え、気がつくとわたしは門の外に立っていて、ドアはしっかりと閉ざされていた。

どんな人間なのか、どこに隠れているのか知らないが、ガードナー夫妻は前もって近所にお願いしておいたのだ。他の家のドアベルを鳴らしてみても意味はない。誰もわたしとは話さない。

わたしは、車に向かって丘をのぼりはじめた。そして、運転席に乗りこんだ時、また赤いスポーツカーが、うなりながら走りすぎていった。

スピードをあげてパシフィック・ハイウェイを〈モーテル6〉に向かって走りながら、ラ・ホヤに建ちならんでいた味気ない屋敷のことをぼんやりと考えていた。そして、チェックインをすませると、部屋に腰を落ち着けてニュースチャンネルを見ながら、立ち寄ったガソリンスタンドで買ってきたツナサンドを食べた。インテリアには派手な原色が使われていて――オレンジのカーペットには、鮮やかなブルーのアクセントが入っている――そうした色から逃れるには目を閉じる以外なかった。外から、プールで遊ぶ子供たちの甲高い声と、水が跳ねる音が聞こえてくる。

ニュースでアリィの名前が出ることは、もうなかった。墜落事故について報じられることがあっても、アリィはただの脇役。主役はベンだ。ソムヌブレイズの売上を示す図表と、製薬業界の仲間へのインタビューと、〈プレキシレーン・インダストリーズ〉の本社の外観をとらえた映像。そのビルの前で、まじめくさった顔をしたジャーナリストが、敬意のこもった口調でベンについて話している。モーテルに向かう途中、そのビルの前をとおったが、チラッと見ただけで走りすぎてしまった。ベンのことは誰も忘れない。彼が売っていた魔法の薬のことも忘れない。サンディエゴじゅう、ソムヌブレイズの看板だらけだ。幅が三メートルほどもある看板のなかで、金髪の女性が笑みを浮かべている。彼女の腕に抱かれた赤ちゃんは空のように青い目をして笑っていて、その下に例のいやらしいコピーがあった。『これで何もかも望みどおりよ！』

ニュース番組のひとつに電話をかけて、なぜうちの娘のことをもっと話さないのかと問いただしてやりたかった。アリィは名前を持ったひとりの人間だ。ただの同乗者やフィアンセで片づけられるのは心外だし、オールバックのクソ男に〝魅惑的なコンパニオン〟なんて言ってほしくはない。賢くて、やさしくて、愉快だったアリィは、ベンの十倍価値がある。いいえ、二十倍だ。なにしろペットショップで、「この子を愛してあげられるのは、わたししかいないから」と言って、三本足のハムスターを選ぶような子供だったのだ。学生時代は、キャンパス内の性暴力に対する保護の欠如について、新聞に特集記事を書いていた。ソファに横たわっていた父親が、拳をにぎりしめて痛みに耐えながら天井を見つめているのに気づくと、そばに行って本を読んで聞かせていた。この世で光り輝いていたアリィが、逝ってしまった。それなのに、わたし以外、誰も気にかけていない。

時計を見ると、七時四十五分になっていた。シャワーを浴びる時間だ。さっぱりして、夜の外出の支度をしよう。カーテンを閉めた時、下の駐車場に駐まった真っ赤なスポーツカーの横に、男がひとり立っていることに気づいた。やがて男は車に乗りこみ、黄昏(たそがれ)のなかに消えていった。

アリソン

母がわたしをここに導いてくれたのだ。そうにちがいない。助けを求め、赦しを請う娘を、母はもう一度救ってくれたのだ。なぜ山小屋の床で目覚めたのか、それ以外に説明がつかない。石炭ストーブのなかでは、まだ火がくすぶっている。わたしが火をつけたにちがいないが、母がつけてくれたのかもしれない。

服を脱いで、裸の身体を見おろしてみた。ズキズキと痛む肩に、新たな黒い痣ができていた。皮膚は寒さのせいで赤くまだらになっていて、指先はまだ真っ青だが、血が通いだしたらしく痺れてチクチクしている。腫れた足先は、まるで磨いたかのように妙に光っていて、足の裏には皺が寄って、ふれると痛かった。そして、掌には笑った唇のようにも見えるギザギザの赤い傷ができていた。尖った石を、血が出るほどきつくにぎったせいだ。

バード・ロックの彼の住まいは、〈アーキテクチュラル・ダイジェスト〉誌から抜けだしたような感じの家だった。初めてその家のことを話してくれた時、そこがぼくの世界一気に入っている場所だと彼は言った。そして、わたしも足を踏み入れてすぐ、そこが世界一のお気に入りの場所になった。洒落た白い壁に囲まれて、潮だまりのささやきを聞きながら眠りに落ちるのが好きだった。

だから、何週間か彼と過ごしたあと、いっしょにここに住もうと言われて、イエスと答えた。彼に引っ越しの手伝いはしてほしくなかった。荷物は服を詰めこんだバッグがふたつと、タラのアパートから持ってきた本が数冊だけ。でも、彼は手伝うと言い張った。そして間もなく、わたしを乗せた彼のテスラが、ローガン・ハイツのみすぼらしい背の低い建物の前に駐まることになった。わたしは、アパートの部屋に入っていく彼を見ていた。ひびの入ったペンキと、壁の向こうから聞こえてくる酔っ払った隣人の気配と、そこらじゅうに染みついている湿った煙草の臭い。

「さあ、ここからきみを連れだすぞ」彼はそう言って、両肩にひとつずつバッグを掛けると、戸口に向かって歩きだした。帰りの車のなかでは、どちらもしゃべらなかった。彼の横顔にそっと目を向けてみると、その顎の線が硬くなっていた。

バード・ロックの家に着くなり、彼がエンジンを切ってわたしを見た。「あんなところに住んで、いったい何をしていたんだ？」

わたしは自分の膝を見つめていた。恥ずかしさでいっぱいになっていた。「どういう意味？」

横顔に彼の視線を感じた。「どんな暮らしをしていたんだ？」その声には、短剣のように鋭い非難の色が込められていた。

わたしは必死の思いで彼を見た。信じさせるには、彼に目を見てもらう必要があった。

「ウエイトレスをしてたのよ」精一杯、落ち着いているふりをした。「知ってるはずだわ」

彼は何も応えなかった。一瞬、心を見抜かれたのだと思った。汚れて腐りきった心の奥の奥まで、彼には見えてしまったにちがいない。知られてしまったのだと思うと、パニックの波が胸に押し寄せてきた。何もかも知られてしまった。ドラッグ、ホテルの部屋、パームスプリングスの留置室。わたしはあの留置室で、聞いてもらえないと知りつつ神に祈っていた。今わたしの耳に、遠くを走る車のエンジンのうなりと、蟬(せみ)の鳴き声と、二軒先の家で庭師が使うハサミのかすかな音と、激しく打つ自分の鼓動が聞こえていた。わたしは目を閉じ、彼の言葉を待った。**おしまいにしよう。**

顎に彼の温かい手を感じた。わたしは目を開いて、彼の目を見つめた。「きみがああいうクソ野郎どもに酒を注がなくてはならないなんて堪えられないし、あんな不潔きわまりないアパートに住まなくてはならないなんて冗談じゃない」彼は、かぶりを振った。「何か事情があったんだろうね」

わたしは、かすかな希望を抱いた。事実を知ったら、彼はこんな話し方はしない。わたしを気遣ったりするはずがない。ほんとうのことを知ったら、愛想をつかすはずだ。わたしは肩をすくめてみせた。「あのアパート、見かけほど悪くないの」

「なんて勇敢なんだ」彼はつぶやいた。そして、首にかかったわたしの髪を撫でつけると、ほほえんだ。「二度ときみにあんな暮らしはさせない。約束するよ。いいね？」

わたしは長いこと水に潜っていたかのように、途切れ途切れに大きく息を吸うと、うなずいて彼の胸に身をあずけた。アドレナリンの波が引いた今、疲れすぎて言葉では答えられなかった。終わった。彼はわたしを愛している。わたしを信じている。わたしはほんとうに救われたのだ。

山小屋のなかを見まわすには一分で足りた。そのずんぐりとした天井の低い小さな部屋は、しっかりと継ぎ合わされた五センチ×十センチほどの木材で下から支えられている。四つの壁にひとつずつ窓があって、どの窓にもきちんとブラインドがおりている。部屋は暗かったが、隅に置かれたチェストの上に使いかけのキャンドルとマッチ箱が載っていた。わたしは震える手で、なんとか明かりを灯した。ドアそのものはしっかり閉まっているものの、枠が外れている。今、わかった。わたしはドアを枠ごと打ち破って部屋に入ったのだ。それで肩に新しい痣ができている説明がつく。どこにそんな力があったんだろう？　また、母の力強い手を思い出した。きっと母だ。わたしにはわかる。

高い位置に棚があって、缶詰が載っていた。そのなかにピクルスの瓶を見つけて、胸が高鳴った。ポリ容器入りの水もある。チェストには、濡れた犬のような臭いがするウールの毛布と、使いかけのキャンドルが数本、それに刃に厚みのあるハンティングナイフまで入っていた。研ぎすまされているとは言えないが、それでも充分使えそうだ。ストーブにくべる石炭もある。

わたしは、ハッとした。バッグ。バッグはどこ？　あたりを見まわしながらも、バッグをなくした自分を罵っていた。でも、それは奥の壁の前にきちんと置いてあった。何度そんな体験をしたかしれないが、頭がガンガンするほどの二日酔いで目覚めた朝、バッグにお財布が入っていて、携帯電話がナイトテーブルに載っているのを見ると、ものすごくホッとする。あの感じと同じだった。低体温のせいで、酔っ払った時と同じことが起きたのかもしれない。ほとんど意識もないのに、自分の持ち物だけはなくさない。

わたしは大きく息を吸って、またそれを吐きだした。水。缶詰。屋根。ストーブ。たったそれだけで、こんなに豊かな気分になるなんて、信じられなかった。

わたしは湿った服を外の手すりに干した。子供が描くような日で、黄色い太陽が真っ青な空の高い位置で輝いている。山小屋を振り返ってみた。支柱の上に木箱を載せたようにしか見えない妙なつくりだった。ハンターの隠れ家にちがいない。子供の頃、父に連れられてよくハイキングをしていたからわかる。見捨てられた小屋という感じがするのもうなずける。狩りのシーズンは秋にならないと始まらない。つまり、ここは去年の冬から使われていないということだ。なかに戻ったら窓を開けて、新鮮な空気を入れよう。傷を癒やして、体力が回復するまで、二、三日ここにいるのもいいかもしれない。跡を残してきたとしても、あの雨が洗い流してくれたのではないだろうか。ここにいれば、少なくともしばらくは安全だと思いたかった。

わたしは戸口につづく階段のてっぺんに腰をおろして、太陽を仰いだ。ピクルスをいくつか、速く飲みこみすぎないよう気をつけながら食べた。胃は、きっと豆粒か真珠くらいに縮んでいる。ネックレスをさわろうとして、それをなくしたことを思い出した。指が尖った鎖骨にふれた。一カ月前だったら、こんな鎖骨を手に入れるためならなんだって差しだしただろう。でも今、自分がどんなにもろく無防備かを、この鎖骨が気づかせてくれた。

骨と皮ばかりになっちゃって。それが真実ではないことはどちらもわかっていたが、カレッジから帰るたびに母にそう言われた。カレッジに入って最初の学期が終わる頃には、ベーグルと樽ビールの悪い影響が出ていたが、特になんとかしようとは思わなかった。でも四年生になって、ふたりの女の子といっしょに住みはじめたわたしは、サラダとグリルしてマーガリンをちょっと塗っただけの鶏の胸肉しか食べなくなった。この時初めて、食べるということが競争になると知った。最も食べない者が勝者で、ある種の権力を持つことになるのだ。もちろん二月になる頃には、肌は荒れ、髪は藁のようになっていた。いつもひどい気分だった。でも、権力は――痩せた身体についてくる権力は、手放したくなかった。だからジムに入会して、〝バターじゃないなんて信じられない〟という商品名がついたマーガリン（わたしはバターじゃないと信じられた。ぜんぜんバターじゃない）がおいしいと思いこませていたように、ケトルベル（筋力トレーニング用の器具で、ダンベルの一種）やカーディオブラスト（ヒップホップ系のダンスエクササイズ）が大好きだと自分に思いこませた。

　今、自分の身体をしげしげと見てみた。日射しのなか、腕に生えた細い毛が独特の微光を放って輝いている。脛（すね）の毛も、いつもは慎重に処理しているのに、今はひどい状態だ。ボードに描かれたお父さんの顔に、磁石を使って砂鉄で髭をつける子供のゲームがあるが、まるであの砂鉄のように脛毛が生えている。皮膚は、水膨れと、痣と、虫刺されの痕と、ひっかき傷が互いちがいになっていて、なんとも言い難いかすかな悪臭を放っている。お腹は——こうなる前は、早朝鏡に全身を映しては、特に念入りにチェックしていたものだが——平らというより窪んでいて、お尻もなくなりそうなほど小さくなっていた。

でもそれは、この五日間、死にそうな目に遭いながら、リスのような食事しか摂っていなかったせいばかりではない。ちがう。長年にわたって、口にするものを慎重に選んできた結果、こんな身体ができあがったのだ。そういうことは得意だった。だから、元々消えてしまいそうなほど痩せていた。

この状況から抜けだせたら……。あはっ！　いいわ、もしもの話よ。この状況から抜けだせたら、まずこれまで食べたこともないほどのバカでかいベーグルをひとつ食べて、それからふつうのベーグルと、チョコバーと、ナスのパルミジャーナと、丸ごとのチーズを食べつづけ、痩せるための努力なんて金輪際しない。手足を伸ばして寝転がって、そのまま動かない。一センチも動かない。

マギィ

日が落ちるのを待って、ガスランプ・クォーター地区に向かった。地図のその場所にしるしをつけておいたが、着いてみると看板に書かれたバーの名前は〈サファイア〉ではなく、〈ルビー〉となっていた。ドアの前にいた用心棒によれば、最近、経営者が変わったということだった。新しい経営者は、すごい想像力の持ち主というわけではなさそうだ。アリィを知っているかと尋ねてみたが彼は首を振り、わたしをとおすべくカーテンをかきわけた。

店は暗く、初めは顔の前にかざした自分の手も見えなかった。距離をとって置かれている低めのテーブルと、奥にある一段高くなった狭いダンスフロア。客のほとんどが男性で、給仕は全員――ミニスカートに信じられないほど高いハイヒールを履いた、背の高い魅力的な――女性だった。カウンターに腰掛けると、目の前のバーテンダーが不思議そうな顔をした。

「店をまちがえたんじゃないですか?」片方の眉を吊りあげて、彼が訊いた。わたしはジントニックを注文し、手の震えを抑えながらバッグからお財布を出した。

そして、飲み物が出されると、カウンターに二十ドル札を置いてバーテンダーに尋ねた。

「もう一度、名前を……」彼は容赦ない騒音のなか、わたしの声が聞こえるよう、身を乗りだした。

「アリソン」叩きつけるような音楽に負けじと、大声で言った。

彼は首を振った。「知らないな。しかし、ぼくは半年前に働きだしたばかりですからね」

「誰か知っていそうな人はいない？」彼がためらっているのがわかった。わたしが問題を起こしはしないかと、心配しているのだ。「お願い、いたら教えて」

バーテンダーは肩をすくめ、カウンターのうしろのモニターをつついているオレンジがかった金髪のウエイトレスを親指で示した。「ディーに訊くといい」彼は言った。「彼女は、昔からここで働いてるんです」

わたしは彼にお礼を言った。そして、水で薄めてあるとしか思えないジントニックを飲みながら、彼女に話しかけるタイミングをうかがっていた。ようやく彼女がカウンターのほうにやってきて、冷蔵庫からシャンパンのボトルを出した。「すみません」声をかけると、彼女が目をあげた。笑顔のマスクをつけてはいても、すでに苛立ちがのぞいている。

「すぐにジミィが注文をうかがいます」彼女はバーテンダーを顎で示して言った。

「あなたと話すようにと、彼に言われたのよ。あなたならわたしを助けてくれるんじゃないかって」

彼女は目をギョロリとさせたが、改めてすてきな笑顔をつくり、バー・カウンターに両肘をついた。「いいわ。でも、手短にね。お客様が待ってるんです」

「わたしの娘をご存じなんじゃないかと思って。名前はアリソン。アリソン・カーペンター」

彼女の笑みが消えた。「ああ、嘘でしょう」ついに、メイクの下の素顔が見えた。彼女は若くて怯えているようだった。「あなた、アリソンのママなの？」

わたしはうなずいた。「アリィを知ってるのね？」

彼女は、そこからアリソンが出てくるかもしれないと思っているかのように、ドアにチラッと目を向けた。「ええ」小さな声で答えた。「あの子は、わたしの友達だったの」

バーテンダーがあらわれ、彼女の肩を叩いた。「十八番テーブルが、苛ついてるぞ」

彼女はシャンパンのボトルと、空のグラスをふたつ手に取った。「今は話していられない」そう言った彼女は早口になっていた。「シフトが終わってから会える？」

「何時に終わるの？」

「十二時。店の外で待ってる」

わたしはうなずいた。「わかったわ」

立ち去りかけた彼女が振り向いた。「気をつけてね。このあたりは遅くなるとちょっと危険なの。お金やなんかをせがまれても、ただ歩きつづけるのよ。あなたを見てるようにわたしが言ってたって、ジョアンに伝えて。ドアの前にいる用心棒のことよ」

彼女は背筋を伸ばし、頭を反らして、笑顔をつくると、滑るような足取りで男が待っている十八番テーブルへと向かった。そして、男の前に立った彼女は、お辞儀をするように身を折ってテーブルにボトルを置いた。そのあと、シャンパンを注ぐ彼女のスカートの裾を、男の手がすくいあげるのが見えた。

わたしは目をそむけた。この店には妙な何かを感じる。水で薄めた高すぎる飲み物よりも、もっと強烈な何かが底を流れている。わたしは、そばに来たバーテンダーに話しかけた。

「なぜ、男性客ばかりなの?」

「殿方はここの雰囲気が好きなんでしょうね」彼は悲しげな笑みを浮かべて答えた。わたしはグラスを空けると、スツールをおり、夜の街へと足を踏みだした。

それから二時間、あたりをぶらついて時間を潰した。点心レストランやメキシカン・カフェの窓は湯気でくもっていて、バーの開いたドアからは、騒音がパンチとなって通りに繰りだされていた。何もない隅にはホームレスが寝袋をひろげていて、歩行者は、突きでた岩の上や横を川が流れるように、それを跨いだりよけたりして歩いている。わたしはバーで目にしたものを理解しようとした。アリィは、ほんとうにあのミニスカートの女の子たちのひとりだったのだろうか? スーツ姿の哀れな老人に、身体をさわられたりしていたのだろうか?

わたしのところに来てほしかった。そんなにお金が必要だったなら、わたしのところに来れば、いくらでもあげたのに。あの子にならら、なんだってあげた。

アリィは、わたしを嫌っていたにちがいない。そんな思いが頭のなかで風船のように膨らみ、他の考えを押しやってしまった。わたしに助けを求めるくらいなら、あそこで働くほうがましだと思うほど、わたしを嫌っていたということだ。

十二時十五分前に〈ルビー〉に戻った。今度はなかに入らなかった。もうあの光景を直視する勇気はなかった。夜はまだ暖かかったにもかかわらず、ジョアンが笑顔で寒くないかと尋ね、なかでお茶を飲んで待ったらどうかと言ってくれた。わたしは首を振り、どこの出身なのか、ここで何をしているのか、彼に訊いてみた。でも彼は肩をすくめ、ここに長くいるつもりはないと言った。ここで働きながら、他の何かに出逢えるのを待っているらしい。

十二時を十分過ぎた頃、ディーがあらわれた。ダブダブのジーンズにスニーカーという出で立ちだったが、メイクはしっかり残っている。彼女はわたしの腕を取って、路地裏の食堂へと導いた。そして、明るすぎる店内に入ると、わたしたちは赤い革張りの長椅子に腰をおろした。ディーの目の下にできた小皺に、マスカラが滲んでいる。思っていたほど若くはないようだ。

「何にする?」メニューも見ずにウエイトレスの注意を引きながら、彼女が訊いた。「コーヒー?」

わたしは首を振った。「今コーヒーを飲んだら、眠れなくなってしまうわ。お水を一杯いただこうかしら」

彼女はうなずき、自分のためにコーヒーとグリルドチーズサンドを注文した。「食べちゃいけないってわかってるんだけど――」平らなお腹を軽く叩きながら、彼女が言った。「シフトが終わると、いつもお腹がペコペコなの」

世間話をしているうちに、ウエイトレスが飲み物を持ってきた。ディーはディスペンサーの白砂糖をたっぷりコーヒーに入れた。「コーヒーは、甘いのが好きなの」彼女はそう言って目を合わせ、ウインクした。わたしは笑みを返した。そう、わたしは彼女が気に入っていた。

「あなたはアリィのお友達だったのね」わたしは促すようにそう言って、氷の入った水を飲んだ。

ディーの顔が輝いた。「もちろんよ。すっごく仲がよかったの。アリソンのことは、妹かなんかみたいに思ってた」かぶりを振った彼女の目が、悲しみの色でくもった。「アリソンが死んじゃったなんて信じられない」

わたしはテーブルに身を乗りだした。「ねえ、ディー。あの旅行のことで、アリィから何か聞いてない？　あの子は、あなたに何か言わなかった？　彼のこととか、どこに行くとか、何をしに行くとか」

彼女はテーブルを見つめたまま答えた。「最近は、ぜんぜん話してなかったの」

心が沈んだ。「話してなかった？　どうして？」

ディーは、またかぶりを振った。そして、ディスペンサーを手に取って逆さまにし、テーブルの上に砂糖が細く流れ落ちて山ができると、それを指でかきまわした。

「お願い、教えて、ディー」彼女は、わたしの目を見ようとしなかった。「だいじなことなの。どうして、あなたたちは話をしなくなったの？」

彼女は肩をすくめた。「たぶん、わたしはアリソンにふさわしくないって、彼が思ってたから」ディーは砂糖をテーブルの縁に寄せて掌に載せると、頭をうしろに傾けて口に流しこんだ。

「ベンが？」

彼女はうなずいた。砂糖が何粒か、グロスを塗った唇にくっついている。わたしは、テーブルの向こうに手を伸ばして、その口元を拭ってやりたいという衝動と闘わなければならなかった。ディーは、三十五歳にはなっているはずなのに、ママの大きすぎるハイヒールを履いてお洒落ごっこをしている、小さな女の子のようにしか見えなかった。

「彼に会ったことがあるの？」わたしは、さらに訊いた。

彼女は、また目を伏せてしまった。「口をきいたのは一度だけ。仕事帰りのアリソンを迎えにきた時にね」顔が暗くなっていた。「彼は、ほとんどしゃべらなかった。飲んでいくようにって、わたしたちは誘ったんだけど、あの人は店には入らなかったの。外に駐めた、派手なスポーツカーのなかで彼女を待ってた」ディーが、まっすぐわたしの目を見つめた。「そのあとアリソンは、なんていうか……消えちゃったの。何週間かは働いてたのよ。でも、もう前と同じじゃなかった。心ここにあらずって感じだったわ。それで、ある日、店にやってきて辞めていったの。予告もなしにね。ただ荷物をまとめて出ていった」彼女は、またかぶりを振った。「そのあとの二週間、アリソンがいない分、わたしは二倍働かなくちゃならなかったわ」

「あの子らしくないわ」これまでアリィが教わった先生方や、夏休みのアルバイト先の上司たちは、みんな口を揃えて「アリィは頼りになる」と言っていた。「アリィを見て時計を合わせられる」と言っていたのだ。そんなふうに突然仕事を辞めてしまうなんて、特にそのせいで友達に迷惑がかかることがわかっていながら辞めてしまうなんて、あり得ない。「理由も言わずに？」

ディーが声をあげて笑うと、歯の詰め物が見えた。「言う必要なんてなかった。わかりきったことよ」

「彼？」

「あの人は、アリソンを働かせたくなかったのよ。自分だけのものにして、バード・ロックの家に閉じこめておきたかったんだわ」また、かぶりを振った。「アリソンは、彼の魔法にかかっちゃったみたいだった。ふたりがいっしょにいるのを見た瞬間、もうおしまいだって思った」

ディーがテーブルの下で脚を揺すりながら、戸口に目を向けた。彼女は苛立ちはじめている。目の前の手もつけていないグリルドサンドのオレンジ色のチーズが、パンから流れ落ちて、お皿の上で固まっていた。もう、あまり引きとめられそうにない。それでも、できるだけ長く彼女と話していたかった。「ねえ」ウエイトレスに合図しながら、わたしは言った。「何か他のものをご馳走させて。パイか何か、どう？」

ディーは首を振った。「ありがとう、でもけっこうよ」彼女の指が、苛立たしげにマグカップをコツコツと叩いている。「もう行かなくちゃ」彼女はそう言って時計を見あげた。「人と会うことになってるの。約束の時間までに三十分もないわ」

「夜のこんな時間に？　ちょっと遅すぎるんじゃない？」うるさい母親の小言のように聞こえるのはわかっていたが、言わずにはいられなかった。いずれにしても、わたしはうるさい母親なのだ。いえ、母親だったのだ。

ディーが腕を伸ばして、わたしの手をギュッとにぎった。「なんてかわいいママなの」彼女はバッグに手を伸ばした。「お金、置いていったほうがいい？」

わたしは手を振った。自分を抑えなければ、お財布からたっぷりお札を取りだして彼女に与え、もっと温かい食事を摂るようにと言ってしまいそうだった。ディーを見ていると、常にお腹を空かせているのではないかと心配になる。「アリィのことで何か思い出したら、なんでもいいから、電話をして。いいわね？」紙切れに電話番号を書いて、ディーにわたした。彼女はうなずいてそれをブラに押しこんだが、目はもう通りのほうを向いていた。ディーを失ってしまった。夜に向かって歩きだした彼女を見て、もう二度と言葉をかわすことはないだろうと悟った。

アリソン

ピクルスの最後のひとつを食べおえると、室内に戻った。ここに来て二日目。今夜でふた晩、火を入れたストーブのそばでウールの毛布にくるまって、屋根の下で眠ることになる。身体じゅうにできた傷には、かさぶたができはじめていて、筋肉の痛みもやわらぎだしていた。もうここを出るべきだ。同じ場所に長くいすぎてはいけない。でも今、ここは天国だった。

わたしはチェストのなかで見つけた長い紐を手に、いくつもできている結び目を解こうとしていた。指は思うように動いてくれないし、爪もボロボロになっている。そうしているあいだも、指にはめた指輪がわたしに向かってウインクを繰り返していた。汚れのせいで輝きは薄れているものの、ダイヤモンドはやはり輝いていた。

彼はビーチで過ごした長い一日の終わりに、サンセット・クリフスでプロポーズしてくれた。彼が片膝をついた時には、どちらも日に焼けて砂だらけになっていて、キスをすると彼の唇は海の味がした。他に誰もいなかったあの瞬間は、何もかも完璧だった。

しばらくは、ふたりだけでその幸せを味わっていたかった。ふたりだけの宝物のように、ふたりだけの秘密として、だいじにしていたかった。でも、彼は婚約披露パーティを開くと言い張った。いっしょに祝わなかったら家族が傷つくし、クライアントもそれを期待しているというのだ。「世界じゅうにきみを見せびらかしたいんだ」彼はそう言って、わたしの手首の内側にキスをした。

彼は、そのパーティに着るドレスを買ってくれた。プラダのシルクドレスで、色はシェルピンク。その日、彼が仕事に出掛ける時、わたしはシャワーを浴びていた。そして、シャワーから出ると、花嫁衣装のようにベッドの上にドレスがひろげてあった。見たことがないほどの美しいドレスだった。早く着てみたくて、大いそぎで準備をしたのに、いざ試してみるとファスナーがあがらなかった。ラベルを見ると、わたしのサイズよりも二サイズ、一カ月前に彼が買ってくれたドレスより一サイズ、小さな数字が記されていた。それでも、サイズが合わないと彼に言う勇気はなかった。この上なく美しいドレスを、あんなすてきなやり方でプレゼントされて、サイズがまちがっているなんて言えるはずがない。

わたしはそれから二週間、一日二回ジムに通った。まず走って、ランジで下半身を引き締め、回転トレーニングで体幹を鍛え、スクイーズでウエストを絞り、タッククランチでお腹を凹ませ、スクワットでお尻を小さくすると、今度はくらくらするまでサウナに入り、それでいいのだという気になっていた。汗をひと粒流すごとに、浄化され、罪があがなわれるような気がした。食べるのは蒸した魚と野菜だけで、レモンとメープルシロップとカイエンヌ・ペッパーをくわえた水を飲んでいた。体重は落ち、頬骨が卵形の顔に食いこんでいる鋭い剃刀の刃のように見えるまでになった。

ベンは毎晩、「なんてきれいなんだ」とわたしを褒め、「ぼくの小さなツバメ」と呼んでくれたが、それだけの価値があることはわかっていた。

午後は毎日アマンダに会い、パーティのためのテーブル・セッティングやリネンやカナッペや特製カクテルを選んだ。ゲストのリストをつくって、招待状も選んだ。趣味がいいのはクリーム色だと、アマンダは言った。白は安っぽいらしい。わたしはディーを呼びたいと言ってみたが、ベンはわたしの髪を撫でながら、婚約披露パーティは親しい人間が集まる場ではなく、人脈づくりのための交流会なのだと説明した。だから、ディーを招待するのはふさわしくない。それを聞いて納得した。わたしは何よりも、彼にふさわしい自分でいたかった。彼はあの暮らしからわたしを救いだしてくれたのだ。彼が与えてくれた新しい暮らしに自分を合わせるためなら、なんだってするつもりだった。

母に電話をかけようかとも思った。何度か番号をタップしてみたが、発信ボタンには一度もふれなかった。母はわたしがどんな暮らしをしているのか知りたがるにちがいない。でも、なんて答えたらいいのかわからなかった。婚約したことを母に話す場面を想像してみた。「相手はママの知らない人。彼、わたしが働く必要がないほどお金持ちなの。だから、わたしは一日じゅう家にいられるわ。掃除だって、誰かがしてくれるの」そして、以前の暮らしのことを思った。わたしの声を聞いた途端、母にはきっとわかってしまう。なんと言っても、母親なのだ。わたしが物心つく前から、わたしを知ることに人生を費やしてきた人なのだ。

母に知られずにすむはずがない。わたしは電話をしまい、母を心から追い出した。わたしは下剤を飲んだ。二錠も。お腹の痛みで夜中に目を覚まし、ベッドに横たわったまま、骨から肉が削ぎ落とされていくイメージを思い描いていた。

自制することで力が生まれるのだと、わたしは自分に言い聞かせた。何も口にせずに首を振りつづけることに、満足感をおぼえていた。「いいえ」わたしは何度も言った。「けっこうよ、ありがとう」

婚約披露パーティの夜、ドレスのファスナーは難なくあがった。わたしたちが部屋に入っていくと、全員が動きをとめてこっちを見た。親しみのこもった顔を求めて部屋を見まわしてみたが、そんなものはここにはないのだとすぐに思い出し、鏡を見て練習した笑顔をつくってみせた。美しく、上品な、気高い笑顔。そう、わたしはそうあるべきだと思われている。まわりに女性たちが集まってきて、どんなにきれいに見えるか、どんなにほっそりとして優雅に見えるか、褒めてくれた。どうしたらそんなふうになれるのかと訊かれて、わたしはただ肩をすくめ、「愛の力にちがいありませんわ」と答えた。

わたしはプレキシグラスの窓を覆っているブラインドをあげた。部屋を日射しでいっぱいにしたかった。そして、日だまりのなかで猫のように昼寝をしたかった。一分でもいいから、そんな時を楽しみたかった。何もかも忘れたかった。

でもその時、足が何かに引っかかり、身体が前のめりになった。なんとかしてとどまろうとしたが間に合わず、転んだわたしは膝をしたたか打ってしまった。怪我を負っている掌がカーペットに擦れ、また傷口が開いた。

「何をしてるの」わたしはつぶやき、そのあともう一度、声のかぎりに叫んだ。「何をしてるのよ！」その声が壁にひびいた。ひとつ大きく息を吸い、またひとつ吸うと、何につまずいたのかたしかめようと振り返ってみた。

それは、見つけたのが不思議なほど小さなものだった。カーペットの下の床材に小さな窪みができていて、その隣に細長い何かがかすかに盛りあがっている。わたしは、それを指でなぞってみた。木材の節だろうか？　ちがう、節にしては滑らかすぎる。腰をおろして、肩にかけていたバッグを床に置いた。かがみこんで、もう一度、そこにふれてみる。節でないことはたしかだ。木くずが残ったまま、カーペットを敷いてしまったのだろうか？　もしかしたら、釘が出ているのかもしれない。でも、そのでっぱりは動かなかった。床にしっかりとくっついている。しかも、故意に取りつけたような感じだ。

わたしは壁際まで行って、指でカーペットの端をめくろうとした。でも、めくれなかった。ナイフを取りだし、それをカーペットと床のあいだに差しこんで、鉄梃を扱うように柄を押しあげてみた。そして、綴じ金が次々にはずれ、ようやくカーペットをつかめるようになると、力を込めて二度ほど引っ張り、床からカーペットを剥がした。

むきだしになったベニヤの床の真ん中に、隠し穴がつくられていて、その蓋に小さなメタルの掛け金がついていた。

蓋を開けてみた。ちらつく明かりの下ではよく見えなかったが、浅いブリキの箱が入っているのがわかった。その箱のなかに、赤ん坊のようにやわらかな布に包まれて、銃が横たわっていた。

狩猟用のライフル銃だ。長くて細身の銃身と、クルミ材でつくられた艶やかな銃床。いかにも高級そうだった。わたしはそれをそっと取りあげて両腕に抱えた。思ったよりも軽くて、三キロもなさそうだ。銃床を肩に載せてスコープをのぞき、十字線に窓をとらえてみる。それだけで背筋がゾクッとした。

父が、同じようなライフルを持っていた。父は年に二回ほどシカ狩りに行っていたが、楽しんでいるように見えたことは一度もなかった。いつもやつれた青い顔をして帰ってきて、母に肉の包みをわたすと、ひと晩じゅう地下室にこもっていた。わたしがしつこくせがむと、父は一度だけ母とわたしを連れていってくれた。わたしは撃つには子供すぎたが――たった九歳のわたしにとって、死はスリリングであると同時に想像もつかないものだった――母がライフルを肩に載せてスコープをのぞくのを見た時の驚きは、今もおぼえている。

「射手としての腕は、わたしよりもママのほうが上だ」シカの目と目のあいだに弾が命中したのを見て、父が言った。その声は誇らしげだったが、わたしが死んだシカを見おろして泣きだすと、父の顔に後悔の影がよぎった。

「わたしのせいだ」かぶりを振りながら父が言った。「どんなにせがまれても、アリィを連れてくるべきではなかった」

母が父の手を取って言った。「これが世の習いなの」安心感を与えてくれるようなやさしい声だった。「アリィも学ぶ必要があるわ」

今、わたしは誰かに見られることを恐れているかのように、すばやい動きで壁にライフルを立てかけた。長い革のストラップが、床に重なり落ちている。わたしは弾が入った箱を取りあげてバッグに入れた。弾の入っていない銃を持ち歩いても意味がない。特に今、この森のなかでは意味がない。ライフルに目を向けたわたしのなかで、何かが緩んだ。

ドアの横にライフルが立てかけてある。これは新たな力になると、わたしは思った。

そして、その力がわたしは気に入った。

マギィ

翌日の午前の遅い時間にチェックアウトをすませ、受付にスーツケースをあずけると、わたしはモーテルをあとにした。来たばかりではあったが、その夜にサンディエゴを発つつもりだった。ひどい時差ボケに悩まされることになりそうだが、どんなニュースにしろ、何か知らせが入っているかもしれないと思うと、長く家を空けたくはなかった。それに、〝お別れの会〟にも出なくてはならない。そう思うと心が沈んだ。

空は青く、気温は二十六度。今日も天気は完璧で、日を浴びて駐車場の車のボンネットが輝いていた。わたしは、きのう駐車場に駐まっていた赤いスポーツカーのことを思い出し、あれはラ・ホヤで見かけたのと同じ車だったのだろうかと、また考えた。そして、同じはずがないと、自分に言い聞かせた。そんなことを思うのは、アリィのニュースを聞いて以来とりつかれている実体のない妄想のせいだ。それに、ここはカリフォルニア。赤いスポーツカーが溢れている土地だ。ただの偶然、それだけのことにちがいない。

わたしは、まずベンの家に向かった。まだアリィの家と考えることができなかった。ラ・ホヤ・ブールバードから左に折れてシーリッジ・ドライブに入ったところで、その家がガードナー夫妻の屋敷のどれほど近くにあるかに、不意に気づいた。アリィは、義理の両親となる夫妻がこんなに近くにいることを、喜んでいたのだろうか？　わたしはベンの家の前に車を駐め、ドアベルを押した。応答があるとは思っていなかったのに、すぐにスピーカーがカチッと鳴り、うなるような音をさせて門が開いた。

　家は外から見たよりも大きく、わたしの目には、さらに醜く映った。そのサイズの異なった箱形の砂岩を積みあげたような、背の低めの建物が、ものすごく大きな窓の向こうから、目をパチパチさせてこっちを見ているような気がする。喧嘩の前に顎を突きだして相手を威嚇しているようにも見える、攻撃的な印象の大きく張り出した焦げ茶色の屋根と、ゴルフコースから切り取ってきたのかと思うほど、きれいに刈りこまれた青々とした芝生。その芝生から、椰子の木が二本生えている。通路を歩いていると、カチカチと音が鳴り、隠されているスプリンクラーが不意に息を吹き返した。バード・ロックでは、散水禁止令は出ていないらしい。

　中年の女性が片手に漂白スプレーのボトルをぶらさげて、玄関で待っていた。黒いチュニックに『テレサ』と書かれた名札をつけた彼女の顔には、苛立ちの表情があらわれている。わたしは深く息を吸うと、門のなかに入れた場合にそなえて、今朝鏡の前で練習してきた台詞を口にした。「こんにちは、サットン不動産の者です。ガードナー夫妻のご依頼で、こちらの査定にまいりました」

　テレサは顔をしかめた。「今日、誰かが見えるなんて聞いてませんけど。そういうことは、いつも前もって知らされるんです」

うなじに汗が噴きだした。「ついさっき、予定が変更になったんです」彼女は戸口から動こうとしなかった。「お願い」わたしはできるかぎり好意的な口調で言った。「今日はスケジュールがいっぱいなの。ガードナー夫妻に電話をかけてたしかめてくださってもいいけど、こんなことで煩わされるなんて、愉快じゃないんじゃないかしら？　そう思わない？」

どちらも無言のまましばらくその場に立っていたが、ついに彼女が脇に寄ってわたしをとおしてくれた。「あと五分で、わたしはここを出ますからね」廊下の先へと進みながら、彼女が大声で言った。そして、そのあと乱暴にドアが閉まる音がした。

すごい家だった。と言っても、いい意味ではない。誤解してほしくないから言っておこう。わたしの趣味ではないが、美しい家だということは認める。何もかも真っ白で汚れひとつなく、高そうに見える。わたしには、ここで赤ワインを飲むどころか、坐っていられる自信もない。こんななかにいたら、文字どおり目眩をおぼえてしまう。わたしは巨大なガラス箱のような家の真ん中に立って、何もかもが豪華に設えられた室内を眺めていた。アリィは、こういうものに囲まれて暮らしていたのだ。いかに自分がアリィを知らなかったか思い知らされた。わたしの娘は、ほんとうにこういうものを好む人間だったのだろうか？　クリーム色のソファに坐ったり、靴下を履いた足で毛足の長いカーペットの上を歩きまわったりして、寛（くつろ）げたのだろうか？

わたしは家族で過ごしたクリスマスを思い出した。わたしたちは三人揃ってリビングに坐り、ベイリーズ片手に〈ラッセル・ストーバー〉のチョコレートの箱に手を伸ばしながら、テレビで《ホワイト・クリスマス》を見ていた。古いスウェットパンツをはいて、毎年クリスマスになると引っ張りだしてくる赤鼻のトナカイ（ルドルフ）のセーターを着たアリィは、肘掛けからポニーテールを垂らしてソファに横たわり、ラズベリー入りのひと粒をさがして、チョコレートの箱のなかを探っていた。あの子は、このソファにあんなふうに横たわっていたのだろうか？　ここで眠ってしまうことがあったのだろうか？　ちょっと口を開いて、両方の足の裏を合わせて、夢を見て瞼を震わせて？

　そんな場面は、ほんの一瞬でも想像できなかったが、アリィはわたしが想像できないようなことをずいぶんしてきたようだ。このところ、自分がまちがっていたことを、毎日のように思い知らされているような気がする。

　キッチンをのぞくと、テレサが両手両膝をついて床を磨いていた。住む者がいない家を掃除するなんて、妙な仕事だ。テレサの態度を見れば、彼女もそう感じていることがわかる。おそらく家族は、ここを売るつもりなのだ。その広告を思い描いてみた。〝豪華〟とか〝類を見ない〟とか〝洗練された暮らし〟とかいう文字が、鏤められるにちがいない。

　主寝室も他とほぼ同じで、床は漆喰で仕上げられ、床から天井までの窓の向こうには海の景色がひろがっていた。部屋の真ん中に設えられたキングサイズのベッドを見て、わたしは思わず目をそむけた。ベッドのことは考えたくない。部屋の隅を見ると、化粧鏡が載った机がひっそり置かれていた。アリィの机にちがいない。でも、アクセサリーはどこ？　メイク道具は？　わたしが知っているアリィの化粧台の上は、香水や、ヘアスプレーや、キラキラ光るアイシャドウが入った小さなコンパクトや、かぞえきれないほどの口紅で埋めつくされていた。アリィがバスタブの縁にならべた大量の美容グッズのことで、いつもチャールズが文句を言っていた。チャールズがシャワーを浴びにいくと、毎朝決まって物が落ちる派手な音が聞こえ、そのあとに悪態をつく小さな声がつづくのだ。机の抽斗を開けてみた。何も入っていない。抽斗の中身は、すっかり片づけられていた。

部屋を横切ってクローゼットを開けてみると、きちんとプレスされた、白やピンクや淡いブルーのボタンダウンがレールにずらりとならんでいて、フックにネクタイが掛かっていた。わたしは、もうひとつのクローゼットの前に移動した。ハンガーには、いかにも高価そうなズボンとスーツが掛かっている。棚には何足ものピカピカのウィングチップと、履き古したテニスシューズが一足、それにヘビがとぐろを巻くように巻かれた様々な革のベルトがならんでいた。

アリィの服がない。一枚もない。

もう平静ではいられなかった。ベッド脇のテーブルの抽斗を開け、ベッドの下ものぞいてみた。アリィのものは何も、その影さえなかった。あの子は、ほんとうにここに住んでいたのだろうか？　何もかもまちがいだったのかもしれない。アリィは彼とは住まずに、どこかのアパートで暮らしていたのかもしれない。教わった住所がまちがっていた可能性もある。それとも、わたしがどうかしてしまったのだろうか？

でもその時、フカフカのカーペットに絡まっているものを見つけた。長いブロンドの髪の毛だ。つまみあげて光にかざしてみた。先のほうに、ほんの少し褐色がのぞいている。アリィの髪だ。そうにちがいない。

背後で音がした。振り向くと、部屋の入口にしかめっ面のテレサが、腕組みをして立っていた。「仕事は終わりました。時間外手当は払ってもらえないんです。あなたがもっといたいと言うなら、ガードナー夫人に電話をかけなくてはなりません」

わたしは立ちあがった。アリィのクローゼットをこんなふうに片づけられてしまったのを見て、不動産屋のふりをつづける気などなくなった。わたしはアリィの母親で、答えを求めているのだ。「あの子のものはどこにあるの？」

テレサが、ふてぶてしくも無表情のまま肩をすくめた。

お馴染みになった怒りが沸きあがってきた。みんなしてアリィを消したがっているようだが、そうはさせない。「わたしは、あの子の母親なの。娘のものを引き取る権利があるわ。あの子のものは、わたしのものよ。ガードナー夫妻には、そんな権利は――」

「あの女のために、坊ちゃまはあらゆることをなさったんです」息が漏れた音かと思うほどの、小さな声だった。

わたしはサッと、テレサの目に視線を向けた。「どういう意味？」

「坊ちゃまからすべてを与えられながら、あの女は感謝もしていなかった。当然だと思ってたんです」彼女は、依然として胸の前で腕を組んでいた。その身体はずんぐりとしていて、戸口を塞ぐほど肩幅がある。わたしは初めて会った人間とふたりきりでこの家にいるという事実に、不意に気がついた。しかも、わたしがここにいることは誰も知らないのだ。彼女は揺るぎない眼差(まなざ)しで、まばたきもせずにわたしの目を見つめている。「あんたの娘は、坊ちゃまにふさわしくなかった」

「そのとおりだわ」耳のなかがドクドクと鳴っていて、よく聞こえなかった。怖かったが、それを悟られるわけにはいかない。「あの子には、もっといい人でなければ釣り合わない」

テレサがかぶりを振った。その唇は固く引き結ばれていた。「出ていって」

ダウンタウンまで戻ったところで初めて気がついた。わたしが不動産屋のふりをやめてあんなふうに振る舞っても、テレサは少しも驚かなかった。わたしが何者か、最初からわかっていたにちがいない。

アリソン

目で見る前に音が聞こえた。エンジンの低いうなりと、砂利の上を走るタイヤの音。窓からのぞいてみると、森から出てくるＳＵＶの鼻先が見えた。その車体に書かれた太い緑の文字が、公園管理官（パークレンジャー）の車であることを示している。フロントガラスごしに、ふたりの男の輪郭が見えた。

車のドアが閉まる音につづいて、土を踏みしめる重い足音が聞こえてきた。「何か見えるか？」低い声の男が、すぐ近くでそう言った。

頭が高速で回転を始めた。この薄っぺらなドアの向こうに、救いがある。温かな服と、寝心地のいいベッドと、熱々の食事。ああ、食べ物。有塩バターをたっぷり塗った、焼きたてのバゲット。レアに焼いた肉汁が滴るパティとベーコンを挟んだチーズバーガー。母がわたしの誕生日につくってくれたような、バニラフロスティングを載せてスプリンクルを振りかけたチョコレート・レイヤーケーキ。それにワカモーレ。

「いや、特に何も」さっきの男より、少し声が高かった。この声の主も近くにいる。

あなたが生きていることを知ったら、あの人たちは必ずあなたを見つけだす。

小屋のまわりを慌ただしく歩きまわる足音が聞こえている。そのあと、窓に男のシルエットが映って一瞬日射しを遮り、部屋のなかは薄暗くなった。

このままでは、わたしは森のなかで死んでしまうかもしれない。すでに何度か死にかけた。このあと何度、そんな危険に出会すだろう？　わたしには助けが必要だ。

ただ何か言えばいい。ドアを開けて、姿を見せるだけでいい。それを声に出して言えばいい。お願い、助けて。

アリィ、自分が誰を相手にしているのかわかってるの？

「これを見たか？」低い声の男が言った。明らかに興奮している。

「最近のものだろうか？」

「長く放置されていたと考えるには、きれいすぎる」

外に何か忘れてきたにちがいない。たぶん、取りこみ忘れた洗濯物……靴下かもしれないし、下着かもしれない。わたしはうろたえた。あまりに無防備な気がして、怖かった。

すべてが明るみに出て、それがあなたのせいだとわかったら、あなたは殺される。

わたしは壁に背中を押しつけた。

「なかを見てみよう」

わたしは、ドアにサッと目を向けた。ドア枠は一度外れたものをはめこんであるだけだが、鍵は――重い南京錠は――まだラッチにぶらさがっている。間に合うだろうか？　選択肢などなかった。やってみるしかない。鼓動が激しく打っているのを感じながら、すばやく部屋を横切った。階段をのぼる重い足音が迫ってくる。南京錠をつかんだものの、手が震えてうまく指が動かなかった。Ｕ字形の掛け金（シャックル）が、ボディの穴に入らない。すでに階段をのぼりきったブーツの足音が、ドアに向かって近づいてくる。**やるのよ、アリィ。ここで失敗したら、もうおしまいよ。**シャックルがカチリとはまった。男のひとりが、向こう側からドアを押す音が聞こえた。その力でドア枠がひずんでいる。わたしは、持ちこたえてくれることを祈りながら、全体重をかけてドアを押し返した。力を込めてドアを開けようとしている男の息づかいが聞こえる。

「だめだ」声の高いほうの男がそう言ったかと思うと、不意にドアを押していた外からの力が消えた。

ドアの前に立ったまま、どうするべきか話し合っている男たちの体温が感じられた。息をとめてはいても、鼓動が速く大きくなっている。肺が悲鳴をあげはじめていた。**帰って。**心のなかで、わたしは叫んだ。**今すぐ帰って。**

足を引きずる音と、ため息が聞こえた。「クソッ。行こう」

ひとりが最後にもう一度ドアを押すと、男たちが階段をおりる足音が聞こえてきた。その足音が砂利の上を進み、車のドアが閉まってエンジンが掛かり、タイヤがバリバリと砂利を踏み、跳ねとばして、ＳＵＶは遠ざかっていった。エンジン音が聞こえなくなって初めて、わたしは息をついた。その時には、目の前に星が見えはじめていた。

終わった。たった一度の救われるチャンスを逃してしまった。

お金しだいで誰でも買収できる。誰が金を受け取っていても不思議じゃないわ。

でも、もしかしたら、もしかしたら、今度も自力で生き延びられるかもしれない。

シャワーを浴びていたわたしの耳に、帰ってきた彼がキッチンのカウンターに鍵を置いた音が聞こえた。わたしはコンディショナーを洗い流し、いそいで身体を拭いた。寝室に足を踏み入れると、彼がウイスキーのグラスを片手にベッドに腰掛けていた。

「早かったのね！」そう言ってキスをしようとかがみこんだものの、彼の顔を見てとどまった。「どうしたの？」

彼が自分の顔を片手で撫でた。「なんでもない」小さな声だった。「ただ、仕事でいろいろあってね。たいへんな一日だった」目の下にくまができていて、肌が蠟のように青白くなっている。疲れ切っているようだった。

わたしは傍らに坐って、彼を抱き寄せた。「わたしに話してみない？」

彼は首を振った。「いや、だいじょうぶだ」

わたしはグラスを見つめている彼の背中を撫でながら、ふたりを包む静寂に耳をすましていた。それが、初めて感じた、かすかな恐怖の兆しだった。いつもなら、彼はハイテンションで帰ってくる。わたしを腕に抱いて、為し遂げた最新の偉業について話し、上等の赤ワインのボトルを開けるのだ。あんな彼は見たことがなかった。あの時の彼は、打ちひしがれていた。

ついに彼は、深いところから吐きだされたようなため息をつき、いくぶん自制心を失っている様子で、わたしの目を見つめた。「ぼくのことを善人だと思うかい？」

声をあげて笑ってしまった。彼がそんなことを訊くなんて、あまりにバカげていると思ったのだ。でも、彼は真剣だった。「あなたは、わたしが知ってる人のなかで、いちばんいい人よ」わたしはそう言って、彼の両手をにぎった。それは事実だ。彼はわたしを救い、面倒をみて、愛してくれる。何もかも彼のおかげだ。「あなたよりいい人なんて、想像できない。あなたといられて、すごく幸せよ」

影が割れて笑みがのぞいた。「ぼくも幸せだ」彼がわたしを上にしてベッドに身を横たえた。「ぼくは世界一幸せな男だ」彼はそう言ってわたしの顔から濡れた髪を払いのけると、わたしの額に自分の額を押しあてた。薄暗い部屋のなかで、彼の目が何かを探ろうとするかのようにわたしの目を見つめている。

「どうしたの、ベイビー？」わたしはささやいた。「話して」

彼は首を振り、わたしのバスローブのベルトを引っ張った。「話したくない。ただ、きみといたいんだ」彼の温かい手が身体を滑るように撫であげ、やわらかな唇が首からお腹へとおりていく。彼は舌でわたしを苛み、わたしがせがむと、ようやく入ってきた。その時には、わたしはすでにいっていた。

事が終わり、どちらもぐったりと、湿ったシーツに手足を絡ませて、荒い息をついていた。わたしは薄明かりのなかで、彼の胸が上下するのを眺めながら、「こんな幸せがつづくはずがない」としきりに訴えかけてくる心の声を黙らせようとしていた。

わたしは二十分もかからずに荷物をまとめ、東に向かって歩きだした。バッグのなかでカタカタ鳴っているスープの缶詰と、脇でパシャパシャ音をたてている水の入った缶と、肩に掛けたライフル。また、お馴染みの痛みが始まっていた。それが一歩ごとにひどくなり、山小屋が森に呑まれて見えなくなる頃には、痛みのシンフォニーは山場を奏でていた。

マギィ

サンディエゴにある製薬会社のほとんどは、ラ・ホヤかデル・マーの海を望む崖の上にあるのだが、ベンの会社はちがった。〈プレキシレーン・インダストリーズ〉は、ダウンタウンのウォーターフロントに建つ、真っ青な空に向かって延びるガラスとスチールでできた高層ビルのなかにあった。わたしはウエストアッシュのはずれの駐車場に車を入れ、魚のはらわたとガソリンの臭いがただよう埠頭(ふとう)まで歩いた。

どうするつもりなのか自分でもよくわかっていなかった。正直に言えば、計画などなかった。彼がそこにいないことはわかっている。面会の予約もしていないし、受付でなんと名乗ったらいいのかもわからない。それでも、試してみる必要があると感じていた。

ビルの前に、赤と黄色のカーネーションのプランターをならべた、広々としたコンクリート敷きの広場があった。入口に向かって歩くわたしは、手をかざしてビルのガラスに反射する日射しを遮らなくてはならなかった。もうすぐランチタイムとあって、外のベンチでお弁当を食べながら、本を読んだり、携帯電話をいじったりしている者も何人かいた。現実の風景というより、映画のワンシーンのように見えたが、これがカリフォルニアなのかもしれない。こんな日射しは、わたしには不自然に感じられた。

受付係の視線を感じながら、大きな木製のデスクに近づいていった。「すみません」デスクの前にたどり着くと、髪を撫でつけながらわたしは言った。顔には、これ以上ないほど感じのいい笑みを貼りつかせていた。「ちょっと助けていただけないかと思って」

受付係はうなずき、目の前にある黒い大型パソコンの画面に視線をさまよわせた。

わたしは咳払いをした。「こちらの会社のどなたかと話がしたいの。娘のことで……」

「お名前は？」

「マギィ」わたしは口ごもった。「マギィ・カーペンターです」

受付係はうなずき、キーボードに何か打ちこんだ。「こちらにお名前を記入して、サインをしてください」彼女はそう言いながら、デスクに置かれた紙を指で軽く叩いた。活字体で丁寧に名前を書き、その横の枠のなかにサインすると、裏に小さな金属クリップがついているラミネート加工した通行証をわたされた。「エレベーターBで、四十三階におあがりください」受付係が言った。

わたしはブラウスに通行証をとめつけた。図書館で便利なコピー機を買う前に使っていた謄写版用回転複写機の、懐かしい匂いがかすかにした。「わかりました。ええ、どうもありがとう」うなずいてそう言いながらも、わたしは戸惑っていた。大理石張りのロビーはものすごく広くて、フットボールのフィールドくらいある。エレベーターBがどこにあるのか、見当もつかなかった。

わたしの表情を見て、受付係が同情を示してくれた。「左にお進みください」そう言いながら、奥の廊下を顎で示した。「表示がございますので、すぐにおわかりになると思います」彼女はパソコン画面に視線を戻し、猛然とキーボードを叩きはじめた。

四十三階へとあがるエレベーターのなかで、わたしは動揺していた。自分がここで何をしているのか、何を期待しているのか、わからなかった。扉が開くと、そこにまたロビーがあった。ここの壁にはクリーム色と茶色のレザータイルが張ってある。大きな木製のデスクの向こうに坐っている四十三階の受付係は、にこやかなブロンドの女性だった。エレベーターからロビーに足を踏みだしたわたしを、彼女が輝くばかりの笑みで迎えてくれた。「ようこそ、〈プレキシレーン〉に！　どうぞ、お掛けください。ハッチンソンは、すぐにまいります」

わたしは彼女に問いかけるような眼差しを向けた。ハッチンソンなんて人は知らないし、彼が待っている誰かがわたしでないことはたしかだ。「どなたかとまちがえているんじゃないかしら」

受付係がサッと目をあげた。「〈ハイペリオン〉の方では？」わたしは首を振った。彼女の背後の磨りガラスのドアが半分開いていて、騒動が起きている様子のオフィスが見えていた。受付係がわたしの視線を追って、いそいでドアを閉めた。「失礼いたしました」気を取りなおして、彼女が言った。「たぶん――」申し訳なさそうに、かぶりを振った。「すみません、今日はものすごく忙しくて。どんなご用でしょうか？」

掌に汗が滲んでいた。わたしは、その掌を合わせて前に進んだ。「ええと……娘が……娘のアリソンが、ベン・ガードナーさんと婚約していて、それで……」

彼女の顔が皺くちゃになった。「お悔やみを申しあげます。アリソンは、すてきな方でした。事故のことを聞いて、みんなとてもショックを受けています」

「ありがとう。どなたかとお話しできないかしら？　どなたか、わたしに話を聞かせてくださる方は――」なんの？　なんの話が聞きたいの？　受付係は目を同情の色でいっぱいにして、忍耐強くわたしを見ている。さあ、マギィ。落ち着いて。ちゃんと訊くのよ。「どなたか、アリソンの話をしてくださる方はいらっしゃらない？　ベンの話でもいいの」

彼女は驚いているようだった。「面会のお約束は？」

わたしは通行証をいじりながら答えた。「いいえ、約束はありません。でも、どなたか会ってくださるかもしれないと思って……。おわかりでしょう、メインからはるばるやってきたのよ。それなのに、ベンのご両親にはお目に掛かれないし……」

きれいな緑の目にシャッターがおりたのがわかった。「申し訳ありません」彼女がかぶりを振った。ブロンドのポニーテールが揺れている。「事前のお約束がなければ、面会はできません」

磨りガラスのドアが開いて、ダークグレーのスーツ姿のすっきりした感じの男性が、顔をのぞかせた。「〈ハイペリオン〉の連中は、まだ来ないのか？」

受付係が身を硬くした。「まだです」不自然な明るい声だった。その顔がこわばっている。

男性は小さな声で悪態をつき、乱暴にドアを閉めた。

「今の方なら、二、三分話せるんじゃない？　約束した方が見えてないんでしょう？」大胆にもそう言いながら共謀者めいた笑みを浮かべてみたが、笑みを返してはもらえなかった。

彼女は、鳴りだしたデスクの上の電話に、苛立たしげな視線を向けた。「お嬢さんのことは、ほんとうにお気の毒に思っています。それに、遠くからいらしたこともよくわかっています。でも、わたしにはどうすることもできません」

わたしのなかで、絶望の井戸の蓋が開くのを感じた。もう、やけくそだった。「ここにいるんだから、あなたでもいいのよ。そんなに時間はとらせない。あなた、アリィを知ってたのよね？　それに――」

また電話が鳴った。今度は、彼女の手がその上をさまよっている。「申し訳ありませんが、ほんとうにもう仕事に戻らないと」彼女は最後に一度、わたしに同情の眼差しを向けると、電話を取った。「こんにちは、〈プレキシレーン・インダストリーズ〉でございます」

わたしは背筋を伸ばしてうなずいた。取り合ってももらえなかった。でも、今回は、ここでは、尊厳を失うような真似をするつもりはなかった。ボタンを押してエレベーターを待った。そして、その扉が開くと、スーツ姿のふたりがわたしを押しのけるようにして、受付デスクのほうに歩いていった。たぶん、ハッチンソン氏に会いにきたのだ。少なくとも、これでハッチンソン氏はかわいそうな受付係を怒鳴らなくなる。

下りのエレベーターのなかで、鏡に映った自分の姿を見た。目は血走って瞼が腫れ、肌は蠟のようで、頬がげっそりとこけている。まるで幽霊だ。不気味な食屍鬼（グール）だ。

エレベーターを降り、回転ドアを抜けたわたしは、眩い日射しに目を細めた。涙で視界がぼやけていた。広場には、もうほとんど人影がなかった。ランチタイムをここで過ごした者たちは、それぞれのオフィスに戻ってデスクに着き、午後の仕事に取りかかっているのだろう。だから、わたしはベンチに腰をおろし、気持ちが落ち着くのを待った。日射しは容赦なく照りつけ、ベンチの横木は熱くなっていた。バッグのなかをかきまわして水のボトルを取りだした。口に含んだ水は生ぬるく、風呂水を飲んでいるような気になった。

ここまで来て、収穫はゼロ。アリィはこの街で十年近く暮らしていたのに、その跡も見つからない。あの子を知っていた者たちがみんな揃って、その存在を消してしまったかのようだった。みんなアリィを軽んじていた。そして今、アリィは逝ってしまった。

そういう者たちを罵ってやりたかった。ベンも、ディーも、ガードナー夫妻も、あの怪しげなバーにいた男たちも。でも、誰のせいなのか、心の奥ではわかっていた。わたしはアリィの母親だ。あの子の面倒をみるべき立場にある人間だ。喧嘩らしい喧嘩もせずに、わたしをあの子の人生から締めださせてしまった。わたしは、アリィに何もしてやらなかった。そして今、また何もしてやれずにいる。

カリフォルニアの太陽の眩しい光を浴びながら、わたしは挫折感に苛まれ涙を流していた。

アリソン

日が暮れる頃には、足を引きずるようにしてのろのろとしか進めなくなっていた。この先、何キロ歩くことになるのか、想像もつかなかった。ただ、どれだけ歩いたかはわかっていたし、最後にはたどり着くということもわかっていた。わたしは足をとめた場所にバッグをおろし、キャノピー・カバーをひろげると、スニーカーを脱ぎ捨てた。この一日で、スニーカーはひどい状態になっていた。ファブリックの部分には、泥が厚くこびりついていて、ラバーソールは剝がれかけている。ナイキの最高級のスニーカーといえども、ロッキーを一週間歩きまわるという過酷な行為には、適していないようだ。

わたしはナイフを使ってチキンヌードル・スープの缶詰を開け、缶に口をつけて飲んだ。温めていないスープはドロドロで塩からかったが、そんなことはかまわなかった。小さなキューブ状のニンジンといっしょに、ヌードルがスルスルと喉をとおっていく。ものの数分でスープはなくなり、最後に何口か水を飲んで食事を終えた。

わたしは横たわって目を閉じた。今ここでアイスクリーム・サンドイッチを食べられるなら、どんなことだってするだろう。何からできているのかさっぱりわからない二枚のチョコレート・ウエハースに、甘すぎるバニラアイスがたっぷりと挟まっていて、指にくっついたウエハースを歯で擦り取りながら食べる、あのアイスクリーム・サンド。鮮やかなオレンジ色のチーズが、バターを塗った厚切りの食パンから流れでている、グリルドチーズサンドも魅力的だ。でも、何よりもお酒。強いお酒がほしかった。

これまでに飲んだお酒を全部飲みたかった。プラスティック・カップに注いで一気飲みした冷たいビール。雑誌の仕事の交流会ですすった生ぬるい白ワイン。シフトのあとバーでがぶ飲みしたワインで割ったテキーラ。そして、かぞえきれないほどのパーティで供された大量のシャンパン。

「お注ぎしましょうか？」白いシャツを着たウエイトレスが深々と頭をさげてわたしのグラスを満たし、また人混みに消えていった。わたしは、彼女をうらやましく思いながら、そのうしろ姿を見ていた。彼女たちは厨房で何を話しているのだろう？　サンディエゴの有力者たちに供するカナッペがならぶステンレス製の調理台の脇で、トレイに飲み物や食べ物を補充したり、こっそり煙草を吸ったりしながら、互いをつつき合うウエイトレスたちの姿が目に浮かぶようだった。みんなわたしたちのことを――誰が酔っ払っているとか、誰がサーモンタルトを貪っていたとか、どの男がベタベタさわってくるとか――話しているにちがいない。いっしょに厨房にいさせてくれるなら、何を差し出してもいい。男性陣が背中を叩き合ったり、商談をまとめたりしているあいだ、ここで誰かの奥さんやガールフレンドたちと世間話をしているよりも、そのほうがずっとましだ。

わたしは、サムがベンに身を寄せて耳元で何かささやき、それを聞いたベンの顔がくもるのを見ていた。秘密。いつも秘密だ。会社でのサムの役割は秘密めいていた。ベンは彼のことを、面倒事を片づけてくれる〝フィクサー〟だと言っているが、どんな面倒事を片づけているのかは説明してくれなかった。一度、真夜中になる十五分ほど前にサムが家に訪ねてきて、ベンとふたり朝方まで書斎にこもっていたことがあった。さすがにその時は、ようやくベッドに戻った彼をしつこく問いただした。でも彼は、ただわたしの頭のてっぺんにキスをして「仕事だ、ベイビー・ガール。ただの仕事だよ」と言っただけだった。

みんな楽しそうなふりをしてはいても、こうしたパーティも仕事だ。今夜は画廊のオープニングということになっているが、誰も作品なんか見ていない。こういう催しの前、ベンはいつもわたしの手をにぎってこう言う。「ご婦人方をうならせてやってくれ」それで彼はわたしをひとり残し、男性陣のほうに行ってしまうのだ。でも、わたしがご婦人方をうならせることはなかった。彼女たちはわたしに寛容だったが、わたしはあの退屈な礼儀正しさに堪えられなかった。

「ミニバーガー、召しあがってみた？」目をあげると、女性が眉をひそめてこっちを見ていた。これが証拠だと言わんばかりに、小さなハンバーガーを掲げている。わたしは首を振った。「最悪よ」彼女はそれを口に押しこみ、顔をしかめながら咀嚼した。「こういう催しのお料理は、どんどん質が落ちていくみたい」彼女は紺色のズボンで手を拭うと、その手を差しだした。「リズよ」

「アリソンです」

彼女は、最初に思ったよりも歳がいっているようだった。青い目の端には皺ができているし、赤い髪には銀色の筋が交じっている。かわいらしい顔をしていると、わたしは思った。たくさん笑ってきた女性の顔だ。「あなた、ベンのフィアンセでしょう？」

指のダイヤモンドを見られていることに気づいて、誇らしさでいっぱいになった。「ええ」リズがわたしの手を取った。「すごい指輪ね」指輪を光にかざして、彼女がうっとりとそう言った。そしてそのあと、わたしにウインクした。「あなたに似合ってるわ」

「ありがとう」照れながらお礼を言った。彼女がわたしの手を放すと、何かを失ったような気になった。その瞬間、たまらないほど母に会いたくなった。

視線を感じて目をあげると、部屋の向こうからサムがこっちを見ていた。目が合うと、彼は顔をそむけた。いつもサムに見られていると、前に一度ベンに話したことがある。でも、彼はただ声をあげて笑いながら「サムを責められるかい？」と言い、わたしを引き寄せてキスをした。「なんと言ってもきみは、会場でいちばんきれいな女性なんだからね」それから、サムの視線は気にしないことにしたが、同じ部屋にいるとやっぱり落ち着かなかった。憧れの目で見られるのと、見張られているのとでは、ぜんぜんちがう。それはわたしにもわかる。サムは、わたしを見張っているのだ。

わたしはリズに向きなおり、顔に笑みを貼りつけて尋ねた。「ベンとは、どういう知り合いなの？」

「主人がベンのために働いてるの」彼女はそう言いながら、部屋の反対側に集まっている男たちを漠然と示した。「ここにいる他のみんなと同じよ。そうでしょう?」

わたしは、ぎこちない笑い声をあげた。顔を見ても、彼女が冗談を言ってるのかどうかわからなかった。「ご主人のお名前は?」そう訊いたのは、自分が知っている誰かかもしれないという好奇心よりも、礼儀正しく振る舞おうという思いからだった。ほんとうのところ、どれだけこういうパーティに出ていても、ベンの同僚の名前なんて、ひとりもおぼえていない。誰も彼も、〝これといった特徴も表情もない、お金の匂いのするダークスーツの男〟としか認識できなくなっていた。奥さんたちも、たいして変わらない。身体にピッタリの同じようなドレスを着て、同じようなテニス・ブレスレットをした、キャシィとかデビィとかいう、同じようなブロンドの女たち。でも、リズはちがった。そして、それは彼女の真っ赤な髪のせいだけではなかった。リズは、本物の人間のように見えたのだ。そういう人間に、もう長いこと会っていなかった。わたしはまた、胸が痛くなるほど母に会いたくなり、シャンパンのグラスを傾けた。

「主人はポールっていうの」リズが答えた。「ポール・リッチ」彼女はそう言いながら、じっとわたしを見つめていた。でも、彼女の表情は読めなかった。「聞いたことある?」

たしかに聞きおぼえがあった。ベンとサムがヒソヒソと話している時に、耳にしたのだと思うが、確信はなかった。わたしは礼儀正しくほほえんだ。「もちろんよ。ご主人の話は、ベンからうかがってるわ。いい話ばかりよ」

リズの顔を何かがよぎった。かすかな影だ。「ほんとう？　うれしいわ」彼女は共謀者めいた仕草で、こちらに身を傾けた。「お高くとまった女たち（アイスクィーンズ）はどんなふう？」奥さんたち一団を顎で示して、彼女が訊いた。「意地悪されてない？」

わたしはためらった。「みなさん、とても友好的だわ」ほんとうらしく聞こえるよう祈りながら答えた。

リズは頭をうしろに傾けて大笑いした。こういう催しで聞き慣れた行儀のいい忍び笑いとは、ぜんぜんちがった。お腹の底からの本物の笑いだ。その声にわたしも驚いたが、シャネルに身を包んだブロンドが何人か、険しい目を向けた。「わたしに嘘をつく必要はないわ」リズはそう言いながら、わたしの腕に自分の腕を絡ませた。「まるで毒蛇の巣よ。あの人たちを知るようになって十年近くになるけど、歳を重ねて丸くなった人なんてひとりもいない。行きましょう。マカロンタワーの在処（ありか）を知ってるの」

マギィ

車までもう少しというところで、誰かに腕をつかまれて振り向かされた。目の前に三十代半ばの男性が立っていた。がっしりした身体と、黒い髪と、無精髭に覆われた丸みを帯びた顎。目の縁が赤くなっていて、黄色っぽい顔は、ほとんどの時間を屋内で過ごしている人間らしく、蠟を塗ったかのように不自然に輝いている。「上まで行ったんだろう?」妙に聞こえるほど単調な声だった。

わたしは彼を見あげた。「なんですって?」

「おりてきたのを見たんだ」彼の親指は〈プレキシレーン・インダストリーズ〉の高層ビルをさしていた。「おれはもう、上へはあげてもらえない」彼がわたしのほうに身を傾けた。顔にかかる熱い息は、タマネギの臭いがした。「やつらは認めたのか?」

わたしのなかで火花が散るのを感じた。「認めるって、何を?」

「あんたの娘のことだよ」声をひそめて彼が言った。「やつらに殺されたんだろう?」

氷のなかに投げこまれたかのように、全身が冷たくなった。わたしは手を伸ばして、彼の手首をつかんだ。「アリソンのことで、何を知ってるの?」

「アリソン」目の表情がやわらいだ。「それが、あんたの娘の名前なんだね。かわいらしい名前だ。おれの女房の名前はレベッカ。みんな、ベッキィと呼んでいた」

心が沈んで、虚しさと吐き気をおぼえた。「娘をご存じじゃないのね？」

彼は首を振って、わたしの手をにぎった。その掌は汗で湿っていた。「しかし、奴らがあんたの娘に何をしたかは知っている」彼が静かな声で言った。「うちの女房を殺したように、あのろくでもない薬で毒殺したんだ」彼にきつく手をにぎられて、関節が鳴ったのがわかった。

「薬？」わたしは警察の記録のことや、食堂で向かいに坐ったディーのどんよりとした目のことを思い出した。不意に恐ろしい考えが浮かんだ。「なんの薬？」

「レクシィを産んだあとに、やつらが女房に与えた薬だよ。やつらは女房に、元の自分に戻れるように手を貸してやるとかなんとか言ったんだ。しかし……」彼はかぶりを振った。

「あんたが受付係に、娘のことでこの会社の誰かと話がしたいって言ってるのを耳に挟んで、この人もおれと同じ思いをしてるんだって、ピンときた。それで、その目を見て確信したんだ。やつらは、うちのベッキィを殺したように、あんたの娘を殺した。そうだろう？」

今、彼の顔はわたしの顔から数センチのところに迫っていた。わたしは後ずさりたい気持ちを必死で抑えなければならなかった。「うちの娘は、飛行機の墜落事故で亡くなったんです」わたしは気を落ち着けて言った。「娘は、いっしょに事故で亡くなった〈プレキシレーン・インダストリーズ〉のCEOと婚約していたの。だから、わたしは〈プレキシレーン〉を訪ねたんです。誰かに娘の話を聞きたくて……」わたしを見た彼の目には、わたしが鏡に映った自分の目のなかに何度見たかしれない表情と同じ色が浮かんでいた。「あなたは、奥さんの身に何が起きたと思ってるの？」

「あんたを信じることはできないよ」彼が首を振った。「やつらの身内なんだろ？」

「ちがうわ」わたしは彼の腕に手を置いた。「わたしは、あなたと同じように真実を突きとめようとしてるだけ。ねえ、あなたの力にならせて」

彼は火傷でもしたかのように、うしろに跳びのいた。そして、疲れが滲んだ血走った目でわたしを見て、またかぶりを振った。「誰もおれの力になんかなれやしない」わたしは、歩き去る彼のうしろ姿を見ていた。そして、その姿が視界から消えると、小さなレンタカーに乗りこみ、震える手でハンドルをにぎってモーテルへと戻った。

アリソン

わたしはハッと目を覚ました。銀色の月明かりを木々の梢に遮られた森のなかは、真っ暗だった。あたりを満たすコオロギの絶え間ない単調な鳴き声と、時折それを途切れさせる小動物が走る音。わたしは、ぼんやりと気づいた。もう真夜中になっている。支度もせずに眠ってしまったのだ。わたしは、とにかく寒かった。地面の湿気が薄いレギンスにしみこんで肌を冷やし、足の感覚もなくなっている。

暗闇に目を凝らしてみた。さっきは、あっという間に眠りに落ちてしまったが、もう眠れそうもない。このまま夜明けを迎えることになるにちがいない。

「こんなに早く起きて、ほんとうにだいじょうぶなの？」かがみこんで靴紐をしっかりと結びながら、リズが訊いた。

「ええ、わたしは朝型の人間なの」嘘をついた。口にはしなかったが、彼女に誘われたら、昼夜を問わずいつだって喜んで会いにいく。誘われるのが、ただうれしかった。友達が――少なくとも、わたしは友達であってほしいと思っていた――できたことがうれしかった。

「わたしもよ。でも、ポールは最悪だって思ってるみたい。彼は週末はゆっくり寝ていたいらしいんだけど、わたしはいつも日の出とともに起きちゃうの。ぐずぐず寝てると、一日損したみたいな気分になっていやなのよ。わかるでしょう？」

「よくわかるわ」明るくそう答えながらも、以前の暮らしのことを考えていた。あの頃は、夜の六時にやっと一日が始まって、眠る時には日が昇っていた。でも、それは過去のことだ。何もかも、終わった。今のわたしは、夜明けに起きて友達と海辺を走るような人間になったのだ。

リズが目をあげてほほえんだ。そんなふうに見られると、心のなかまで見透かされているのではないかと思ってしまう。彼女といると、そう感じることがたびたびあった。「さあ――」彼女はそう言って、ランニングウォッチのスタートボタンを押した。「行きましょう」

初めはゆっくりとした一定のペースで走り、身体が温まると徐々にスピードをあげていった。リズは四十七歳だった（初めてふたりで飲みにいった時に、共謀者めいたヒソヒソ声で打ち明けられて、わたしはうれしくなった）が、その身体はしっかりと引き締まっている。わたしたちは、すぐに一キロ五分にまでペースをあげ、歩道に軽やかな足音をひびかせながら海岸に向かって走りつづけた。

「それで――」呼吸の合間にリズが言った。「ベンはどんな様子？　今度の裁判のことで気をもんでない？」

今度の裁判のことなんて知らないし、ついでに言えば、ベンの仕事のことはほとんど何も知らない。初めて結ばれた時に訊いてみたが、仕事の話をするのはストレスでしかないと言われてしまった。わたしには、その逃げ場になってほしいというのだ。それでも、リズに何も考えていないバカ女だと思われたくなかったわたしは、言葉をにごしてポールのことを尋ねた。

「ものすごくストレスを感じてるわ」彼女は言った。「本人が認めたわけじゃないけどね。プレッシャーにさらされてる時、それがどんなものであっても、彼は絶対に認めないの。でも、わたしにはわかる。そういう時、彼は耳たぶをいじるの。ストレスがたまると、無意識のうちに、左の耳たぶを引っ張りながら歩きまわりだすわ。変な癖ね」リズがわたしをチラッと見た。「ベンにそういう癖はないの？」

リズに話せるようなチャーミングで他愛のない癖はないものかと、考えてみた。でも、ベンが苛立っているのがわかるのはベッドのなかだけだ。わたしに乱暴になって、目を見ようともしない。そして、そのあとはいつも、二倍やさしくなって埋め合わせをしてくれる。でも、そんなことは話したくなかった。だから、ベンが寝ているあいだずっと動いていることを、モゴモゴと打ち明けた。

「ポールもよ」リズが言った。「そのせいで睡眠不足になるわ。寝入る直前に、いつも犬みたいにビクッて動くの。それでわたしは目が覚めちゃうのよ。毎・回・ね」

わたしは声をあげて笑った。こんなふうにふたりの結婚生活を垣間(かいま)見るのは、楽しかった。ふたりはすごく幸せそうだし、すごく気楽そうだ。歳を重ねて髪に白いものが交じり顎に肉がついた頃、ベンとわたしは気楽な夫婦になっているだろうかと考えてみたが、頭のなかのイメージにあてはまらなかった。

そのあとは、しばらく黙って走った。ふたりの歩調は、ピッタリと合っていた。通りはまだ静かで、コーヒーの入った紙コップを持った早出の会社員や、うなりをあげている街路清掃車を、たまに見かけるくらいだった。リズの声が静けさを破った。「サムのことはどう思ってるの？」

わたしは地面から目を離すことなく、彼がわたしに向ける、野良猫を見るような――撫でたがっているような、あるいは捕らえたがっているような――眼差しのことを思った。「いい人なんじゃない？」自然に聞こえるように気をつけた。

「あいつはゲス野郎よ」そう言ったリズの声には、これまで聞いたことのない棘が感じられた。彼女の言葉にショックを受けたわたしは、リズムを乱して軽くつまずいた。

「どうして？」

見ると、リズは歯を食いしばっていた。「ひとつ忠告させて」彼女が言った。「あの男には気をつけるのよ。あなたは友達だと思ってるかもしれないけど、あいつは友達なんかじゃない」

「友達だなんて思ってないわ」即座に応えてしまった。ほんとうのところ、サムとは両手の指でかぞえられるほどしか言葉をかわしたことがない。話そうとはしてみた。ベンにとってたいせつな人だとわかっていたから、初めて会った時には彼のことを知ろうと努力した。でも、何か尋ねるたびに、口を閉ざして部屋から出ていってしまうのだ。それでも、彼がわたしを見るのをやめることはなかった。何を考えているのか読めない無表情の黒い目で、じっとわたしを見張っている。

リズがうなずいた。「よかった」落ち着いた声で彼女が言った。「そのままでいることね」

マギィ

飛行機は、午前九時四十五分にメイン州のポートランド国際ジェットポートに着陸した。機内で眠ろうとして、向こうの空港で市販の睡眠薬まで買ったのに、六時間まったく眠れず、ローガンの上空を旋回している時に、ちょっとウトウトしただけだった。乗り継ぎ便を待つあいだは、疲れ切って目も開いていられないような状態だったのに、飛行機に乗るとまたすぐ目が冴え、眼下の灰色の雲を眺めながら、雲を突き破ってメインに着陸する時を待っていた。

空港で車に乗りこんだわたしは、ハンドルの十時と二時の位置に手を置いて、慎重に運転した。こんな状態では、たとえ一秒でも、道から目を逸らす勇気はなかった。時折、目の前に黒い点々が群れを成してあらわれるし、絶えず頭がズキズキ痛んでいる。わたしはラジオをつけ、大嫌いな局に周波数を合わせると、最大限までボリュームをあげた。それでも、うっかりすると眠ってしまいそうだった。ハイウェイのアウルズ・クリークへとつづく出口が見えて、わたしは初めて緊張をといた。

うちにたどり着くと、鍵を差しこんでドアを開けた。「ただいま！」その声が家のなかにひびいた。誰が応えてくれると思っていたのだろう？　きっと、自分の声が四方の壁にあたって跳ね返ってくるのを聞きたかっただけだ。ドアマットに重なり落ちている郵便物を拾おうと身をかがめると、背中が異議を唱えた。手にした郵便物に、その場でサッと目をとおしてみる。ほとんどは請求書や広告だったが、カードが入っているらしいクリーム色の封書も何通かあった。お悔やみの手紙は、そろそろ減りはじめていた。わたしは玄関に荷物を置いたまま、キッチンへと入っていった。

何もかも、家を出た時のままだった。きれいに磨かれた寄せ木細工のカウンターの天板、ラックにならんだマグカップ、チクタクと鳴っている時計、うっすら積もっている埃。何日か家を空けて帰ってくると必ずする、淀んだ空気の妙な匂い。まるで、わたしが玄関を出た途端、家がわたしを忘れるためにそんな匂いを放ちだしたかのようだった。

わたしは手に取ったキャットフードの箱を振って、ベッドの下から飛びだしたバーニィが、階段を駆けおりてくる耳慣れた音が聞こえてくるのを待った。でも、バーニィはあらわれなかった。もう一度、箱を振ってみたが、返ってきたのは静けさだけ。きっと、バーニィは置き去りにされて怒っているのだ。ベッドの下で拗ねているにちがいない。

わたしはキャットフードをボウルにあけ、きれいな水を入れたボウルとならべて床に置いた。バーニィが機嫌をなおして出てきた時のために、このままにしておこう。

次にコーヒー・メーカーのスイッチを入れた。睡眠不足のせいで、目はゴロゴロして、骨に重苦しいような痛みをおぼえていた。冷蔵庫のなかのミルクは腐りかけているし、他には萎(しな)びたレタスとキャセロール以外、ほとんど何も入っていない。アウルズ・クリークのキャセロール部隊からの差し入れは、ほとんど悪くなっていて、どれも口にする気にはなれなかった。あした、買い出しに行く必要がありそうだ。

わたしはカップにコーヒーを注ぐと、テーブルに着いた。サンディエゴへの旅は、すでに現実味を失いはじめ、他の誰かの身に起きたことのようにしか思えなくなっていた。郵便物を選り分け、請求書を開いてきちんと積み重ね、最後のお悔やみのカードをその下に滑りこませた。アリィ宛の封書を見つけて裏返してみると、セントメリーズ信用組合のエンブレムが捺してあった。しばらくそれを眺めていたが、そのあとフラップの下に指を入れて封を開けてみた。形式張った感じの手紙が、テーブルに滑りでた。

セントメリーズ信用組合
〇四一一七　メイン州　アウルズ・クリーク
サウス・ストリート　四二番地

親愛なる　アリソン・カーペンター様

セントメリーズ信用組合におけるあなたの口座の預金残高がマイナスとなりましたため、口座を閉鎖させていただく旨、お知らせ致します。引きつづきお取り引きいただける場合は、二〇七－五五五－二二二二までお電話いただくか、七月末日までに最寄りの支店より入金してくださいますようお願い申し上げます。
長年のお取り引きに感謝致しますとともに、今後も当組合をご利用いただけますよう切に願っております。

万事ご成功をお祈り致します。

お客様サービス係
ジョン・ハウズ

わたしは小声で悪態をついて、手紙を押しやった。どこでも取り入れるようになった、あのくだらない料金のせいで、アリィの預金は使い尽くされてしまったのだ。〝手数料〟なんて呼んでいるが、それまで無料だった何かに料金を課していいなんて、どうしたら思えるのだろう？　金利を下げることで、預金者から充分搾り取ってるじゃないの。苛立ちが波のように押し寄せてきた。セントメリーズ信用組合が、そんなことをするなんてまちがっている。大きな銀行ならともかく、セントメリーズは地元の小さな信用組合だ。あした行って、怒りをぶちまけてやろう。でも、そう思った途端、無駄だと気づいた。いずれにしても口座は閉じなければならないのだ。
お馴染みの気だるく重苦しい痛みとともに、喪失感が襲いかかってきて、水底に引きこむ激流のようにわたしを押し流した。もう、すっかり力が抜けてしまった。少し横になる必要がある。わたしは、閉じてしまいそうになる目をなんとか開いてカップを洗い、残りの郵便物を机の上に重ねた。そして、荷物は玄関に置いたまま、重い足取りで寝室へと階段をのぼった。寝室もキッチンと同じ、しばらく留守にした家特有の妙な匂いがした。ほんの数日のことなのに、ひと月くらい留守にしたような感じだ。

出掛ける前に、掃除をしたのに、と思いながら、ベッドに倒れこんだ。そして、上掛けの下に滑りこむと、バーニィがベッドの下から出てきて、いつものように傍らで丸まって昼寝を始めるのを待った。でも、バーニィは出てこなかった。

わたしは肘をついて身を起こし、ベッドの下をのぞいてみた。埃のかたまりと古いスリッパ以外、何もない。

バーニィは、習慣をはずれた行動はしない。わたしといっしょにキッチンにいなければ、ベッドの下にいる。階下の手つかずのままのボウルのことを思った。それに、玄関に出迎えにもこなかった。この時初めて、不安の冷たい指先にふれられたように感じて、ベッドをおりた。バーニィを見つけるまでは眠れない。

家じゅう見てまわって、もうアリィの部屋しか残っていなかった。ドアはいつもどおり、しっかり閉まっている。わたしはそのドアの前で立ちどまった。チャールズが亡くなった直後に、アリィが残していったものを目に入らないようクローゼットにしまいにきた時以来、この部屋には入っていない。わたしはドアを押し開け、部屋に足を踏み入れた。カレッジにあがったアリィが、出ていった日のままだった。ここで育った十八年の残骸がここにある。

チェックの上掛けが掛かったベッド。ポスターや雑誌の切り抜きが貼られた壁。安物のアクセサリーが入った箱。机の上には、読み古したペーパーバックが積まれ、色とりどりのペンがささったセラミックのカップが載っている。アリィが、自分と友達が写っている——ハイスクール時代のプロムや、選手壮行会や、サッカーの試合や、お泊まり会の——写真でつくったコラージュもあった。何もかも記憶のままだったが、ひとつちがっていることがあった。臭いだ。不快な甘い臭い。わたしは、その源をさがすべく、部屋を見まわした。古い香水の瓶が倒れているのかもしれない。でも、これといったものは見つからなかった。妙なところは何もない。

わたしは両手両膝をついて、襞飾り(ひだかざ)のついたベッドスカートの下をのぞいてみた。そこに——アリィの古いセーターが入った箱のうしろに、バーニィがいた。「そんなところで何をしてるの?」わたしはそう言って、バーニィを撫でた。その身体は冷たくなっていて、ピクリとも動かない。

わたしは腹ばいになって、ベッドの下に両手を伸ばした。引っ張りだしても、上掛けの上におろしても、お腹のやわらかな毛に頬を押しあてても、バーニィは動かなかった。開いてはいるものの、輝きを失ったその目は、顔に埋めこまれたふたつの艶のない黒いビーズのようだった。

死んでから、少なくとも一日は経っているにちがいない。もっと経っているかもしれない。バーニィの頭を手に載せて、どのくらい床に坐っていたかわからない。でも、泣かなかったことはおぼえている。愛していなかったわけではないが、涙がもう残っていなかった。バーニィには、バーニィにふさわしいもっとましな死に方をさせてやりたかった。大きな家のなかで、誰にも看取られずに死んでいかなくてはならなかったなんて、ひどすぎる。

もうすぐ十七歳になるところだった。だから、おそらく寿命だ。でも、どうやってドアが閉まっているアリィの部屋に入ったのか、わからなかった。

バーニィのことは誰にも言わなかったが、このあとアリィの部屋に鍵をかけるようになった。

山小屋のなかに影が落ちた。ふたりの男が目をあげ、日射しを遮って戸口に立っている彼を見た。彼には、足を踏み入れる前から、男たちが恐怖の匂いを放ちだしたのがわかっていた。

——おまえたちの小屋か？

——あんたに関係ないだろう。

——もう一度訊く。おまえたちの小屋なのか？

ふたりが彼を見つめた。小柄なほうの男の手が震えだしている。

——ああ、おれたちの小屋だ。

嘘だとわかっていたが、気にしなかった。それはどうでもいいことだ。

——このあたりで誰か見かけなかったか？　女を。

小柄な男がにやりと笑うと、虫歯だらけの黄色い歯が見えた。彼は目をそむけた。不潔なものを見るのが嫌いなのだ。

——ああ、見かけたよ。スーパーモデルの大群をな。ちょっと早く来れば、あんたも拝めたのにな。

これまで、大柄な男はひと言も発していない。片手にベイクド・ビーンズの缶を、もう一方の手にフォークを持って、じっと缶詰を見つめていた。しかし今、男は相棒をにらみつけた。

――口を閉じてろ、ビル。

彼が一歩近づくと、小柄な男がかすかにたじろいだ。口ほどにもない臆病者め。

――友達の言うことを聞くんだな、ビル。さあ、ふたりのうちのどっちかでも、このあたりで女を見かけなかったか？

大柄な男がフォークを豆に突き刺し、缶を床に置いて立ちあがった。彼は、もう一歩男たちに近づいた。

――坐ってろ。

大柄な男は両手をあげた。

――面倒はごめんだ。

――だったら坐れ。

大柄な男は豆の缶を拾いあげ、腰をおろした。

――誰かがここにいたようだ。男か女かはわからないが、そいつはここから少し物を持ちだした。

彼の視線は揺らがなかった。

――物というのは？

――缶詰をいくつか。それにハンティングナイフ。大きなナイフじゃないがね。小柄な男が椅子に坐ったまま身じろぎし、妙な音を発した。笑ったような、うなったような音だった。小柄な男に彼が視線を向けた。

――何か言いたいことがあるのか？

――そのクソ野郎は、おれのライフルを盗みやがったんだ。

大柄な男が、片手で顔を撫でた。

――ビル。

彼は大柄な男に目を戻した。

――なぜ、そのことを話さなかった？

大柄な男は肩をすくめてみせたが、汗をかいているのが彼にはわかっていた。

――どうして、そんなことがあんたに関係あるんだ？　あんたのライフルじゃないだろう？

彼はまた一歩前に進み、身をかがめて大柄な男の目を正面から見据えた。ベイクド・ビーンズの臭いと、何か酵母のような臭いと、酸っぱい臭いが混じった息がかかるほど、彼は男の顔に迫っていた。

――何がおれに関係あって、何が関係ないか、おまえらが決めることじゃない。

沈黙がおりた。大柄な男は目を閉じた。

――床に髪が何本か落ちていた。長い髪がね。めちゃくちゃになってた部屋を、ふたりで掃除してた時に、見つけたんだ。

――色は？

――黄色だ。

――ブロンド？

小柄な男があげた引きつったような大きな笑い声を聞いて、彼は拳をにぎりしめた。

――ああ、ブロンドだ。

――他には？

ふたりは首を振った。彼は一瞬、ふたりの頭をつかんで、思いきりぶつけ合わせてやる場面を思い描いた。頭蓋骨と頭蓋骨をぶつけ合わせるのだ。

――ないと思う。

彼は身を起こした。大柄な男は、安堵して力が抜けたようだった。

――何か思い出したら、電話をくれ。

彼が差しだしたカードには、太く黒い文字で番号が印刷されていた。

受け取ったのは、小柄な男のほうだった。彼はカードを見て眉をひそめた。

――名前が書いてない。あんたのことを、なんて呼んだらいいんだ？

彼は小柄な男の首をつかんだ。一瞬だ。ちょっと力をこめれば、それですむ。しかし、そうなったらもうひとりも片づけなくてはならないし、その後始末もすることになる。余計な面倒は避けろとボスに言われている。彼は手を放した。小柄な男は首をさすっている。

——呼ぶ必要はない。おまえたちがおれを呼ぶことはない。

彼は踵を返して出ていった。小屋はまた日射しに満たされ、その明るさが、残されたふたりの目を眩ませた。

アリソン

スニーカーを脱ぎ捨てて、恐るおそる湖に足を入れてみた。冷たいけれど、気持ちがいい。わたしは服を脱いで、それを岸に投げた。そよ風が、うなじや太腿やふくらはぎの産毛を撫でて、吹き抜けていく。裸で外にいるのは妙な気分だった。不意に恥ずかしくなって胸を隠した。

肌がチクチクするのを感じながら、群生している背の高い葦（あし）のあいだを縫って進み、大きく息を吸うと水に潜った。

その瞬間、あまりの冷たさに、一気に息を吐きだしてしまった。水面に顔を出したわたしは咳きこんだ。そして、途切れ途切れの喘ぐような呼吸をしているうちに、水温のせいで身体の感覚がなくなってきた。仰向けになって頭を水に浸し、指で髪を梳（す）こうとしてみたが、もつれがひどくて指がとおらない。それでも、水に浸かっているのは気持ちがよかった。わたしは頭を反らし、また水に潜った。

メイドがテーブルに置いたカップが、ソーサーの上で小さくカタカタと鳴った。「お砂糖は？」アマンダはそう尋ねたが、すでにたっぷりの砂糖をカップに入れ、小さな銀のスプーンでかきまわしている。

「ええ、ありがとうございます」ひと口飲んで、顔をしかめたくなるのを必死で我慢した。コーヒー自体が薄い上に頭が痛くなるほど甘くて、普段わたしが飲んでいるものとはぜんぜんちがっていた。わたしは、母のキッチンにあったコーヒー・メーカーを思い出した。母は大きなスプーンでコーヒーの粉を山盛りにすくい取り、それを何杯もフィルターに入れていた。そして、マシンからコーヒーが滴り落ちはじめると、キッチンは深煎りコーヒーの香りに満たされるのだ。わたしは、もうひと口飲むと、カップをソーサーに戻した。他のことと同様、この味にもそのうち慣れるだろう。

「結婚式の計画は進んでるのかしら?」アマンダはそう言うと、答えも待たずに革張りのスケジュール帳を取りあげた。「わたし、〈トーリーパインズ〉の人間と話してみたのよ」ページを繰りながら、彼女が言った。「十七日なら空いてるっていうから、とりあえず押さえておくように言っておいたわ」彼女が輝くばかりの笑みを、わたしたちに向けた。「もちろん、あなた方が決めることよ。余計な口出しはしたくないの」

パニックの小さな波が、わたしのなかを駆け抜けた。会場のことなど、まだ話し合ってもいない。それどころか、何も話し合っていない。駆け落ちして、どこかの南の島に逃げることを夢見て、時々楽しんでいただけだ。それがどんなにバカげたことだったか、今気がついた。もちろん、これはアマンダの結婚式になるのだ。そうじゃないと思っていたなんて、信じられなかった。

「完璧だよ、母さん」ベンがわたしの視線を捉えてウインクするのを見て、気持ちが楽になった。式なんてどうでもいい。何もかもアマンダに任せよう。それでかまわない。わたしには彼がいるのだ。

デイヴィッドが脇に新聞を挟んで部屋に入ってきて、テーブルに着いた。「遅れてすまない」彼はアマンダにわたされたカップを口に運んで、顔をしかめた。「この家には、うまいコーヒーを淹れられる人間はいないのか？」

「結婚式の計画を立てていたのよ」アマンダが言った。「会場は〈トーリーパインズ〉に決めたわ」

「すばらしい」そう応えたが、上の空といった感じだった。「ベン、少し話せるか？」

アマンダとわたしは部屋から出ていくふたりを見て、礼儀正しくほほえみ合った。「あなた、ドレスのことは考えてるの？　わたしね、セイバースプリングスにすばらしい知り合いがいるのよ。その女性がデザインするドレスは、この上ないほどすてきで……」

隣の部屋で話しているベンとデイヴィッドの低い声が、かすかに聞こえていた。アマンダは、気にとめるふうもなくしゃべりつづけている。彼女は最高の花屋と、最高のケータリング業者と、最高のウエディング・プランナーを知っているようだった。わたしはちゃんと聞きもせずに、ただうなずいていた。隣の部屋の声が大きくなり、時々途切れるようになっていた。口論しているにちがいない。耳をすましてみたが、言葉は円天井と厚い壁のどこかに吸い取られてしまったようだった。わたしは、子羊のロースト（ラムラック）をメインの料理にして、生ハムで包んだイチジクでエレガントなオードブルをつくってもらいましょうというアマンダに同意した。隣の部屋から拳でテーブルを叩く音が聞こえて、わたしたちは跳びあがった。ドアが開き、ベンが部屋に入ってきて腰をおろした。デイヴィッドは戻ってこなかった。ベンの生え際のあたりに、うっすらと汗の玉が浮いていて、顎の筋肉が引きつっている。「それで——」顔に笑みを貼りつかせて彼が言った。「ぼくが向こうで話してるあいだに、式の計画はすっかり立ったのかな?」「ほとんどね!」アマンダが声を震わせてうたうように答えた。「アリソンは誰よりも美しい花嫁になるわ。そう思うでしょう?」ベンがわたしの手を取った。「もちろんだ」彼は汗で湿ったその手で、きつすぎるほどわたしの手をにぎった。「きっと目を奪われてしまうだろうね」帰りの車のなかで、デイヴィッドと何を話していたのか訊いてみたが、答えは得られなかった。「なんでもない」彼はそう言いながら、手を伸ばして親指でわたしの頬を撫でた。「家族の問題について話していただけだ」でも、彼の顎の筋肉がまた引きつっていた。

身体じゅうの傷が、ズキズキと痛んでいた。わたしは、肩や向こう脛や足の指のあいだをゴシゴシと洗った。こびりついて殻のようになっている泥を、残っている爪で剝がしてみたり、掌の手首に近いところで擦ってみたりしたが、きれいに取れてはくれなかった。石鹼か熱いシャワー、あるいはその両方が必要だ。結局、わたしは諦めた。下着をつけ、目を開いて、くすんだ緑だけを見ていた。太陽は頭上でかすかに白く輝いている。

以前は、美しくなるために自分の時間のすべてを費やしていた。ネイルに、カット・アンド・ブローに、レーザー脱毛に、アンチ・エイジングのフェイシャル・トリートメント。アルミホイルを巻き、スチームをあてて、ジュースクレンズ・ダイエットも試した。切望され、賞賛され、崇拝されたかった。まるで甘やかされた子猫だ。そうでなければ、ショーウインドウに飾られた安ピカのアクセサリーだ。とにかく、注目を集めたかった。そして、ほとんどの部分では、そのとおりになっていた。過度の注目を集めてしまうこともあったくらいだ。

そして今、わたしはここにいる。裸の身体は、虫刺されの痕と、それを掻いた痕と、傷に覆われて、ひどく醜くなっている。きっと、誰にもわたしだとわからない。蛇が脱皮するように、この皮膚を脱ぎ捨てて、その下から滑らかな肌の自分があらわれるところを思い描いてみた。そうしたら、真新しい自分になれるだろう。完全に別の誰かになれるにちがいない。

わたしは空を見あげ、流れる雲を眺めた。ここで感じる世界はあまりに大きくて、自分がここに来ることになった経緯も、ガラスに包まれたわたしの完璧な世界が粉々に割れてしまったことも、そこに住んでいたわたしが螺旋（らせん）を描きながらその破片の上に落ちていった瞬間のことも、忘れさせてくれた。

そう、ほとんど忘れた。でも、完全に忘れてはいなかった。

マギィ

食料品の買い物から戻ると、玄関前のステップに荷物が置いてあった。わたし宛のその荷物は、コロラドから届いたようだった。

わたしはいそいでキッチンに入ると、買い物袋をカウンターに置き、抽斗からハサミを取りだして箱を開けた。なかにクッション封筒と、わたしの名前がタイプされた送り状が入っていた。

親愛なるカーペンター夫人

二〇一八年七月八日に起きた自家用飛行機の墜落事故現場より回収致しました、アリソン・カーペンター様の遺留品をお送り致します。なお、この遺留品は、ご家族にお戻しするにあたり、処理をして汚れなどを取りのぞいてありますことをお断りさせていただきます。

国家運輸安全委員会総本部に代わりまして、心よりお悔やみ申しあげます。

国家運輸安全委員会　ケース・オフィサー
ブルース・ローガン

クッション封筒を開けて逆さに振ると、細い金の鎖が、とぐろを巻くようにテーブルに落ちた。

わたしは片手を胸にあてて、それを見つめた。たしかに輝きは少し失せているし、金の薄いロケット部分に凹みができているが、まちがいない。二年前、チャールズがアリィの首に掛けてやった、あのネックレスだ。

手に取って光にかざしてみた。ロケットを開けると、チャールズとわたしの懐かしい写真がこちらを見つめ返してきた。わたしは、ロケットを裏返して、そこに刻まれた文を読んだ。

『空、陸、海――旅人がどこにいようと、神はその身を護り導きたもう』

わたしは、ネックレスを首に掛けて留め金をとめた。

いつかは諦めなくてはならないのかもしれないが、今は戦いつづけるつもりだった。

アリソン

行かなくてはいけない。ここに長くいすぎたし、もうすぐ日が暮れはじめる頃だ。湖の向こうに目をやった。日射しが湖面に反射して、蛍のように輝いている。

「すみません。お待ちください、カーペンター様」振り向くと、サロンの受付係がブロンドのポニーテールを揺らしながら駆け寄ってきた。「お客様がサロンにいらっしゃるあいだに、どなたかがこれを置いていかれました」受付係はそう言って、フレンチネイルを施した手で白い封筒を差しだした。

その封筒の表には、きれいな手書きの文字でわたしの名前が書いてあった。封を破いて、なかのメモを取りだした。

『話す必要がある』

その下に電話番号が記されていたが、名前は書かれていなかった。

わたしは、デスクに戻りかけていた受付係の腕をつかんだ。「誰がこれを?」

受付係は驚いているようだった。「いそいでタオルを取りにいって戻ってきたら、これがカウンターに置いてあったんです。申し訳ありません。重要なお手紙だったんですか?」

わたしは無理にほほえんだ。喉の奥に、金臭い味がひろがりだしていた。「いいえ、だいじょうぶ。ありがとう、ケリィ」わたしは、その紙を折りたたんでバッグのポケットに入れると、ドアを抜けて眩い日射しのなかへと足を踏みだした。

リズとランチの約束をしていたが、わたしの過去については何も知らないし、たとえ相手が彼女でも、口を滑らせるわけにはいかない。過去の暮らしがドアを叩いている今、コブサラダを食べながらシャブリをがぶ飲みして、愛想よくおしゃべりするなんて無理だ。そんなことをするには、わたしは動揺しすぎていた。

これを書いたのは、彼にまちがいない。バックミラーに青いライトが映って見えた時、横から腕を伸ばしてきて、わたしを押しのけるようにハンドルをつかんだ、指の太い手を今もはっきりおぼえている。胃が重くなって酸っぱいものがこみあげてきた。「きみはしゃべるな。わたしに任せなさい」警官が近づいてくるのを待っている時に彼はそう言ったが、怯えていることは声でわかった。あとになって彼は怒り、「きみはわたしに借りがある」と言った。そして、何度も見返りを求め、けっして満足しなかった。いまだに見返りを求める権利があると思っているにちがいない。

どうやってわたしの居場所をつきとめたのだろう？　転居先は誰にも伝えていないし、バード・ロックの家の証書や請求書には、わたしの名前は記されていない。ある朝、わたしの携帯電話の不在着信に気づいたベンに、夜中に電話をかけてきたのは誰なんだと訊かれたことがあった。「何かぼくに話すことがあるんじゃないのかい?」彼は、からかうように言った。「秘密のボーイフレンドか何か、いるのかな?」わたしはまちがい電話だと言って、翌日その番号を着信拒否リストにくわえた。

でも今、彼はわたしを見つけ、話したがっている。

わたしは頭に載せていたサングラスを引きおろして目を覆うと、ビーチを目指して西に向かって歩きだした。外の空気を吸う必要があった。南側の岸辺にある目立たないカフェを選んでテーブルに着くと、アイスティを注文した。ストローを口に運ぶ手が震えていた。美しい日で——いつもどおり、気温は二十二度で晴天——ビーチは真っ青な海をカメラに収めている旅行客でいっぱいだった。わたしみたいな女たちもいた。空を背景にそこここにそびえている高層ビルのどこかで夫が働いているあいだ、ぼうっと一日を過ごしている金持ちの女たちだ。

それに、そのつもりでさがせば、旧バージョンのわたしのような女たちもいることがわかる。高価なアクセサリーをつけているのに、安っぽい服を着ている女たちがそれだ。彼女たちの肌は、昼間は寝ていて日にあたらないせいで白すぎるし、爪は上品と言うには少し長すぎて、ちょっと赤すぎる。

両者の境界線は、時にものすごく微妙で、ほとんどないに等しかった。目を凝らしてよく見ないと、見逃してしまう。わたしは、どちらの女たちからも見られていた。同類だと思われているのだろうか?　それとも、どちらの女たちからも余所者(よそもの)だと思われているのだろうか？

わたしはバッグからメモを取りだし、そこに書かれた番号が揺れだすまでじっと見つめていた。誰かがサロンまでわたしを尾けてきて、受付係がカウンターを離れるのを待って、このメモを置いていったのだ。行きあたりばったりではない、計算されたやり方だ。ゾッとして、うなじの毛が逆立った。

ベンがわたしの過去を知ったら――怪しげなバーでウエイトレスをしていたことや、あのみすぼらしいアパートに住んでいたことだけではなく、すべてを知ったら――何もかもおしまいだ。そんな人間を、どうしたら彼が愛せるだろう？　嫌悪と失望と苦悩の色が浮かぶ、彼の顔が見えるようだった。わたしは、彼が愛する女性ではなくなってしまう。何か別のもの、安っぽい不埒(ふらち)な女になってしまう。恥ずかしい女になってしまう。

わたしは、そんなイメージを頭から追いだした。ベンに知られることはない。知られないようにするつもりだった。

アイスティを飲みおえると、バッグを手に、ゴミを捨ててカフェを出た。

わたしを見つけたのが誰だとしても、その人物はわたしを見張りつづけることができる。

今のわたしは、こちら側にいる。元に戻る気はなかった。

マギィ

記録的なスピードでボウディン大学に着いた。夏休みのキャンパスは、眠りに就いているような感じで、図書館までの道のりでは、ほんの数名とすれちがっただけだった。入口で警備にあたっていたダグが笑みを浮かべ、手を振ってわたしをとおしてくれた。

涼しくて静かな閲覧室に入っていくと、神聖な場所を歩いているような気がした。ここには、落ち着きと静けさと秩序がある。そして、ここにはわたしが求めている答えがあるはずだった。

わたしはバーバラを見つけて、またパソコンを使わせてほしいと頼んだ。わたしのすぐあとに、この前会った男性――たしか、トニィだ――があらわれ、席に着いた。その前には、今回も本が積まれている。目が合うと、彼は笑みを浮かべて手を振った。

わたしは新たな情報を求めて、アリィの飛行機事故の記録に目をとおしはじめた。依然として遺体は見つかっていない。墜落の原因も、たしかなところは不明のままだ。もちろん、何か進展があればジムが知らせてくれるのはわかっていたが、自分で調べてみたかった。

次にバード・ロックの家の住所を打ちこんで、あの家が売りに出ていないかたしかめてみた。案の定、洒落た感じの不動産業者のサイトに広告が載っていた。『現代的な広々とした平屋建ての邸宅で、豪華な調度に囲まれて贅沢に暮らしてみませんか？　バード・ロックの中心地に建つこの邸宅は、ウィンダンシー・ビーチから数秒のところにあり、洗練された高級感と、息を吞むほどの海の景色をお楽しみいただけます』そこに表示された価格は、三百万ドルを超えていた。

そのあといくつか調べてみたが、結果は得られなかった。実りのない検索に一時間ほど費やして手詰まりになるとパソコンから離れ、椅子の背にもたれて腕組みをした。壁にぶつかってしまった。

でもその時、不意に〈プレキシレーン・インダストリーズ〉の前の広場で会った男のことが、頭に浮かんできた。

わたしは検索ボックスに『プレキシレーン』と打ちこみ、あらわれた結果に目をとおしていった。〈ブルームバーグ〉に、売却の噂に関する記事が載っていた。『〈プレキシレーン・インダストリーズ〉のCEO代行は、〈ハイペリオン・インダストリーズ〉への売却の噂を否定した。しかし、複数の内部関係者が、売却は時間の問題だと語っている』〈ハイペリオン・インダストリーズ〉――その社名におぼえがあった。そして、すぐに気がついた。わたしが約束もなしに訪ねていった時、受付係が口にした社名だ。思わずにやりとした。あの時、ちょっとした騒動になっていたのも無理はない。あの人たちは、わたしが会社を買いにきたと思ったのだ。

〈プレキシレーン〉に関するそれ以外のヒットは、通常の事業関連のものばかりだった。わたしが求めているのは、もっと明確な何かだ。

奥さんの死について話していた男の顔には、悲嘆に暮れた表情が浮かび、目には怒りの色があらわれていた。たしか、お嬢さんを産んだあと奥さんは薬を与えられたと言っていた。

わたしは、ブロンドのモデルが笑みを浮かべている、あの広告を思い出した。ソムヌブレイズ。

最初の何ページかは、医療関係のサイトばかりで、ソムヌブレイズが産後うつの治療薬であることが記されていた。そのなかの一件を適当に選んでクリックしてみたが、当たり前のことしか書かれていなかった。この薬がどういう状況で処方されるか説明があり、副作用については『頭痛・吐き気』とだけ記載されている。どんな薬にもつきものの副作用だ。次にクリックした〈ニューヨーク・タイムズ〉の記事では、ソムヌブレイズは魔法の薬扱いされていた。『母親になった多くの女性にとって、ソムヌブレイズは元の自分に戻るための鍵となるだろう』広場で会ったあの男性も、そんな言葉を使っていた。そう「やつらは女房に、元の自分に戻れるように手を貸してやるとかなんとか言ったんだ」と話していた。別の記事でも、ソムヌブレイズは『製薬業界にとって、十年に一度誕生するかしないかのすばらしい新薬のひとつだ』と称えられていた。

レビューも喜びの声ばかり。何百人もの女性が、『命を救われた』とか、『ソムヌブレイズが、暗い深淵をただ見おろしているような暮らしから、わたしを救いだしてくれた』とか書いていた。『この薬に出逢わせてくれた神様に感謝しています』そう書いている女性もいた。

『この薬がなかったら、乗りきることはできませんでした』

わたしは、また椅子の背にもたれた。どこを調べても雲をつかむようで、何も見つからない。ベンには後ろ暗いところがあるにちがいないと疑っていたのだが、彼はすごい薬を開発して多くの女性を救ったらしい。広場で会った男性は、被害妄想に陥った質の悪いクレーマーだったのかもしれない。

それでも、何かを見逃しているような気がしてならなかった。その感じがどうしても拭えない。クリックしてみた検索結果は、ひとつ残らずソムヌブレイズを称賛している。長いことネットを使っているわたしには、レビューが例外なく肯定的というのが不自然に思えた。人がネットを利用する目的はふたつ。そのひとつは情報を得るためで、もうひとつは文句をつけるためだ。好きになれない人間がいるなんて考えられない、あの傑作映画――《北北西に進路を取れ》にさえ、否定的なレビューを書く者たちがいるのだ。それなのに、ソムヌブレイズに文句をつける人間がひとりもいないなんて、納得できない。ケリィは、あれを飲むと頭が変になりそうになると言ってすぐに服用をやめたと、リンダが話していた。ケリィに合わなかったなら、他にもソムヌブレイズが合わなかったという女性がいるはずだ。

さらに検索結果を読みつづけた。次の四十ページもほとんど同じ――医療関係のサイトや通信社のニュースサイトに載ったソムヌブレイズに関する記事と、さらなる患者のレビュー――で、やはり肯定的な書きこみばかりだった。検索をつづければつづけるほど馴染みのあるサイトは減り、もっと小さな聞きおぼえのないサイトが増えてきたが、それでも内容は変わらない。奇跡に他ならないといってソムヌブレイズを称える書きこみのみで、否定的な言葉は一語も見あたらなかった。

そして、七十四ページまで読みすすんだところで、ようやく気になる書きこみを見つけた。それは、新米ママのための掲示板だった。そのスレッドは、だいぶ前に終了していたが遣（や）り取りは残っていた。件名は、ただひと言。『ヘルプ』

『投稿日　二〇一六／九／一四　三：四九　投稿者　カールス384
長女（dd）が四カ月の時、産後うつ（PPD）と診断されました。お医者さまにソムヌブレイズを処方され、それを飲みはじめて半年になります。最初は、すごく楽になったんです。本来の自分に戻れたみたいで気分がしっくりして、ddともやっと絆が持てました。でも、最近は激しい気分の変動に悩まされてます。すごく幸せな気分になって一分くらいすると、今度はすごく——これまでにないほど——腹が立ってくる。同じような経験をされてる方はいらっしゃいませんか？』

『投稿日　二〇一六／九／一四　一〇：一一　投稿者　レベッカCC
三カ月前に次男（ds2）を産んで以来、ソムヌブレイズを飲んでいて、すごく助かってます。気分の変動はないみたい。お医者さまに話してみた？　ビタミンDが不足してるのかも……』

『投稿日二〇一六／九／一六一一：三二　投稿者　カールス384
　お医者さまが、投与量を二〇ミリグラムから四〇ミリグラムに増やしてくれました。ビタミンは不足してないみたいです。今日はddに腹を立てて、気を落ち着けるためにトイレにこもらなくちゃなりませんでした。自分が怖くてたまらない。どうして、こんなに腹が立つんだろう？　誰か助けて！　お願い、助けて！』

『投稿日二〇一六／九／一六　一一：五五　投稿者　ジョージアピーチ
　誰か話を聞いてくれる人はいないの？　家族とか、友達とか、セラピストとか？
旦那さま（DH）は、あなたがそんなふうだってことを知ってるの？』

『投稿日　二〇一六／九／二一　一四：三三　投稿者　ジョージアピーチ
　誰かに話した？　助けてくれる人は見つかった？』

『投稿日　二〇一六／九／二三　一七：〇四　投稿者　ジョージアピーチ
　あなたが元気になるよう、祈ってます』

『投稿日　二〇一六／一一／六　一五：四七　投稿者　管理人

このスレッドは終了しました』

ここで遣り取りは終わっている。わたしは、この気の毒な女性に同情した。彼女は、ほんとうに怖がっている。でも、薬とは関係ないのかもしれないし、投薬量を増やしたことで、症状は改善されたのかもしれない。わたしは、もう一度スレッドを読んだ。ジョージアピーチも、カールス384を思って怖がっている。それにしても、管理人のメッセージは、あまりに唐突だ。

でも、こんなものはなんの証明にもならない。彼女は、ひとりの女性にすぎない。彼女がどういう状況に置かれているのか知るよしもないし、その気分の変動がソムヌブレイズや〈プレキシレーン・インダストリーズ〉に関係あるのかどうかもわからない。彼女の訴えは、称賛の海のなかのひと雫だ。それでも、サンディエゴで綴ったノートのページの隅に、サイトのアドレスを書きとめておいた。念のために。

わたしは腕時計を見た。もうすぐ三時半になる。ラッシュにぶつかる前に帰ったほうがいい。荷物をまとめていると、誰かに肩を叩かれた。

「すみません」振り向くと、トニィが立っていた。「あなたを困らせるつもりはないが、今からコーヒーを飲みにいこうと思いましてね。いっしょにいかがですか？」彼がわたしを見おろしながら、首を横に傾けた。「こんなことを言って、気を悪くしないでもらえるといいんだが、あなたにはそういう息抜きが必要なように見える」

わたしは苛立ちをおぼえた。なぜ、そんなにわたしと話したがるのか理解できなかった。それに、こんな目つきで見られると、皮膚をとおしてそのなかまで見透かされているようで、恥ずかしくなる。わたしが誰だかわかっているのだろうか？　アリィのことを知っているのだろうか？　そう、情報を求めて嗅ぎまわっているジャーナリストかもしれない。それとも、事故に遭った車の残骸を見ようと集まってくる野次馬同様の、悲劇に近づくチャンスをうかがっている、ただのいやらしい人間？「いいえ、けっこうです」わたしはそっけなくそう答えると背を向け、彼が立ち去るのを待った。

でも、まだそこにいる。「申し訳ない」低い声で彼が言った。「あなたも話し相手がいたほうがいいんじゃないかと思っただけです」

彼が遠ざかっていく足音を聞いて、心が沈んだ。きっと親切心から誘ってくれたのだ。何か悪意があるにちがいないと思うなんて、被害妄想もいいところだ。前回ここで会った時、彼は〝ただのさみしい人〟なのだという結論に達したはずだ。それなのに、また失礼な態度をとってしまった。まだうちには帰りたくなかったし、コーヒーを飲むというのは魅力的だった。わたしを知らない誰かと、わたしを哀れんだりしない誰かと、いっしょに飲めるなら、なおさらいい。わたしは立ちあがり、彼の席に近づいていった。机の上には本が積みあげてある。そのタイトルにチラッと目を向けてみた。どうやら印象主義に取り組んでいるみたいだ。わたしの気配を感じて目をあげた彼は、叱られた子犬のような顔をしていた。「まだ誘ってくださるなら、お付き合いするわ」それを聞いて、彼の表情が晴れた。

わたしたちはスミスユニオンのコーヒーショップに入った。そして、トニィがカウンターに飲み物を買いにいくと、わたしはテーブルに着いて、列にならんでいる彼を見ていた。歳のわりに、彼はいい感じだった。お腹はちょっと出ているものの、髪は銀髪で禿げてもいない。若い時はハンサムだったにちがいない。彼がわたしの視線を捉えてほほえんだ。わたしはのぞき見を見つかったような気分になって、目を逸らした。

「さあ、どうぞ」彼はそう言って、わたしに紙コップを差しだした。「レギュラーコーヒーはなかったので、フラットホワイトというやつにしてみました。口に合うといいんだが」

「合うにきまってるわ。ありがとう」わたしはコーヒーを飲む彼を見ていた。そして、彼が上唇についたミルクを拭うのを見て、誘いを受けてよかったと思った。

「さて」テーブルに両肘をついて、トニィが言った。「何を調べているのか、聞かせてもらえますか？　あなたの顔つきからすると、深刻な何かにちがいない」わたしは答えなかった。そんな準備はできていない。トニィが顎を撫でてため息をついた。「申し訳ない。また余計な穿鑿をしてしまった。質問が多すぎると、いつも家内に怒られていたんです」

わたしは眉を吊りあげた。「結婚していらっしゃるの？」

「いや、家内に先立たれてしまいましてね。もう四年になります」彼の目に、鏡のなかの自分の目に浮かんでいるものと同じ苦悩の色を見て、わたしはうなずいた。

「わたしもです。二年ほど前に夫を亡くしました」

トニィがため息をついた。「時が経てば楽になると言いたいところだが、それでは嘘をつくことになる」

　わたしたちは悲しみを湛（たた）えて、ほほえみ合った。「そうでしょうね」わたしはそう言って、カップを口に運んだ。わたしの好みからすると、フラットホワイトはクリーミィすぎたが、充分おいしかった。「うかがってもいいかしら？　奥さまは、どうして……」

「家内は、ダイアナといいましてね。死因は心臓発作です。その日の午前中、いっしょにゴルフを楽しんで、わたしはシャワーを浴びていた。バスルームから出てくると、ダイアナがソファに横たわっていました。すでに息がなかった」そう言ったトニィの目は、膜が掛かったようになっていた。その時のことを思い起こしているのだ。バスルームから出てきて、ソファに倒れこんでいる奥さんを見つけた時の彼の気持ちを想像してみた。トニィの奥さんは、なんの前ぶれもなく逝ってしまったのだ。彼の気持ちを思って、胸が張り裂けそうになった。

「お気の毒に」わたしがそう言うと、彼の視線がわたしの目に戻ってきた。その眼差しを見れば、彼が理解してくれていることはわかった。そんな眼差しに会えることは、そんなにない。友達のなかで、わたしがいちばん早く夫を亡くした。もちろん、みんな同情してくれて、思っていた以上にやさしくしてくれたが、誰もほんとうには理解してくれなかった。愛する夫の遺体を前にして、彼はもういないのだと思い知らされるのがどういうものかは、誰にもわからない。安っぽいマジシャンの手品みたいだ。想像し得るどんなことよりも、残酷な出来事だ。

「ご主人は、なぜ？」袋を破いてコーヒーに砂糖を入れながら、トニィが尋ねた。

わたしは目をそむけた。「チャールズは結腸がんで亡くなりました」それは、ほぼ真実だ。がんがチャールズの命を奪ったのだ。それでも、モルヒネが滴り落ちる音が今でも聞こえる。「鍵はかかっていません」最後に訪れた時、医者はモルヒネをしまってあるケースを示してそう言うと、別れを告げて帰っていった。他には何も言わなかった。言う必要はなかった。

何をするつもりか、アリィに話すべきだった。あの子を護りたくて黙っていたのに、そのせいで、父親に別れを告げるチャンスを奪ってしまった。なぜ、あの子に嫌われてしまったのか、その理由はわかっている。チャールズに頼まれたのはたしかだが、それでもあんなことをした自分が、時々いやになる。あれは、わたしの身勝手ゆえの行為でもあったのだ。チャールズは誰よりもアリィを愛していた。娘なのだから当然だ。でも、彼を愛するようになったのは、わたしのほうが先だ。そして、心のどこかで、自分のほうが長く彼を愛していたいと思っていた。アリィはチャールズの娘だが、わたしは妻だ。わたしは、まだ子供だった十八歳の彼が、男になって、夫になり、父親になり、がんに食い尽くされていくのを見てきた。その彼を、最後のひとかけらまで自分のものにしておきたかった。そんなことを思うなんて、身勝手以外のなにものでもない。説明したところでアリィにはわかってもらえなかっただろうが、あれは愛だったのだ。

トニィがかぶりを振った。「いやな病気だ。気の毒に、つらい思いをしたにちがいない」**あなたが知っているのは半分だけ。**そう思いながらも、わたしはうなずいた。「あなただって、さぞつらい思いをしたでしょうに」

トニィの唇に気取った笑みが浮かんだ。「歳をとるばかりだ」

わたしは声をあげて笑った。「ほんとうね。あの子たちは、自分がどんなに幸せか、きっとわかっていないんだわ」学生たちのテーブルを示して言った。「だからって、十八歳に戻りたいとは思わないけど」

トニィが首を振った。「絶対にごめんだ」そのあとはしばらく、どちらもただ黙ってコーヒーを飲みながら、まわりの――ピザを買いに立ったり、三、四人のグループでテーブルに着いて笑ったりしている――若者たちを眺めていた。

わたしは、こっそり彼を観察した。そう、若い頃はハンサムだったにちがいない。目に悲しみの色が浮かんではいるが、その目のまわりの皺は、たくさん笑って生きてきた証拠だ。それは、やさしい人間の顔だった。わたしは、自分のなかで何かが高まるのを感じた。「娘が墜落した飛行機に乗っていたんです」その声は、少し大きすぎた。

こちらに目を向けたトニィの顔には、驚きの表情が浮かんでいた。「なんてことだ」

わたしはうなずいた。「みんな、あの子は死んだと思ってるけど、遺体は見つかっていない」言ってしまうと、なんだか自分が軽くなったような気がして、目眩がしそうだった。まるで、暑い日に消火栓を開けたような気分だ。「何が起きたのか、真相を突きとめようとしてるんです。でも、調べれば調べるほど、自分の尻尾を追いかけているような気になってくる。事実を知って納得したいのに、納得できる事実なんてないんじゃないかって思えてきて……」

トニィが片手で顔をこすった。「なんてことだ、マギィ。かける言葉が見つからない。心からお悔やみを言わせてもらいます」

わたしは首を振った。なぜトニィが理解してくれると思ったのかはわからないが、期待を裏切られて、わたしは苛立っていた。「ちがうの。わたしには娘が死んだとは、どうしても思えない。夫が亡くなってから二年以上、わたしたち母娘は、連絡を取り合ってもいなかった。そのあいだにあの子がどんな暮らしをしていたか知るたびに、他人の話を聞かされているような気になるわ。それでも、知る必要がある。そのままにしておくべきだということはわかってるけど、そのままにはしておけない。できるかぎり知る必要があるの。今、わたしが調べてることは、アリィとは関係のないことかもしれない。それでも、あの子に繋がる何かがわかるかもしれない。ねえ、変かしら？」わたしは彼と目を合わせた。「わたしの言ってること、変？　ええ、変だということはわかってるの」急に戸惑いを感じた。いったいわたしは何をしているの？　赤の他人に、こんなことを話すなんて……。

トニィは、とても穏やかで、とてもやさしい目をしていた。彼は首を振った。「少しも変ではない」

わたしは目をそむけた。「だったら、あなたはわたしが変じゃないと思ってくれる唯一の人だわ。みんな、わたしは頭がどうかしてしまったと思ってる」テーブルを見つめたまま言った。「あしたは、アリィの〝お別れの会〟が開かれる。友達が何もかも準備してくれてるの。それで、わたしも踏ん切りがつくんじゃないかと思ってるようだわ」わたしは、ふっと笑った。「でも、踏ん切りなんて、つくとは思えない」

トニィがかぶりを振ってほほえんだ。「ダイアナを亡くした時のことを思い出しましたよ。仲間たちがビールの六缶パックを手に元気づけにきてくれたんだが、結局、黙って飲むしかなくなってしまった。誰もひと言もしゃべらなかった。しかし、ボビィ・マグワイアのやつが、ドジャースの話を始めてね。それで、みんな気が楽になった。他に何を話せばいいんだ？　その答えを知っている者はいなかった。あなたがどんな思いをしているかなんて、誰にもわからない。そういうことなんだ。人に囲まれていても、完全にひとりぼっち。自分のやり方で、それを乗りきるしかない」トニィは顎を撫でて、ため息をついた。「すまない。おそらく、わたしなどなんの役にも立てない」

裸の自分を見られているようで、急に恥ずかしくなった。わたしは胸の前で腕を組んだ。「そういうものだわ」壁の時計に目を向けた。もうすぐ四時になる。わたしは残りのコーヒーを飲み干した。「そろそろ行かなくちゃ」

トニィが腕時計を見て、眉をひそめた。「わたしもだ。図書館に戻らなくては。金曜までに『失われた時を求めて　スワン家のほうへ』についてのレポートを書かなければならないんだ」そう言って身を乗りだした彼の顔には、共謀者めいた表情が浮かんでいた。「プルーストが何を伝えたがっていたのか、わかりますか？」

わたしは首を振った。「読もうとはしたけど、途中で投げだしてしまったわ。あの美文調はちょっとね」

「それはよかった。まったく同感だ」

わたしたちは紙コップを捨てて、いっしょに通りに出た。昼の暑さはやわらいでいて、空はくもって白っぽい灰色に変わっていた。雨になるかもしれない。

トニィが両手をポケットに突っこんだ。「付き合ってくれてありがとう」

「どういたしまして。コーヒーをご馳走さま」

「コーヒーくらい、いつでも」

わたしたちは、どう別れたらいいのかわからずに、しばらくその場に立っていた。「それじゃ、さようなら」ついにわたしがそう言って、彼に手を差しだした。ぎこちない握手をしながらも、自分の顔が赤くなっているのがわかった。やめて。わたしは自分を叱った。**これじゃ、まるでバカみたいじゃないの**。トニィも愚かな真似をしているような気分になっていることは、その顔を見ればわかった。それを知って、わたしは気が楽になると同時に、気が重くなった。

「マギィ、くれぐれも無理をしないように」トニィはそう言って、また手をポケットに入れた。「近いうちに、また会えるよう祈っています」

アリソン

わたしはバッグのなかをあさった。山小屋から持ってきた食料は、もうほとんど残っていない。スープの缶詰がひと缶と、クラッカーがひとにぎり。わたしは空腹感に悩まされていた。なまくらなナイフの先を突き刺して缶詰を開け、スープを飲んだ。缶のギザギザの縁にあたって唇の内側が切れ、アルファベット・スープに血の味が混じってしまった。アルファベット・スープ……子供の頃、大好きだったスープだ。

「アリソン！」

男に名前を呼ばれて、胃がキュッと縮まった。さっき、通りで見かけた男だ。前をとおりすぎた時、男がじろじろ見ていることには気づいたが、別になんとも思わなかった。男に見られることには慣れている。外に足を踏みだした途端、男たちの共有物にされてしまうというのも、女であれば受け入れざるを得ないことのひとつだ。女は早いうちからそれに慣れ、目を合わせないように、まっすぐ前を見て歩きつづける術（すべ）を学ぶ。でも、この男は、わたしの名前を呼んでいる。

彼は歩道を歩くわたしのすぐうしろに迫っている。距離を詰めてくる足音を聞いて、わたしも歩調を速めた。バッグのストラップをにぎりしめながら、どうしたらいいか考えはじめた。数軒先に店がある。あそこに逃げこんで助けを求めよう。

　でも、その前に肘をつかまれてしまった。「アリソン、頼む。話がしたいだけだ」わたしは男の手から腕を引き離し、戦うつもりで振り向いた。今は真っ昼間だ。とんでもないことになる前に、誰かの目にとまるにちがいない。きっと誰かがあいだに入ってくれる。

　目の前に立っている男の顔には、失望しつづけてきた人間特有の打ちひしがれた表情が浮かんでいた。間隔の離れた目は、熱があるかのように少し潤んでいて、頭のてっぺんの銀髪はモジャモジャになっている。見おぼえのない男だった。危険そうには見えないが、充分に歳を重ねてきたわたしには、人はどんなことでもしかねないとわかっていた。「わたしにふれないで」これ以上ないほど冷たい声で言った。

「すまない」男は数歩うしろにさがって、両手をあげてみせた。「怖がらせるつもりはなかったんだ」

「怖がってなんかいないわ」ルール、その一。けっして恐怖心を顔に出さないこと。「なぜ、わたしの名前を知ってるの？」

　男の口角があがり、その顔にためらいがちな笑みが浮かんだ。「ずっと、きみに連絡をとろうとしていた」

　わたしは目を細くした。「メモを送っていたのは、あなたなのね」最初の一通が届いて以来、次々とメモが届いていた。わたしにそれを手わたす人間はみな、その送り主が誰なのか知らなかった。いつも、メモはただそこに残されていたのだ。でも、今ここに、わたしの目の前に彼がいる。生身の人間がここにいる。「何が望みなの？」

男は、武器を持っていないことを示すかのように、また両手をあげた。「さっきも言ったとおり、話がしたいだけだ」

わたしは胸の前で腕を組んだ。「話なんかしたくないって言ったら？」

男が、ためらいがちに一歩距離を詰めた。「こんな手は使いたくなかったんだが」ささやくように彼が言った。

わたしは一歩さがった。「こんな手って？」

男は落ち着かない様子で、シャツの裾をいじっていた。「わたしは、パームスプリングスで起きた、あのちょっとした事件のことを知っている」

冷たく尖った恐怖が、わたしのなかを駆け抜けた。「なんのことかしら？」カーブを描く、滑らかな黒いハイウェイ。バックミラーに映った、回転する青いライト。わたしは吐き気の波が押し寄せてくるのを感じた。

男がわたしの顔をじっと見ている。「フィアンセは、知らないんだろう？」

わたしは黙っていた。

「きみについて、彼が知らないことはたくさんある」明らかに脅しだったが、その口調はやさしくさえあったし、その目は哀れみに似た色でいっぱいになっていた。

わたしたちは、通りの先のコーヒーショップに入った。昼時とあって、店内はカフェインを求めてコーヒーを飲みにきた会社員や、ノートパソコンのキーボードを叩いているフリーランスでいっぱいだった。わたしは彼らの目を避けてカウンターに向かい、注文をした。店にいる全員に見られているような気がした。**みんな、わたしのことを知っている。**わたしは思った。**みんな知ってるの。**

　奥の隅のテーブルに着いても、どちらもすぐにはしゃべらなかった。ウエイトレスが飲み物を運んでくると、男は砂糖の袋を三つ破り開けて、自分のコーヒーに入れた。「甘党なんだ」にやりと笑って弁解がましく言った。わたしは、彼をひっぱたいてしまわないように、両手をテーブルの下に隠さなければならなかった。

　男がゆっくりとコーヒーをかきまわしてひと口飲み、ミルクを注いで、また飲んだ。そのあいだに、わたしのなかでパニックが羽毛に覆われた翼をひろげて、喉にせりあがってこようとしていた。この男は――このバカみたいな役立たずの老人は――わたしからすべてを取りあげようとしている。それなのに、この男が気にかけているのは、コーヒーの砂糖とミルクの加減だけなのだ。わたしは彼を憎んだ。もう我慢できない。「あなたは何者なの？」

　彼がマグカップの縁にスプーンを打ちつけ、それをソーサーの上に置いた。「そんなことは重要ではない」

　そういうことだ。彼はわたしを知っているのに、わたしは彼について知ることができない。しかも、彼が知っているのは、わたしから愛する人を取りあげることができるような――わたしが自分のために築いた人生をめちゃくちゃにできるような――事実だ。「ねえ」つい言ってしまった。すごく暑かったし、わたしは泣きそうになっていた。「どんな秘密をにぎってるつもりか知らないけど――」

彼が片手をあげて、わたしを黙らせた。「落ち着いて。きみが、あのバーで何をしていたかにも、男たちとどういう付き合いをしていたかにも、興味はない」

わたしはしばらく無言のまま、彼を見つめていた。「興味はない？」

彼はうなずいた。

「だったら、なぜ――」

彼は首を横に傾けてほほえんだ。「きみに話してもらいたいだけだ。聞いてもらいたいだけだ」

わたしは椅子に深く坐りなおした。「わたしの過去を、ベンにしゃべらないでくれるってこと？」

彼は首を振った。「あの男を傷つけたいとは思っているが、そんなことで傷つけたいわけではない。ああ、きみの過去についてはしゃべらない。きみの秘密が、わたしの口から漏れることはない」

ホッとしていいはずなのに、鳩尾（みぞおち）のあたりに生まれた酸っぱいものが消えなかった。この男は、わたしから何かを得ようとしている。その何かは、わたしが与えたくないものにちがいないと、直感的にわかっていた。椅子を引いてテーブルを離れ、全速力で逃げてしまいたかった。でも、そんなことはできない。この男が、わたしを見つける術を持っていることは立証ずみだ。次につかまった時、わたしの過去の扱いについて、寛大であってくれるかどうかわからない。「何が望みなの？」静かな声で訊いた。

彼はコーヒーを口に運び、カップの縁ごしにわたしを見た。「フィアンセの会社について、どのくらい知っている？」

思わず笑い声をあげてしまった。その声が、彼とわたしの両方を驚かせた。「〈プレキシレーン〉について、ですって？」わたしは首を振った。「会社には、まったく関わっていないわ」

彼は忍耐強くうなずいた。「それはわかっている。そんなことを訊いているんじゃない。わたしが訊きたいのは、きみはあの会社について、どの程度知っているのかということだ」

わたしは、へとへとになりながらも、薬の開発で突破口が開けたと言って、上機嫌で夜遅くに帰ってくるベンのことを思った。それに、人を救いたいと、病気を治してやりたいと、語る時のベンのあの口調。「彼が人を救う薬をつくってるっていうことは知ってるわ」

彼が、悲しそうにも見えるかすかな笑みをわたしに向けた。「そうかな？」彼は、またコーヒーを飲んだ。「〝被験者のバランス操作〟という言葉を聞いたことがあるかね？」わたしは首を振った。「〝選択バイアス〟という言葉は？」

わたしは怒りが噴きあげてくるのを感じた。「いったいなんなの？」ここから逃げだしたいという思いが、戻ってきた。

「〈プレキシレーン・インダストリーズ〉が、治験の際に操作をくわえ、そのせいで人が傷ついていると言ったら？　ああ、なかには命を落とした者もいる」

わたしはたじろいだ。「ベンは、そんなことをする人間じゃないわ。彼は、人をだいじに思ってるの。人を救いたがってるの」

今度は、彼が声をあげて笑う番だった。「あの男がだいじに思っているのは、金だよ。他の連中と同じだ」

「ちがうわ」その声にあらわれた怒りの激しさに、彼もわたし自身も驚いていた。「あなたはまちがってる」わたしが辱められるのは仕方がない。自業自得だ。でも、ベンのことをこんなふうに言わせておくわけにはいかない。ベンは、いい人だ。

彼はため息をついた。「製薬会社は、長年そういうことをしてきた。アメリカの中産階級に蔓延している麻薬系鎮痛剤（オピオイド）のことを考えてみるといい。ああいう薬が、まっとうな研究を経て市場に出たと思うか？」彼は首を振った。「ちがうね。罪のない人間を害する可能性がある副作用については、ひた隠しにされてきたんだ」

「どんな薬にも副作用はあるわ」わたしは指摘した。「コマーシャルを見たことないの？　コマーシャルの半分を費やして、副作用を挙げてるじゃない」声が震えるのを必死で抑えなければならなかった。

彼がわたしに哀れみの目を向けた。世間知らずの、考えの足りない困った娘を見るような目つきだった。「それは製薬会社が知ってほしがっている副作用だ」

わたしは呆れたしるしに、天井を仰いでみせた。「製薬会社はＦＤＡに管理されてるわ。

テストされて、調査を経て……」それ以上は言えなかった。理解できていないまま、聞き囓ったことを、そのまま口にしただけだ。「つまり、どんな薬もプロセスを踏んで市場に出てるわけでしょう」

彼はにやにや笑っていた。「ああ、もちろん、プロセスというものがある。売買のプロセスを経て、いちばんの高値をつけた者がそれを得るわけだ。FDAが、ちょっとした賄賂に興味を示さないとでも思っているのか？」

わたしは彼を憎んだ。保護者然とした態度で人を見下す男にはこれまでさんざん会ってきたが、彼もそういう男なのだ。大勢いた――何百人もいた――男たち同様、わたしの頭を軽く叩いて、「そのかわいらしい小さな頭を悩ませる必要はないんだよ」と言いたくてうずうずしているにちがいない。でも、これはもっと深刻だ。わたしは自分が愛している男のことを何もわかっていないと、彼は言おうとしているのだ。そんなことを許すわけにはいかない。「自分が何を言ってるか、わかってるの？　とてもじゃないけど、正気とは思えないわ」わたしは吐きだすように言った。

彼がテーブルを強く叩いた。店のなかが静まりかえり、赤ん坊が泣きだした。「言葉を慎め」熱でも出たのかと思うほど、目が輝いていた。「わたしは正気だ」

わたしは椅子をうしろに引いて立ちあがった。怖かったが、彼がわたしを恐れさせているという事実を悟られたくはなかった。彼を満足させるわけにはいかない。「帰るわ」バッグを肩に掛けながら言った。「二度と連絡してこないで」

顔をあげた彼が、貫くような眼差しでわたしの目をまっすぐに見た。「きみのフィアンセは人殺しだ」低い声で彼が言った。「彼と、その下で働いている者たちは、その事実を隠すために、さらに何人もの命を奪った。それを聞いても、気にならないのか?」

「あなたは嘘つきよ」わたしはピシャリと言った。でも、彼のせいで、心のなかに疑いの小さな裂け目ができてしまった。わたしは、サムとヒソヒソ話している時のベンの様子や、よく夜中にビクッとして目を覚ます彼のことを思った。そんな時、シーツは汗で湿っている。それに、暗い影を引きずって仕事から帰ってきて、そのまま何時間も顔をくもらせていることもある。そんなことを考えていたら、鼓動が激しくなって、頭がくらくらしてきた。ここから出なければいけない。新鮮な空気を吸う必要がある。

わたしは眩い日射しのなかに足を踏みだすと、走りだした。コーヒーショップに残してきたあの男は、妄想に取り憑かれた質の悪い変人だ。あんな男の顔は二度と見たくない。

早朝の冷たい空気を吸いこんだ彼の肺が、石炭を燃やしたあとの匂いに満たされた。彼は携帯電話を取りだし、番号をタップした。

――おれです。

――いや、それはまだ。しかし、すぐ近くにいるはずです。

彼は擦りむけた指で煙草に火をつけ、一服吸った。そして、白い息といっしょに吐きだした煙が、輪になって回転しながら山をくだっていくのを目で追った。

――心配は無用です。そんなことはさせません。

彼は、もう一服煙草をふかし、円形に焦げて黒くなった地面を靴の踵で擦った。そして、草が密集した部分と凍った土を見おろして、にやりと笑った。彼女は泥だらけになっている。それに疲れ切ってもいるはずだ。もうすぐミスを犯すにちがいない。

――わかりました。必ず。

話を終えた彼は、携帯電話をポケットに戻した。そして、最後に一服ふかすと、口の端から渦巻き状の煙を吐きだした。煙草をもみ消し、その吸い殻をポケットの携帯電話の横に収める。

ブーツは湿っているし、靴紐は氷に覆われている。彼は感覚が戻るよう、足を踏みならした。気分が悪かったし、山を歩きまわるのにうんざりしていた。こんなことは、もうさっさと終わらせるつもりだった。

彼は東に目を向けた。延々と大地がひろがっている。

彼女はこのどこかにいて、彼を待っている。

見つけてみせる。すぐに。

マギィ

今日は、わたしの娘の〝お別れの会〟の日だ。

目を開く前に、そんな言葉が浮かんできて、頭のなかをグルグルと巡りはじめた。わたしは、それを意識しながら、ベッドを出て、チャールズの古いタオル地のローブをまとった。不安に押し潰されそうだった。みんなに、見られるのだ。みんなの目に、さらされるのだ。そんなことに、ほんとうに堪えられるだろうか？　とにかく、これはチャンスなのだと考えるよう、自分に強いた。わたしは、アリィを諦めたりはしない。この会は、アリィを知っていた人たちと話すチャンスだ。この二年のあいだにアリィと話した誰かに会えるかもしれない。役に立つ新しい情報を得られる可能性もある。

階下でテントについて誰かと言い争っている、リンダの声が聞こえていた。彼女は七時からこの家にいて、細々とした詰めの作業を行っていた。リンダはわたしが何も告げずにサンディエゴに行ったことに、まだ腹を立てているようだった。本人はそれを認めないが、わたしにはわかっていたし、そのことで罪の意識をおぼえてもいた。リンダはわたしの力になろうと全力を尽くしてくれているのに、わたしは恩知らずなことばかりしている。

なんとかシャワーを浴びて、服を着た。何年か前にアリィに選ぶのを手伝ってもらった、きれいな花柄の黄色いワンピースだ。今日、黒を着るつもりはなかった。前回このワンピースを着た時はちょっときついくらいだったのに、今回は呆気(あっけ)ないほど簡単にファスナーがあがった。鏡を見たわたしは、思わず片手を顔にあてた。痩せ細って頰がこけ、口のまわりに皺が寄っている。ワンピースは大きすぎて、肩から大きな袋がぶらさがっているように見えた。こんな短期間に、ここまで痩せてしまうなんて信じられなかった。軽く頰紅をさし、マスカラを塗ってみた。それ以上はどうしようもなさそうだ。

　わたしは階段をおりようとして、アリィの部屋の前で足をとめた。死んでいるバーニィを見つけたあの日以来、この部屋には入っていない。わたしはためらいながらも鍵を開け、ドアノブに手をかけた。そして、その冷たさを感じながらノブをまわし、ドアを押し開けた。

　フレームが軋む音を聞きながら、ベッドの端に腰をおろし、部屋のなかを見わたしてみた。そして、それと気づく前に、さがしていたわけでもないのに、それを見つけた。アリィが棚のいちばん上にしまっていた、写真が入った古い靴の箱。棚から箱をおろして蓋を開けると、縁まで写真が詰まっていた。

　アリィとチャールズの写真がいちばん上に載っていた。ハイスクールの卒業式の写真だ。アリィはガウンをまとい角帽(キャップ)を被ってほほえんでいて、チャールズはそんなアリィに、畏怖の念さえ感じられる誇らしげな愛情に満ちた眼差しを向けている。わたしは、この写真を撮った日のことを思い出した。うだるような暑い日で、腿の裏側がスチール製の折りたたみ椅子に貼りついたようになっていた。いっしょに学んだ友達のことや、新しく始まる生活について話したアリィのスピーチは、いかにも卒業式らしい月並みなものだったが、とにかく美しかった。わたしは、そこに坐ってサンドレスに汗が滲みだすのを感じながら、いったいどうやってこんなに美しい自信に満ちた女の子をこの世に産みだすことができたのだろうかと考えていた。式のあいだじゅう、チャールズはわたしの手をにぎっていた。式が終わる頃には、どちらの手も汗でベタベタになっていたが、そんなことは気にもならなかった。ああ、わたしたちは幸せだった。

わたしはチャールズの葬儀の日のことを思い出した。長い黒い車のなかにただよっていた、芳香剤のマツの香りと、アンモニアと、運転手の服にしみついた煙草の臭い。踵が低めの黒いパンプスを履いたわたしの足下には、皺が寄った紙マットが敷かれていた。リンダの手をにぎった時の、乾いた冷たい感触と、前を走る霊柩車に収まった柩。あの時、わたしは車の窓から、過去をさまようわたしたちの亡霊を見ていた。バカバカしいほど裾のひろがったベルボトムをはいて映画に出掛ける、結婚当初の若くて浅はかだったチャールズとわたし。アリィを乗せたベビーカーを押している、チャールズとわたしもいた。すれちがう人たちが、ブランケットに包まれた栗色の髪の小さなアリィを見て大騒ぎするたびに、ベビーカーをとめなければならなかった。そして、病気が発覚する前のチャールズとわたし。最初は、お腹にくるしつこい風邪だとばかり思っていた。あの夜、食事に出掛けたわたしたちは、彼の具合が悪くなって途中で帰ってきた。そして、次の日に病院に行ったのだ。

一生同じ場所で暮らすというのは、そういうことだ。町のそこここに、過去の自分の影を見る。その影から逃れることは、けっしてできない。

葬儀そのものは何もおぼえていなかった。階下にある古びた家庭用聖書（家族の誕生や結婚や死亡について書きこめるページがついた大型の聖書）に式次第が挟んであるから、式が執りおこなわれたことはたしかなのだが、記憶はかけらも残っていない。心は不思議な働きをする。知りたくないことや、思い出したくないことから、人を護ってくれるのだ。

今日のことは記憶に残るだろうか？

顔に手をあてると、掌が濡れた。どうやら泣いていたらしい。それに気づいたことで、もろくなっていた気持ちが一気に崩れてしまった。わたしは胸を波打たせ、喉を引きつらせて泣いた。もう、泣きやむことができるのかどうかもわからない。

ドアを叩く音がした。そして、リンダが顔をのぞかせた。「だいじょうぶなの？」わたしをひと目見るなり、彼女の顔が皺くちゃになった。「ああ、ハニー」

「バーニィが死んでしまったの」口にするまで、自分がそんなことを言うとは思っていなかった。わたしが泣いているのはそのせいではないと、どちらもわかっていたが、そんなことはどうでもよかった。リンダには、何も説明する必要などないのだ。

「かわいそうに」そう言った彼女の声は、苦悩と思いやりに満ちていた。バーニィのことを言っているのではないとわかっていたが、わたしたちはどちらもあの年老いた猫を愛していた。リンダが隣に腰をおろして、わたしの肩を抱いてくれた。わたしは彼女に身をあずけ、お馴染みの柔軟剤と香水と家具用ワックスのレモンの香りを吸いこんだ。「あなたのブラウスをグショグショにしてしまうわ」それを聞いたリンダが首を振っているのがわかった。彼女は、さらにわたしを引き寄せた。どちらも、そのまま動かなかった。そしてしばらくすると、ようやくわたしは——長く泣いたあと、よくそうなるように——胸を震わせながら大きく一度しゃくりあげ、彼女から身を離した。

リンダが腕時計に目をやった。「そろそろね。出掛ける前に何か食べる？　向こうに行けばいろいろあるけど、その前に何かお腹に入れておきたいんじゃない？　そのほうが、胃が落ち着くかもしれないわ」

「ありがとう、でもだいじょうぶ」食べることを考えただけで、胃がひっくり返りそうになる。

リンダがわたしの喉元に手を伸ばして、ロケットにふれた。「きれいね」

わたしはうなずいた。

「あなたのところに戻ってきてよかった」

わたしたちはリンダが運転するピンクのキャデラックで、会場に向かった。よく晴れた日で、あたりには刈りたての芝生とライラックの香りがただよっていた。助手席に坐ったわたしは、日射しに目を細めながら、どこに行こうとしているのか考えまいとしていた。「最後までいる必要はないのよ」リンダがわたしの手をにぎりながら、そう言った。「帰りたくなったら、すぐにわたしが家まで送る」

わたしはうなずいた。誰が来るのか、その人たちに何を言えばいいのか、みんながどんなふうにわたしを見るのか、そんなことしか考えられなかった。ハイスクールの駐車場に入った時には、身体が震えだしていた。駐車スペースは半分ほどうまっていて、人が溢れていた。車から降りるわたしに気づいていったん車をとめ、軽く会釈する者もいた。わたしはバッグに手を入れ、家を出る直前に突っこんだオレンジ色の小さな薬瓶をつかんだ。

「さあ――」リンダがそう言って、わたしの腕をつかんだ。「行きましょう」

「ちょっと待って。車に忘れ物をしてきたみたい」わたしは車のドアを開け、リンダに見えないよう身をかがめた。薬が喉に引っかかり、それからおりていった。

今日のことなど、何もおぼえていたくない。

わたしたちは校舎――アリィが通うずっと前にわたしも通った、煉瓦づくりの平べったい六〇年代の遺物――の横を歩いて、裏手の校庭に出た。ここはスポーツに使われるため、学期中は白いチョークで描かれたマークが踏まれて擦れ、地面は白い跡だらけになっている。でも七月半ばの今は、日にさらされた草がまだらに生えた地面がひろがっているだけだった。ティーンエイジャーのグループが――あとで、演劇部の生徒だと知ったのだが――校庭の真ん中に立って、アカペラでビートルズをうたっていた。

「アリィのお気に入りの曲だわ」わたしは静かに言った。

リンダがわたしの手のなかに手を滑りこませた。「知ってるわ」

カフェテリアから運びだしたにちがいない、折りたたみ式の長いテーブルの上に、ケーキや、ポテトチップスのボウルや、マカロニ・チーズの大きなキャセロール皿がならんでいた。

専門店にあるような大きなバーベキューのコンロもあった。リンダは、いったいどこでこんなものを調達してきたのだろう？　コンロの前には男性がふたりついていて、バーガーとホットドッグの匂いがあたりにただよっていた。芝生にはまばらに人がいて、そのなかには知っている顔も知らない顔もあったが、みな紙皿を手に、二、三人のグループをつくってしゃべっている。親の腕にぶらさがっている小さな子供たちの顔は、ケチャップとチョコレート・アイスクリームでベタベタになっていた。

リンダがわたしを引き寄せた。「どう？　やりすぎってことはないわよね？　気に入らないところがあったら言って。すぐになんとかするから」

わたしは首を振った。「完璧だわ」薬が効きはじめているのがわかった。もう神経は尖っていない。「ありがとう」

「どういたしまして。何か食べる？　どこかにあなたの椅子を用意しましょうか？　誰にも煩わされずに、ただ坐って見ていられるように」

「だいじょうぶよ。ここまでしてもらったら、もう充分。わたしは、ひとまわりしてくるわ」

ビュッフェのテーブルへといそぐリンダを見送り、一分ほどかけて、集まった人たちを見まわした。アリィの昔の先生方やサッカーのコーチたち、わたしの幼馴染みもいたし、銀行や食料品店や郵便局の人たちもいた。町の住人の半分が集まっているように思えるその光景を見て、胸がいっぱいになった。この町は、昔の自分の亡霊がさまよっているかもしれないが、互いを気遣う生きた人々で満ち溢れている。

　人混みに向かって歩きだしたわたしは、誰かに肩を叩かれた。「マギィ？」振り向くと、かすみ草をあしらった白いカーネーションを持ったトニィが立っていた。「こんな時のエチケットがどういうものか、よくわからなくて……」彼にカーネーションを差しだされたが、あまりの驚きにぼうっとなっていて手が出なかった。〝お別れの会〟のことを彼に話したおぼえはなかった。でも、話したような気もする。はっきり思い出せなかった。「新聞にも載っていた」わたしの戸惑いを察して、彼が言った。「それで、わたしも参加して敬意を表したいと思ったんです」トニィはブーケを見おろして、かぶりを振った。「すまない。バカげたアイディアだった。やはり、押しかけてはいけなかったんだ」彼は叱られた子供のように、途方に暮れていた。

　わたしは彼の手からブーケを受け取った。「とってもきれい。ありがとう。いらしてくださって、うれしいわ」

　ふたりのあいだに、風船のように沈黙が膨らんだ。夢を見ているようだった。わたしはここにいる。娘の〝お別れの会〟に来ている。トニィはあたりを見まわし、校庭の様子を眺めた。「大勢集まっている。お嬢さんは、多くの人に愛されていたにちがいない」彼の視線を追ってみた。みんなアリィのために集まってくれたのだ。みんな、アリィは死んだと思っている。またも深い悲しみの波に襲われ、身体が揺れるのを感じた。トニィが手を伸ばして肘を支えてくれた。「坐りますか？」

わたしは首を振った。「だいじょうぶ。きっと日にあたりすぎたんだわ」

トニィがうなずいた。「今日は暑いですからね。水を持ってきましょうか？」

「ほんとうにだいじょうぶ。日陰をさがしましょう」

わたしたちは校庭を横切っていった。いつの間にか、どこも人でいっぱいになっていて、楽しんでいる人たちの話し声や笑い声が、あたりを満たしていた。アリィが見たら、さぞおもしろがっただろう。わたしは、今日のことをアリィに話す日がきっと来ると、心の片隅で信じていて、その考えにしがみついていた。

「あれがお嬢さんですか？」

心が揺れた。トニィの視線を追ってみると、淡いブルーのワンピースを着たアリィの写真が、イーゼルに立てかけてあった。〝お別れの会〟のために、リンダが引きのばしを頼んだにちがいない。わたしはうなずいた。

「きれいだ」

「ありがとう」痩せすぎた金髪のアリィの写真が浮かんできたが、すぐに頭から追いだした。あれは、わたしのアリィじゃない。わたしが心にとどめておきたいのは、淡いブルーのワンピースを着て太陽に顔を向けていた、あの日のアリィだ。

トニィが芝を足でつついた。「悪くとらないでもらいたいんだが……」彼は口ごもった。「きのう別れたあと、やはりあなたには話し相手が必要だと考えたんです。それで、ぜひ、その話し相手になりたいと思いましてね。助けになれるかもしれない。少なくとも、話を聞くことはできる。無理強いするつもりはないが、近いうちにコーヒーでもどうですか？　また図書館で会えるかもしれないが、できればもっと早くに」トニィが片手で髪を撫でた。きっと緊張しているのだ。「どうも、せっかちでね」笑みを浮かべて彼が言った。「これも家内によく叱られたことのリストに……」最後までは言わずに、わたしに不安げな目を向けた。

いつもなら感じるはずの疑いを、薬が消してしまった。彼は、話し相手をほしがっている、ただの孤独ないい人で、わたしの力になりたがっている。その裏に悪意はなさそうだ。わたしはうなずいた。「あさってはどうかしら？」

トニィの顔がパッと輝き、その日に宿っていた悲しげな色さえ少し薄れたように見えた。「あさってなら好都合だ。どこか行きたい場所はありますか？」

「ちょっと遠くなるけど、フェルトンの町に〈サニーサイド・カフェ〉というお店があるの。こぢんまりとした感じのいいカフェよ。あなたさえかまわなければ、アウルズ・クリークではないところで会いたいの。小さな町というのがどういうものか、わかるでしょう？」

トニィがうなずいた。「もちろん。三時でどうかな？」

「完璧だわ」もうその時を楽しみにしている自分に気がついた。

瞬きをして目を開くと、制服姿のシャノンが目の前に立っていた。恥ずかしげな笑みを浮かべている彼女を見て、抱きしめたいという衝動を必死で抑えた。シャノンは、あまりに若く見えた。「お邪魔したくはないんですけど、あちらのおふたりが――」彼女はそう言いながら、身なりのいい年配の男性と、華奢(きゃしゃ)で神経質そうな金髪の女性のほうを向いてうなずいた。「あなたにお目に掛かりたいそうです」

わたしは、そのふたりに目を向けた。見おぼえがあるような――特に男性のほうは知っているような――気がしたが、誰なのかはわからなかった。「他に何かおっしゃってた？」

シャノンは肩をすくめた。「ただ、あなたにお目に掛かりたいって」

誰だかわからなくても、そんなことは問題ではない。アリィの〝お別れの会〟に来てくれて、わたしと話したいというなら、もちろん話す。「どうぞこちらにって、伝えて」わたしは言った。そして、トニィに謝ろうと振り向くと、彼はもうそこにはいなかった。人混みを縫って、駐車場に向かう彼のうしろ姿が見えた。わたしは、まだブーケを持っていることに気づいて、横のテーブルにそれを置いた。

そして、金髪の女性とならんで近づいてくる男性を観察した。背が高くて肩幅が広く、まだふさふさの黒い髪に少し銀髪が交じっていて、目の色は深いブルー。大学でいっしょに働いていた誰かかもしれない。でも、もしそうなら、わたしと話すのにシャノンをとおす必要などないはずだ。奥さんだかなんだか知らないが、彼の連れの女性は、非の打ち所のないお人形さんのようだった。細い手足と、チェリー色の唇と、ハチミツ色の髪。その姿は、美しいドレスを着たあの写真のアリィを思い出させた。

目の前に立った彼が握手の手を差しだした瞬間、感傷は消えた。やっとわかった。デイヴィッド・ガードナーだ。そして、彼の腕にぶらさがっている――わたしに写真のアリィを思い出させた――美しい女性はアマンダだ。これだけの時を経て、やっと会えた。わたしは何度か瞬きをして、心のくもりを拭おうとした。

「カーペンターさん、ようやくお目に掛かれてほんとうにうれしい」彼は口ごもることもなくそう言いながら、わたしの手をしっかりとにぎって、頬にキスをした。「ベンの父親のデイヴィッドです」ムスクとシトラスの香りがした。高価なコロンであることはまちがいないが、その香りを嗅いだ途端、頭が痛くなった。

「わかっています」一歩さがったわたしは、凸凹になった芝生に足を取られてよろめいた。ここにいるのは、わたしのメッセージを聞いても電話一本掛けてよこさなかった人間だ。この人たちが、わたしの娘をわたしから取りあげた男を、この世に産みだしたのだ。わたしは大きく息を吸って、気を静めた。「どうぞマギィと呼んでください」

「マギィ、家内のアマンダを紹介させてください。ベンの母親です」

その言葉が彼の口から出る前に、アマンダが身を寄せ、その細い腕でわたしをきつく抱きしめた。「お悔やみを申しあげます」耳元で彼女がささやいた。彼女の髪に顔がうずまっていたせいで、ヘアスプレーと香水の香りをたっぷり吸いこむことになった。この香りはシャリマーだ。

わたしはアマンダの腕から逃れた。「ありがとう」穏やかな声で言った。「わたしからも、お悔やみを申しあげます」口のなかで舌が厚ぼったく感じた。アマンダの目を見つめたわたしは、そこに悲嘆の色を認めて、一瞬彼女に同情した。でも、すぐに心のなかで首を振った。

しっかりするのよ、マギィ。この人たちが誰だか忘れたの？

「わたしが留守番電話に残し

たメッセージを、お聞きになりました？」

アマンダが、顔に水をかけられた猫のように、すばやく瞬きをした。「いいえ」彼女は口角をさげて、そう答えた。「聞いてないわよね、あなた？」デイヴィッドが首を振った。「わたしたち、サンディエゴにはいなかったものだから……」

「ハウスキーパーさんは何かおっしゃってませんでした？　わたしがお宅を訪ねたことで」

アマンダの青い目が大きくなった。「サンディエゴにいらしたの？」

彼女の顔を見ていたが、少し驚いたような表情が浮かんでいるだけだった。「ハウスキーパーさんと話したんです」わたしは言った。「お隣の方ともね。お聞きになりませんでした？」

アマンダは眉をひそめた。「さっきも言ったとおり、わたしたちは家を空けていたんです。それにしても、パイラーは話してくれるべきだわ……」わたしの前腕に手を置いた彼女の目は、不安を湛えてくもっていた。「はるばる来ていただいたのに、無駄足になってしまって申し訳なかったわ」

わたしは、バード・ロックの家の紳士物だけが収まっていたクローゼットや、化粧鏡が載った空っぽの机のことを思った。アリィがいたことを示すものは、髪の毛一本だけで、あとはすっかり片づけられていた。靄を突き破って怒りがこみあげてきた。「無駄足なんかじゃなかったわ」そのそっけない声を聞いたアマンダの顔に、ショックの色がさざ波となってあらわれたが、その波は一瞬で消え、また元の穏やかな表情に戻った。

アマンダが、わたしの腕をキュッとにぎった。「でも、今ここでお目に掛かれてよかった。ほんとうは、でしゃばるようでいやだったの。だって、今日はあなたの日ですものね。でも、この会のことを聞いて、わたしたちも出席して直接お悔やみを言わなくてはと思ったの」

　わたしはハッとした。「どこでこの会のことをお聞きになったのかしら?」

「知り合いが新聞に載っているのを見つけて、リンクを送ってくださったの。それを見て、翌日に航空券を手配したのよ」アウルズ・クリークで行われる一イベントのニュースが、国を横断してサンディエゴまで伝わったなんて信じられなかったが、今やアリィは誰もが知る人物になってしまったという事実を思い出した。ニュースは、もう何日も見ていない。だから何が報じられているかも知らなかった。「アリソンは、わたしたちにとって特別な存在だった」アマンダがつづけた。「ほんとうにすばらしいお嬢さんだったわ。すてきな思い出がいっぱいよ、ねえ、デイヴィッド?　アリソンはベンをとても幸せにしてくれた。ふたりは、莢(さや)のなかのふたつの小さな豆のようだったわ」それを聞いて、ベビー毛布に包まれたアリィのイメージが、小魚(ミノウ)が泳ぎまわるように頭を巡った。

　デイヴィッドは人混みに探るような目を向けながら、上の空でうなずいた。「ああ、すばらしいお嬢さんだった。ちょっと失礼……」アマンダとわたしは、校庭を横切ってビュッフエ・テーブルに向かった彼を見ていた。デイヴィッドは氷でいっぱいのバケツからビールを一本つかみだすと、栓を開けてゴクゴクと飲みはじめた。

「主人を赦してやってくださいね」張り詰めた笑い声をあげて、アマンダが言った。「ベンが亡くなって以来、あの人じゃないみたいになってしまって。ずいぶんこたえてるみたいだわ」

アマンダの目の下には、こってりメイクしていても誤魔化せないくまができているし、口元には不安げな表情が浮かんでいる。これだけは否定できない。この女性は苦しんでいる。思わず、かわいそうになった。「みんなつらい時を過ごしている」穏やかな声で、わたしは言った。

アマンダが、わたしに感謝の目を向けた。「すてきな〝お別れの会〟だわ」校庭を示して、彼女が言った。「ベンのために、こういう会をしたかったの。みなさんにいらしていただける、形式張らない会をね。でも、デイヴィッドが葬儀は内輪でするって言い張って」

「お葬式をなさったの？」そのニュースに、打ちのめされてしまった。この人たちのもとには、息子の遺体が返ってきたのだ。最後にさよならを言うチャンスがあったのだ。わたしには、そんなチャンスは永遠に訪れないかもしれない。わたしは首に掛けたネックレスを指で撫でた。アリィのものは、ほとんど残っていない。でも、この人たちの手元には、ベンのものがたくさんある。

アマンダがうなずいた。「ええ、ベンが洗礼を受けた教会で。あの子とアリソンは、あの教会で式を挙げることに……」言葉が途切れた。泣くまいと必死で堪えているのだ。「醜態を演じたくはないわ。それだけはしないと心に誓ったの。でも……あなたに会えて、アリソンのために集まった人たちを見ていたら……」今度は涙を流してほんとうに泣きだした。気がつくと、わたしは腕をまわして彼女を抱き寄せていた。「何もかも、ひどすぎる」泣きじゃくりながら、彼女が言った。

わたしはアマンダの頭ごしに、近づいてくるデイヴィッドを見ていた。「もう行かなくては」アマンダに向かって彼が言った。自分の奥さんが泣いていることも、わたしが彼女を慰めていることも、気にかけていないようだった。

わたしは当惑した。「いらしたばかりなのに」

アマンダが身を離して、目の下に滲んだマスカラを拭った。「あしたの朝、デイヴィッドはポートランドで仕事があるの。だから、今夜のうちに向こうに行っていないと」デイヴィッドは無表情のままだった。「それじゃ、仕方ないわ」わたしは言った。「遠いところをいらしていただいて、ありがとうございました。もっとお話しできればよかったのに、残念だわ」

アマンダが恥ずかしそうに、ちょっと笑ってみせた。「時間があったら、あしたの夜、お食事でもどうかしら？　カリフォルニアにはあさってまで戻らないことになってるし、あしたのデイヴィッドの仕事はランチタイムまでには終わるわ。そうでしょう、あなた？」彼はうなった。「帰る前に、ここに戻って夕食をごいっしょできるわ。ここは、すてきな町みたい。もう少し、見てみたいわ」

あまりに突然だった。断ることも考えることもできなかった。頭をすっきりさせる必要がある。「メイン・ストリートに〈クロエ〉というお店があるの。いいレストランよ。フレンチがお好きかどうかわからないけど……」

「すばらしいわ。八時でいいかしら？」アマンダはそう言って、わたしを抱きしめた。彼女の香水の、ベルガモットとバニラがかすかに香った。

わたしは、校庭を横切って駐車場に向かうふたりを見ていた。アマンダは、デイヴィッドにぐったりと寄りかかっている。彼女がつまずくと、デイヴィッドがしっかりとした腕を伸ばして、その身体を引き寄せた。がっしりとした彼とならんで歩いているアマンダは、小さな陶器の人形のように見えた。

「だいじょうぶ？」リンダが心配そうな顔をして隣に立っていた。「あの人たちが誰なのか、シャノンから聞いたわ。様子を見にこようかとも思ったんだけど、邪魔をしたくなかったの」

「だいじょうぶよ」頭が軽くなったようでフラフラした。「あの人たち、これからポートランドに行って、あしたまたここに戻ってくるの。いっしょに食事をすることにしたわ」

リンダがわたしをじっと見た。彼女にはいつも、本を読むように心を読まれてしまう。

「行きましょう」彼女がそう言って、わたしに腕をまわした。「うちに帰るのよ」

アリソン

　ほとんど毎日、午後になるとハウスキーパーがやってきた。つまり、わたしはほとんど毎日、出掛けなければならないということだ。掃除機をかけているハウスキーパーに、ぞんざいな口調で足をあげろと命じられるのも、排水口にわたしの髪がたまっているのを見つけた彼女の舌打ちを聞くのも、いやだった。長居をしすぎている客を見るような目つきで見られることにも、堪えられない。

　だからハウスキーパーがやってくると、わたしは家を出る。ビーチに行くこともあったが、たいていはただ車を走らせていた。カールズバッドまで行って車を駐め、公園の大きなドームのまわりでスケートボードを楽しんでいる人たちを眺めて過ごすこともあったし、スニーカーに履き替えてカラヴェラ湖のまわりを走ることもあった。ロサンゼルスのすぐ近くまで行ったことも一度ある。もう少しでスモッグの下にあらわれる街を見られるところだったが、ラッシュがひどくならないうちに引き返した。ベンは仕事から戻った時に、わたしに家にいてほしがった。できるだけ早くわたしの顔を見て、一日のいやなことを忘れたいというのだ。だから、その時間に遅れないように家に帰ることにしていた。

　ほんとうのことを言えば、どこに行くかは問題じゃなかった。潰さなくてはならない時間がありすぎるのが問題なのだ。忙しくしていないと、忘れたいことを思い出してしまう。

わたしは南に車を走らせ、パシフィック・ゲートウェイ・パークに行って、ゆったりと旋回しながら空を飛んでいるカモメを眺めていた。持ってきた本を読もうとしたが、集中できなかった。どうしても、あのコーヒーショップに気持ちが戻ってしまう。テーブルの向こうに坐って嘘をならべたてていた男の、わたしを見つめていた縁が赤くなったあの目。あの人は頭がどうかしているんだと、思おうとした。絶対にふつうじゃない。でも、彼の声は、頭から追いだしても追いだしても、また這い戻ってくる。どうしても消えてくれなかった。ついにわたしは本をしまい、ハウスキーパーと顔を合わせずにすむよう、ゆっくりと車を走らせて家へと戻った。

玄関の鍵が開いていた。わたしはドアを押し開けて、テレサを呼んだ。非難がましい目をした彼女が、雑巾を手に廊下の向こうから迎えに出てくるものと思っていたのに、テレサはあらわれず、代わりに家の奥から男の声が聞こえてきた。心臓が飛びだしそうになった。それはベンの声ではなかった。

「ただいま?」誰も応えない。わたしは玄関ホールにバッグを置いてキッチンへと入っていった。震える手でナイフスタンドからナイフを引き抜き、もう一方の手に携帯電話を持って、その緊急ボタンの上に指をさまよわせる。ベンの書斎から、かすかに足音が聞こえてきた。

「そこにいるのは誰?」

「アリソン? あなたですか?」書類の束を持ってサムがあらわれた。その広い肩が、入口いていないようだった。そう、わたしが彼を見て驚いているほどは、驚いていない。サムが、わたしがにぎっているナイフを示した。「それを置いてもらえますか？」

わたしはナイフをカウンターに置いた。バカみたいだ。「ああ……誰かがいるなんて思ってなかったから……。何か問題でも？」

サムは書類をサッと振ってブリーフケースにしまった。「ベンに頼まれて、これを取りにきたんです。仕事に必要な書類でね」彼の動きは、身体が大きいわりにすばやかった。まるでダンサーか、猫だ。そのせいで、わたしは落ち着かない気分になっていた。

バカなことを考えるのはやめるように、わたしは自分に言い聞かせた。サムはベンのいちばん親しい友人で、だいじな補佐役でもある。それに、彼がこの家の鍵を持っていることも知っていた。サムがここにいるのは、ごく自然なことだ。「何か飲み物でもいかが？」わたしは尋ねた。その調子よ。自然に振る舞って。

「いいですね」サムはそう言ってソファに腰をおろし、両腕を背もたれのうしろにぶらさげた。

そんな答えが返ってくるとは、思ってもみなかった。「白ワインでいいかしら？」

彼は首を振った。「水をいただきます」

わたしは浄水ポットからふたつのグラスに水を注いだが、気が変わって、自分用に冷蔵庫に入れてあった上等のシャブリを注いだ。そして、ガブガブと何口か飲んだあと、リビングに戻った。サムの向かいに坐った時には、ワインがまわりはじめて身体が温かくなっていた。サムが大量につけているコロンのオレンジとベルガモットの重い香りが、あたりにただよっている。まるで自分の縄張りを、匂いでマーキングしているみたいだ。

「それで――」わたしは言葉をさがした。「うまくいってるの？」

「すべて順調です、ありがとう。あなたは？」サムは水をひと口飲んで、コーヒー・テーブルの上のコースターにそっとグラスを置いた。彼は、テーブルに跡を残すような人間ではなかった。

「いい感じよ！　とってもね！」その声は高くて明るすぎた。わたしはワインを飲んで、なんとか笑みを浮かべた。**緊張する理由なんてないわ。**自分に、それを思い出させた。**サムは、友好的に振る舞おうとしてるだけよ。**

〝あの男には気をつけるのよ〟と言ったリズの声が、頭のなかによみがえってきた。〝あなたは友達だと思ってるかもしれないけど、あいつは友達なんかじゃない〟リズはそう言っていた。

「それはよかった。今日の午後は何をしていたんですか？　何かいいことでも？」

「特に何も。公園に行って本を読んでたの。でも、集中できなくて。ええ、本に集中できなかったってことよ」わたしは早口にしゃべりつづけた。「途中でやめて、別の本を読みはじめたほうがいいのかもね。あなたは？　本はよく読むの？」

「いいえ」もっと何か言ってくれるのを待ったが、そのまま沈黙が流れた。サムは、きれいに手入れをしてある自分の爪を眺めていた。「アリソン、最近、誰かが連絡してきませんでしたか？」

驚きが顔に出てしまったのがわかった。わたしはワインをひと口飲んで、それを隠そうとした。「どういうこと？」

サムは平然とわたしを見ていた。「最近、誰かが何か言ってきませんでしたか？　知らない誰か、あるいは昔の知り合いが」

頭がくらくらした。彼が言っているのは、コーヒーショップで話した男のことじゃないのかもしれない。わたしの過去の知り合いの誰か――夜中に携帯にメッセージを残した男のひとり――のことを言っているのかもしれない。胃のなかにできたかたまりが、さらに硬くなった。「そんなことはなかったと思うけど」わたしは必死の思いで首を振った。

ふたたびグラスを手に取ったサムの指の関節が、白くなっている。「たしかですか？」わたしは彼の視線を感じていた。**サムが何を知っているかなんて、わからないじゃないの。**わたしは自分に向かって言った。**だから、このままとぼけつづけなさい。**

「ええ、たしかだと思う」サムと目を合わせることはできなかった。

「思う？　断言はできないと？」

わたしは答えなかった。胸のなかで高鳴っている鼓動が聞こえていた。サムにも聞こえているにちがいない。

彼の口元には笑みが貼りついていたが、その目つきは険しく、表情を読み取ることはできなかった。「あなたのような美しい女性には、絶えず男が何か言ってくるにちがいない。しかし、よく考えてみてください」

喉の奥にこみあげてきた酸っぱいものを、なんとか呑みくだした。そして、コーヒーショップの男のことを考えた。話しているところを誰かに見られたのだろうか？　あの店に、見おぼえのある人間がいただろうか？　わたしは必死に考えた。でも、赤ん坊を連れて時間を潰しに来ていた若い母親のグループと、Ｍａｃのキーボードを叩いていた数名のフリーランス以外、思い出せなかった。知っている人間はいなかったはずだ。いたら、あの店には入らなかった。

サムが身を乗りだして、膝に両肘をついた。**きれいなスーツが皺になるわ。**「アリソン、あなたが面倒に巻きこまれることはない。ぼくが護ります。誰かに煩わされているなら、話してほしい」

わたしはためらった。コーヒーショップの男は、ベンを傷つけたがっていた。彼は妄想に取り憑かれて混乱している。そう、何をしでかすかわからない。サムに話したほうがいいのかもしれない。サムならベンを護ってくれる。でも、サムが会いにいったら、あの男はわたしの過去のことを話してしまうだろう。そして、サムはそれをベンに話し、何もかも終わってしまう。わたしは、すべてを失うことになるのだ。

そんな危険を冒すわけにはいかない。とぼけつづける必要がある。それしか道はないのだ。

「いいえ」ようやく、わたしは答えた。「誰にも煩わされてなんかいないわ」

サムはため息をついて立ちあがった。「気が変わったら連絡してください。どうすれば連絡がとれるかは、わかっているはずだ」彼はキッチンにグラスを運んだ。「見送りは無用です」

ドアが閉まる音を聞くまで待って、残りのワインを飲み干し、また新たにグラスを満たした。そして、時計を見た。六時十分前。ベンは遅くとも七時には帰ってくる。今夜は、出資者の夫妻と食事をすることになっている。今朝出掛ける前に、ベンがわたしに着せたいドレスを選んでいった。深いスリットが入った、黒いドレスだ。「今夜は、あの夫妻を魅了してほしい」クローゼットからドレスを引っ張りだして、彼が言った。「それが重要なんだ」

わたしはグラスのワインを一気に口に含み、それを何度かに分けてすばやく飲みこんだ。アルコールの魔法が効いてきて、すでにショックが麻痺しはじめていた。

サムは、コーヒーショップの男のことを聞くためにここにきたのだ。それはまちがいない。でも、そう考えると次の疑問が湧いてきた。サムがコーヒーショップの男について、そこまで知りたがっているというのは、あの男が〈プレキシレーン〉について話したことが真実だという証拠なのではないだろうか？

がんの診断を受けたあと、父が治験の被験者に志願した時のことを思い出した。その薬は治験の第一段階の試験で安全性が確認されていて、八十パーセントの確率で腫瘍が小さくなったと、医者は説明した。今度は、被験者の数を増やして試したいという話で、父はその書類にサインした。末期がんと診断された父の余命は、一年弱。だから失うものは何もなかった。少なくとも、父はそう思っていた。

でも、その治療が始まった途端に体重が落ちはじめた。そして、数週間のうちに身体が半分くらいになって、父だった人間の破壊されたただのかたまりになってしまった。母とわたしは、治験からはずしてほしいと医者に頼んだが、受け入れてはもらえなかった。「一度サインをしたら、取り消すことはできません」わたしたちは、父の余命が半年になり、三カ月となるのを見ているしかなかった。父が目の前から消えていくのを、為す術もなく見ているしかなかった。

「これは、引き受けなくてはならないリスクだ」ソファに横たわってそう言った父の目は、痩せ細った顔のなかでやけに大きく、何かに取り憑かれているようにも見えた。「科学に賭けなければ、勝利は望めない」

父は治験というシステムをそこまで信頼していたのだ。だから、わたしもそれに従った。そう、必ず効くとはかぎらないが、薬の目的は癒やすことだ。傷つけることではあり得ない。でも、父は信じすぎていたのかもしれない。母もわたしも……。

わたしは喪失感をおぼえた。ホームシックの波をまともに被ったわたしは、膝が崩れそうになるのをカウンターにしがみついて堪えた。ママ。喉の奥からこみあげてきたその言葉が、内側から唇を押した。あのくもりのない穏やかな声で「きっとうまくいくわ」と、言ってほしかった。子供の頃、眠れない時にしてくれたみたいに、肩胛骨（けんこうこつ）のあいだを指先で撫でてほしかった。

わたしは携帯電話を取りだして、おぼえている番号をタップした。そして、発信ボタンの上に指を浮かせてためらっていると、鍵が差しこまれる音がして、玄関のドアが開いた。「ただいま?」廊下からベンの声が聞こえてきた。「スイートハート、いるのかい?」

わたしは携帯をカウンターの上に置き、半分空いたワインのボトルを冷蔵庫に戻した。「キッチンにいるわ!」鼓動が激しくなっていた。カウンターの天板をつかんでいる手を見おろすと、完璧にネイルが施された爪と、指で輝いているダイヤが目に映った。こんなにいろいろあったあとで、出し抜けに母に電話できると思うなんてバカだった。今のわたしを見ても、母はきっとわたしだとわからない。自分でさえ、ほとんどわからなくなっている。

青い目を輝かせてネクタイを緩めながらキッチンに入ってきたベンが、わたしを両腕に包んで床から抱きあげた。「会いたかった」髪に唇をうずめた彼にそうささやかれ、わたしは顎をあげてキスを受け入れた。もうわたしの家はここしかない。帰る場所などないのだ。

そのあと食事に出掛ける前、わたしはトイレで気分が悪くなり、ベンに聞こえないよう気をつけながら、黄緑色の胃液といっしょに白ワインを吐きだした。

マギィ

〈クロエ〉の外に駐めた車のなかに十五分坐って、ダッシュボードの時計が時を刻むのを見ていた。約束の時間ピッタリに着いたはずが、そうしているうちに遅刻になり、さらに遅くなってしまった。〈クロエ〉の正面はガラス張りで、店内にはキャンドルの火が灯っている。頭を寄せ合って話しているアマンダとデイヴィッドの姿が、窓の向こうにぼんやりと見えていた。ふたりは、もちろん最上席に案内されていた。〈クロエ〉は、記念日や誕生日や卒業などの特別な機会に利用する類のレストランだ。ここに来る時は、少なくとも前ボタンのきちんとしたシャツを着て、ネクタイを締めるようにと、出掛ける前にチャールズに頼んだものだ。そんな店ではあっても、アマンダとデイヴィッドのような全身から金持ちオーラを放っている客には、慣れていないにちがいない。ああいう人たちには、ふだん着とかよそゆきとかいう概念はない。服は、ただ服なのだ。

店に入りたくなかった。アリィのために——そして、おそらくわたしのためにも——入らなければならないことはわかっていたが、どうしても気がすすまなかった。〝お別れの会〟以来、泣きだしたアマンダの本心を疑いつづけ、デイヴィッドのことを冷淡というより無礼な人間だと思うようになっていた。何度かけても応答がなかった電話のことや、ラ・ホヤの丘の上に建つ、人形の目のように窓を閉ざした屋敷のことや、アリィがいた形跡をすっかり消し去ったバード・ロックの家のことを思った。いやだ、やっぱりあの人たちと過ごしたくはない。でも、人生には意のままにならないことが多くある。どうやらこれもそのひとつらしい。

店に入ると、すぐにアマンダが立ちあがった。彼女はエレガントなギャザーやドレープが入った、波打つような白いドレスを着ていた。そんな彼女を前にして、はき心地を重視したスラックスに、花と小枝の模様のブラウスという出で立ちの自分が、ひどく田舎臭く感じられた。そのあと、アマンダに抱きしめられたわたしは、ドレスの布をとおして彼女の背中の細い骨を指に感じ、必死で身震いを抑えた。わたしがテーブルに着くあいだ、彼女はクスクス笑いながらまわりで空騒ぎをつづけていた。そして、ナプキンをひろげたわたしの肘のあたりに水のグラスが置かれると、ようやく腰をおろした。

デイヴィッドは礼儀正しく握手の手を差しだしたものの、すぐにまたワインリストに視線を戻した。立ちあがる気など、なかったようだ。

わたしは自分が緊張していることに気がついた。こうして夫妻と向き合った今、いったい何を言えばいいのだろう？　急に暑くなってきた。腰のあたりに汗がたまり、ブラウスの脇の下が湿っている。水をひと口飲んで、なんとか落ち着こうとした。「ポートランドは、いかがでした？」ようやく、そう尋ねた。テーブルにグラスを戻しながらも、手が震えていることに気づかれないよう祈っていた。

「とてもすばらしかったわ」アマンダが顔を輝かせて、ハチミツ色の髪を耳にかけた。「港に沿って小さなお店がならんでいてね。どのお店も、すごくすてきなの!」

わたしはうなずいた。「小さなかわいらしい町でしょう。いいレストランもあるしね。食のオスカーと言われている、ジェームズ・ビアード・アワードを受賞したお店なんかもあるわ」そう言ってはみたが、新聞で読んだだけで、そんなレストランには入ったことがなかった。

アマンダが〈クロエ〉の店内を示してほほえんだ。「このお店も、すばらしいにちがいないわ。メニューを見ただけで、わくわくしちゃう! ほら、こんなにいろいろ……」彼女はラミネート加工されたメニューを取りあげ、眉を寄せてそれを眺めた。

わたしは見る必要などなかった。十五年間、メニューは同じだ。ちょっと変わったものが食べたければ、鴨のコンフィか、カスレーか、エスカルゴを頼めばいい。お腹は空いていないと思っていたのに、バターで炒めたガーリックの香りがただようなかに坐っていたら、実は空腹だったのだと気づいた。

ウエイターが注文をとりにやって来た。デイヴィッドはステーキを、わたしはビーフのブルゴーニュ風を、アマンダはフリゼサラダを頼んだ。「サラダだけで、お腹が空きません?」失礼だとわかっていたが、思わず訊いてしまった。おそらく、アマンダのような人たちには、従うべきルールが山のようにあるのだ。わたしは、そのほとんどを破っているにちがいない。アリィはそんなルールを心得ていたのだろうかと、一瞬思った。

アマンダは鈴を転がすような笑い声をあげながら、ロールパンをちぎりつづけていた。五分前からちぎっているが、ひと口も食べていない。「サラダがあれば充分よ」彼女は、そう言い切った。

デイヴィッドは、わたしたちには何も訊かずに、ワインを一本――高価な赤を――注文すると、寛いだ様子で携帯電話を取りだした。「仕事のことで、いくつかチェックしなければならないことがありましてね」ぼんやりとした明かりを放っている画面にしかめっ面を向けて、彼が言った。

彼は、そうデイヴィッドは、ハンサムだ。それは否定しない。もちろんアマンダも美しいが、デイヴィッドはいくぶん肉がついてきてはいても、骨格がしっかりしている。ベンは、少なくとも写真のベンは、彼に似ていた。同じ目。それに、顎の感じもそっくりだ。

アマンダがわたしの手をつかんでほほえんだ。「こんなふうにいっしょにいられて、ほんとうにうれしいわ」甘い声で彼女が言った。「お嬢さんは、わたしにとって特別な存在だった。アリソンとベンを失って……」潤んできた目に、彼女がそっとナプキンをあてた。「一度に、ふたりの子供を亡くしたような気分だわ」

表情を変えずにいようと必死に頑張った。アリィはわたしの娘であって、アマンダの子供ではない。わたしは口いっぱいのワインで、怒りを呑みこんだ。「それじゃ、あなたとアリソンは仲がよかったんですね？」

アマンダの顔に夢見るような表情があらわれた。「毎週木曜日の午後、いっしょに結婚式の計画を立てていたの。ああ――」ふたたび彼女に腕をつかまれて、振り払いたいという衝動と闘わなければならなかった。「わたしたちがどんな計画を立てていたか、お話ししなくちゃね。アリソンは〈ヴェラ・ウォン〉のゴージャスなドレスに目をつけていたようだけど、やっぱり彼女のための一着を誂える（あつら）ことに決めたの。披露宴は〈トーリーパインズ〉を予約してあった。白いバラと、キャンドルライト……」彼女はため息をついた。「美しい式になっていたでしょうね」

「すばらしいわ」わたしは言った。美しい白いドレスに身を包んで、キャンドルが灯る花嫁のための通路（ウエディング・アイル）を滑るように歩いているアリィを思い描こうとしてみた。わたしたち母娘は、結婚式の話など一度もしたことがない。アリィは、純白のドレスをまとって盛大な結婚式を挙げることを夢見るような女の子ではなかった。あの子は結婚などどうでもいいと思っているのではないかと、いつも思っていた。でも、そんなところも変わってしまったらしい。

「わたしは何も知らなかった」

息を呑んだアマンダのピンクの唇は、完璧なOの形になっていた。彼女がその口に手をあてて言った。「マギィ、ごめんなさい。わたしったら、考えもせずにペラペラと――」

「いいのよ」わたしは静かに遮った。

アマンダが、わたしの手に自分の手を重ねた。「おふたりは最高に仲がいい母娘というわけじゃないって、アリソンから聞いていたわ」慎重に言葉を選んでいるのはわかったが、わたしは一瞬、恥ずかしさでいっぱいになった。わたしが母親失格だということを、アマンダは知っているのだ。「式の前に仲直りできるようにって祈っていたのよ。アリソンだって、あなたに出席してほしいって思ってたはずだわ……」その言葉が、テーブルの上をさまよっていた。アマンダは自分が言ったことを信じてはいないし、わたしも信じなかった。アリソンがわたしと関わりたくないと思っていたことは、どちらにもわかっている。

わたしはナプキンをお皿の上に置いて、椅子を引いた。またホットフラッシュが戻ってきた。生え際に汗が噴きだしているのがわかった。席を離れる必要がある。「失礼、ちょっとお化粧室に行ってきます」アマンダが、打ちひしがれたような顔をしてわたしを見ていた。デイヴィッドは、携帯の画面からちょっと目をあげただけだった。

化粧室は少女趣味にも思えるピンクに塗られていて、隅に飾り房がついたスツールが置いてあった。わたしは蛇口をひねって、手首に冷たい水をかけた。鏡に映ったわたしの顔は、まるでバスに乗り遅れそうになって走ったあとのように、まだらになって妙に光っていた。片方の目の下にマスカラがついて滲んでいるし、クリップからはずれた髪の毛先がはねて、頭のまわりで後光のようにひろがっている。まともな人間には、とても見えない。

アマンダとアリィがソファで寛ぎながら、ブロンドの髪が混ざり合うほど頭を寄せ合って、ウエディング雑誌に見入っているイメージが消えてくれなかった。アリィは、アマンダとドレスを選びにいったのだろうか？　アマンダはビロード張りの応接室に坐って、アリィがふわふわの白いドレスを着て出てくるのを待っていたのだろうか？「お嬢さんは、わたしにとって特別な存在だった」アリィはアマンダのことを母親のように思っていたのだろうか？

アリィは人生からわたしを消し去って、その代わりを見つけたのだろうか？

わたしは、アマンダのきれいなかわいらしい顔や、鈴を転がすような笑い声や、この手に感じた彼女の手の温もりを思った。彼女のことを母親のように思っていたとしても、アリィを責めることはできない。あんなことをしたわたしには、アリィの母親である資格はないのだ。胸が詰まって泣きそうになるのを感じ、出かかった涙を瞬きで抑えこんだ。

「しっかりするのよ」冷たい鏡に額を押しあて、鏡のなかの自分にささやいた。

テーブルに戻ると、すでに料理がならんでいた。デイヴィッドもアマンダも料理に手をつけずに待っていて、わたしのナプキンは扇の形にたたまれて椅子の上に載っていた。デイヴィッドが自分のグラスに二杯目のワインを注ぎ、わたしたちのグラスにも数センチ注ぎたした。ワインをひと口飲んだわたしは、頬がさらに赤くなるのを感じた。ワインを飲み慣れていないせいか、酔いがまわって頭の回転が鈍っている。

アマンダが探るような目で、わたしを見ていた。「いやな思いをさせてしまったなら、ごめんなさい」こちらに顔を寄せて、彼女がささやいた。フォークを持った手が、フリゼサラダの上でとまっている。

わたしは膝にナプキンをひろげて、手を振った。「そんなことはないわ」そう言って、笑みを浮かべようとした。「だいじょうぶよ」

ビーフにナイフを入れた時も、まだアマンダの視線を感じていた。「わかるの」痛ましげにかぶりを振りながら、彼女が言った。「わたしには、わかるの。時折、不意に襲ってくるのよ。朝、何もかも忘れて目覚めることがあるわ。でも、そんなのは一瞬で、瞬きをした途端、すべての記憶が襲いかかってくる」

わたしは顔をあげて、彼女の目を見つめた。今の言葉が、計算の上でのものだという証拠をそこに認めるものと思っていた。でも、その目は青く澄んでいて、気遣わしげにわたしを見ていた。「そして、その記憶のすべてを再体験しているような気分になる」ようやく、わたしは応えた。そうしたことで気が楽になり、アマンダの目にあらわれた理解の色を見て、さらにホッとした。

「そう」彼女がささやいた。「まさにそれよ」

デイヴィッドの電話が鳴りだして、三人全員がビクッとした。彼はわたしたちにはひとことも断らずに、携帯をつかんでテーブルを離れ、大いそぎで店の外に出ていった。アマンダが申し訳なさそうにほほえんだ。「主人を赦してやってね。仕事のことで、たくさんのプレッシャーを抱えているの」

わたしは首を振った。「説明なんて必要ないわ」

「ベンを亡くして、ひどく打ちのめされてしまったみたい」アマンダがささやいた。「ほんとうに……なんてつらいのかしら」彼女のフォークは、まだ皿の上から動いていない。サラダは手つかずのままだった。彼女はまるで、家に連れて帰ってくれる母親があらわれるのを待っている、迷子になった小さな女の子のようだった。

「失礼だけど――」そう断ったのは、本心からだった。「ご主人は、どういうお仕事をなさってるの?」

「ああ、金融関係の仕事なんだけど——」アマンダはそう言うと、悪臭を払いのけるように手を振った。

わたしはうなずいた。「わたしには、ぜんぜん理解できないの」

「それで、あなたは? どんなお仕事を?」

アマンダが、また鈴を転がしたような小さな笑い声をあげた。「仕事だなんて……。サンディエゴ美術館の理事を務めていて、いくつかの動物保護のチャリティーにも関わっている。それで手一杯だわ」

「ベンと暮らすようになって、アリィも働かなくなったようだけど——」わたしは慎重に尋ねた。「どうしてかしら?」

アマンダが寛容な目でわたしを見た。まるで、手を繋いでやらなければ通りをわたることもできない小さな子供を見るような目つきだった。「必要がなかったからだわ」彼女が答えた。「ベンは、アリソンにこれ以上ないほど快適な暮らしをさせて、なお有り余るくらい稼いでいたの」

わたしは、マッシュルームをフォークで皿の縁に押しやった。そんなにシンプルなことなのだろうか? 働く必要がなかったから、働かなかった。わたしたちは、アリィをそんなふうには育てなかったし、わたしが知っているアリィはそういう女性ではなかった。働かないまでも、アリィは自分のお金を持っていたのだろうか? 女性にとって、自立していることがどんなにたいせつか、いつもあの子に言って聞かせていた。**パートナーとどんなに固く結**

ばれていても、万が一のために、常に自分のお金を少しでも別に蓄えておくことがだいじよ。

わたしは、バード・ロックの家のクローゼットを思った。アリィは自分のものと言える何かを持っていたのだろうか？　それとも、あの家で目にしたとおり、アリィのものなど何もなかったのだろうか？　わたしはフォークを置いて、ため息をついた。訊くなら今しかない。

「アリィの持ち物がどうなったのか、ご存じ？」

アマンダが手入れの行き届いた手で、額にかかった髪をかきあげた。「どういう意味かしら？」淡いブルーの目の奥で何かが揺らめくのを見て、とぼけるつもりなのだとわかった。

「サンディエゴの家に行ったの」鼓動が激しくなっている。わたしが緊張していることが、声でアマンダにわかってしまうだろうか？　カンニングしたことを先生に告白している子供になったような気分だった。「見てみたかったの」わたしは言った。「あの子が、どんな家に住んでいたのか知りたかった。できれば、あの子のものを持ち帰りたかった」

「電話をしてくださるべきだったわ」冷たい声で、そう言われた。その顎を見れば、アマンダが怒っていることはわかった。わたしのなかに、新たに怒りがこみあげてきた。ふたりのあいだに築かれた温かな何かは、一瞬にして消え去った。

「ご存じのとおり、電話なら何度もかけたわ。でも、あなた方は、わたしとは話したくなかった。そうでしょう？」わたしは指摘した。「とにかく、わたしはあの家に行った。あの子のものは、何ひとつなかったわ」

アマンダは肩をすくめた。「アリソンは、あの家には自分のものをあまり置いてなかったのかもしれないわね」
「わたしが言ってることが、おわかりになってないみたいね」彼女にはちゃんとわかってい
るのだと知りながら、そう言った。「アリィの服も、アクセサリーも、本も、何もかもなく
なっていたの。あの子がいた形跡が、すっかり消し去られていたの」
アマンダが引きつった笑みを浮かべた。「わたしに何を言わせたいのかしら？」
「娘の持ち物がどこに消えてしまったのか教えてほしいの」慎重にゆっくりと言ったのに、
声が震えていた。「アリィはわたしの娘です。つまり、あの子の持ち物はわたしのものにな
ったの。だから、それがどこにあるのか知りたいの」
アマンダがかぶりを振った。「悪いけど、そんな単純なことではないわ。アリソンは、自
分の人生をベンの人生に溶けこませるようにして生きていた。率直に言わせていただくと、
アリソンは完全に息子に依存してたということよ」反抗的な子供に、もう眠る時間だと言い
聞かせているような口ぶりだった。「アリソンはベンの家に住んでいた。そして、ベンの持
ち物は――あの家にあるものも含めて――すべて遺言書の検認の手続きが終わるまで、持ち
だすことはできない。だから――」アマンダが両手をひろげて言った。「わたしにはどうし
ようもないわ」
わたしは自分の皿を見おろしながら、押し寄せる屈辱感に堪えていた。結局、アマンダに
丸めこまれてしまった。いったいなぜなの？　こんな人の前に坐って、わたしは何をしてい
るの？　この人には、わたしに何かを与える気なんてない。それがわかっていながら、食べ

こぼしにありつこうとしている犬みたいに、アリィのことを訊きだそうとしているなんて、どういうこと？　ワインを飲みすぎたせいで、頭がズキズキしはじめていた。とにかく、もう帰りたかった。

「ごめんなさい」アマンダがそう言うのが聞こえ、そのあとわたしの手首に彼女の指が置かれた。声の棘は消えていて、またふっくらとしたやわらかな口調に戻っていた。「また、いやな思いをさせてしまったわ」

わたしは目をあげなかった。涙が溢れそうになっているのを、彼女に見られたくなかった。この世の多くのことに堪えてきたが、アマンダに泣いているのを見られるのだけはいやだった。彼女がそれを望んでいるのは、わたしを見るその目つきで、とっくにわかっていた。まるで、こじ開けようと決めた錠前を見るような目つきだった。「気分がよくないの」わたしはなんとかそう言うと、椅子を引いてしっかりと立ちあがった。

不意に温かい空気が店に流れこんできた。開いたドアを抜けてデイヴィッドが店内に戻り、テーブルに着いた。「申し訳ない」彼はそう言うと、膝にナプキンをひろげ、フォークを手に取った。「オフィスからの電話でね」

アマンダとわたしは、ステーキを食べはじめた彼を無言のまま見つめていた。

「あなた、マギィが気分がよくないみたいなの」アマンダが彼の手首に軽く手を乗せて、そう言った。「もう帰るそうよ」デイヴィッドがわたしに目を向けて、眉をひそめた。

「それは残念だ。タクシーを呼びましょうか？」

わたしは首を振った。「だいじょうぶ、自分で運転して帰ります」

彼がうなずくのを見て、これでわたしは片づけられたのだと感じた。「それでは――」もう彼の注意はステーキに戻っていた。「おやすみなさい」

アマンダが跳ぶように立ちあがって、車までついてきた。「せっかくの夜が、こんなふうに終わってしまって残念だわ」彼女がやさしい声で言った。「こんなふうに、あなたにいやな思いをさせるつもりはなかったのよ。わかっていただけるといいんだけど」

「だいじょうぶ」わたしは手を振った。「頭が痛いだけ。すてきな夜をありがとう」笑みを浮かべようとしてみたが、しかめっ面にしかならなかった。わたしはアマンダに抱き寄せられるまま、彼女の胸に身をあずけた。香水の重い香りのせいで、いよいよ頭がドクドクと脈打ちはじめた。わたしは彼女の腕を逃れて、車に乗りこんだ。通りに出てもまだ、アマンダは手を振っていた。その顔がテールランプの明かりを浴びて、赤茶色に染まっていた。

アリソン

丸太に似せた外装材と、傾斜のきつい屋根。山小屋というより、山小屋を模したその大きな建物は、百メートル手前から見えていた。正面には手入れの行き届いた芝生がひろがっていて、裏手には背の高い木製のフェンスに囲まれた空き地があった。釘に引っかけてある小さな青い看板が、そよ風を受けてかすかに揺れている。そこに赤い文字で『チャックス・トレイルストップ』と書かれていた。

興奮したお腹の虫が、グーグー鳴りだした。チャックの店の棚には、いったい何がならんでいるのだろう？　全粒粉クラッカーやチーズクラッカーの箱。ちょっと変わった味のワイズのポテトチップスの袋。キンキンに冷えたダイエットコークと、アイスティと、セロファンに包まれたスナックケーキ。ああ、小さなチューブ入りのチーズ・ディップがあったらどうしよう？

立っている場所から店を見あげた。もちろん危険だ。冒してはならない危険かもしれない。ハンターの隠れ家から持ってきたクラッカーがまだ何枚か残っているし、ライフルを使って狩りをしてみてもいい。でも、撃ち方も知らないわたしに狩りができるとは思えなかった。こんな餓死寸前の状態のまま、たったこれだけの食料で、どこまで行けるか疑問だ。ポリ容器の水もほとんど空になっていて、今度いつ水を汲めるかもわからない。

だから、選択肢はなかった。

店に入るしかない。

でも、店に入るなら、できるだけ目を引かないようにする必要がある。

わたしは、汚らしいネズミの巣と化した髪に手をやった。レギンスは染みだらけで破けているし、腕は擦り傷と虫刺されの痕だらけだし、スニーカーは……もはや靴というより、足にだらしなく引っかかっている、ゴムシートの切れ端といった感じになっている。自分がどんな臭いを放っているかは、想像もつかなかった。それに、バックパックではなく革製の一泊旅行用の鞄を持って、破れて汚れた場ちがいな服を着て、盗んだライフルを肩に掛けている。

それでも、できることはある。

まず、全身の汚れをできるだけ払い落とし、袖の裏で顔を拭った。そして、奇跡的にまださほど汚れていないスウェットシャツを取りだすと、それを頭から被った。照りつける太陽の下、たちまち汗が噴きだしてきた。もつれて絡み合っている髪を指でとかしてみる。ひどすぎる……こんなことなら、短く切っておけばよかった。わたしは、紐で髪をひとつに結び、フードの下に隠した。そして、バッグのポケットから、湿ったお札を数枚取りだした。厳密に言えば、九ドル。それが全財産だった。わたしはそれをブラに押しこんだ。

正気を失った生存者としてではなく、日帰りのハイキングを楽しんでいる、ふつうのハイカーのふりをして店に入る必要がある。つまり、ライフルとバッグは置いていかなければいけないということだ。小径の近くの斜面に低木の繁みを見つけて、そのうしろにバッグとライフルを置くと、木の枝でそれを隠し、店に向かった。

扉を開けるとドアチャイムが鳴った。

まず襲いかかってきたのは、エアコンの冷たい空気だった。腕に鳥肌が立つのを感じて、急にだぶだぶのスウェットがありがたく思えた。次に襲いかかってきたのは、匂いだ。わたしは、その正体を探るべく鼻をくんくんさせた。何かを連想させる匂いだった。夏の駐車場。裏庭のバーベキュー。口のなかに涎(よだれ)がたまってきた。

それは、そこにあった。カウンターの上に設えたガラスケースのなかで、ギラギラと輝きながら、ゆっくりと回転している。ホットドッグ用のソーセージだ。哀れっぽくお腹が鳴った。

「いらっしゃい。何をおさがしですか？」

振り向くと、カブスの野球帽を被った三十代前半の男が、そびえるように立っていた。それでも怖いとは思わなかった。今は空腹以外、何も感じない。わたしは彼と目を合わさずに、笑みを浮かべた。「ホットドッグをいただけるかしら？」

汚い服とズタズタの靴に、ひと目で気づかれてしまったことが感じでわかった。「もちろん」彼がガラスケースのほうに進んで、その扉を開けた。塩気とスパイスを含んだ、こってりとした香りが新たに襲いかかってきた。彼はトングを使ってソーセージをロールパンに挟み、それをわたしに差しだした。「二ドルです。ケチャップとマスタードは、そこにあります」彼はそう言って、サービスコーナーを示した。

「ありがとう」わたしはブラからお札を取りだし、カウンターの向こうの彼にわたした。

彼はそれを二本の指でつまんでレジに入れると、わたしの顔をチラッと見た。

もう我慢できなかった。わたしはホットドッグにかぶりついた。弾力のあるソーセージの皮が歯の下でバリッとはじけ、塩のきいた肉の味が口いっぱいにひろがった。パンの歯触りを楽しみながら咀嚼する。そしてそれを呑みこむと、もうひと口、またひと口と、ホットドッグを頬張りつづけた。彼がそれを驚くふうもなくおもしろそうに眺めている。

「もう一本どうです?」最後のひと口を食べおえたわたしに、彼が訊いた。

わたしは奥歯に挟まった肉の筋を舌で取ろうとしながら、うなずいた。

彼はトングを手に取った。「ハイキングを楽しんでるって感じじゃないな」わたしのスニーカーを顎で示して、彼が言った。「何日も外で過ごしたんですか?」

わたしは何気なさをよそおって、肩をすくめてみせた。「日帰りのハイキングよ」

彼がレギンスの赤茶色の染みを指さした。「血みたいだ。怪我をしてるんじゃないですか?」

わたしは首を振った。「ただの泥。滑ったの」

彼はもっと何か言いたそうだったが、しばらくすると無言のままケースからソーセージを取りだし、パンに挟んでわたしてくれた。二本目のホットドッグは、数口で食べおえた。

「日帰りのハイキングにしては、腹が減りすぎてるみたいだ」わたしがブラから取りだした、湿ってクシャクシャになったお札をもう二枚受け取りながら、彼が言った。「どこから歩きはじめたんですか？」

手の甲で口を拭って時間を稼いだ。「尾根の向こうから」ようやく答えた。「名前は思い出せないけど」

彼はもう隠そうともせずに、探るような眼差しでわたしを見ていた。「ひとりでここまで？」

その言葉が、わたしのアンテナにふれた。汚れているし、臭いし、ボロボロだし、傷だらけだけど、わたしは女で、連れもなしにここにいる。そのせいで、さらにひどいことが起きる可能性もあるのだ。わたしは首を振った。「友達が向こうで待ってるの」

彼が窓に近づいた。「見えないな」

恐怖のせいで、背骨の付け根のあたりがチクチクした。「角を曲がってすぐのところにいるんだと思う。さがしに行かなくちゃ」**店を出なさい、出なさい、出なさい。**「ちょっと買いたいものがあるの」わたしは、そう言って棚のほうに進んだ。「すぐにすむわ」

おどけたような笑みをかすかに浮かべて、彼が言った。「ごゆっくり」

こみあげてくるパニックを静めようと、するべきことに気持ちを集中させた。逃げだしたかったが、食料はどうしても必要だ。ピーナッツバター――ひと瓶、一ドル九十九セント。買おう。サバイバル・ビスケット――ひと袋二ドル五十セント。わたしは二本目のホットドッグを食べた自分を憎んだ。肉の脂が、すでにお腹に影響を及ぼしはじめている。あとでツケを払うことになりそうだ。

彼の前に戻って、カウンターに商品を置いた。そして、その下の棚にあったチョコレートバーを手に取り、それもくわえた。「どこかに水を汲ませてもらえるところはないかしら?」

彼が窓のほうに頭を傾けた。「裏にポンプがある。どうぞ汲んでください」

「助かるわ」そう言って初めて彼と目を合わせたわたしは、彼が落ち着いた温かみのある茶色い目をしていることに気がついた。父を思い出させるその目には、父の目のなかにいつも見ていた、あのやさしさと同じ色が宿っていた。わたしは、ほんの少し緊張を解いた。「ちょっと興味があるんだけど、いちばん近くの町までどのくらいあるの?」それがどこであろうと、そこにとどまるわけにはいかないが、人目につかないよう夜のうちにモーテルにチェックインして、シャワーを浴び、温かい食事を摂って、お金をつくるあいだだけ、そこにいられるかもしれない。

「あの山の向こう」彼が東の方を顎で示した。「三十キロちょっとかな。四ドル九十九セント」

お釣りをわたそうとした彼に、わたしは首を振った。「あそこに入れて」小銭(テイクア)が載ったお皿(ペニーディッシュ)(精算時に小銭が足りない時、客と店員双方がこの皿の小銭を使うことができる)をさして言った。この状況で、一セントが何かの役に立つとは思えなかった。「どの道を行くのがいちばんいいのかしら? つまり、いちばんの近道ってことだけど」

彼が片方の眉を吊りあげた。「徒歩で？」

「ええ」

彼がかぶりを振った。「日帰りで行くには遠すぎる」応えるのが、少し早すぎた。「また来るかもしれないから訊いてみたの。友達といっしょにね」

彼が品物が入ったビニール袋を差しだした。「山を登る小径がある。それほど急ではないが、スニーカーではなく、それなりのハイキングブーツが必要だ。その小径をたどって尾根の向こうに出て池にたどり着いたら、左に進む。土手をくだると大きな通りに出るから、それをまっすぐ行けば町に着く」

「わかったわ」わたしは言った。「ありがとう。次の時のためにおぼえておく」

「それなりの服装で来るべきだってことも、おぼえておかないとね。それに食料も、もっと持ってくること。準備もなしにこのあたりを歩きまわるのは危険すぎる」

「忠告に感謝するわ」わたしはそう言って出口に向かった。「次はガール・スカウトみたいな装備で来ることにする。絶対にね」扉を開けて外に出ようとしたところで、それが目にとまった。ワイヤー製のスタンドに、きちんと差しこんであったのは〈デンバー・ポスト〉紙だった。わたしの目を引いたのは、その一面の下のほうにある見出しだった。『航空機墜落事故の犠牲者を悼む町民たち――第三面』その新聞を手に取って、ひろげてみた。

わたしの写真が載っていた。ベンと出席した、かぞえきれないほどのチャリティー関係の催しで撮られた写真のなかの一枚だった。その黒い細身のドレスをまとった、新しい一セント硬貨みたいにピカピカのブロンドの女性を見つめてみたが、自分とのあいだになんの繋がりも感じなかった。この女性は本物ではない。連れ歩く時の見栄えを考慮して、装飾的にデザインされた何かだ。でも、もっと重要なのは、その下に太い黒い文字で書かれた文章だった。それによれば、彼女は死んだことになっている。

〈プレキシレーン・インダストリーズ〉のCEOを務めていたベン・ガードナーさんのフィアンセ、アリソン・カーペンターさん（三十一歳）は、コロラド州のロッキー山脈で起きた航空機墜落事故で亡くなった。ガードナーさんも、その事故で命を落としている。

わたしのなかに泡がひとつ湧きあがってきて、はじけた。全部まちがいだが、そんなことはどうでもいい。わたしは自由になったということだ。

ずっと下のほうに、もう一枚、もう少し小さな写真が載っていた。その写真のなかから、母がわたしを見つめ返しているのを見て、心臓が飛びだしそうになった。

「だいじょうぶですか？」カウンターの向こうから彼が尋ねた。

「もちろん！」その声は大きすぎたし、喉が詰まったようにひびいた。わたしは新聞を顔に近づけた。そこに母がいた。何年か前にいっしょに出掛けた時に買った黄色いワンピースを着て、眩しさに目を覆いながら校庭に立っているその姿が、はっきりと見えた。老けたみたいだ。首と顎の肉がたるんでいるし、目の下にくまができている。それに、痩せすぎだ。そして、ひどく疲れているように見えた。罪の意識をおぼえて、内臓が締めつけられた。母がこんなふうになったのは、わたしのせいだ。

写真の下のキャプションを読んでみた。

メイン州アウルズ・クリークで催された町民主催の〝お別れの会〟に出席したアリソン・カーペンターさんの母、マギィ・カーペンターさん。

それに気づいたのは、その時だった。母の首に掛かったネックレスが、わたしに向かってウインクしている。自分の手と同じくらい、よく知っているネックレスだった。そして、母のうしろに彼が写っていた。影になってぼやけているが、まちがいない。わたしは血が凍るのを感じた。

振り向いて尋ねた。「あなた、車を持ってる？」

「なんだって？」

「車を持ってる？」選択肢なんかない。彼を信じるしかないのだ。

彼は眉をひそめた。「もちろん持ってる。しかし――」

「できるだけ早く、いちばん近くの町まで行く必要があるの」

彼は片方の眉を吊りあげた。「近くに車を駐めてあるんだとばかり思ってたけど」

「車まで歩くには時間がかかりすぎる」苛立ちもあらわに言った。「今すぐ行く必要があるの。緊急事態なの」

「何が起きたんだ?」心配そうな顔になっていた。彼を信じて正解だったようだ。

わたしは首を振った。「それは言えないの」

彼はためらっていた。「店があるからね。いそいでどこかに行く必要があるって言われても、放りだしていくわけにはいかない」

「重要なことじゃなかったら、頼まないわ」彼はわたしを見つめていた。その心が揺れていることはわかった。「お願い」

彼は、ただ一度うなずいた。「店を閉めるのに十分くれ」

「ありがとう。どれほど感謝してるか、言葉では言い尽くせないわ」

「気にしなくていい」彼はうなるようにそう言い、そのあとで尋ねた。「友達に言っていかなくていいのかな?」

わたしは平然と彼を見た。「友達なんていないって、わかってるはずよ」

彼がにやりとした。「裏で待っててくれ」

わたしはライフルとバッグを取りに走った。

マギィ

　トニィがわたしを見つける前に、わたしが彼に気がついた。五分遅れでやってきた彼の髪は、シャワーを浴びたまま濡れていて、顔にはこれまで見たことがないような苛立たしげな表情が浮かんでいた。トニィはわたしを見つけると手を振り、カウンターへと向かった。彼がカップを口に運ぶ仕草を見せて——**何か飲みますか？**——とジェスチャーで訊いてくれたが、まだたっぷり残っているコーヒーを指さして首を振った。わたしは、彼がウエイトレスと言葉をかわし、笑いながら札入れをさがしてお尻のポケットを探っているのを眺めていた。注文を終えた彼が、向かいの席に着いてほほえんだ。

「遅れてしまって申し訳ない」トニィがそう言って、片手で髪を撫でつけた。「今朝は、いろいろあってね」

「だいじょうぶよ」彼の謝罪に手を振って応えた。「わたしは何をするにしても、いつも早めになってしまうの。せわしないって、みんなにいやがられるわ」

「早めに行動して悪いことなど、ひとつもない」

　わたしは声をあげて笑った。「待合室の場所を塞いでしまうわ」

　ウエイトレスがやって来て、彼の前にカップを置いた。ホイップクリーム入りのホットチョコレートのようだった。わたしの眉が吊りあがったことに気づいたにちがいない。彼が、きまり悪そうに肩をすくめてみせた。「医者には内緒だ」彼はそう言って、ホイップクリームをすくったスプーンを口にくわえた。「大の甘いもの好きでね」

わたしはうなずいた。「わたしは、塩」そのことで、よくチャールズにからかわれていた。わたしのことを〝アウルズ・クリークのポテトチップス・クイーン〟と呼んでいたのだ。「でも、もう塩分はそんなに摂れないの」悲しい気分でつけたした。

トニィが同情するようにほほえんだ。「コレステロール？」

「血圧」初めは医者のすすめで薬物療法を試してみたのだが、頭がくらくらするのがいやで、食餌療法に切り替えたのだ。今でもポテトチップスが恋しくてたまらない。

トニィはホットチョコレートをひと口飲んで、口についたホイップクリームを手の甲で拭った。「あのあと〝お別れの会〟はどうなりました？」

突然あらわれたデイヴィッドとアマンダのことや、ゆうべのぎこちないディナーのことを思った。でも、今そんなことは話したくなかった。だから、肩をすくめて答えた。「ええ、もちろんすばらしかったわ。あんなにたくさんの人に来ていただいて、うれしかった」

トニィが、わたしを励ますようにうなずいた。「たいへんな人出だった。お嬢さんは、多くの人に愛されていたにちがいない」彼がカップを持った手を口元のあたりでとめて、ためらいがちに言った。「あんなふうに帰ってしまって申し訳なかった」

テーブルごしに彼を見た。訊きたいと思いながら、失礼に——もしかしたら、もっと悪いことに――なると思って遠慮していたのだが、今、彼が自分で扉を開いてくれた。「何か用事でも？」声が重くならないよう気をつけて尋ねた。

彼が身じろぎした。「ちょっとでしゃばりすぎているような気がしてね。あんなふうに押しかけていったりして……」気まずそうにそう打ち明けた彼を見て、心がやわらぐのを感じた。「あなたに、変なやつだと思われたんじゃないかと心配になった」

わたしは自分のしたことを思って、たじろいだ。敬意を示そうとしてやってきた彼に、気まずさをおぼえさせてしまったのだ。わたしは背筋を伸ばし、彼の目を見つめた。「いいえ、来てくださってうれしかったわ」

「よかった」トニィはスプーンをいじり、それからそのスプーンでソーサーの縁を軽く叩きはじめた。カチ、カチ、カチ。彼の顔に暗い影がひろがった。

「トニィ、何か気になることでも？」

彼が、驚いたように顔をあげた。「わたしが？　いや。どうしてそんなことを？」わたしの視線を追って手元に目を向けた彼は、自分がソーサーを叩いていたことに気づいて、そっとスプーンを置いた。トニィが気まずそうにほほえんだ。「申し訳ない。悪い癖でね。今日のわたしは、どうしてしまったんだろう？」彼が腕を伸ばして、わたしの手を取った。「それで、調子は？」

手に伝わってくる彼の指の温かさのことは考えまいとした。「ええ、見てのとおり、なんとかやってるわ」

「マギィ」やさしい声だった。「わたしには、ほんとうのことを言っていいんだ」またも彼が何もかも見透してしまいそうな、あの目つきでこっちを見ている。自分のなかで防御の壁が崩れるのを感じた。

わたしはため息をついた。「深い悲しみに正しく対処できていないと、みんなに思われてるの。アリィの身に起きたことを受け入れないのは、理性を失ってる証拠だって」目をあげてみた。彼がじっとこっちを見ている。また話しだすのを待っているのだ。「わたしは理性を失ってると思う？」

トニィが首を振った。「人がどう思っているかは問題ではない。自分ではどう思っているんです？」

「わからないわ。前に進むべきだということはわかってるけど、なんだか手品を見てるみたいで……。どこかにたどり着けたような気がして、アリィの身に起きたことを理解しはじめ、受け入れようとすると――パッ！――突然すべてが目の前から消えてしまうの」また、ため息をついた。「自分の正気を疑ってしまうわ」

トニィがわたしの手をにぎった。「あなたは正気を失ってなどいない」

しばらくどちらも黙っていた。コーヒー・メーカーの低いうなりが聞こえている。わたしはネックレスにふれた。そして、冷たい金のロケットを手のなかに包み、すぐに放した。

「きれいだ」トニィが言った。「そのネックレスのことだ。新しいネックレスなのかな？」

「いいえ」小さな声で答えた。「アリィのものよ。墜落現場で見つかったの」

トニィがうなずいた。「着けているだけで心強いにちがいない」彼はネックレスに手を伸ばしかけて、途中で動きをとめた。それでも、ふれてもいない彼の指を肌に感じて、全身に電流が走った。思わず身を引くと、彼がすまなそうにほほえんだ。「驚かせるつもりはなかったんだ」

わたしは首を振った。「ちょっと神経過敏になってるんだわ」頬が熱くなるのを感じて、真っ赤になっているのではないかと不安になった。そして、みっともない真似はやめなさいと、自分を叱った。「パイロットのご両親がいらしたわ」わたしは出し抜けに言った。「あなたと話してた時にやって来たのが、その人たちだったの。あなた、見なかった？　洒落た格好をしたご夫婦を？」

彼は首を振った。

「ええ、あの夫妻がやって来たのよ。そして、ゆうべ食事をしたの」

トニィが、わたしに鋭い目を向けた。「いっしょに食事を？」

わたしは肩をすくめ、言い訳がましく答えた。「だって、カリフォルニアからはるばるいらしたのよ。断れないわ」

バカだと言われるものと身構えていたが、彼はうなずいただけだった。「たしかに、そのとおりだ。それで、なんと言っていました？」

携帯電話を見つめていたデイヴィッドと、鈴を転がしたような声で笑っていたアマンダのことを思った。「何も……」半分はほんとうだった。ふたりとも、役に立つことは何ひとつ話してくれなかった。それでも、ガードナー夫妻との夜は、わたしをひどく疲れさせた。初めはものすごく愛想がよかったのに、こっちが要求を口にした途端、それをけっして受け入れたくなかったアマンダは態度を一変させ、わたしに冷たい言葉を浴びせた。そして、デイヴィッドは終始心ここにあらずという感じで、そっけなく……。

わたしは、テーブルの向こうのトニィに目を向けた。皺くちゃのTシャツの下に隠れた丸いお腹と、わたしの手に重ねた、爪に噛んだ痕がある大きな手。だいじょうぶ、この人なら信じられる。そう、少なくとも、信じたくてたまらなくなっていた。「サンディエゴのアリィの家に行ってみたの」ついに言った。「あの子が、その男性と住んでいた家」そして、ハウスキーパーに冷たくあしらわれたことや、アリィのものがすべてなくなっていたことを彼に話した。

それを聞くトニィの顔から、血の気が引いていくのがわかった。見ると、両手でテーブルの縁をつかんでいた。「そのことをガードナー夫妻に話しましたか?」

わたしがそれについて尋ねた時の、慎重に怒りを抑えたアマンダの声を思い出した。彼女の香水の甘い香りと、飲みすぎたワインのせいで感じていた水中にいるような息苦しさと、新たにおぼえた身体が熱くなるほどの屈辱感。「遺言書の検認の手続き中だって、アマンダに言われたわ」自分から話しだしたことなのに、もう終わりにしたかった。カップを手に取ってコーヒーをひと口飲んでみたが、もう冷たくなっていた。

トニィがかぶりを振った。「そんなバカな」その声に含まれた怒りの色に驚いて、わたしは彼をまじまじと見た。「あなたはアリソンの母親だ。近親者だ。お嬢さんのものは、速やかにあなたにわたされるべきだ。わたしの思うに……」

そこで言葉が途切れた。わたしはトニィがつづきを話しだすのを待った。「思うに？」促してみたが、彼はかぶりを振って顔をしかめただけだった。自分のなかの、わたしには届かない遠いところに、引きこもってしまったかのようだった。「もう、どうしたらいいのかわからない」結局、わたしのほうがしゃべりだした。「弁護士を雇ってもいいけど、あるかどうかさえわからないものを要求して争うなんて、バカげてるような気がするの」わたしは両手をあげてみせた。「何もかも、もう処分してしまったかもしれないでしょう」

トニィが椅子の背にもたれて、片手で顔を撫でた。「人でなしめ」彼がつぶやいた。目が合った時、その目が潤んでいるのを見て、わたしは驚いた。「ああいう連中は、なんでも自分の思いどおりにできると考えているんだ」

わたしは彼をじっと見つめた。「ああいう連中って、どういう意味？　あなたは、あの夫婦を知らないはずよ」突然、足下の落とし戸が開いたかのように、ふたりのあいだのバランスが崩れた。

「もちろん知らない」トニィが、きっぱりと否定した。「ただ、なんというか……」わたしは、言葉をさがしている彼を見つめていた。彼は慎重になっているようだった。「ガードナー夫妻は金持ちなんでしょう？」わたしはうなずいた。「つまり、そういうことです。金持ちは、なんでも自分の思いどおりにできると考えている。そして、われわれのような人間を

——懸命に働いているふつうの人間を——ゴミか何かのように扱うんだ」顔が真っ赤になっていて、目が輝いている。みんなが、わたしたちのテーブルを見ていた。「人の人生を台無しにしておいて、それを笑うような連中だ。自分たちのことと、自分たちのだいじな金のこと以外、何も考えていない。誰かがとめるべきだ。ちがいますか？　誰かが連中をとめなくてはいけない。好き放題やって、それで済むと思ったら大まちがいだ」

トニィの心がここにないことは、見ればわかった。わたしは、少し怖くなった。彼の手に、そっと手を乗せてみた。「トニィ」小さな声で呼びかけた。「トニィ？」

彼はわたしを見て驚いたようだった。その目から怒りの色が消え、そこに怯えているようにも見える後悔の表情があらわれた。「申し訳ない。熱くなりすぎると、いつも家内に言われていたんです。あなたを困らせてしまった。怒っているでしょうね？」

「ちょっと怖かったわ」わたしは認めた。「わたしのために、そんなに怒ってくれるのはうれしいけど……」

「わかっています、よくわかっています。つい興奮してしまって。なんてことだ」新聞を嚙っているところを見つかった犬のように、きまり悪そうな顔をしている。「まるで六〇年代の社会党員だ。常に社会的不正の犠牲者に肩入れしてしまう」

わたしはトニィに笑みを向けた。また、バランスが戻ってきた。「わたしは社会的不正の犠牲者なの？」

返ってきたトニィの笑みは、少し悲しげに見えた。「残念ながらそういうことになる」彼が身を乗りだして、わたしの首に掛かっていたロケットを引っ張った。薄手のコットンのシャツをとおして、彼の指の温もりを胸に感じ、またも全身に電流が走った。「家内も同じようなロケットを持っていた」彼はそう言いながら、重さを量るかのように掌にそれを載せた。「家内のは銀で、写真のうしろに髪の毛を隠していた。母親の髪をね」彼が掌にロケットを載せたまま、わたしを見た。「これが戻ってきてよかった。肌身離さず、身に着けておくといい」執拗なまでに見つめられて、戸惑いを感じていた。真っ赤になっているにちがいない。身を引くと、彼の手からロケットが滑り落ち、わたしの胸に戻ってきた。

ふたりのあいだには緊張感がただよっていたが、それがどこから生まれたものなのかわからなかった。トニィはわたしに何かをさせたがっている。自分の立つべき位置にしっかりと立っている彼に、ぐいぐいと引き寄せられているような感じがした。わたしは額に手をあてた。急に、ものすごい疲れを感じた。

トニィがテーブルに両手をついて身を乗りだした。「マギィ、あなたはアリソンが生きていると思っているんでしょう？」

「心のどこかでね」そう口にした途端、それが真実だと気がついた。「遺体は見つかっていないし、このネックレスが……」わたしはかぶりを振った。「たとえアリィが逝ってしまったのだとしても、あの子のことや彼のこと、そしてふたりに関わる何もかもを理解する必要があるの。まちがっているかしら？」

「まちがっていない」トニィが手を伸ばして、わたしの手の甲をそっと叩いた。「つづけるべきだ、マギィ。探りつづけるべきだ。きっと真実にたどり着く」彼がわたしの掌の下に指を滑りこませた。「しかし、気をつけなくてはいけない。あの連中は……」

「どういう意味？」わたしは尋ねた。

彼は唇を固く引き結んで、かぶりを振った。「とにかく気をつけて。それだけです。あなたの身に何か起きては困る」

アリソン

トラックの運転台は、わたしの臭いでいっぱいになっていた。乾いた汗と腐った何かが混ざり合った、強烈な臭いだった。わたしは窓を開けて風を入れた。長いこと歩いてきたせいで、車のスピードに頭がくらくらして、うしろに流れて消えていく木々の一本一本を見ようとすると目が痛くなった。

わたしは、写真にぼんやりと写っていた顔のことを考えていた。彼があそこにいるということは、あの人たちもすぐそこに迫っているということだ。もっと慎重に動くべきだった。放っておいてもらえるわけがないと、考えるべきだった。母も危険にさらされることになると、気づくべきだった。

「それで、どんな緊急事態なんだ?」沈黙を切り裂いた男の声に、わたしは跳びあがりそうになった。彼が運転しているにもかかわらず、トラックに他の誰かが乗っていることを忘れていた。

「家族の問題よ」路肩の木々に目を向けたまま答えた。

「家族の緊急事態が新聞に載っていたのかい?」疑っているのは声でわかった。当然だ。自分でも信じられなかった。でも、信じられないことが起きるのが、わたしの人生だ。

話したい気分ではなかった。頭のなかは叫び声でいっぱいになっていて、今はそれに集中する必要があった。「ねえ」わたしは言った。「こうして車に乗せてもらってることには感謝してる。でも、しゃべりたい気分じゃないの」

「文句はないさ」

彼の横顔を盗み見た。鷲のような鼻と、しっかりした四角い顎。ラシュモア山に彫りこまれていそうな顔だ。片手をハンドルのてっぺんに載せ、もう一方の手でシフトレバーをにぎっている。G・I・ジョーの車に乗っているみたいだ。

わたしは窓に視線を戻した。雪を被ったあの山が、遠くにぼんやりと見えている。ほんの数日前にあの山の上にいたなんて、神に慈悲を乞いながら山肌にしがみついていたなんて、信じられなかった。

彼が咳払いをした。「きみは、あの人だよね?」

わたしは彼を見た。その目は、まっすぐ道路に向けられている。「あの人って?」興味のなさそうな表情のない声でそう言ったが、胸のなかでパニックが膨らみはじめていた。

彼がわたしを見た。「墜落した飛行機に乗っていた人だよね? ニュースを見てたから、わかったんだ」

わたしは首を振った。「何を言ってるのか意味がわからないわ」**知らないふりをつづけるのよ。**わたしは自分に言い聞かせた。**何も教えちゃだめ。**

彼がほほえむのを見て、喉が締めつけられるような感覚をおぼえた。「最初は確信が持てなかった。写真とはちょっと感じがちがうからね。しかし、そんな目に遭ったら、変わって当然だ。そのあと、きみがホットドッグを食べてる時の顔を見た。死ぬほど腹が減ってなかったら、あんな表情は見せない。日帰りのハイキングじゃ、そんなに腹が減るわけがない」

「長い一日だったの」見方が甘かった。彼は善人ではなかったのだ。わたしを見つけるために送られた、あの人たちの仲間かもしれない。わたしを切り刻みたがっている、精神病質者（サイコパス）である可能性もある。困り果てていた女性を町まで送ることで、お礼の金がもらえるかもしれないと、あるいはちょっと有名になれるかもしれないと、期待している、ただの平凡な男だとも考えられる。でも、そんなことは問題ではない。三者のうちのどれであっても、面倒なことになるのは同じだ。

彼が苛立たしげにため息をついた。「誤魔化そうとしても無駄だよ。きみがあの飛行機に乗っていた女性だってことは、わかってるんだ」

わたしはドアハンドルをにぎって、そっと引いてみた。ロックされている。閉じこめられてしまったのだ。こうなったら、取り引きするしかない。「どうしたら黙っててくれる？」

彼がわたしを見た。一瞬だったが、その顔に驚きの表情が浮かんでいるのはわかった。

「どうしたら？」

わたしはうなずいた。「何がほしいの？」

彼が一瞬、声をあげて笑った。その目は道路に向けられている。「何もいらない」

善人ぶった彼の顔が気に入らなかった。おそらく、すでに誰かが彼に何かを約束しているのだ。もう一度、試してみた。「すぐにお金をつくれるの。町に着いたらね。いくらか払えるわ」

「何もいらないと言ったはずだ」沈黙が流れた。わたしのなかの動物的本能が、叫び声をあげていた。ハンドルをつかんで、車を路肩にとめさせることができるかもしれない。でも、そのあとは？　まわりには何もないし、わたしは弱って疲れ切っているし、彼の身体はわたしの二倍くらいある。一瞬で、押さえこまれてしまうにちがいない。窓を見てみた。手を伸ばして、外側からドアを開けられるだろうか？　スピードは、どのくらい出ているんだろう？　八十キロ？　九十五キロ？　車から落ちて生き残れるだろうか？　それとも、アスファルトの上で死ぬことになるのだろうか？　不意に彼の声が思考を遮った。「いいかい――」落ち着いた声だった。「その飛行機に何が起きたのかも、きみがどうやって生き延びてきたのかも、これからどこに行くつもりなのかも、知らない。おれには関係ないことだ。しかし、きみのような若い女性がこうしてひとりでいて、トラブルに巻きこまれているように見えたら、何かできることはないかと尋ねるべきだ。だから、訊くよ。何かおれにできることはないか？」

わたしは固く拳をにぎった。**信じてはだめ。この人は信じられない**。「こうして町まで送ってくれてるんですもの。もう充分、助けてもらってるわ」声が重くならないよう、気持ちを抑えて答えた。

彼がうなった。「他に何かないの？」

「ほんとうにもう充分」わたしは言った。あなたの助けなんていらない。きっと罠だもの。それから、思いきって言ってみた。「わたしを見たことは誰にも言わないで」

道路に目を向けたまま、彼がうなずいた。「信じていいよ」また、沈黙が流れた。わたしの鼓動も落ち着きはじめていた。草むらからリスが飛びだしてきて、道路の真ん中でピタリと動きをとめたのは、そんな時だった。彼はリスを避けようとハンドルを切った。でも、リスはまちがった方向に走りだし、タイヤの下に滑りこんでしまった。リスを轢いた瞬間、かすかな衝撃を感じた。小さな骨が潰れた音は、エンジンのうなりにかき消されて聞こえなかった。小声で悪態をついた彼の顔に後悔の色がよぎった。わたしはバックミラーをのぞいてみた。もうそれは、道路についたただの血と毛皮の染みのようになっていて、じきにそれも見えなくなった。

彼が咳払いをした。「見えてしまったんだが、ライフルを持ってるんだね」

また恐怖がわたしを捉えた。それが彼の計画だったの？　わたしの銃で殺すつもり？

「そうよ」

彼がわたしに鋭い目を向けた。「撃ち方は知ってるの？」

「もちろん」かき集められるだけの自信をこめて答えた。

「ほんとうに？」

わたしはためらった。両親が撃っているのを見てはいたが、それだけでは撃ち方を知っているとは言えない。〝見たことがある〟と、〝撃ち方を知っている〟は、まったく意味がちがう。でも、それを認めてしまったら、彼はわたしに銃を向けるのではないだろうか？

そのためらいが彼に伝わったようだった。「正しい撃ち方を教えようか？」道路を見据えたまま彼が言った。「撃つ必要が生じた時のために」

彼は、自分で決めろと言っているのだ。それが本心からのものか罠かはさておき、彼の助けを受け入れることもできるし、断ることもできる。わたしはあることに気がつき、恐怖のようなものを感じながらも諦めた。彼が殺すつもりでいるなら、いずれにしてもわたしは殺される。それは、どうすることもできない。フロントガラスの向こうを見つめて、わたしは思った。だったら、撃ち方を知ってから死ぬという選択をするべきだ。「いいかもね」ついに答えた。

わたしたちは路肩にトラックを駐めて森に入り、何百メートルか歩いた。鼓動が激しくなって、アドレナリンが身体じゅうを駆け巡っていた。ライフルは、しっかり脇に抱えている。裸地に出たところで足をとめた。わたしは逃げだしたい衝動と必死で闘っていた。**恐怖を顔に出しちゃだめ。**自分に言い聞かせた。**恐怖が引き金になりかねない。**

「オーケー」ライフルを示して、彼が言った。「貸してごらん」

わたしは、しばらく動かなかった。銃身をつかんでいる指が、白くなっている。

それに気づいて彼がほほえんだ。「きみを傷つけたりはしない、約束するよ。弾の込め方を見せるだけだ」彼が手を差しだした。

わたしは、その手をじっと見つめた。「わたしが持っていたらだめ？」

彼が笑みを浮かべて、かぶりを振った。「ずいぶんと疑い深いんだな。その性格に気づいてた？」

わたしはライフルを胸に抱えた。「経験から学んだの」

彼が一瞬、わたしを見つめた。「いいよ、きみが持っていてくれ。まず、銃口を自分に向けないこと。ああ、今の場合は、おれにも向けないでくれ」彼はそう言って、わたしが持ったライフルの銃口を遠くの木々にそっと向けさせた。「次に、ボルトを引く。ほら、薬室のなかが見えるだろう？」

なかをのぞいてみた。

「何か入ってるかい？」

わたしは首を振った。

「よし。つまり弾は入っていないということだ」彼が足下の箱から、弾をいくつか取りだした。「弾を装塡（そうてん）する。このライフルは一度に三発装塡できる」弾が収まった。「弾が装塡されたら、ボルトを元に戻す。それで弾が薬室に送られる。わかったかい？」

わたしはうなずいた。

「よし。これが安全装置（セイフティ）。このレバーがあがってる状態で引き金を引いても、何も起こらない。これをおろすと撃てる。さあ、おろしてごらん」

言われるまま、レバーをおろしてみた。

「銃尾を肩にあてて——ほら、こんなふうに」彼が銃を手に取って、わたしの肩にそっとあてがった。「そうだ。さあ、こっちの手で銃身を支え、もう一方の手でグリップをにぎる。いいかい？」

わたしはうなずいた。

「何度か深呼吸をして、気持ちを落ち着けて。ターゲットに十字線を合わせる。合わせたかい？」

十メートルほど先にある、松の木の幹の瘤に狙いを定めた。

「いいかい？　よし。これで撃つ準備はできた。息を吐きながら撃つこと。だから、まず大きく息を吸って、吐きだし、引き金を引く」

反動でうしろにひっくり返りそうになったが、寸前のところで彼がつかまえてくれた。銃声が耳のなかで轟きつづけ、残響が森にこだまする。わたしは銃尾があたった肩を撫でながら、また新たな痣ができはじめているのを感じていた。

彼がわたしに笑みを向けた。「だいじょうぶかい？」

わたしはうなずいた。口のなかがカラカラに渇いていた。ほんとうは、ぜんぜんだいじょうぶではなかった。

「もう一度、やってごらん」彼が励ますように言った。「今度はターゲットに命中させることを考えて」

十字線に焦点を合わせた。肩にあてた銃尾の位置を定めて、銃身を支える腕をしっかり固定すると、何度か深呼吸をした。硝煙の匂いが肺を満たす。わたしは、ゆったりとした様子でライフルを構えていた母の姿を思った。引き金を引く前、母は微動だにしなかった。**落ち着くのよ。ぐらついちゃだめ。**息を吐いて、引き金を引いた。

うしろに一歩よろめきはしたが、今度は自力で持ちこたえた。

「悪くないよ」満足げにうなずきながら、彼が言った。「ターゲットに、かなり近づいている。もう一度やってみるかい？」わたしが首を振るのを見て、彼は声をあげて笑った。「ああ、充分だ。そのうち、まずまずの射手になるさ。さあ、トラックに戻ろう」

溢れるほどの安堵感に膝の力が抜けそうになりながら、わたしは安全なのだと気がついた。彼はわたしを傷つけたりはしない。ほんとうに助けたいだけなのだ。不意に胃をわしづかみにされたような感覚をおぼえて、わたしは手をあげた。「ちょっと待ってて」それだけ言うと、背の高い草の繁みに飛びこんだ。そして、派手な音をさせて、胃の中身を地面にぶちまけた。

「だいじょうぶかい？」

わたしは、二本のホットドッグの残骸の上にかがんだまま、耳障りな音をさせて息をついた。「だいじょうぶ」しわがれ声で答えた。手の甲で口を拭って、彼がいる場所に戻った。

「不快な音を聞かせてしまってごめんなさい」

彼が首を振った。「もっとひどい音を聞いたことがある。ところで、おれはルークだ」わたしは彼が差しだした手をにぎった。

「アリソンよ。とっくに知ってると思うけど」

運転台に乗りこむと、ルークがトラックを道路に戻した。そして、彼の視線はフロントガラスの向こうに、わたしの視線は窓の外に戻った。胃は、まだムカムカしていて、喉の奥に胃液の味が残っていた。アドレナリンに見捨てられた今、わたしは激しい疲労感をおぼえていた。青々とした木々がぼやけて、緑の壁のように見えてきた。

六時頃、町に入った。それを告げてくれたのは、『ようこそ、バックショット・キャニオンに！ 人口二千九百六十名』と書かれた、昔懐かしい木の看板だった。そして、その長い通りは、すぐに町らしい様相を見せはじめた。半分シャッターが閉まった店が建ちならび、ネオンに照らされたバーもところどころに見えている。

「その角を曲がったところにモーテルがあったと思う」ルークが言った。彼の言葉どおり、正面に『空室』のサインが出ている化粧漆喰（スタッコ）仕上げの白い建物が、そこにあった。彼は駐車場には入らず、路肩にトラックを駐めた。一階に黄色い明かりが漏れている窓があり、窓ごしにデスクに坐っている女性が見えていた。その視線は宙に向けられていて、何か噛んでいるのか口がモグモグと動いている。「快適さは保証できないが、きみがこれまで過ごしてきた場所よりはましだと思うよ」ルークがドアを開けて、トラックを降りた。「いっしょに行くかい？」

わたしは動かなかった。「ひと晩、いくらぐらいだと思う？」

彼はモーテルに目を向けた。狭い駐車場には、錆びついたホンダが一台駐まっているだけで、二階の手すりははずれかけている。「三十ドル以上だったら、ぼったくりだね」

「オーケー」わたしは、まだ動かなかった。

ルークが運転台に身を乗りだして言った。「金のことを心配してるなら、だいじょうぶ、おれが払うよ」

わたしは首を振った。彼には、もう充分すぎるほど助けてもらっている。これ以上、甘えるわけにはいかない。「そんなことはしてもらいたくないわ」

彼がにやりとした。「選択肢はたいしてないと思うがね」

そのとおりだ。選択肢なんてない。あしたの朝、料金を払わずに逃げるという手がないわけではないが、危険すぎる。注意を引いてしまうだろうし、捕まってしまうかもしれない。結局、わたしは感謝の意を込めてうなずいた。「ちゃんと返す。朝になったら、まずお金をつくるわ。それであなたに送るから、住所を教えて」

ルークは腕組みをした。「店はすごく儲かってるっていうわけじゃないが、熱いシャワーを浴びられる部屋に女性が泊まれるように、その部屋代を出してやれるくらいには儲かってるんだ」

「返すわ」わたしは執拗に言った。もう、男の財布を頼る気にはなれなかった。二度とそんなことはしたくない。

彼が助手席側にまわってきてドアを開けた。「どうかな？　さあ、部屋を確保して、きみに早いとこ落ち着いてもらおう」

ルークはわたしのバッグを肩にかけて、受付に向かって歩きだした。そのブーツの踵が歩道を踏みならす音がする。

　わたしがドアを開けた時には、彼はすでに二十ドル札を二枚取りだして、受付係に差しだしていた。ドアの上のテレビを見ている彼女の視線は、お釣りの一ドル札を六枚かぞえるあいだでさえ、そこから離れなかった。彼女が何にそんなに夢中になっているのか、目をあげて見てみた。カラスのような法衣をまとって裁判官席に坐っているジュディ裁判官（アメリカのケーブルテレビの裁判番組《ジャッジ・ジュディ》に登場する裁判官）が、「領収書をとっておかなかった、あなたが悪い」と誰かに向かって怒鳴っていた。受付係からキーを受け取ったルークは、それをお釣りの六ドルといっしょに、わたしに手わたした。「腹が減って、ピーナッツバター以外の何かがほしくなった時のために」彼は肩をすくめて、そう言った。

　わたしはルークとならんでトラックまで戻り、運転台に乗りこんだ彼からライフルを受け取った。「だいじょうぶだね？」天井のライトが、彼の頭上で月のようにぼうっと輝いていた。

「だいじょうぶよ」そう言った自分の言葉を信じてはいなかったが、信じていなくもなかった。こうしたことに疑問を持つのは無駄だと、すでにたっぷり学んでいた。「ありがとう。どれほど感謝してるか、とても言葉では――」

「どうってことないよ」ルークが開いている窓から腕を突きだして、わたしの肩に手を置いた。「何があったのかなんて知らないし、どこへ行こうとしてるのかも、どんな面倒がきみを待ち構えているのかも、知らない。しかし、きみは絶対に生き延びるタイプの女性だと思う。だから、おれは心配しないよ」

肌にふれた彼の指から、電流にも似た何かが伝わってきた。彼を部屋に招待したらどうなるだろう？　たぶん、すごく簡単だ。別の誰かの……彼の……熱い身体。そして、彼とのキスの味。それに安心感。でも、そんなものは束の間の幻想だ。だから、誘う代わりに、笑みを浮かべてトラックのボンネットをコツコツと叩いた。ルークを、巻き添えにするわけにはいかない。ここは、わたしひとりで切り抜ける必要がある。

ルークがエンジンをかけた。「それじゃ、さようなら、アリソン。楽しかったよ」彼はそう言って、帽子を軽く持ちあげるふりをしてみせると、トラックの向きを変えて、来た道を戻りはじめた。わたしは砂埃を舞いあげて遠ざかっていくトラックを、テールライトが見えなくなるまで見つめていた。

マギィ

わたしは投げるようにカウンターの上に鍵を置くと、ドスンと椅子に腰をおろした。カフェインの摂りすぎで苛立ち、神経がぼろぼろになっている。トニィとの会話を、頭のなかで再現してみた。「気をつけなくてはいけない」とわたしに言った時に、顔にあらわれていたあの表情。どういう意味かとわたしが尋ねると、彼は固く唇を引き結んだ。そして、ただかぶりを振って警告を繰り返し、数分後に言い訳をして帰ってしまった。その出来事を、そして彼のことを、どう考えたらいいのだろう？　彼と過ごしたひと時が、妙な後味を残していた。

わたしはキッチンを見まわした。カウンターの天板はコーヒーの染みとトーストのかすで汚れているし、タイル張りの床は擦れて跡がついてくもっているし、机の上の郵便物の山は崩れそうになっている。どこもかしこも、薄膜を張ったガラスの向こうにあるようにしか見えなかった。家をきれいにしている自分を常に誇らしく思っていたのに、こんななかで暮らしていたなんて。こんな状態で家に人をとおしていたと思うと、恥ずかしくてたまらなかった。

わたしは立ちあがり、シンクの下のキャビネットをかきまわして、掃除道具を取りだした。

そして、まず住居用洗剤を片手に、ガスレンジの上とガラスを磨いた。わたしがとおった跡に、油汚れを拭き取ったあとの丸まったペーパータオルの山ができていく。キッチンはゆっくりと、でも確実に、元の状態に戻りはじめた。カフェインが勢いよく血管を流れているのを感じながら、今度は家具用ワックスのボトルを手に、机に取りかかった。最初のひと拭きで、どれだけ埃が積もっていたか実感したわたしは、ここまで放っておいた自分をもう一度叱った。

郵便物をきちんと重ね、あとで目をとおそうと心に誓って、机の上のキャビネットにしまおうとした。その時、いちばん下にあった封書が一通、床に落ちた。わたしは背中があげた抗議の声を聞きながら、その封書を拾いあげた。アリィの口座を閉鎖すると知らせてきた、銀行からのあの通知だ。

あらためてその通知に目をとおしたわたしは、こんなふうにアリィの預金を使い果たしてしまった銀行に、また腹が立ってきた。放っておくべきだということはわかっていた。面倒な書類を読んだり書いたりせずにすんだのだから喜ぶべきだ。でも、銀行のこのやり方に、どうしても怒りが収まらなかった。こうなったら直接出向いて、文句を言ってやるしかない。

掃除道具をシンクの下のキャビネットに戻すと、きれいなTシャツに着替えて、ムシムシする夕方の外気のなかに足を踏みだした。

わたしが着く頃には、銀行は閉店準備をはじめていて、ひとつを残して窓口は全部閉まっていた。その開いた窓口にいたウェンディがわたしを見つけて手を振り、こちらにまわってきて抱きしめてくれた。

「〝お別れの会〟に行けなくて、ごめんね」彼女は眼鏡を押しあげながらそう言うと、奥にあるオフィスの閉まっているドアを顎で示した。「ピーターが行かせてくれなかったの。ほんとに、いやなやつ」その聞こえよがしのささやき声が、あたりにひびきわたった。「さっきリンダが来たの。すばらしい会だったって言ってたわ」

「ええ、すばらしかったわ」ウェンディもハイスクールの同級生で、わたしたち六人——わたしとチャールズ、リンダとジム、ウェンディと彼女の旦那さまのマイク——は、いっしょにトランプをして夜を過ごしたり、食事に出掛けたりしていた。それが、チャールズが亡くなって変わった。リンダとウェンディは、ひとりでもいいから来るようにと言ってくれたが、パートナーがいないと邪魔者になったような気がして楽しめなかった。だから、だんだん行かなくなり、最後には彼女たちも誘わなくなった。それでも、わたしはウェンディが大好きだった。彼女は、なんでも——話し声も、笑い声も、着けているアクセサリーも——ふつうよりちょっと大きい。ほとんどすべてにおいて、大きすぎる。

「さて——」彼女が大きすぎる笑みを浮かべて言った。「ご用をうかがうわ」

バッグから封書を取りだして、ウェンディにわたした。それに目をとおす彼女の顔が、笑顔からしかめっ面に変わった。「ごめんなさい」彼女は封書をわたしに返しながら、そう言った。「こんな通知を送るんじゃなく、誰かが電話をするべきだったたわ」彼女がかぶりを振った。「いやらしいコンピュータのせいよ。近頃は、なんでも自動的に事が進んでしまう」

「手紙のことはいいの」わたしは、彼女の謝罪の言葉に手を振った。「アリィの口座は、何年も休眠状態だった。だから、残高がゼロになるっていうのは、銀行が手数料を引き落としつづけた結果だとしか思えないわ」しゃべっているうちに熱くなってきた。封じこめていた怒りが、あっという間に浮きあがってきた。「わたしが知りたいのは、セントメリーズ信用組合みたいな銀行が——つまり、家族が代々使いつづけているような、地元の銀行が——なぜ大手の銀行みたいに、顧客から手数料を取るのかということなの。どう考えても変よ、ウエンディ」

彼女は同情するかのようにかぶりを振り、話しおえたわたしを、オフィスの脇にならんでいる硬すぎる肘掛け椅子のほうに導いた。「いやな思いをさせてしまって、申し訳なかったわ」彼女はそう言いながら、水が入った紙コップをわたしてくれた。「でも、何かのまちがいだと思う。セントメリーズ信用組合は、お客様から手数料なんていただいてないわ」

ウエンディを見あげた。「そうなの？」

彼女が首を振った。「二年ほど前に委員会からそういう提案があったんだけど、ピーターが断固反対したの。マイナスの結果しか生まないって。あの時ばかりは、彼が正しかった」

彼女は、もう一度通知に目をとおした。「明細を見てもかまわない？」

ウエンディは、いそぎ足で窓口の向こうにまわった。派手にキーボードを叩く音につづいて、一連のため息と舌打ちと息を呑む音が聞こえてきた。そして、ついに彼女がプリントアウトの束を持って戻ってきた。

「ほんとうは名義人でないあなたには、見せてはいけないことになってるの。でも、こういう場合だから……」ウェンディはプリントアウトをわたしに手わたすと、ならべてあるパンフレットを忙しそうに揃えはじめた。わたしはそれに目をとおした。去年からのアリィの取引明細だった。意外にも、口座は休眠状態にはなっていなかった。それどころか、過去数カ月、たびたび——数百ドルずつ——入金されていて、そのあと一度に全額おろされている。一セントも残さずに。

目を細めて、支払い金額の横に記された日付けをたしかめた。墜落事故のたった一週間前だった。

アリソン

わたしはキーを見た。一一三号室。バッグを肩に掛け、ライフルを腕で隠すように脇に抱えると、重い足取りで中二階へと階段をあがった。一一三号室は、いちばん奥にあった。

鍵を開けてドアを押し開ける。足を踏み入れてもいないのに、煙草と黴とムッとする汗の臭いが襲いかかってきた。スイッチを押すと、天井の蛍光灯がまたたいて、チカチカと部屋を照らしだした。絨毯（じゅうたん）は赤と青の格子柄。そのところどころが擦りきれて、床がむきだしになっている。部屋の真ん中に置かれたクイーンサイズのベッドには、花と小枝の模様の上掛けが載っていて、その上にペシャンコの枕がふたつ、だらしなく置かれていた。隅に設えてある安っぽい松材のずんぐりとした洋服簞笥（だんす）と、その隣にあるコンセントを抜いたままの小型冷蔵庫。頭上でシーリングファンが、ゆっくりとまわっている。

わたしはバッグとライフルを置くと、足でドアを閉めた。早くもそれまでの臭いを抑えて、わたしの臭いが部屋を満たしはじめていた。シャワーを浴びるエネルギーが残っているだろうか？　結局わたしはシャワーは浴びずに、洗面台の蛇口から歯磨き用の磨りガラスのコップに水を汲んでゴクゴクと飲んだ。鏡に映る自分の顔は、あえて見なかった。自分の姿を見る準備は、まだできていない。わたしは服を脱ぎ、それをバスルームの床に残したまま、電気を消してベッドに這いあがった。

まだ時間は早く、日が沈んだばかりで、走りすぎる車の音が聞こえていた。時折、大音量のカーオーディオの音も聞こえてくる。わたしは起きだしてドアに鍵がかかっていることをたしかめ、チェーンを掛けると、ドアに耳を押しあてた。受付のテレビの低い音が聞こえないかと耳をすましてみたが、聞こえなかった。

ベッド脇のテーブルに電話機が載っている。そのクリーム色をしたプラスティック製の電話の下のほうに、『長距離電話には料金がかかります』と書かれた紙がテープで貼ってあった。受話器を取りあげて母の番号をプッシュしたくて、指がうずうずしたが、危険を冒すわけにはいかなかった。母の電話は盗聴されている可能性があるし、母の家にたどり着くまで、わたしがそこに向かっていることを誰にも知られるわけにはいかない。母にさえ、知られてはならないのだ。

身体の重みでマットレスが軋み、スプリングが肩胛骨を押し返してくる。昼間の暑さは消えていて、シーリングファンの下、薄いシーツをとおして空気が動いているのがわかった。なんだか変な感じだった。背中が固い地面に慣れてしまったらしく、こうしてベッドに横たわっていると、巨大なマシュマロの上に寝ているような気がする。静かすぎるのも妙だった。コオロギの鳴き声も、フクロウの悲しげな声も聞こえない。時折走りすぎる車の音と、シーリングファンの低いうなりが聞こえるだけだ。

ベッド脇のテーブルに腕を伸ばし、リモコンを手に取って赤い電源ボタンを押した。パチパチと音をさせてテレビがついた。ケーブルが繋がれていないせいか、テレビの受信状態はひどいもので、画面はぼやけているし、人間の顔は恐ろしいほど妙なオレンジ色に映っている。それでも、部屋が音に満たされた途端、気持ちが落ち着いた。わたしは次々にチャンネルを替えた。〈フレンズ〉の初めのほうのエピソード。〈ドクター・フィル〉。〈エンターテイメント・トゥナイト〉。わたしが山を歩きまわっていたあいだも、こうしたものはここにあったのだ。いつもと変わらずに。

二十四時間放送のニュースチャンネルに合わせてみた。鮮やかな赤いワンピースを着たブロンドの女性が、「本日、株価が六ポイント下落しました。経済の先行きに不安が高まります」と告げていた。灰色のスーツを着た灰色の髪の男が、彼女に向かって険しい表情でかぶりを振り、そのあとカメラに向かって言った。「パートナーの男性に暴力を振るい、意識不明にいたる重傷を負わせたとして、今夜、警察が女性を取り調べています。目撃者によれば、メラニィ・トレーナーは、自分の幼い子供たちが見ている前で、ナイフを手に叫び声をあげて――」

わたしはテレビを消した。もう充分だ。

サムが家にやってきた日から三日経って、ようやくクローゼットの奥にしまったスキーブーツからメモを取りだし、そこに書かれた番号をタップした。わたしが電話をかけてきたことに、彼は驚いていないようだった。「話を聞く準備ができたということか？」彼はそう言った。なぜ気が変わって電話をかけてきたのか、尋ねようともしなかった。わたしの気が変わることは初めからわかっていたような感じで、細かいことには興味がないらしい。わたしたちは翌日会うことにした。

彼は、マレー・リッジのベンチに坐っていた。わたしを見ても、ちょっと目をあげただけで新聞を三センチほどおろし、坐るよううなずいて合図した。月曜の午後とあって、公園には、髪をちょこんと結んだ幼児をブランコに乗せて、その背中を押している若い母親のふたり連れと、短いカーゴパンツをはいて手に負えない犬たちを散歩させている大学生がいるだけだった。遠くのほうで芝刈り機の音がしていて、そよ風が吹くと、刈りたての芝生のレモンのようなさわやかな香りがした。

わたしは腰をおろした。「ベンの右腕のサムが、うちに来たの。あなたのことを訊かれたわ」彼が新聞をおろした。その顔にあらわれた驚きの色には、もうひとつ何か別の表情が混じっていた。恐怖の色だ。

彼が小声で悪態をついた。「なんと言っていた？」

「あなたの名前は言わなかったけど――」わたしもそれを知らないことに、気がついた。

「最近、誰かが連絡してこなかったかって訊かれたの」

「なんと答えた？」彼は穴があきそうなほど鋭い眼差しで、わたしの目を見つめていた。

「そんなことはなかったって答えておいた」

「信じたと思うか？」

質問を投げかけた時の表情のないサムの顔と、わたしに話す気がないとわかった時の、怒りが滲んだ彼の声を思い出した。わたしは首を振った。「わからない」

彼が突然立ちあがると、脇にきっちりと置いてあった新聞がベンチから落ちた。「忘れてくれ」

「どういう意味？」

「危険すぎる。とにかく、すべて忘れてくれ。わたしには会ったことがないふりをするんだ。あの男は……」彼は口元を撫でた。「何をするかわからない」その顔は真っ青になっていて、急に十歳くらい老けたように見えた。彼は、ものすごく怯えていた。

不意にサムの手が目に浮かんできた。手入れの行き届いた爪と、肉厚の掌。その手をにぎりしめて胸の前で構えている彼は、パンチを繰りだすチャンスをうかがっているボクサーのようだった。苦くて酸っぱい恐怖の味が、喉に湧きあがってきた。

サムはベンの親友だ。仕事上の補佐役だ。

そして今、わたしは彼が危険な人間であることを確信した。

目を閉じて眠ろうとしたが、新聞に載っていた写真が頭から離れなかった。写真の母は、ひどく疲れているように見えた。まるで人生に打ちのめされた別の誰かみたいだった。あんな母は見たことがない。わたしは、常に強い母を見て育った。わたしをブランコから抱きあげてくれた、あのしっかりとした手と、泣いているわたしを抱きしめてくれた、あの腕。幼い子供の目に魔法使いのように映っていた父は、絶えず新しいものに目をとめ、中毒になっているかのように世界を知ることに熱中していたが、母の足はしっかりと大地についていた。

　そして、母がわたしから父を取りあげた。

　あの時、裸足で踏みしめていた絨毯の感触を、今でもおぼえている。それに、あたりにただよっていた胸が悪くなるような臭い——消毒剤と、酸っぱい息の臭いと、いくら替えてもすぐに臭くなる寝具の臭いが、よみがえってきた。わたしは部屋の入口に立っていた。ソファに横たわって軽く目を閉じていた父の顔はやつれ、黄疸（おうだん）のせいで黄色くなっていた。初めは母が父の手をにぎっているのだと思った。でもそのあと、母の一方の手がモルヒネの上に、もう一方の手が父の胸に置かれているのが見えた。涙に濡れた顔をわたしに向けた母の目を見た瞬間、わたしは知った。父は死んだのだ。

　母が殺したわけではない。それは、深いところではわかっていた。父が望んで、母に頼んだにちがいない。でも、母はわたしには何も言わずに、ひとりでそれを実行した。もっと傷ついたのは、父も何も言ってくれなかったことだ。父はわたしに背を向けたまま逝ってしまった。あの時、わたしは身勝手な両親を憎んだ。わたしはそんなことに向き合えるほど強くないと考えて、父と母はわたしを除（の）け者にしたのだ。とにかく、わたしはそんなふうに思っていた。必要のない退化した臓器か何かのように、ふたりから切り離されてしまったように感じていたのだ。もちろん今は、身勝手だったのは自分のほうだとわかる。母がしたことは愛の——複雑なことは何もない純粋な愛の——行為だ。その母への報いに、わたしは母を愛すのをやめたのだ。

恥ずかしかったが、そんな気持ちを押しやった。もういい。一生分の罰は充分に受けた。わたしは新聞に載っていた写真のことを思った。母の首に掛かっていたロケットと、隅のほうにぼんやりと写っていたあの顔。どんなに恐ろしくても、帰らなくてはいけない。たぶんうまくいかないとわかっていても、帰る必要がある。わたしがしてきたことを母にすっかり知られてしまって、そのせいで――わたしが母を憎んだように――今度は母に憎まれることになるとしても……。もう、そんなことはどうでもいい。母を救わなくてはいけない。

わたしは立ちあがり、部屋を横切ってバッグを手に取った。ファスナーを開けて手を突っこみ、硬い長方形の縁をさがして、裏地に指を這わせてみる。そして、それが見つかると、少しずつ押し動かして、裏地のスリットから取りだした。

パスポートを開いて写真を見た。ブロンドの日に焼けたわたしが、こちらを見つめ返してくる。カメラに向かってほほえんではいるが、目は怯えているように見えた。その下に記されているのは、わたしの名前ではなかった。わたしが選んだその名前は、これから自分がなるはずの女性にピッタリの、エキゾティックで謎めいた名前だった。渚のマーメイド。このパスポートがあれば、タイにわたれる。少なくとも、わたしがお金を払った男はそう約束した。

パスポートに挟んであった航空券を取りだした。プーケットまでの片道航空券。その情景を思い描いてみた。肌に照りつける太陽と、目の前にひろがる白砂のビーチと、あたりにただようココナツミルクとジャスミンの香り。それに、ターコイズブルーの海。もう一度、航空券を見た。一週間以内にロサンゼルス国際空港を飛び立つ便だ。それまでには、終わっているにちがいない。きっと自由の身になっている。

わたしは航空券をパスポートに挟み、それをバッグの裏地のなかに戻した。まだ間に合うかもしれない。でも、その前にするべきことがある。

男は店の外で店主を待っていた。山道を歩いてきた彼のブーツは泥だらけになっている。彼は持っていた煙草の最後の一本を吸いおえるところだった。

――いらっしゃい。何を差しあげましょうか?

――マールボロの赤を一パック。

――すぐに店を開けるから、待っててください。

ルークはドアの鍵を開け、スイッチを押して電気をつけた。まだ早い時間だというのに、すでに日が照りつけて暑くなっていた。冷蔵庫に余分に水のボトルを入れておく必要がありそうだ。

ルークはカウンターのうしろにまわって、棚からマールボロを取りだした。

――マッチは?

――いらない。

――五ドル六十五セントです。

彼はルークに十ドル札をわたした。

――このあたりは煙草が安いな。

――あなたがどこから来たかによりますけどね。

――このあたりではない。

――でしょうね。

釣りをわたしたルークは、彼が立ち去るのを待った。彼の何かがルークを落ち着かない気分にさせた。この男は、あまりに寛ぎすぎているように見える。皮膚のなかで、関節が緩んでいるような感じだ。

彼が、セロファンを剝がしたパックの底を掌で軽く叩いた。

――あの女をどこに送った？

――誰をどこに送ったって？

――わかっているはずだ。

ふたりはカウンターを挟んでにらみ合った。ルークは、背筋に沿って汗が流れ落ちるのを感じた。

――何を言ってるのかわからないな。

彼はカウンターに両手をついて身を乗りだした。彼のカールした黒い睫毛と、上唇の上の無精髭と、割れ顎の窪みが、ルークの目に映った。

――どっちにしても、あんたはあの女をどこに送ったかしゃべることになる。どうせなら、楽な道を選ぶことだ。

彼がにやりと笑った。その息は煙草の匂いがした。

――そういうことなら、つらいほうの道を楽しませてもらうよ。
ルークは膝の力が抜けるのを感じた。

マギィ

わたしは、テーブルに銀行の取引明細をひろげて坐っていた。アリィが自分の蓄えを持っていたことを知って、妙な安堵感をおぼえていた。少しは自立していたということだ。それでも、不安だった。何年も放ってあった口座を、なぜ今になって使うことにしたのだろう？何かを隠そうとしていたのだろうか？　あるいは何かから、誰かから、自分を護ろうとしていたのではないだろうか？　一度に現金で二千ドル近くおろしている。なぜ、そんなお金が必要だったのだろう？

アリィが働いていないことについて、アマンダが言った言葉を思い出した。「ベンは、アリソンにこれ以上ないほど快適な暮らしをさせて、なお有り余るくらい稼いでいたの」まるで、アリィが子供か病人のように聞こえる。でも、それがほんとうなら——お金はベンが稼いでくれるから自分は働く必要がないと、アリィがほんとうに思っていたなら——なぜ昔の口座を使って、こっそりお金を貯めていたのだろう？　これは秘密の預金だ。わたしには確信があった。

デイヴィッドとアマンダについてトニィが言っていたことを思い返してみた。ガードナー夫妻のようなお金持ちは、なんでも自分の思いどおりにできると考えている、と彼は言っていた。つまり、お金を儲けるために汚いことをしていたとしても、自分たちは直接手をくださずにすむということではないだろうか。アマンダはデイヴィッドの仕事についてよく知らないようだったが、とぼけているだけかもしれない。アマンダは、美しいだけの女性だと人に思わせたがっているが、そのきれいな顔の下に鋲(びょう)のような鋭さを隠している。

わたしはグーグルの検索ボックスに『デイヴィッド・ガードナー　実業家』『デイヴィッド・ガードナー　金融』『デイヴィッド・ガードナー　サンディエゴ』と、次々打ちこんでみた。でも、ほとんどヒットはなし。ベンとの関連で、彼とアマンダについて短い記述があるだけだった。食事をした日、夫妻がデイヴィッドの仕事でポートランドに行っていたことを思い出し、それも検索してみたが、空振りに終わった。

わたしは椅子の背にもたれ、腕を頭の上に伸ばした。ゆうべよく眠れなかったせいで、背中がこわばって軋んでいる。画面上の点滅しているカーソルを見つめながら、次の手を考えた。ネットに名前が残るのを避けるのは――お金持ちである場合は特に――難しいはずなのに、デイヴィッドはうまくやっているようだ。でも、それは一般のサイトでのことだ。政府機関のサイトとなると話は別だ。

わたしは証券取引委員会のデータベースにログインし、デイヴィッドの名前を打ちこんでみた。あらわれた検索結果の見出しは、不可解なものばかり。ゆっくりと画面をスクロールしてみたが、理解できる言葉などたいしてなかった。『四半期報告』とか『買収明細書』とかいうような言葉が、ずらりとならんでいる。でも、繰り返し目につく言葉がひとつあった。

受付係が口にした社名だ。そのあとネットで、〈プレキシレーン〉が〈ハイペリオン〉に売却されるのではないかという記事を読んだのだ。

社名で検索した結果、〈ハイペリオン・インダストリーズ〉はカリフォルニア州サンディエゴにある会社だということがわかった。その取締役は、デイヴィッド・ガードナー。デイヴィッドは息子の会社を買収しようとしていたのだ。

長時間キーボードを叩きつづけていたせいで、関節炎がまた暴れだしていたのに、もう痛みを感じなくなっていた。指がキーの上を跳ぶように動いている。グーグルの検索ボックスに『ハイペリオン・インダストリーズ』と打ちこむと、〈ハイペリオン〉がいかに無情であるか、事細かに記した記事が何ページにもわたってあらわれた。業績の落ちている会社を買収して資産を剝ぎとり、骨だけになった会社を売却して利益を得る乗っ取り屋。『敵対的買収』という言葉を何度も目にした。『〈ハイペリオン・インダストリーズ〉は金融業界の海賊だ』と見解を述べる〈フォーブス〉誌の記事もあった。『敵対した経営陣は辞職に追いこまれる』らしい。

さらに検索結果を読みすすめた。一九八〇年代に航空会社が、一九九〇年代に食料品店のチェーンが、二〇〇〇年代に鉄鋼会社が、〈ハイペリオン〉に身ぐるみ剝がされて売り飛ばされている。

そして今、デイヴィッドは〈プレキシレーン・インダストリーズ〉に同じことをしようとしている。

　また降りだした雨の音に気づいて、わたしは窓を閉めに立った。画面を見つめていた時間が、少し長すぎた。目がザラザラするし、肩が張っている。それでもアドレナリンが血管を駆け巡っていた。森に目を向けると、木の一本一本がはっきりと見えた。

アリソン

目覚めさせてくれたのは、太陽だった。ブラインドの羽根のあいだからも、ドアのまわりの隙間からも、日が射しこんでいる。わたしは、全身の筋肉がこわばっているのを感じながら、伸びをした。いつ眠りに落ちたのか、記憶がなかった。様々なことに思いを巡らせながら、何時間もただ天井を見つめているうちに、深い眠りに落ちたようだ。その名残がまだ頭の隅にぼんやりと残っている。自分がどこにいるのか、なぜここにいるのか、思い出すのにしばらくかかったが、そのあと少しずつゆっくりと記憶がよみがえってきた。わたしは、その記憶を押し戻すかのように目を閉じた。

うちで対面したあの日以来、サムはさらにわたしに警戒の目を向けるようになった。同じ部屋にいると絶えず彼の視線を感じて、捕食者に追われる獲物になったような気分になった。どのパーティに行っても、目をあげるとそこにわたしを見ている彼がいた。その顔に表情はなく、身体の脇で拳を固くにぎりしめている。

でも、今はこっちも彼を見張っているということを、サムは知らなかった。ベンに、何気なく彼のことを尋ねてみた。サムとはいつからの知り合いなの？　彼は、どこで育ったの？　仕事以外の時間は、何をして過ごしてるのかしら？　そんな質問にベンは困惑しているようだった。「なぜそんなことを？」サムにはガールフレンドがいるのかと尋ねたわたしに、ベンが訊いた。「興味があるのかい？」

わたしは、彼ばかりか自分自身も驚くほどの大きな声で笑った。「まさか！」わたしは言った。「なんだかさみしそうに見えるから、訊いてみただけよ」

それを聞いて、ベンがにやりとした。「サムのことは心配しなくていい。家にいて、電話が鳴るのを坐って待っているタイプの男じゃないからね」

サムがうちにやってくると、わたしはベンの書斎のドアのそばをうろついて、ふたりの会話に耳をそばだてた。でも、ほとんど理解できなかった。納品や、実費用や、見通しや、純増収についての話など、理解できるわけがない。でも、ある夜、ふたりが言い合っている声が聞こえた。恐怖のせいで、背骨の付け根あたりがチクチクした。わたしは、サムの広い肩幅と、大きな手と、いかにも狡猾そうな冷たい目を思った。彼が暴力的になり得る人間であることはたしかだ。ベンの身体には、長距離ランナーのような、引き締まったしなやかな筋肉がついている。いい身体をしているが、サムのような人間が相手では勝ち目はない。ベンの骨は、小枝のように折られてしまう。

わたしはドアに耳を押しあてて、息をとめた。

「おまえが処理してくれるものとばかり思っていた」そう言ったベンの声は低くて落ち着いていたが、そこには絡みつくような怒りが潜んでいた。彼のそんな声を聞くのは初めてだった。

「手は尽くしたんだ」サムの声は弱々しく、哀願しているかのように聞こえた。「しかし、やつらはもっと金を欲しがっている。やつらが言うには――」

「向こうが何を言おうと関係ない。とにかく片づけろ。いいか、おまえはここまで深入りしている。ぼくがまずいことになったら、おまえも助からない」

ドアに近づいてくる足音を聞いて壁側に飛びのいた次の瞬間、サムが書斎から飛びだしてきて、玄関へと足早に歩き去っていった。数分後にあらわれたベンは、寛いだ様子でほほえんでいた。わたしはソファに坐って、本を読んでいるふりをつづけた。

「やあ、ベイビー」ベンは身をかがめ、わたしの頭のてっぺんにキスをした。「今夜は外で食事をしよう。スシはどうかな?」

笑みを浮かべて彼を見あげた。「いいわね」

わたしは、ゆったりと廊下を歩くベンのうしろ姿を見つめながら、書斎から出てきたサムが歯を食いしばっているように見えたことや、言い合いの最中に彼の声が震えていたことを思った。

そして気がついた。ベンがサムに怯えているのではない。その反対だ。

ベッドの横に勢いよく足をおろして、立ちあがった。急に血液が下に流れたせいで、立ちくらみを起こしたわたしは、ふらつきながらバスルームに入り、洗面台の縁につかまった。

目をあげて鏡を見ると、そこに驚くべき自分の顔が映っていた。こちらを見つめ返してくるその顔に、見おぼえはなかった。

鼻の皮が剝けていて、割れた唇の端に血が滲んでいる。げっそりとこけた頬と、真っ黒に焼けた肌と、大量のソバカス。目は淡い緑のままだが、目のまわりの小皺が増えている。そして、他にも変わったものがあった。後頭部の傷のせいで皮膚全体がかすかに引きつり、表情が硬くなっている。他の者たちにもそれがわかるだろうかと、わたしは思った。

両手をあげて、髪に指を入れてみた。ヘアーサロンのカイがこれだけの長さを苦労して完璧に染めあげてくれたハニー・ブロンドは、日にさらされて乾燥し、真鍮のような白っぽい黄色に変わっていた。そんな髪が絡み合って太い束になり、メデューサの蛇の髪のように、頭から突きだしている。指を滑らせようにも、三センチも動かせなかった。後頭部にできたかさぶたにふれてみた。まわりの髪が、血で固まっている。最悪だ。ひどいことになっている。

丁寧にシャンプーして、毛先にコンディショナーを揉みこんで、何年もかけて伸ばした髪だった。わたしは、背中に魅惑的に髪が流れるようにしておきたいと、いつも思っていた。ベッドで男の上にかがみこんだ時に、髪が彼の裸の胸をくすぐるようにしておきたかった。つまり、髪を道具として、あるいは武器として、使えるようにしておきたかったのだ。

ベンは、わたしの髪を愛していた。うしろにまわって、その価値を測るように、髪を手に取ることもあった。

でも今は、一刻も早くこの髪を始末したくなっていた。

わたしは、バッグから爪切りバサミを取りだした。親指と人差し指で髪を細い束にわけ、根元の近くにハサミを入れていく。時間のかかる作業だったが、最後には、雑にカットされた短い褐色の髪だけが残った。洗面器のなかに山盛りになっている、もつれた黄色い髪をすくい取って、ゴミ入れに捨てる。バカげているが、その缶の縁から髪がわたしを見あげているような気がした。まるで、サンディエゴの女の子たちが、ルイ・ヴィトンのトートバッグに入れて連れ歩いている、毛足の長い子犬みたいだ。その髪を撫でてやりたいという衝動に駆られた。でも、そうする代わりに、カットしたてのツンツンとした髪を撫で、鏡に映った自分を見つめた。頬骨は剃刀のように見えるし、目は宝石のように輝いている。見た目も、気分と同じになっていた。すっきりして弾丸なみに滑らかだ。

シャワーの栓をひねって、バスタブに入った。ダイヤルを赤いしるしまでいっぱいにまわすと、バスルームは一瞬にして湯気に満たされた。シャワーヘッドの真下に立ったわたしの全身に、熱いお湯が痛いほどの勢いで降りかかってくる。無料の石鹼を包みから取りだし、掌で泡立てる。わたしの身体からゆっくりと汚れが落ちていくにつれ、バスタブに灰色のお湯が溜まっていった。脚に、肩に、お腹に、両手を滑らせていく。身体じゅう、どこもかしこも以前とはちがっていた。前よりも痩せて、筋張って、ところどころ皮膚が硬くなっている。

わたしは深呼吸をして、掌にシャンプーを取り、切りたての髪を洗った。まるでキウイを洗っているような感じがする。髪をすすぎ、バスタブから出てバスマットの上に立ったが、足の爪の間にまだ泥が詰まっていた。それをきれいに落として、タオルで身体を拭く。太腿の傷は赤黒いギザギザの裂け目のようになっていて、わたしに向かって歯をむきだして笑っているように見えた。ほんとうは縫うべきだったのだ。わたしは傷に笑みを返すと、ゆうべ脱ぎ捨てた服を拾いあげ、裸のままベッドルームに戻った。

泥だらけのレギンスをはき、汗染みができているTシャツを着て、スニーカーに無理やり足を突っこんだ。そして、これを最後に、こんなものは二度と身に着けまいと誓った。動かしたことで、繊維に染みついた臭いがまた強烈にただよいだし、その悪臭が喉の奥に襲いかかってきた。気の毒に。あんなに長時間、いっしょにトラックに乗っていて、ルークはどうして我慢できたのだろう？　新しい服を買ったら、こんなものは燃やしてしまわなければいけない。炎のなかでどんな悪鬼が解放されても不思議ではないくらいだ。

行ってみると、質屋はまだ閉まっていた。六ドルのうちの四ドルで、コーヒーとブルーベリー・マフィンを買い、質屋の玄関前のポーチに腰をおろして店が開くのを待つことにした。カフェインがわたしのなかを脈打って流れていく。マフィンは堪えがたいほど甘く、すでに毛に覆われているようにも感じられる歯が、砂糖でベタベタになった。ここでの用事が片づいたら、歯ブラシを買おう。それに歯磨きペーストも、服や靴といっしょに買おう。

九時十分前に長めの白い髭をたくわえたがっしりした体格の男があらわれ、キーキー音をさせながらシャッターを開けた。わたしは立ちあがって、レギンスの埃を払った。そして、自分が緊張していることに気がついた。なんとしても、いい印象を与える必要がある。

「それを持って店に入られちゃ困る」顎でわたしのコーヒーを示して、彼が言った。わたしは駆け足で通りをわたり、ゴミ箱に紙コップを捨てた。戻るとドアが開いていて、明かりがついていた。店主はすでにカウンターのうしろのスツールに坐って、新聞をひろげていた。わたしは一瞬、自分のことが載っているだろうかと考えた。

「何を持ってきた？」目もあげずに彼が訊いた。

わたしは指から指輪を引き抜いて、カウンターに載せた。それを手に取る時、店主はかがみこんでいたが、それでも両方の眉が吊りあがったのが見えた。彼は机の抽斗からルーペを取りだし、そのレンズごしにダイヤモンドを見た。

「あんたのかい？」表情のない声ではあったが、すでに疑いの色が滲みだしていた。

「そうよ」その声は嘘っぽく聞こえたし、ちょっと明るすぎた。**落ち着いて。**わたしは自分をたしなめた。**何も悪いことなんかしていない。自分のものなんだから、売る権利はあるはずよ。**

店主が顔をあげてわたしの目を見た。そして、短く切った髪と汚い服に視線を這わせた。

「ほんとうなんだろうね？」

わたしは、勢いよすぎるくらいに、きっぱりとうなずいた。「婚約指輪なの」彼がうなった。その表情から察するに、気のたしかな男がわたしにプロポーズするなんて、ましてや傷ひとつない三カラットのダイヤのエンゲージリングを捧げるなんて、あり得ないと思っているのだ。当然だ。わたしが彼だったら、やっぱり嘘だと思うにちがいない。今でも目を閉じると、わたしの前に跪(ひざまず)いて、小さな黒いベルベットの箱を、それが世界への扉を開く鍵であるかのように差しだしている、ベンの姿が見える。「わたしの指輪よ」もう一度言ってみたが、つかえてしまった。他人の肉づきのいい掌に載った指輪を見おろしていると、かつての暮らしが燃え尽きていくような気がして、酸っぱい痛みがこみあげてきた。わたしは、それを呑みこんだ。

　店主がかぶりを振りつづけるのを見て、心が沈んだ。でもそのあと、彼がまたダイヤモンドに目を向けたのを見て、わたしが言っていることがほんとうかどうかなど、彼にとっては問題ではないのだと気づいた。このサイズのダイヤモンドは、人に影響を及ぼす。「これを買い取るほどの現金は置いていない」頬を膨らませて店主が言った。「あったとしても、このあたりじゃ三万ドルの婚約指輪を買おうという人間は、そうはいない」

　鼓動が速くなった。どうしても、そのお金がほしかった。**落ち着くのよ。**わたしは自分に言い聞かせた。**怯(ひる)んじゃだめ。**「いくらなら出せるの？　取り引きに応じるわ」何気なく聞こえるよう祈っていたが、店主の口元に一瞬あらわれた薄ら笑いを見れば、必死さが伝わってしまったことは明らかだった。もうこっちのものだと、思っているにちがいない。

「七千」

「一万五千」望みの金額にはほど遠いが、計画を変えればいい。一万五千ドルあれば、メインまで戻れるし、今度のことが片づいたあと、新しい生活を始められる。ただし、片づくまで生きていられたらの話だが。

店主は指輪を見つめた。頭のなかで歯車がまわっているのが見えるようだ。こんな場所で、ここまでのものに出逢えるチャンスは二度とないとわかってはいるのだろうが、彼にとって一万五千ドルは大金だ。そう、大金なんてものじゃない。ついに彼が長いため息をついた。「一万五千出そう。これが最後。あとは一セントも出せない。それに、金をわたすのに、あしたまで待ってもらう必要がある」

わたしは首を振った。「今日、お金がいるの」

店主の眉が吊りあがったのを見て、気がついた。彼は、わたしが一万で引きさがるとは思っていなかったのだ。もうひと押しして、一万二千五百と言ってみるべきだった。でも、どうでもいい。今となっては遅すぎる。わたしが一万で折れたことは、彼にもわかっている。「お嬢さん」もう薄ら笑いを隠そうともしていない。「どうやら、運に見放されちまったようだな」

わたしはうなずいた。いくらわたしでも、完敗したらそれはわかる。「いいわ。でも、あしたの朝の十時までには用意して。それと、あなたが最初に提示した七千は先にいただくわ」

店主はしばらくわたしを見つめ、そのあとスツールからおりた。「ちょっと待っててくれ」彼が奥の部屋に引っこむと、つづけざまに甲高いブザー音が聞こえてきた。たぶん、金庫に暗証番号を打ちこんでいるのだ。ゴムバンドでまとめた百ドル札の束を持って、店主が戻ってきた。「五千わたそう」薄ら笑いを浮かべて、彼が言った。「しかし、それはおれが親切な男だからだ」札束に手を伸ばしたが、彼はわたしが届く範囲のすぐ外にそれを置いたまま、差しだしてはくれなかった。「指輪は、こっちであずかっておく」

突然、パニックに襲われた。「預り証か何か、書いてもらえるんでしょうね？」

「預り証を書くとなったら、あんたの名前が必要だ。教えてくれるのかい？」わたしが何も言えずにいると、彼が声をあげて笑った。「無理だろうね。なあ、おれを信じることだ。人を騙して飯を食ってるわけじゃない。あんたを騙すつもりはないよ」

「三万ドルの指輪を買い叩いて一万ドルで手に入れることは、騙したうちに入らないの？」

「それは商売だ」

店主の掌に指輪を落として、札束を受け取った。それをスポーツブラに押しこむと、目立つほど胸が膨らんだ。「午前十時よ」わたしは言った。

彼がにやりとした。「おれは必ずここにいる」

店を出て、しばらく歩道に立っていた。札束が胸に重く、その下の肌がじっとり汗ばんでいるのがわかった。必要なものが売っていそうな店はないかと、通りに目を走らせてみたが、やはりそんな店はなかった。何年か前から、こういう町の郊外にはショッピングモールが建つようになり、メイン・ストリート沿いの便利な店はなくなってしまった。アウルズ・クリークと同じだ。つまり、郊外のショッピングモールまで行かなければならないということだ。それには、まず車を手に入れる必要がある。

わたしは質屋の店内に顔を突きだした。戻ってくることがわかっていたのか、店主は少しも驚かなかった。

「いちばん近くの中古車販売店はどこ？」わたしは尋ねた。

「早速、大きな買い物をしようっていうのかい？　ああ、ここから三キロほどのところにあるよ。メイン・ストリートの突きあたりを左に曲がって、ルート32をまっすぐ行けばいい。二キロほど歩いたら右側に見えてくる。チェット中古車販売店っていう名前の店で、店主の名前もチェットだ。店も店主も見逃しようがない」

チェット中古車販売店は、教わったとおりの場所にあった。コンクリートの低層の建物に飾りつけられた色とりどりの旗が、おざなりに客を歓迎しているかのように翻っていて、その前に埃だらけの車が一列にならんでいる。チェットは、通りを歩いているわたしに、ずいぶん前から気づいていたにちがいない。油の染みがついたオーバーオール姿の彼が、期待に満ちた笑みを浮かべて、店の外で待っていた。

「車を買いたいんだって？」わたしが駐車場に足を踏み入れるより前に、彼が大声で言った。

砂利を踏みしめて歩くうちに、モーターオイルの臭いで肺がいっぱいになってきた。「このあたりは、ニュースが伝わるのが速いのね」

チェットは、わたしよりも何センチか背が低くて、丸顔で頬が赤くて、オーバーオールの裾を厚底のブーツにたくしこんでいた。彼が、いかにも気さくな様子で肩をすくめ、ボロ布で手を拭いた。「ビルが店から電話をかけてきてね。きれいな若いレディが会いにいくから、見苦しくないようにしておけと言われた。それで、どんな車をさがしてるんだい？」

「安い車」ブラに詰めこんである札束のことを思いながら、答えた。お金は、できるだけ使いたくなかった。「でも、長いドライブの途中で動かなくなったりするようじゃ困るの」

「どのくらい長く走るのかな？」

「東海岸まで」曖昧に答えた。

チェットが口笛を吹いた。「安いって、どのくらい？」

しばらく考えて、答えた。「千ドルくらいでないかしら？」安すぎるとわかっていたが、最初に高い金額を口にすれば、さらに高いものをすすめられることになる。質屋での失敗を繰り返す余裕はなかった。一セントも無駄には使えない。質屋が残りの半分を支払ってくれない可能性を考えたら、よけいに使えない。

チェットが笑い声をあげた。「あるよ。しかし、東海岸まで行くのは無理だ。あんたの言う条件にいちばん合ってるのは、この年季の入った姉さんだ」彼はそう言って、スバルのステーションワゴンの屋根を叩いた。「見た目はパッとしないが、頼りになる。あんたが行きたいところまで連れてってくれるさ、問題ないよ」

スバルで、一か八かのアメリカ横断の旅をする？　それこそ、いつも思い描いていた旅だった。「いくら？」

「三千五百ドル」彼が横目でわたしを見た。反応をうかがっているのだ。

わたしは首を振った。「二千ドルにして」

チェットはため息をついて、顔を撫でた。その指に残っていた油が、口の両端に黒い跡を残した。彼がすまなそうにほほえんだ。「こんなにきれいなご婦人だ。助けたいとは思うよ。しかし、この店をやっていかなくちゃならないんだ」

わたしは腕組みをした。チェットは、質屋の店主ほどポーカーフェイスが得意ではなかった。売りたくてうずうずしているのが、はっきりとわかる。人里離れたこんな場所で、店が流行(はや)っているとは思えない。ならんでいる車のボンネットに積もった埃を見ても、それはわかる。「だったら、現金で二千五百ドル払う。その代わり、おまけにディーラー・プレートをつけて」

チェットが顔をしかめた。「なんでディーラー・プレートがいるんだ?」

「そんなこと、あなたには関係ないでしょう」質問なんかされたくない。なんでもいいから、この車を売ってほしかった。そうすれば、さっさとここから出ていける。

彼がまた顔を撫でると、今度は鼻の頭に真っ黒な油の跡がついた。「三千出してくれれば、プレートをつける」

書類には適当に記入し、サインの欄にアマンダの名前を書いた。彼女が中古のスバルの誇り高き所有者になったと思っただけで、ヒステリックな笑いがこみあげてきた。わたしは早々にチェットの店をあとにすると、笑いをこらえて目の前の道路に集中した。

このあたりにも〈ウォルマート〉があるのはわかっていたから——そう、〈ウォルマート〉はどこにでもある――チェットにいちばん近い〈ウォルマート〉の場所を尋ね、町をふたつほど抜けた先のポンデローサにあるという答えを得ていた。わたしはゆっくりと慎重に車を走らせ、後続車が迫ってくると、追いこすよう手を振って合図した。他の車がスピードをあげて走っているなか、車の少ない広い道をそんなふうにぐずぐず走っていたら人目を引いてしまうとわかっていたが、緊張しすぎていて八十キロ以上は出せなかった。頭がぼうっとしていた。まるで、八〇年代に使われていたピンクの住宅用断熱フォームが、頭に詰まっているような感じだ。わたしは、集中力が途切れて事故を起こすことを恐れていた。

自動ドアを抜けて店内に足を踏み入れた途端、エアコンの風を頭皮に感じた。そしてその瞬間、自分が短い髪をして、乾いた汗の臭いがする汚い服を着ていることを思い出して、急に恥ずかしくなった。〈ウォルマート〉じゅうで最もひどい格好をしている客になってしまったと思うと、おかしかった。わたしはちょっと笑いながらカートをつかみ、足早に化粧品売り場へと向かった。

サンディエゴでは、ドラッグストアの通路をうろつき、手首の内側でアイライナーを試したりして何時間も過ごしていた。もちろん、もっといい店に行くことはできた。でも、黒い制服を着た女性たちが群がってきて、わたしの顔色を褒めたり、無料のサンプルを手に押しつけたりするような店よりも、〈ライト・エイド〉や〈CVS〉のほうが好きだった。明るいライトに照らされた化粧品の列を見ていると、いつも新しい自分になれるような気がした。そう、少なくとも昔の自分を封じこめてしまえる気がした。

でも今は、三色入りのアイシャドー・パレットや、キャンディ・カラーのマニキュアや、洒落っ気のない安物の口紅には目もくれずに、さっさと通路をとおりすぎた。化粧品への興味を失っていることに、ちょっとわくわくした。かつての憧れの人がラジオに登場した途端、ダイヤルをまわしてしまうティーンエイジャーの気分だった。そして、驚きながらも気がついた。きれいでいたいという気持ちを完全に失っている。今のわたしに、新しい口紅が何をもたらしてくれるというのだろう?

カートに、歯ブラシと歯磨きペーストを放りこみ、デオドラント・スティックと絆創膏も投げ入れた。爪先からまた血が出はじめていて、スニーカーのなかがヌルヌルしている。次に衣料品売り場に行って、白いTシャツを三枚とジーンズを一本、カートにくわえた。新しいブラを一枚とパンティを二枚、それにスポーツソックスも六足放りこむ。靴売り場でカートに足したのは、白いふつうのスニーカー一足。わたしらしくない、人の目にとまらない格好がしたかった。どこかの誰かになりたかった。

そのあと、銃と弾の売り場に向かった。危ない人間かホームレスだと思われて、店員に追い払われるものと覚悟していたのに、カウンターの男は瞬きひとつせずに、弾の入った箱をわたしてくれた。わたしは彼の気が変わらないうちに、レジへといそいだ。

支払いをすませたわたしは、買い物袋をスバルのトランクに詰めて、モーテルに戻った。部屋に入っていくと、ベッドメイキングをしていた清掃係が、あからさまにいやな顔をした。カートに山積みになっている寝具を見ると、白いコットンが泥と汗で染みだらけになっていた。わたしは申し訳ない気持ちで、彼女にほほえみ、廊下に出て待つことにした。ドアの横に置かれた赤いプラスティック製の椅子にドサリと腰をおろし、足下に買い物袋を置いて駐車場に目を向けてみる。受付係のホンダを除けば、駐まっているのはわたしの車だけだった。

弾の箱を足に感じながら、母の家に着いたらどうするか考えた。どの計画も、ハウスキーパーがバード・ロックの家を掃除しながら見ていたテレビドラマに出てきそうなほど、芝居じみていて、バカげているように思えた。でも、このところ、わたしの人生そのものが、芝居じみていて、バカげている。そろそろ、それに慣れる必要がありそうだ。


ベンとサムの口論を聞いて以来、手掛かりを求めて、ベンの動きのすべてを観察するようになっていた。そして、電話がかかってくるとたびたび書斎に行ってしまうことや、夜になるとノートパソコンを抽斗にしまって鍵をかけることや、わたしが仕事について尋ねると、そんな話をするには疲れ過ぎているとか、きみが退屈するだけだとか言って、いつもはぐらかされてしまうことに気づきはじめた。

でも、そんなことをしたからといって、埒があくものではない。わたしはコーヒーショップで話した男に電話をかけ、会ってほしいと頼んだ。彼は、ベンとサムが何に関わっているのか知っている。わたしも、それを知る必要があった。

でも、彼の言うことには、あまり説得力がなかった。「言ったはずだ。危険すぎる。われわれが接触していることを勘づかれたら……」

「勘づかれないわ。気をつけるから」彼は何も言わなかった。「最初にわたしに近づいてきたのは、あなたなのよ。わたしの人生の真ん中に爆弾を仕掛けておいて、それが煙をあげはじめたら立ち去ってしまうなんて、そんなこと許されない。あなたには、何が起きているのか、わたしに話す義務がある」

わたしたちは公園で会った。彼はブリーフケースから写真の束を取りだした。「見てくれ」わたしはそれに目をとおした。ほとんどは女性の写真だったが、大きなくもりのない目でカメラを見あげている赤ん坊が写っているものも何枚かあった。「どういう人たちなの？」

「ソムヌブレイズのせいで命を落とした人たちだ」小さな声で彼が答えた。

わたしは彼を見た。「でも……どうして子供が抗うつ剤を？」一歳にもなっていないように見える、小さな男の子の写真を掲げて訊いた。「お医者さまは、なぜこの子にそんな薬を処方したの？」

彼は悲しげな笑みを浮かべた。「この子ではない。薬を飲んだのは母親だ」

わたしはかぶりを振った。さっぱりわからなかった。

「ソムヌブレイズは、産後うつに悩まされている女性のための薬だ」わたしはぼんやりと彼を見つめていた。「その副作用のひとつに、一過性の精神病性障害というのがある」

理解するまでに少し時間がかかった。そして、ようやく理解した時には血の気が引いた。

「この子は、自分の母親に殺されたっていうこと？」

彼は一度だけうなずき、公園に視線を戻した。美しい日で、空気は潮の香りを含んで清々しく、コバルトブルーの空は鮮やかに澄みわたっていた。そういうなかで、こんな暗い話をするのは、まちがっているような気がした。

わたしは、バーの客から聞いた話を思い出した。夜遅く、ひとりで家にいた時に窓の外を見ると、路上にいた見知らぬ男が、まっすぐ彼を見あげていたというのだ。そして、彼と目が合った途端、男は彼の家の玄関に突進し、ドア枠が壊れるまでドアに頭突きを繰り返した。彼はベッドルームに鍵をかけて閉じこもり、ドアの前に机を押しつけて警察に電話をかけた。警察が駆けつけた時には、男は家に押し入っていて、階段の下で死んでいた。ドアに頭を打ちつけたせいで頭蓋骨が潰れてしまったのだ。そこらじゅう血だらけだったと、彼は目を見開いて話していた。死んだ男は幸せな結婚生活を送っていて、ふたりの子供をかわいがり、いい仕事にも就いていた。ただ切れてしまったのだと、警察は彼に言ったそうだ。男は、ピーナッツ・ブリトル（板状の割れやすいピーナッツ・キャンディ）のように壊れてしまったのだ。

人は理由もなく切れてしまう。でも、自分の子供を殺すなんて……。「なぜ、それが〈プレキシレーン〉のせいだって思うの？」

「初期の研究データを見た」彼が言った。「治験の第二段階試験は一年にわたって行われた。その結果、被験者の六名に神経衰弱の症状があらわれている。一週間、口がきけなくなってしまった者。皮が剝けて血が出るまで手を洗いつづけた者。精神崩壊を起こしてバスルームの壁に頭を打ちつけ、意識を失った者。その女性は血まみれになって床に倒れているところを、夫に発見されたんだ」彼がかぶりを振った。「恐ろしいことだ。とにかく恐ろしい」

「さっぱりわからないわ」そうは言ったが、ほんとうはわかりはじめていた。その事実が気に入ろうと気に入るまいと、わたしはそれを理解しはじめていた。木製のベンチの横木が背中に食いこんでいるのを感じ、そこにさらに背を押しつけた。これが現実だということを、自分にわからせたかった。

彼がわたしのほうに身を傾けた。「〈プレキシレーン〉は、治験の第三段階試験、つまり承認前の最終試験の期間を短くした。そうした副作用が出るのは、長期にわたって——少なくとも三カ月——薬を飲みつづけた場合にかぎられるとわかっていたから、期間を八週間に短縮したんだ」

「それがほんとうなら、なぜFDAの承認を得られたの？　こういうことを防ぐための安全策だってあるはずでしょう？」

彼が苦々しげに笑った。「それなりの金を出せば喜んで目をつぶる人間が、どこにでもいる。FDAも例外ではない」彼の拳が固くにぎられたのが目に入った。「もちろん、そういうことを嫌う者もいるがね」彼はそう言って肩をすくめた。「いずれにしても、連中はそういう者たちに対処する手段も持っている」

わたしは彼を見つめた。その顔には皺が刻まれ、目は憂いに沈み、その下がたるんで袋のようになっている。人生と一ラウンドよけいに戦って、負けてしまった男といった感じだった。「なぜ、そんなことを知ってるの？」

一瞬の間を置いて彼が答えた。「かつてそこで働いていた」

「FDAで？」

彼がうなずいた。

「何があったの？」

彼はうつむいたまま芝生を見つづけていた。「いい関係のままでは終わらなかった、とだけ言っておこう」

顔をあげてわたしの目を見つめた彼は、驚いたことに涙ぐんでいた。「あなたは、そういうことを嫌う者だったのね」

彼が顔をそむけた。「初め、連中はわたしを買収しようとした。そして、こちらに目をつぶる気がないと知ると、わたしについての根も葉もない噂をひろめた。連中は、わたしから仕事を奪っただけではない」彼が苦々しげに、かぶりを振った。「何もかも奪い取り、それを意にも介していない。ああ、やつらはあの薬のせいで命を落とした者たちのことさえ、気にかけてはいないんだ」

わたしは小さな男の子の写真に視線を戻した。白目がほとんど見えないほど虹彩が大きくて、目全体がチョコレート色に見える。「〈プレキシレーン〉の人間はそのことを知ってるって、言ったわよね？　ベンも知ってるっていうこと？」名前を口にするだけでも、ベンを裏切っているような気がした。

彼はうなずき、片手で顔を撫でた。「残念ながら知っている」

「でも、なぜそんなことをするの？　副作用のことを知りながら、なぜその薬を売りつづけてるの？」わたしのなかに、ひとつの小さな望みが残っていた。その望みは一本の糸でぶらさがっている。

彼がため息をついた。その顔は何週間も、もしかしたら何カ月も、まともに眠っていないのではないかと思うほど、疲れ切って見えた。「なぜ人がとんでもないことをしでかすかって？　この十年、産後うつの診断を受ける患者が急増している。これまでにないほど大勢が、症状を訴えているんだ。そうなると、それを治す魔法の薬が求められるようになる。その魔法の薬が生むものは――」

わたしのなかで、最後の望みの糸が切れた。ベンはわたしを愛していたが、それ以上に愛しているものがあった。わたしもそれを愛していたから、よくわかる。わたしはそれを得るために、口にする気にもなれないとんでもないことをしでかした。意志に反する抑えがたい欲望に駆りたてられてのことだったが、わたしはベンのなかにそれと同じ欲望を垣間見たことがあった。「お金」小さな声で、わたしは言った。

彼が悲しげにほほえんだ。「金が世界を動かしている」

バード・ロックの家を思った。大きな白いピーマ綿のシーツが掛かったベッドと、美しいドレスでいっぱいのクローゼットと、わたしを呼ぶベンの声。わたしは目を閉じ、そのすべてが消えた世界を思い描いた。そして深く息を吸って言った。「何をしたらいいのか話して」

マギィ

　わたしは椅子の背にもたれて、ため息をついた。あらゆる点で、〈プレキシレーン・インダストリーズ〉は成功している。それなのになぜ、身ぐるみ剝いでは売り飛ばすという〈ハイペリオン〉のような企業からの買収に応じたりするのだろう？

〈プレキシレーン〉を訪ねた時に偶然目にした騒ぎのことを思い返してみた。わたしが誰かわかった途端、受付係の目には警戒の色があらわれた。それに、「〈ハイペリオン〉の連中は、まだ来ないのか？」と尋ねた時の、スーツ姿の男の顔は真っ赤になっていた。法人企業について詳しいわけではないが、〈プレキシレーン〉がパニック状態にあったことは、ひと目でわかった。わからないのは、その原因だ。

　正しい方向に導いてくれる何かが見つかることを期待して、ノートを読み返してみた。噓でしょう――わたしは思った。サンディエゴに行ったのは、遥か昔のことのように思えていたが、たった一週間前のことだったのだ。その旅の最中に書いたページの左上の隅に、サイトのアドレスがメモしてあった。女性たちがソムヌブレイズについて書きこみをしていた、新米ママのための掲示板のアドレスだ。

　わたしは検索ボックスにそのアドレスを打ちこみ、リターンキーを押した。

『Not Found』

『おさがしのページは見つかりませんでした』

『なお、ErrorDocument に指定されたファイルも見つかりませんでした』

鳩尾(みぞおち)にパンチを食らったような気がした。なんて迂闊だったんだろう？　あの女性に連絡をとって話を聞き、彼女の気分の変動が飲んでいた薬と関係あるかどうかたしかめてみるべきだった。取り乱していたせいで、パズルのピースをひとつなくしてしまった。アリィが知ったら、がっかりするにちがいない。

わたしは立ちあがり、残って冷たくなったコーヒーをシンクにあけた。不安で、じっとしていられなかった。皮膚の下を蟻(あり)が這っているような気がする。そう、チャールズはよくそう言っていた。もう一秒もテーブルの前に坐っていられない。何かを――なんでもいいから、コンピュータのブランク画面や、ただ繰り返しまたたいているカーソルから気を逸らしてくれる何かを、する必要がある。

わたしは、洗濯物が溢れそうになっているバスケットを抱えて、地下室におりた。いつもどおり、黴と湿気の臭いがした。洗濯物を洗濯機に押しこみ、洗剤をカップ一杯入れて、スイッチを押す。掲示板の書きこみのことが気になっていた。なぜ、あの掲示板は消えてしまったのだろう？　ただの不具合だろうか？　それとも誰かが意図的に削除したのだろうか？　それに、〈プレキシレーン〉が売却されようというその時に消えてしまったというのは、偶然なのだろうか？　何かが見つかれば見つかるほど、わけがわからなくなる。まるで、漁網を使って、砂をふるいにかけようとしているみたいだ。それでも、ひとつたしかなことがある。アリィは、正しいことを信じていた。ベンが何かよくないことに関わっていたのだ。今はそれがはっきりとわかる。

階段をのぼって一階に戻ったわたしは、少し息を切らしながら、受話器を取った。自分が、いつかそうすることはわかっていた。そう、トニィに電話をかけたのだ。すべてを話したいと思う相手は、彼しかいなかった。どういうわけか、理解してくれる人間は彼以外にいないと確信していた。

トニィは、一回目の呼び出し音で電話に出てくれた。その彼の声を聞いただけで、気持ちが落ち着いた。「トニィ、マギィよ。こんなふうに電話をかけてしまって、ごめんなさい。でも、誰かと話す必要があるの」

「あなたからの電話なら、いつでも大歓迎です。どうしたんですか？」

「なんでもないことかもしれないの……」わたしはためらった。電話をかけたものの、何から話せばいいのかわからなかった。銀行口座のこと、〈ハイペリオン〉のこと、消えた掲示板のこと……とにかく、頭がいっぱいになっていた。

「どんなことでもかまわない。いいから話してください」トニィが、やさしく促してくれた。心を読まれているように感じたのは、これが初めてではなかったが、それでもやはり驚いた。そして気がつくと、彼を必要としている人生のこの瞬間に彼に出逢えて、なんてラッキーだったのだろうと思っていた。こんなふうに幸運を実感するのは、ほんとうに久しぶりのことだった。

「デイヴィッド・ガードナーの会社について、わかったことがあるの」わたしは最近の発見について、息もつかずに延々と説明した。トニィは聞いていることがわかるように相づちを打つだけで、口は挟まなかった。

「あなたが〈プレキシレーン〉を訪れた時に、オフィスの人間が〈ハイペリオン〉のことを話していたというのは、たしかなんですね？」説明を終えたわたしに、彼が尋ねた。

「絶対にまちがいないわ」

「そして、その日から今日までのあいだに、掲示板が消えた？」彼の声は硬くなっていた。

「そうなの。でも、偶然じゃないとは言い切れないわ」わたしは慌ててつけたした。彼に陰謀論者だと思われるのはいやだった。まわりの人たちはみんな、わたしが正気を失っていると思っているらしい。彼にだけは、そんなふうに思われたくなかった。

でも、心配する必要はなかったようだ。トニィの低い口笛の音が聞こえてきた。「クソ野郎ども」彼が小さな声で悪態をつき、そのあと慌てて謝った。「申し訳ない。思わず口から出てしまった。それで、他には？」

わたしは深呼吸をした。「アリィが、お金を隠してたみたいなの。この町の銀行の口座に、定期的に預金していて、事故の前の週に全額おろしてる。二千ドルをキャッシュで。なんのために、そんな大金が必要だったのかしら？」

「逃げるためだ」やっと聞こえるくらいの、小さな声だった。

「なんですって？」喉が詰まったような押し殺した音が聞こえた。まちがいない、彼が泣きだしたのだ。「今、なんて言ったの？」重ねて訊いたその声が、自分の耳に虚ろにひびいた。わたしはプラスティックが割れてしまわないのが不思議なくらい、きつく受話器をにぎりしめた。「トニィ、あなたは何かを知ってるのね？　それをわたしに隠してるのね？」

一瞬の間を置いて、電話の向こうから彼の震える長いため息が聞こえてきた。「彼女を巻きこむべきではなかった」アリィ。彼はアリィのことを話しているのだ。

「トニィ、お願い」わたしは、すがるように言った。歯がカチカチいうほど震えていた。「アリィのことを何か知ってるなら、わたしに話してくれるべきだわ」

ようやく彼が咳払いをした。「あなたの言うとおりだ」ささやくような声だった。「あなたも事実を知る頃合いだ」

アリソン

ゆうべはモーテルの部屋で、あてもなくテレビのチャンネルを替えながら、この先のことを考えて過ごした。部屋を出たのは一度だけ。通りをわたったところのガソリンスタンドに入って、灰色がかったホットドッグを二本と、チョコレート菓子をひと袋と、七百五十ミリリットル入りのウイスキーを買ってきた。チョコレート菓子はほとんど残っているが、ウイスキーは飲み干し、最後には、スフレをつくっているアイナ・ガーテン（ケーブルＴＶの料理番組のホストを務めている、アメリカの作家）の声を聞きながら酔いつぶれた。

時計を見た。あと三十分ほどで質屋が開く。出発の時間だ。わたしはシャワーを浴び、脚の無駄毛を剃って、歯を磨き、髪をとかした。清潔でいることが重要に思えた。そして、新しい下着をつけ、白いＴシャツを着て、ごわごわのジーンズをはくと、スバルの後部座席に荷物を積みこんだ。まだ早いのに、すでに日盛りのような熱が厚い毛布のように町を包んでいる。車のドアも熱くなっていた。わたしはライフルと弾の箱を、助手席の下に押しこんだ。

駐車場を横切ってモーテルの受付に向かい、ドアを開けた。二日前と同じ受付係が同じようにテレビを見あげていたが、今彼女が見ているのはリフォーム番組だった。

「新しいキッチンを見る心の準備はできていますか？」ホストが声を震わせてそう言うのを

聞いて、どんなにすごいキッチンがあらわれるのかと、思わず画面を見あげた。

受付係が風船ガムをパチンと鳴らした。「チェックアウト？」

一瞬彼女に目を向けてテレビに視線を戻すと、女性がオーブンを見て泣いていた。「ええ。一泊分でいいはずよ。最初の日の分は、先に払ってあるわ」

受付係がにやりとした。「払ったのはあなたじゃなくて、あなたの友達だったと思うけど」

わたしは肩をすくめた。怒らせたがっているようだが、そんなことに付き合っている暇はない。「どっちでも同じでしょう。三十四ドルよね？」

「三十八ドル。寝具をすごく汚した分、余計にもらわなくちゃ。二度も漂白しなくちゃならなかったって、清掃係が言ってたわ」彼女が、また風船ガムをパチンと鳴らすのを聞きながら、頬が赤くなっていないことを祈った。そしてそのあと、モーテルの受付係にどう思われてもかまわないと、思いなおした。人にどう思われようとかまわない。

「はい、四十ドル」わたしは取りだしたお札を彼女にわたした。「お釣りはいらないわ」

彼女はお札をかぞえてレジに入れた。「髪を切ったの？」

わたしは頭に手をやった。まだその手触りになれていなかった。「ええ。そろそろ髪形を変えてみるのもいいかと思って」

彼女が満足げにうなずいた。「かわいいと思うよ」

「ほんとう？」涙で目がチクチクし、そのあと急に屈辱感がこみあげてきた。そこまで哀れな女になりさがったの？　まるで、さんざん蹴飛ばされたあとで、誰かが骨をくれたら仰向けになってお腹を見せる犬みたいじゃないの。わたしは乱暴に目を拭って、なんとかほほえんだ。「ありがとう。じゃ、またね」

「またね」受付係の視線は、すでにテレビに戻っていた。今度は若いカップルが、ダイニングセットを見て泣いていた。

スバルに乗りこみ、一ブロック半ほど走ってメイン・ストリートに出ると、建ちならんでいるガランとした商店や、黒っぽい曇りガラスに覆われた何軒かのバーや、ポツンと建っている『月曜日は、朝食ふたり分がひとり分の料金』と書かれた色褪せた貼り紙がある食堂の前を走り過ぎ、質屋の前に車を駐めた。シャッターが半分開いた店の前で、店主がわたしを待っていた。

「時間どおりだ」車から降りたわたしに、彼が言った。「やっぱり買ったんだな。チェットはちゃんと面倒見てくれたかい？」

キーをわたしてくれた時のチェットの顔を思い出して、わたしはほほえんだ。まるで、クッキーの盗み食いに成功した小さな子供のようだった。「ええ」

彼が車の前側を見て言った。「まだディーラー・プレートをつけてるのか？」

わたしはうなずいた。「自動車管理局（DMV）で自分のプレートをピックアップするまで、つけてていいって」

彼は片方の眉を吊りあげたが、何も言わなかった。「なかに入ってくれ」彼が店を顎で示した。

わたしたちはシャッターをくぐって店に入った。なかは暗くて涼しかった。彼は奥の部屋に姿を消し、札束を持って戻ってきた。「二万ある」彼はそう言って肩をすくめた。「かき集められるだけ集めてきた」

「すごい」札束はポケットに入れるには分厚すぎ、ぎこちなく両手で抱えているしかなかった。「もう行かなくちゃ。助けてくれて、ありがとう」

「礼を言わなくちゃならないのは、おれのほうだ」彼がわたしを見つめ、ふたりのあいだにしばし沈黙が流れた。「こんなことを訊いて、気を悪くしないでもらえるといいんだが、あんたみたいな女性が、こんな金を必要とするなんて、いったいどういうわけなんだ？」

わたしは肩をすくめただけで何も答えなかった。答えている時間はないし、彼が知っていることが少なければ少ないほど、わたしは安全でいられる。おそらく、彼もそのほうが安全だ。「行かなくちゃ」わたしはそう言って、外に駐めてあるスバルに目を向けた。

「ああ」彼が言った。「長旅だと聞いたよ」わたしがチェットの店を出たあと、ふたりは話をしたにちがいない。それ以外に、わたしについて何を話したのだろうか？　彼がなかなか別れを告げようとしないことに気がついた。おそらく、何か言うことがあるのだ。言いたくないが、言わなければならない何かが。彼が手をあげて首のうしろを掻いた。「あんたをさがしてるやつがいる」

「ほんとう？」何気なく聞こえるように言ったつもりだったが、声が少し震えてしまった。「誰かしら？」

彼が首を振った。「名前は聞いていない。でかいやつだ。髪は黒っぽい茶色。このあたりの人間ではないと思う」

その説明にあてはまる知り合いはいなかったが、聞いた瞬間、それが誰だかわかった。「なぜ、わたしをさがしてるのか聞いた？」尋ねるまでもなかった。答えはわかっている。始末するためだ。

「それも聞いていない。ただ、あんたの人相風体を説明して、そういう女を見かけなかったかと尋ねたんだ」彼は一瞬口をつぐんで、わたしの頭を示した。「ブロンドだって言ってたけどね」

わたしは彼の顔を探るように見た。「それで、なんて答えたの？」

「余所から来たブロンドの美人なんて、このあたりじゃ、もう二十年近く見ていないと言ってやった」

肺にたまっていた息を吐きだした。彼が時間を稼いでくれた。それがどのくらいの時間かはわからないが、少なくともいくらかは余裕が生まれた。「ありがとう」

「礼を言う必要はないよ。あんたが何に関わっているとしても、それはおれには関係ない」彼が、じっとわたしを見つめた。「しかし、さっさと出掛けたほうがいい。あの男が他の誰かにあんたのことを尋ねるかもしれない。ここらにはおしゃべりがいるからね」

わたしはうなずいた。「すぐに町を出るわ」

「ああ。幸運を祈ってる」彼は新聞を取りあげるとページをめくり、カウンターの上に置いた。「気をつけなよ」

眩い日射しのなかに足を踏みだし、まっすぐに車へと向かった。無理やりジーンズのウエストに挟んできたお金を取りだして、運転席の下に押しこんだ。大金の保管場所としてふさわしくないのはわかっていたが、この状況ではそうする以外なかった。

男の姿が目に映ったのは、エンジンをかけた時だった。街灯に寄りかかっている彼の目は、サングラスの向こうに隠れていたが、わたしを見ていることはわかった。ここで待っていたのだ。彼がポケットに手を入れて、歩道の縁石を離れた。

わたしはアクセルを踏んで、車を出した。


わたしの携帯電話にスパイウェアをダウンロードするやり方を、彼に教えられた。

「わかったね？」画面を軽く叩いて彼が言った。「簡単だ」

うなずいたものの、恐怖のせいで吐きそうになっていた。それが表情に出ていたにちがいない。彼が勇気づけるようにわたしに笑みを向けた。「きみならうまくやれる」

彼がわたしの掌にチップを置いて、それをにぎらせた。「すべてそこに録音したら――」

彼がわたしの拳を示して言った。「それを隠すんだ。やつがけっして見ようとしない場所にね」そして、ネックレスを顎で示した。「それは、いつも着けているのか？」

わたしは父からもらった聖クリストファーのロケットを見おろして、うなずいた。

「そのなかに隠すのがいいかもしれない」

わたしはためらった。「なぜ、自分でやらないの？　なぜ、わたしに近づいたの？」

彼は悲しそうな笑みを浮かべて、かぶりを振った。「わたしを信じる人間はいない」静かな声だった。「あの連中のせいだ」身を乗りだしてわたしの両手をにぎった彼の目の下には、また黒いくまができていた。何カ月どころか、何年もまともに眠っていない人間のように見える。ここに至るまでに、どんなひどい目に遭ってきたのだろう？

「いずれにしても」小さな声で彼が言った。「きみは、わたしにはできない方法で、やつに近づくことができる。やつはきみを信じているからね」彼は手をにぎったまま、燃えるような眼差しでわたしの目を見つめた。「自分が何に足を踏み入れようとしているのかを、きみがほんとうに理解しているのか、これを始める前にたしかめておきたい。連中に疑いを持たれたら、たとえ一瞬でも――」

わたしは首を振った。「疑いなんか持たれない。そういうことに関しては賢いの。たとえサムは信じていなくても、ベンはわたしを信じてる。わたしがベンを傷つけるようなことをするなんて、彼は絶対に思わないわ」そう口にした瞬間、それが真実だと感じた。ベンを裏切ることを思うと、胸に熱いナイフを突き刺されたような痛みをおぼえた。それでも、真実を知る必要があった。毎晩ベッドをともにしている人間の正体を知らないまま、生きつづけるなんてできない。

必死の思いと決意が入り混じった表情が、顔にあらわれていたにちがいない。彼はベンチに深く坐り直すと、またわたしの手を取った。わたしたちはそれぞれ別のことを考え、ちがった種類の恐怖を感じながら、無言のまま坐っていた。そして、しばらくすると彼が目をあげて、一度だけうなずいた。「もう会うことはない。いっしょにいるところを連中に見られたら、おしまいだ」

心細くて、途方に暮れてしまいそうだったが、彼の言うとおりだとわかっていた。こうして彼に道に立たせてもらった。ここからは、ひとりで歩いていくしかないのだ。

「自分の身は自分で護るしかない。アリソン、やつはきみを見張るようになる。たとえ一瞬でも疑われていると感じたら、姿を消す必要がある。わかったね？」

わたしは力なくうなずいた。口のなかがカラカラになって、舌が上顎に貼りついていた。

「金が必要になる。蓄えはあるのか？」

屈辱感をおぼえながら首を振ったが、わたしに蓄えがないことを知っても彼は驚かなかった。「毎週、少しずつ自分の金を別に取っておくことだ。やつに気づかれないくらいの額でいい。それをどこか安全な場所に保管しておきなさい。姿を消さなければならなくなったら、パスポートと航空券を買う現金が必要になる」

「そんなことにはならないわ」無理に笑顔をつくって、そう言った。あまりにもバカげている。

彼に長いことじっと見つめられて、目を逸らさずにいるのはたいへんだった。「自分が何をしようとしているのか、ほんとうに理解しているのか？　頼むから言うとおりにしてくれ」

彼は明らかに本気だった。「いいわ。自分のお金を用意する」

「そうしてくれ」彼は、まだ目を逸らしてくれなかった。「ほんとうにやりたいんだね？」

わたしは、自分がやると決めたことについて考えた。これは、愛する男への裏切り行為だ。自滅のスパイラルからわたしを救いだし、新しい人生を与えてくれた男の愛に背く行為だ。わたしの命も危険にさらされるかもしれない。でも、やらなければ、二度と本来の自分に戻れないとわかっていた。一生、自分を失ったまま生きることになってしまう。

「もちろんよ」ありったけの自信をかき集めて、きっぱりと答えた。

「それならいい」彼は立ちあがり、ベンチに散らばっていた新聞のページをそろえた。「パスポートの件で、誰かが接触してくるはずだ」わたしは彼が差しだした手をにぎった。「きみに会えてよかったよ、アリソン。くれぐれも気をつけて」

「あなたもね——」わたしは口ごもった。この時、まだ彼の名前を聞かされていないことにあらためて気づいた。

「アンソニーだ。友人からは、トニィと呼ばれている」彼はそう言うとわたしに背を向け、肘のあたりにきっちりと新聞を挟んで、刈りたての芝生を横切っていった。

それが、彼を見た最後だった。

マギィ

その瞬間、世界の動きが遅くなり、ほとんどとまってしまったかのように思えた。聞こえるのは、血液が血管を流れる音と、キッチンの時計が時を刻む音と、外でそよいでいる木々の葉音だけ。埃の粒がきらめきながら宙を舞っている。目に映る色も、ずっと鮮やかになっていた。まるで、日曜の午後にチャールズと見にいった、昔のテクニカラーの映画のようだった。キッチンの床のタイルは深紅。カウンターの上でスライスされるのを待っているリンゴは、アシッドグリーン。窓から射しこむ光は、鮮やかな金色。いつの間にか、雨がやんで太陽が顔を出していた。

「マギィ？　聞いていますか？」

わたしは、ゆっくりと瞬きをした。ええ、聞いているわ。「どういうこと？　あなた、アリィの何を知ってるの？」自分の声じゃないみたいだった。焼灼性の何かのせいで喉の粘膜が剝がれてしまったかのような、苦しげな高すぎる声だった。

「電話では話せない」彼がパニックに陥っているのは明らかだった。「そっちにうかがおう」

わたしは慌ててキッチンを見まわした。使いこんだシェーカー・スタイルのキャビネットと、縁が欠けた調理台と、空っぽの冷蔵庫。彼を――この謎の男を――わたしの家に迎え入れるのはまちがいだという気がした。「それは、いい考えではないわ」

「たしかに。あなたの家は盗聴されている可能性がある。電話で話すのさえ危険だ。あのコーヒーショップなら、二十分以内に行ける」

世界が傾いたように感じた。わたしは膝が崩れないように、カウンターにつかまらなければならなかった。「トニィ、あなたの言ってることは意味をなしていない。めちゃくちゃだわ」

「わたしは、ふつうに話しているだけだ！」その怒りに満ちた声に、病的なものを感じた。わたしのなかの深いところで、恐怖が揺り起こされた。この男を家に入れるわけにはいかない。「あなたがふつうじゃないなんて、言ってないわ」これ以上ないほど穏やかな声で、なだめるように言った。図書館に勤めていた時に、学期末レポートが消えてしまったと、真っ青になってカウンターに助けを求めにくる学生に「何があったのか話してごらんなさい。それから、どうしたらいいか考えましょう」と言ってやったあの口調だ。

「しかし、あなたに話したら……」電話の向こうから、押し殺したような音が聞こえてきた。彼は、泣くまいと闘っているのだ。「申し訳ない、マギィ。ほんとうに申し訳ない。もっと早く話したかったんだが、どう話せばいいのかわからなかった。アリソンを巻きこんだのは、わたしだ。彼女が死んだのはわたしのせいだ」

鼓動が激しくなり、恐怖のせいで胃が冷たく重くなった。「お願い、知ってることを話して」

長い沈黙が流れた。そして、電話が切れてしまったのかと思った頃、彼の小さな細い声が聞こえてきた。「アリソンは、〈プレキシレーン〉を調べていたんだ。わたしは彼女に、あの会社が何をしているか話した。それを聞いて、アリソンは証拠を集めていた。電話の遣り取りを録音し……」

「アリィが〈プレキシレーン〉を調べていたって、どういう意味？」

「アリソンが悪事を暴こうとしているのを知って、連中が彼女を殺したんだ。マギィ、あなたのお嬢さんは、とても勇敢だった。ヒーローだ。それをあなたに言いたかった。こっちにやってきたのは、そのためだ。あなたまで巻きこむつもりは、けっしてなかった」

「さっぱりわからないわ。お願い――」

彼が大きく息を吸った。「ネックレスだ、マギィ。何もかも、ネックレスのなかに隠されている」

電話が切れた。

「トニィ？　聞こえてる？」

電話の向こうには、もう誰もいなかった。ツー、ツー、ツーという音が聞こえるだけ。かけなおしてみても、呼び出し音が鳴りつづけるだけだった。

アリソン

走りだして二時間が経っていた。心を落ち着かせてくれるエンジンの音と、ラジオから語りかけてくる声。車内を満たすその断片的なしゃべり声は、すぐに雑音にかき消されてしまう。午後の遅い時間になっていて、わたしを捉えていた恐怖の指は、目の前にゆったりと延びている道路のように、徐々に力を緩めはじめていた。それでも、サングラスの男の姿は、しっかりと心に焼きついていた。

たしかなことがふたつある。初めて見る男だったというのがひとつで、もうひとつは、わたしを殺すために送りこまれた男にちがいないということだ。

いつからわたしのあとをつけていたのだろう？　山でも、そばにいたのだろうか？　あの山小屋で眠っていた時も、見張られていたのだろうか？　ルークの店に入るところも、黒っぽい壁にテレビの明かりがチカチカ映っていた、あのモーテルの部屋にいた時も、あの男に見られていたのだろうか？

その答えは、頭ではなく身体の深いところでわかっていた。絶えず一歩うしろに誰かがいることは、最初から感覚としてわかっていた。あの男は、常にわたしの匂いを嗅いでいたのだ。こっそり見張るのは簡単だ。経験から、それはわかる。

あの日、公園で聞いた話を、まだ信じていない自分がどこかにいた。だから、ベンの携帯電話にスパイウェアをインストールして、その会話を聞けば、彼の容疑を晴らせるかもしれないと思っていた。**彼は無実だ。**ベンが眠りに落ちるのを待ちながら、わたしは思った。**ただの誤解にちがいない。それがはっきりしたら、わたしはこの人生を生きつづけることができる。**そう信じて、スパイウェアを添付したメールを彼の携帯に送った。ベンの携帯を手に取り、暗記しているパスワードを打ちこむ。そして、画面を一度タップすると、ダウンロードが始まった。わたしの携帯が光を放ち、お知らせメッセージがあらわれた。『六一九－五五五－三三六四 通信中』**彼は無実よ。**わたしはそう思いながらベッドに入り、彼の傍らに身を横たえると、その温かな背中をわたしの胸に引き寄せた。**わたしがそれを証明してみせる。**

ジムで走っている時に、最初の電話がかかってきた。ヘッドフォンからかすかに聞こえてくるビヨンセの歌声と、ランニング・マシンのベルトを踏みしめる自分の足音と、荒い呼吸と鼓動の音。それから、カチッという音が鳴り、人の声が聞こえてきた。

「今、弁護士から返事があった」ベンの声よりも低かったが、その男の声には聞きおぼえがあった。「連中は集団訴訟という形で、押し進めるつもりらしい」サムだ。

「クソッ」押し殺したような妙な声で、ベンが言った。「どのくらいまずいんだ？」

「かなり。株主は、すでに混乱している。一刻も早くにぎりつぶす必要がある」

走る勢いを失ったわたしは、マシンから落ちないようにハンドルにつかまらなければならなかった。緊急停止ボタンを押すと、ベルトが揺れてマシンの動きがとまった。隣で走っていた女性が、チラッとこちらを見て薄ら笑いを浮かべた。

「たとえ示談に持ちこめても、FDAは商品の回収を望むにちがいない。まだ打つ手はあるはずだ」ベンの声がかすかに震えているのを感じて、彼がかわいそうで胸が痛くなった。

「二十四時間体制で研究開発に取り組んで、やっと生まれた商品だ。副作用が出たのは、たった——なんだ？——三パーセントか？」

「八パーセントだ」

ハッと息を呑む音がした。少なくとも、ベンにはまだショックを受けるだけの余裕があるようだ。そう、少なくとも彼はショックを受けていた。「あれはいい薬なんだ、サム。多くの人間が、あの薬に救われている」

サムが咳払いをした。「ぼくだって、示談に持ちこみたいわけではない。しかし、他に選択肢はない。裁判になれば、ボロ負けだ。準備書面を読ませてもらった」

ベンが小声で悪態をついた。「何か指摘できることはないのか？　ドラッグをやっていたとか、家庭に問題があったとか？」胃が飛びだしそうになった。わたしはこんな男の手や唇や舌が、この身体にふれることを許していたのだ。彼を自分のなかに迎え入れていたのだ。

「そういうものは何ひとつない。今回は、弁護士どもがきっちりと仕事をしている。なんと、彼女は教師だ。そして亭主のほうは、ソーシャルワーカーときている。出産前には、うつ病の病歴もない」長い沈黙が流れた。目眩をおぼえてようやく、会話が始まった時から息をとめていたことに気がついた。「他に道はないんだ、ベン。頭に拳銃を突きつけられているも同然だ」

　ベンが長い息を吐いた。「いくらだ?」

　それが常に口にされる質問なのだと、このあとすぐに知ることになる。いくらかかる? いくら出せば黙らせることができるんだ?　いくらで片がつく?

　サムが咳払いをした。「三百万。いや、三百五十万ドル」

「けっしてしゃべらないという条件で四百万ドル払って、とびきり厳しい誓約書にサインさせろ。ひとことでもしゃべったら葬ってやる。それを理解させるんだ」

「わかった」

　電話が切れ、またビヨンセの歌声が聞こえてきた。わたしはランニング・マシンから飛びおりると、全速力でロッカー・ルームへと走り、着替えの様々な段階の女性たちを押しのけるようにしてトイレへと駆けこんだが、一秒遅かった。個室の床に吐いてしまった。その不快な音を、ロッカー・ルームのスピーカーから流れてくるスムーズジャズが消してくれた。

マギィ

何もかも、この前、彼に会った時と同じだった。ミルクを泡立てるブーンという音と、それがとまる時のカチッという音。消臭スプレーの人工的な花の香りが混じった、ローストされたコーヒー豆の香ばしい匂い。バックに流れているギターの曲までもが同じだった。あの時のウエイトレスが、コーヒーといっしょに、大きすぎるチョコチップ・クッキーが載ったお皿を運んできた。「閉店時には、捨てられちゃうんです」クッキーについて尋ねたわたしに、肩をすくめて彼女が答えた。だからわたしは――バターと砂糖の味が口いっぱいにひろがることを考えただけで、胃がムカムカしたが――笑みを浮かべてお礼を言った。

何もかもまったく同じなのに、見知らぬ店にいるような気がした。どこを見ても、懐中電灯で冷蔵庫の下を照らして積もった汚れを見ているみたいな感じで、何もかもが見慣れない恐ろしいものに思えた。

わたしは席を立ちたくなる気持ちを抑えてカフェラテを飲み、失礼にならないようサービスのクッキーを囓りながら、時計の長い針がゆっくりとまわっていくのを眺めていた。

トニィはあらわれない。それはわかっていたが、万が一のためにここに坐っている必要がある。

絶えず首に掛けたネックレスにふれ、そこにあることをたしかめた。テーブルを片づけにきたウエイトレスが、わたしに気の毒そうな目を向け、クッキーをもう一枚持ってきましょうかと訊いてくれた。わたしはそれを断り、ネックレスをはずして掌に載せた。ロケットの部分は凹んでいるし、安物の金メッキが擦れてニッケルがあらわになっている箇所もあったが、それを除けば、二年前にチャールズがアリィに贈ったそのままだった。

震える指でロケットを開き、そこに収まっている写真を見つめた。これを撮った時のことは、今でもおぼえている。家族で過ごしたオガンキットでのバケーションの写真だ。チャールズは、わたしが道をまちがえたせいで迷子になったと言って怒っていて、迷子になったのは地図を持ってくるのをいやがった彼のせいだと思っていたわたしは、わたしに腹を立てているチャールズに腹を立てていた。暑くて、三人とも疲れていて、日に焼けて砂だらけになっていた。アリィがこの写真を撮ったのは、空気をなごませたかったからにちがいない。「笑って！」アリィはそう言うと――というより、そう命じると――夫婦喧嘩が始まる隙を与えずに、わたしたちが買ってやったキヤノンで、この写真を撮ったのだ。チャールズの笑顔は本物だった。彼は妻にどんなに腹を立てていようとも、かわいい娘を前にすると笑みを浮かべずにはいられない。でも、わたしの笑顔は硬く、いかにも無理にほほえんでいるようだった。おそらく、キャビンに持ち帰る食料品をどこで買ったらいいか、持ってきた現金で夕食代が払えるか、裏口の鍵は締めてきたか、心配していたのだ。

わたしは、かぶりを振った。もう一度やりなおせるものなら、心配ばかりして多くの時間を無駄にしたりはしない。チャールズと手を繋いでカメラに向かって思いきり笑い、写真を撮りおえたら走っていってアリィを抱きしめ、その砂だらけの頬をわたしの頬に押しつける。みんなそれを持っている時には、そのすばらしさがわからない。それを失った時にどう感じるか、誰も教えてはくれないのだ。

「ネックレスだ、マギィ」彼は最後にそう言った。「何もかも、ネックレスのなかに隠されている」

わたしは大きく息を吸うと、縁を持ちあげて写真をフレームから取りだした。ロケットのケースのなかに、親指の爪ほどの四角い形をした、白いプラスティックが入っていた。コンピュータ・チップだ。

アリソン

突然、それは始まった。一瞬前には、長いリボンのように延びるアスファルトの道路に、わたしの車だけが走っていた。それが次の瞬間には、大型トレーラーがリアバンパーの右うしろに、ピッタリとくっつくように走っていて、後方からスポーツカーが勢いよく迫っていた。

簡単にやり過ごせるはずだった。右側の中間の車線に移動して、スポーツカーを先に行かせばいいだけだ。わたしはウインカーを出して、肩ごしに右後方を確認した。でも、大型トレーラーはスピードを緩めて前に入れてくれる代わりに、スピードをあげてきた。もう直進する以外なかった。

一瞬にしてパニックに襲われた。彼だ。彼にちがいない。

わたしはアクセルを踏んだ。スバルがうなりをあげて、前へと飛びだした。スピードメーターの針が、ぐんぐんあがっていく。百十キロ、百二十キロ、百三十キロ。右に目を向けると、大型トレーラーがすぐ横を走っていた。ドライバーの視線を捉えられるかもしれないと期待して運転席を見あげてみたが、車高が高すぎて、ドライバーの顔は陰になり、野球帽の庇しか見えなかった。バックミラーにサッと視線を向けてみる。スポーツカーは、車たった一台分の距離まで迫っていて、ボンネットに立っているメルセデスのエンブレムがはっきりと見えていた。今ブレーキを踏んだら、スポーツカーが突っこんできて、わたしのスバルは路肩から転落するか、大型トレーラーの下敷きになってしまう。スポーツカーのドライバーが、ヘッドライトを点滅させて道を空けろと訴えている。百三十キロで走っているのに、大型トレーラーはまだ横にいて、わたしの車線変更を許そうとしない。大型車が生みだす乱気流のせいでトレーラーに吸い寄せられるのを感じ、ハンドルをしっかりとにぎりなおした。

わたしはクラクションを鳴らし、トレーラーのドライバーのほうに首を伸ばした。**こっちを見て。**心のなかで彼に訴えた。**見て！** こちらから見えるのは、ドライバーの顎と帽子の庇だけ。彼の目は、まっすぐ道路に向いているようだった。

百六十キロ。車体が震えだした。横目でバックミラーをのぞいてみた。スポーツカーのフロントエンドがミラーいっぱいに映っていて、日射しも空もスポーツカーのうしろの道も見えなくなっていた。車に乗っているのはドライバーひとりきり。ハンドルの十時十分の位置に置かれたグローブをはめた手と、目を覆うミラーサングラスと、固く引き結ばれた唇。彼がまたヘッドライトを点滅させ、道を空けろと手振りで合図した。

百八十キロ。警告標識が、前方にカーブがあることを告げている。この車線をまっすぐ走りつづけるしかない。進路を変えることはできないのだ。黒いアスファルトの帯がカーブを描きはじめ、それに沿ってハンドルをまわすと、タイヤが軋るのを感じた。大型トレーラーの運転台のドアの下側で、ブルーに塗られた金属面が、かすかな光を放っている。カーブがきつくなると、スバルはさらにトレーラーに引き寄せられた。二台の距離は、もう数センチにまで縮まっている。

歩道から、死体を削り取らなくてはならなかったんだ。轢かれた男は跡形もなくなってしまった。大事故のあと、警察署長のジムおじさんが言っていた。**気の毒に。**

前方で標識がまたたいている。『六十メートル先、右に合流』オレンジ色のライトが、その方向を示していた。そのあと、また別の『作業中』と書かれた標識があらわれたが、作業をしている人間の姿はなく、ただわたしが走っている車線にコンクリートの防護柵が一列にならんでいた。

うなじに冷たい汗が噴きだした。わたしは身構えた。すぐにも、金属同士が擦れ合う甲高い音と、ガラスが割れる音を聞くことになるにちがいない。わたしは重力を失い、宙へと投げだされるのだ。サンドペーパーのようなコンクリートの表面に肉を削がれ、骨が折れて砕け、流れでた赤すぎるドロッとした血がアスファルトにひろがっていく。金臭い血の臭いと、ガソリンの臭いと、車が焼ける臭い。

わたしは死ぬのだ。そう思うと、妙に心が落ち着いた。わたしはこの瞬間に向かって、一歩一歩人生を歩んできたのだ。生まれた時から、こうしてこの世から旅立つように決められていたのだ。

でも突然、それは終わった。不意にトレーラーが背後に消えたと思うと、スポーツカーがすばやくその前に入り、スピードをあげてクラクションを鳴らしながら、スバルを追いこしていった。わたしはアクセルを踏む足を緩め、右の車線に入った。合流の標識に、もう数センチで激突するところだった。百四十キロ。百三十キロ。百二十キロ。百十キロ。大きくハンドルを切ってカーブをまわると、またまっすぐに道が延びていた。バックミラーごしに、ハイウェイをおりるトレーラーが見えた。前方に車は走っていない。スポーツカーは、もうどこにも見えなかった。

金属っぽい味を感じて、血が出るほど頬の内側を嚙んでいたことに気づいた。ハンドルをにぎる手がどんなに震えていても、そんなことには気づいていないふりをした。

家にはたどり着けないかもしれない。そんな思いが浮かんできた。

いいえ。

何がなんでも、たどり着く必要がある。

マギィ

そのニュースは〈アウルズ・クリーク・エグザミナー〉紙の一面にさえ載らなかった。一面を飾ったのは、地元ハイスクールのフットボール・チームの練習初日を報じる記事と、メイン・ストリートに活気を取り戻す計画だった。五ページ目に載っていた、たった数行のその記事には、小さな写真が添えられていた。粒子の粗い写真だったが、彼だということはわかった。まちがいなくトニィだ。

宿泊客　遺体で発見

きのうの朝早く、ホテルの部屋で宿泊客のアンソニー・トラカネッリさん（六十六歳）が遺体で見つかった。入室しないようにと厳しく指示されていたが、口論の声を聞いたあと不安になり部屋に入ったと、発見者の従業員は話している。発見時、部屋には他に誰もいなかった。今のところ死因は不明で、警察が捜査を進めている。

トニィの名字は、これまで知らなかった。尋ねようとも思わなかった。

電話の向こうから聞こえてきたパニックに駆られた彼の声が、今でも耳に残っている。あのあと電話が切れ、そして今、彼は死んでしまった。

誰かに話す必要がある。声に出して話さなければ、現実でなくなってしまう。ほんとうに起きたことなのに……。

わたしはジムに電話をかけた。最初の呼び出し音で彼が出た。

「アンソニー・トラカネッリのことで何かわかっていたら教えて」挨拶もせずに、そう言った。儀礼的な会話をするには、興奮しすぎていた。

「ホテルで見つかった男のことか？　たいしてわかっていない。ブランヴィル署の管轄だから、われわれはほとんど関知していないんだ」

「調べられない？」

「なぜ興味を？」

わたしはため息をついた。「彼を知ってるの」

「彼を知ってる？　どういう知り合いなんだ？」

時間を稼ぐかのように、テーブルにこびりついた汚れを爪で剝がした。「ボウディン大学の図書館で会ったの。引退していて、暇つぶしに講義を受けにきてるって言ってた。話をして、それで……」わたしは木目に爪を立てた。「親しくなった。ええ、そう言っていいと思う」いやな気分だった。あまりに愚かしいし、チャールズを兄のように慕っていたジムへの最悪の裏切りのような気がした。トニィとのあいだには何もなかった。それでも、電話の向こうのジムに何かを嗅ぎとられたような気がした。

「なるほど」

　ジムは話のつづきを待っているようだったが、わたしはすぐには口を開かなかった。ガスレンジの隣の調理台に置いてあるコンピュータ・チップに目をやった。ジムにすべてを話すべき時が来たのだ。他に道はない。「アリィのネックレスに、コンピュータ・チップが入ってたの」衝動的に言ってしまった。「ロケットのなかに隠されてたのよ。それを教えてくれたのはトニィだった。なぜかはわからないけど、彼はそれを知ってたの。とにかく、彼は電話でロケットのことを口にした。その直後、突然電話が切れて、彼は死んでしまった」蛇口を全開にしたかのように、言葉が溢れてきた。「トニィは死んでしまったのよ、ジム。わたしのせいだわ。何が起きてるのかはわからないけど、とんでもない何かが起きてるってことはわかる。ひどいことが起きてるにちがいないんだけど、もうわけがわからない。なんだか――」わたしは口ごもり、肺いっぱいに息を吸いこみ、またそれを吐きだした。「なんだか気が変になってしまいそう」

　ジムは何も言わなかった。彼の頭のなかで歯車がまわっている音が聞こえるようだった。判断をくだす前に、わたしが言ったことについて熟考しているのだ。ジムはそういう人間だ。難局に直面しても落ち着いていられるし、いつも事態を理解してから行動に出る。そんな彼に、「きみは正気を失っている」と言われて片づけられてしまったらと思うと怖かった。ようやく、彼の咳払いが聞こえてきた。「今、家にいるのか？」

「もちろん」

「そのままそこにいてくれ。すぐに行く」

ジムを待つあいだに、ポットに一杯コーヒーを用意した。そして、カウンターの上にひろげた新聞の写真を見おろした。白黒写真は少しぼやけていたが、まちがいなくトニィだ。彼の銀色の髪、彼の悲しげな目、彼の温かみのある笑顔。その顔が、ヨークの菓子店で見たタフィを練りあげるマシンのように、わたしの心を引き伸ばし、引っ張った。怒りと悲しみが入り混じり、屈辱感のせいで胃がムカムカする。

トニィは、わたしに事実を隠していた……待って。そうじゃない。彼はわたしに嘘をついていたのだ。わたし以上に知っていながら、アリィのことなど知らないふりをしつづけていた。あの子の秘密を隠したまま、彼は死んでしまった。もう、彼が秘密を打ち明けてくれることはけっしてない。それが何より腹立たしかった。嘘をつかれたことではなく、真実を墓場まで持っていってしまったことに、わたしは腹を立てていた。

わたしは両手で頭を抱えた。ネックレスに伸ばした彼の指が、肌にふれかけた瞬間の衝撃がよみがえってきた。直感を信じて、警戒をつづけるべきだった。なんてバカだったんだろう。

ジムの車が私道に入ってきた音を聞いて、掌で顔を撫でた。冷静でいなくてはいけない。ジムに信じてもらう必要がある。疑いなど持たれるわけにはいかないのだ。

ジムは、すぐにキッチンにあらわれた。わたしがコーヒーのカップを手わたすと、彼はテーブルに着いた。「途中、ブランヴィルの警官と話した」彼はそう言ってコーヒーを飲んだ。「何が起きたのか、まだ調べている最中のようだ」

わたしは腕を組んだ。「それを今から話そうとしてるの。誰かが彼を殺したのよ」

ジムが口を拭った。彼は疲れているようで、年齢よりも老けて見えた。「マギィ、知っていることをすっかり話してもらう必要がある」

だから、わたしは知っていることをすっかり話した。図書館でどんなふうにトニィが近づいてきたか説明し、〝お別れの会〟に彼があらわれたことや、コーヒーショップで会ったことを打ち明けた。そして、「何もかも、ネックレスのなかに隠されている」と彼に言われ、見てみたらコンピューター・チップが隠されていたことを話し、それを真珠のように手に載せて彼に差しだした。わたしが話を終えると、ジムはかぶりを振った。「マギィ、もっと早く話してくれるべきだった。きみが何をしているのか、話してくれるべきだった」

わたしは首を振った。「きっと信じてくれなかった」

ジムは平手打ちを食らったかのように、ガックリと頭をうしろに傾けた。「ここでそんなことを言うのは、フェアじゃない」

「信じてもらえなかったとしても、あなたを責めたりはしなかったと思う」わたしは両手をあげた。「正気を失ってるようにしか聞こえないもの」テーブルごしに彼を見つめた。「わたしはアリィの身に何が起きたのか、知りたかっただけ。それだけよ」

ジムがため息をついた。「わかっている。しかし、マギィ、その件については終わっている。アリソンは事故で亡くなった」

「それは、わたしの考えとはちがう。トニィも、そんなふうには思っていなかった」音をたてて椅子を引き、テーブルから離れた。もう、じっとしていられなかった。わたしは苛立たしさを胸にキッチンを歩きまわりはじめた。「あの子がサンディエゴで何をしていたのか、そしてベンがどういう人間だったのか、知れば知るほど……」わたしはジムのほうを向いた。「写真を見たでしょう？　アリィがどんなに変わってしまったか、見たでしょう？　アリィは働くのをやめて、友達とも話さなくなった。知ってた？　あの子は、あの男のために何もかも切り捨てたの。そんなの、あなたが知っていたアリィらしくないでしょう？」

ジムがため息をついた。想像し得るかぎり、最も長くて最も悲しげなため息だった。「わたしは、アリソンを子供の頃から知っていたわけではない」静かな声で彼が言った。「こんなことを言わなくてはならないのはほんとうに残念だが、きみだってアリソンを知っていたとは思えない。わたしにしても、息子たちのことはほとんど知らない。毎週のように会っているのにね。そういうものだよ、マギィ。子供たちは成長し、親の知らない人間になってしまう」彼がわたしの手を取った。「アリソンは逝ってしまった。ちがうことを言えたらと思う。しかし、墜落現場の写真を見た。あんな事故に遭って生き延びられる見込みはない」

わたしはコンピュータ・チップをあらためて彼に差しだした。その指が震えている。「だったら、なぜアリィはネックレスにこれを隠したの？　何か意味があるはずよ、ジム。絶対に何かあるはず」

彼がためらっているのがわかった。「きみは、そこに何が入っているか知っているのか？」

わたしは首を振った。「正確には知らないけど、アリィがわざわざロケットに隠したんだから、重要な何かにちがいないわ」

ジムがわたしの顔から掌のチップへと視線を移し、またわたしの顔を見た。そして、肉づきのいい手で口元を撫でて、ため息をついた。「あずかろう」ようやく彼がそう言って、チップを取りあげた。「調べさせてみる」お礼を言おうと口を開いたところで、彼に遮られた。「ただし、調べてみてなんでもないことがわかったら、もう終わりにすると約束してくれなくてはだめだ」約束などできなかったが、とりあえず黙ってうなずいた。「それでいい」ジムはそう言って立ちあがると、コンピュータ・チップをにぎりしめ、シャツの胸ポケットに滑りこませた。「結果がわかりしだい、連絡する」

わたしは玄関まで彼を送っていった。「彼の身に、つまりトニィの身に、何が起きたのかわかったら教えてくれる？」

ジムはうなずいた。シャツの前側にコーヒーの小さな染みができている。それを見て、染み抜きに苦労するにちがいないリンダのことを思った。お酢を使うようにと、教えてあげなくてはいけない。「約束を忘れないでくれ。この結果が出たら、おしまいにすること」

「いいわ」私道に駐めた車に向かって歩きだした彼に、そう答えた。「約束は守る」

でも、それが嘘だということは、どちらもわかっていた。

目的地まで千八百キロ

アリソン

インディアナ州のどこかを走っているつもりだが、もしかしたら『オハイオ州へようこそ』の看板を見逃してしまったのかもしれない。でも、そんなことはどうでもいい。平坦なハイウェイがまっすぐに延びているこのあたりには、時折トネリコバノカエデやアメリカハナノキの葉がヘッドライトに黄金色に照らしだされるのを除けば、パッチワークのような畑が果てしなくひろがっている以外何もなかった。

他に車は走っていない。延々とつづくハイウェイに、わたしの車が一台だけ。道路上の夜間反射装置（キャッツアイ）が、天上の星の明かりを受けて輝いている。

もう十七時間近く、運転しつづけている。アドレナリンが枯渇した今、頭が空っぽになり、虚脱感をおぼえていた。瞼が重かった。その瞼が絶えず疲れた目を覆い、そのたびに壊れたブラインドをあげるように、必死で目を開けなければならなかった。

でも、眠っている暇はない。車を駐める暇もない。あの人たちはどこかにいて、わたしを待っている。もしかしたら――考えすぎかもしれないが、もしかしたら――母にも迫ろうとしている。いいえ、すでに母のもとにたどり着いている可能性もある。だめよ。わたしは手

の甲で目を擦り、アクセルを踏みこんだ。そんなふうに考えてはいけない。まだ母を救える

と信じなくてはいけない。

突然、はっきりと目が覚めた。車が揺れ、車内に耳をつんざくほどのブザー音がひびきわたった。

車線を越えて、凹凸区間（ドライバーに注意を促すためにつくられた、路面減速設備）に乗ってしまったのだ。ハンドルを切るのが一秒遅れていたら、防壁に激突していたにちがいない。

心臓が飛びだしそうだった。どのくらい眠っていたのだろう？　一秒？　それとも一分？　時計に目をやった。二時四十三分。もう完全に目が覚めていたが、これ以上運転をつづけるのは危険だ。朝まで走りつづけることはできない。何時間か車を駐めて、眠る必要がある。八百メートル以内にトラックの重量計測所があるという標識を見つけ、その施設が見えてきた。またたくネオンの下に、大型トレーラーが二台駐まっている。わたしは、その計測所をとおりすぎた。無防備すぎて危険だ。鍵のかかるドアがついた部屋でなくてはいけない。

片手でハンドルをにぎり、眠ってしまわないようにもう片方の手で内腿をつねりながら、さらに十キロ近く走った。ようやく見えてきた。そのモーテルの看板は、少なくとも二階建てのビルくらい大きくて、その明かりが六メートル四方を照らしていた。ハイウェイをおりて、寝静まった通りをカーブを描きながら走り過ぎ、半分ほど埋まっている駐車場に車を乗り入れた。そして、エンジンを切った。モーテルの部屋の窓は、一階のひとつを除いて真っ暗だった。バッグを肩に掛け、そのなかにライフルを突っこんで、飛びだしている先をブラ

ンケットで包むと、玄関に向かって歩きだした。鍵がかかっているものと思っていたのに、ウィーンと鳴って自動ドアが開き、気がつくと狭苦しいロビーに立っていた。万能洗剤と、しみついた朝食の匂いがする。わたしは、デスクの上の小さなベルを鳴らした。

デスクの脇のドアが開いて、こざっぱりとしたブロンドの女性があらわれた。糊のきいたブルーのボタンダウンに、きちんとプレスされた紺色のズボン。こんな時間にしては驚くほどキビキビしている、溌剌としたかわいらしい顔つきの彼女を見ていると、気力が失せてきた。「こんばんは」彼女が満面に笑みを浮かべて、晴れやかに言った。「ご用件をうかがいます」

「ええと……部屋をお願いします」わたしは口ごもりながら応えた。「ひと晩でいいの。あ、つまり朝までってことだけど」

追い返されるかもしれないと半ば覚悟していたが、彼女はうなずいて振り向き、背後のボードに掛かった鍵を手に取った。「三十一号室です。クレジットカードを拝見できますか?」

わたしは首を振った。「現金で前払いするっていうのはだめかしら?」

「だいじょうぶですよ。損害補償金として百ドルお預かりすることになりますけど」

わたしはバッグのポケットをかきまわして、多すぎるのはわかっていたが、そのまま何枚か札をわたした。彼女はゆったりとデスクの上でそれをかぞえ、多い分を返してくれた。

「朝食は召しあがりますか?」

「いいえ」咄嗟(とっさ)にそう答えたが、朝になる頃には二十四時間近く何も食べていないことになると気がついた。「ああ、やっぱりいただくわ。そうできるなら」

「もちろんです。朝食は無料で、七時から九時までとなっています。モーニングコールはご希望ですか？」

なんだかバカバカしくなってきて、気がつくと笑いをこらえていた。「それはけっこうよ。ありがとう」

「三十一号室は三階になります。お客様の左手にエレベーターがございます。お荷物を運びましょうか？」足下に置いてある汚いバッグを示して彼女がそう尋ねるのを聞いて、今度は声をあげて笑った。

「いいえ、だいじょうぶ」わたしはそう答えながら、バッグを持ちあげて肩に掛けた。「ありがとう」

部屋は狭かったが清潔だった。壁紙はグレーと白のストライプで、クイーンサイズのベッドの上の壁に、海辺の町を描いたありふれた水彩画が掛かっている。わたしは顔を洗い、鏡のなかの自分を見ながら歯を磨いた。尖った顔と、短く切った髪を見ると、いまだに驚いてしまう。ブラインドをおろして厚手のカーテンを閉め、わたしはベッドに入った。エアコンが低くうなっているのを除けば、なんの音も聞こえない。わたしはバッグに手を伸ばして、ベッドの下にライフルを滑りこませた。

国をもう半分ほど横切ったところで、ベッドに身を横たえているはずの母のことを思った。もう二年以上、母の部屋には足を踏み入れていないが、はっきりと様子を思い描くことができる。〈ジョーダン・マーシュ〉で買ったオーク製の大きなベッドと、その上に掛かっている白い花模様のブルーのキルト。窓には、朝日が入らないよう厚手のカーテンが引いてある。母の足下で丸くなって夢を見ているバーニィは、時々ピクッと身を引きつらせるのだ。そんなふうに母を思っているうちに、わたしは疲労感にとらわれ、眠りに落ちていった。安らかに。そして、安全に。

どうか、わたしを待っていて。

マギィ

トニィにあてはまるアンソニー・トラカネッリはひとりしか見つからなかったが、彼はボウディン大学の社会人受講生ではなかったし、メインに——少なくともずっとは——住んではいなかった。彼はカリフォルニア州サンディエゴの住人として、ネットに名前があった。

覚悟はしていたものの、本人が言っていたとおりの人物でないことを文書の形で突きつけられて、やはりショックを受けた。わたしは深呼吸をして、検索結果をスクロールしはじめた。ヒットの数は、かなりのものだった。

トニィの年代の人間の多くは、ネット上に載っていない。子供にセットアップしてもらってフェイスブックを楽しんでいる人や、会社のサイトの役員紹介ページに載っているような大物なら別だが、ネット人口のほとんどは若者だ。でも、もちろん、理由があってネットに名前が載る者はいる。そう、ニュースになれば名前が載ることになる。

トニィの場合、多くの記事が載っていた。〈ニューヨーク・タイムズ〉〈ワシントン・ポスト〉〈ボストン・グローブ〉——そうした新聞に彼の名前が載っていた。わたしは最初の記事をクリックした。

〈ワシントン・トリビューン〉

連邦医薬品局（ＦＤＡ）の元局員逮捕

カリフォルニア州サンディエゴ――内部告発をしたのち、ＦＤＡを追われた元局員が、昨日警察に逮捕された。昨日早朝、匿名の通報にもとづいてクレアモント在住のアンソニー・トラカネッリ（六十歳）の自宅を強制捜索したところ、ノートパソコンから違法な猥褻(わいせつ)画像が見つかったため、トラカネッリの身柄を拘束したと、警察は話している。現在は保釈中。

トラカネッリは、ＦＤＡの医薬品研究開発部に所属していたが、昨年五月にＦＤＡに悪しき慣習があると暴露して解任された。マスコミに漏れた内部資料によると、トラカネッリは、〝アメリカ国民の安全を護るという任務を完全に怠っている〟として上司を非難。複数の上級取締官が、製薬会社から賄賂を受け取って、承認プロセスを違法に短縮していると訴えた模様。市場に出まわる薬品の〝有害で命に関わる可能性もある副作用〟を隠蔽した例もあると主張していた。

トラカネッリはＦＤＡ在職中、製薬会社は製品の安全性について、より長期にわたる治験や二重盲検のデータ分析結果も含めた、さらなる研究データを提出するべきだと主張して、同僚を驚かせていた。幹部はトラカネッリの主張を法外な要求とみなして却下。その直後、トラカネッリは解任されたが、解任後も問題を追及しつづけ、ＦＤＡが製薬会社である〈プレキシレーン・インダストリーズ〉と結託しているという証拠をインターネットの内部告発サイトに投稿して、両者を公然と非難した。〈プレキシレーン・インダストリーズ〉は、そのサイトを名誉毀損で訴え、トラカネッリの投稿は削除された。トラカネッリ解任後、内部調査が行われたが、いかなる不正行為も認められなかった。トラカネッリの主張は根拠のないものと判断されたが、局を覆う雲は晴れていないと内部の人間は話している。

記者が話を聞きに自宅を訪ねたところ、トラカネッリは猥褻画像の一件を否定。自分は魔女狩りの犠牲者だと主張し、告発については「罠以外のなにものでもない。最後に正義が勝つと信じています」と語った。

目の錯覚でないことをたしかめるために、二度読まなければならなかった。でも、錯覚ではない。画面上に、たしかにそう書かれていた。トニィは〈プレキシレーン〉を調べていた。彼はアリィを知っていた。アリィが首に掛けていたチップのことも知っていた。何もかも知っていたのだ。

トニィは、アリィのことをなんと言っていたっけ？　そう、ヒーローだと言っていた。悲しすぎて胸が張り裂けそうだった。アリィは不正を暴こうとしていたのだ。ここしばらくのあいだで、初めてアリィにふれることができたような気がした。それが、わたしの知っているアリィだ。それが、わたしの娘だ。そう思うと、ものすごく誇らしかった。

アリソン

何も聞こえなかった。わたしに覆いかぶさっている彼の小さな息づかいさえ、聞こえなかった。首を絞められて初めて目を覚ました。

部屋は真っ暗で、目を開けても暗闇しか見えなかった。全体重でのしかかられて、身体がマットレスに沈みこみ、その重みでベッドが軋んでいる。頬にかかる熱い息と、首をきつく絞めつける指の力。すでに視界に白い点々があらわれだしていた。

彼がここにいる。ついに見つかってしまった。

わたしは絡みつくシーツから、なんとか腕を引き抜いた。そして、身体じゅうの筋肉がこわばっているのを感じながら、宙を打つように腕を振りまわして、首にまわされた手をつかんだ。彼の皮膚に爪を食いこませてみたが、首を絞める力が緩むことはなかった。白い点々がひろがり、どんどん増えていく。意識が遠のいていくのがわかった。天井に無数の星がひろがり、わたしは重力を失い、星々に向かって落ちて、落ちて、落ちていく。

ドアに尻尾を挟まれた猫の悲鳴にも似た苦しげなうめき声が聞こえたが、それは自分の口から漏れた声だった。不意にアドレナリンが湧いてきた。わたしは彼の指を引っ掻き、重い身体を蹴りあげると、白い世界に呑みこまれる前に、ありったけの力を振り絞って大きく口を開け、必死に頭を起こして宙を探った。そして、彼の肉をとらえると——どの部分かもわからないまま——思いきり嚙んだ。歯のあいだで肉が裂けていく。うなり声をあげた彼が、一瞬、首を絞める手を緩めた。わたしはその機を逃さず、息を吸いこんで叫んだ。

どちらもが驚くような声だった。彼の身体がこわばり、動いた。その隙に、彼の下から床に滑りおり、ざらつく絨毯に両膝をつく。足首をつかもうとした彼の手が、空を切ったにちがいない。風を感じたわたしは振り返り、彼がいるほうに脚を蹴りあげた。その足先が何かに激突し、ポキッと音がした直後、親指に焼けるような痛みが走った。そして、さっきよりも怒りがこもったうなり声が聞こえた次の瞬間、床におりた彼に腰と腿をつかまれてしまった。わたしは手を伸ばしてベッドの下を探り、指が冷たい銃身にふれると、それを片手でつかんで引き寄せ、両手に持ちかえた。そのわたしに彼が腕をまわし、抱きあげようとしている。わたしは身を捻り、ライフルのグリップと銃身の元部をしっかりにぎったまま、銃尾板の角を彼の顔面に打ちつけた。腕に反動が伝わり、ものが割れるような音とともに彼の身体が震えたかと思うと、その身体から力が抜け、わたしたちは同時に床に倒れこんだ。彼はもう動いていなかったが、わたしはやめなかった。やめられなかった。繰り返し銃尾板を打ちつけるうちに、その音はより重く、より鈍く、複雑になっていき、気がつくとわたしの手も腕も顔も濡れていて、舌を出してみると血と涙と何か別の——なんとも言いがたいねっとりとした黒っぽい何かの——味がした。

暗闇のなか、わたしはベッドの端に坐っていた。どのくらいそうしていたのかはわからない。一分？　それとも一時間？　ライラック色の夜明けの明かりがカーテンを縁取る頃、わたしはバスルームに行ってシャワーを浴びた。服を着るのに電気はつけなかった。

それでも、床に倒れている身体の輪郭は見えた。頭のまわりの黒い水たまりを慎重に避けながら、怖ず怖ずとその死体に近づいていく。ズボンのポケットを探って、それを見つけた。ボタンを押すと、手のなかで携帯電話が息を吹き返し、黄色っぽい円光が部屋を照らした。

彼の顔が見えた。そう、顔の残りが見えた。コロラドの質屋の前で見た、街灯に寄りかかっていた男だった。そうだろうとは思っていたが、落胆している自分がいた。ゲームは、まだ終わっていないということだ。彼は、まだどこかにいる。どこかでわたしを待っている。

携帯電話は、古い型の安物のノキアだった。たぶんプリペイドだ。履歴にある番号はひとつだけ。わたしはメッセージを打ちこんだ。『終わった』送信ボタンをタップすると、ピューッと音がして画面のなかをメールが飛んでいった。

これでいくらか時間が稼げるはずだ。どのくらいかはわからないが、充分なだけの時間であることを祈った。

携帯をポケットに滑りこませて、血を拭ったタオルといっしょにライフルをバッグに突っこんだ。そして、最後にもう一度手を洗うと、ドアを開けてそっと廊下に足を踏みだし、ドアを閉めた。振り返ったりはしなかった。

喉の窪みのあたりに痛みをおぼえながら、階段を駆けおりて裏口から外に出る。呼吸を奪う彼の手を、まだ首に感じていた。正面にまわって駐車場に出ると、窓から見えないよう身をかがめて歩いたが、そんな必要はなかったようだ。モーテルは、まだ眠っている。後部座席にバッグを放りこんで、エンジンをかけ、ハイウェイを何キロも走った頃、ようやく地平線に日がのぼってきた。

その時になって、わたしは初めて泣いた。でも、ほんの数秒のことだった。それ以上時間を無駄にはできないし、泣くのはつらすぎる。

起きてしまった。ほんとうに起きてしまった。彼はわたしを殺そうとした。わたしを殺すつもりなら、母も殺すつもりにちがいない。

わたしはエンジンを吹かし、走りつづけた。

マギィ

アンソニー・トラカネッリの人生を選り分ける作業は、割れた花瓶のかけらをさがすのに似ていた。彼の人生は、ＦＤＡを内部告発した瞬間に壊れてしまったのだ。

もちろん、〈プレキシレーン〉についてトニィが何を探りだしたのか、それ以上はわからなかった。そういう記録は、ソムヌブレイズの副作用の可能性を臭わせる掲示板を葬り去ったのと同じ弁護士軍団の手で、すべて封印されたか破棄されていた。彼らはネットをチェックし、〈プレキシレーン・インダストリーズ〉が悪者に映るような書きこみを、すべて削除させているのだ。

じっと坐っているなんてできなかった。ジムが帰ってからだいぶ経っている。もう、ニュースが入っていてもいい頃だ。わたしは警察に電話をかけた。「チップのことで何かわかった？」ジムに、もしもしと言う間も与えずに尋ねた。

「まだ何も。今、シャノンが調べている」

「シャノンが？」驚きを隠せなかった。「彼女がコンピュータに詳しいなんて知らなかったわ」

ジムが笑い声をあげた。「きみが何を考えているかわかるよ。しかし、シャノンはフロリダでは、その専門家だったんだ。デジタル鑑識課という部署で働いていてね。向こうでは、輝く未来が待っていた。なぜここにやってきたのか、みんな理解に苦しんでいる」

「陽気よ」輝くばかりの笑みを浮かべて、雪のことを話していたシャノンを思い出した。

「フロリダの暑さが苦手なのよ。本物の冬に憧れてるみたいね」

「だったら、いやというほど味わえる。とにかく、あのチップに何が入っているか突きとめるには、丸一日以上かかるらしい。わかったら、すぐに連絡する」

心が沈んだ。「丸一日？　もっと早くする方法はないの？」

ジムがため息をついた。そのあと口を開いた彼の声には、苛立ちが滲んでいた。「マギィ、われわれは最善を尽くしている。だから、もう少し辛抱してほしい。しかし、きみの友人のトニィのことでは、いくらか進展があった」

彼の名前を聞くと、いまだに胃のあたりがキュンとなる。「何が起きたかわかったの？」

「まだ結論は出ていないが、ブランヴィルの警察は自殺の線で捜査を進めているようだ」

身体が冷たくなった。電話で話した時の、恐怖に満ちた彼の声を思い出した。「自殺なんかじゃないわ」わたしは吐きだすように言った。

「いいかい、わたしは、聞いたことをそのまま伝えただけだ」

「ジム――」

彼が遮った。「マギィ、あの男は犯罪者だ」わたしは応えなかった。「ある種の性倒錯者だ。知っていたのか？」

トニィが猥褻画像の一件で起訴されたことを知ったにちがいない。「ええ」そう答えたあとで、いそいで言いなおした。「知らなかった。そうよ、彼からは聞いてなかった。さっきネットで知ったの。でも、そんなことは重要じゃないわ」

「重要じゃない？」彼の疑念が、煉瓦の壁のようにふたりを隔ててしまった。「事件記録に目をとおした。あの男のパソコンから、どんな画像が見つかったと思う？　あの男がきみの近くにいたと思うだけで、吐き気がする」

想像もしたくなかったイメージが、頭に浮かびあがってきた。わたしはそれを押しやった。トニィは、そんなことはしていない。あの記事のなかで、「罠以外のなにものでもない」と彼自身が言っている。わたしには、彼を信じる義務がある。アリィは彼を信じていたにちがいない。つまり、わたしも信じなくてはいけないということだ。「あなたが思ってるようなことじゃないの」わたしは小さな声で言った。

「画像を見たんだ」ジムの声は怒りのせいで震えていた。「あの男は病気だ」息を吸ったのがわかった。「きみにはふれなかったんだろうね？　あの男は――」

その質問が悪臭のように、ふたりのあいだにただよいだした。わたしは、手を伸ばしたトニィの指が首にふれかけた時のことを思い出していた。あの時は、電流が走ったように感じた。「いいえ」わたしは、ようやく答えた。「彼は指一本ふれなかった」

電話の向こうで、ジムが大きく息を吐いた。「よかった」

「ジム」

「わたしのせいだ。もっときみに注意を払うべきだった」

「ジム」

「きみは無防備だった。あの男は、そこにつけこんで——」

「ジム！」わたしは、みんなに子供扱いされることにうんざりしていた。嘘をついていたことについてはひどいと思うけど、トニィは歪んだ方法でわたしを護ろうとしていたのだとわかっていた。悪い人間ではなかった。彼は新聞に書かれているようなことはしていない。それは断言できる。その裏には——すべての裏には、あの人たちがいる。どういうことなのか、それを突きとめなくてはいけない。「ジム、あなたに聞いてもらう必要があるの。トニィはわたしの弱みにつけこむような真似はしていないし、自殺なんてしていない。彼は殺されたの。すべてはベン・ガードナーのせいよ」

　ジムがため息をついた。片方の手を頭のうしろにまわし、デスクの端にピカピカの黒い靴を載せてオフィスの椅子に坐っている彼の姿が目に浮かんだ。電話の横には、冷めかけたコーヒーが入ったマグカップが置かれているにちがいない。「そのことなら、もうすっかり聞いた」

「いいえ、まだ話していない。あなたが聞こうとしなかったからよ。トニィはFDAで働いていたの。それで〈プレキシレーン・インダストリーズ〉について調べていた。ベンの会社よ。トニィは〈プレキシレーン〉に関することで内部告発し、クビになった。そのあと、彼のパソコンから問題の画像が見つかったの」

「猥褻画像。あれは猥褻画像だ」

「それがなんだったとしても、関係ない。問題は、彼が〈プレキシレーン〉の何を知っていたのかということよ」

「きみは、あの男が何を見つけたと思っているんだ？」

わたしは、炉棚の上の壁に掛かったアリィの写真を見あげた。褐色の髪を片方の耳にかけ、目をキラキラさせて、輝くばかりの笑みをわたしに向けている。写真のアリィは、とても若く見えた。まるで小さな子供のようだった。「わからない」わたしはやっと答えた。「でも、アリィは知っていたんだと思う。だから、ふたりとも殺されたのよ」

アリソン

モーテルから八十キロ以上離れた橋の上で車をとめた。窓を開けて、近づいてくる車がないことをたしかめ、できるだけ遠くを目掛けてプリペイド携帯を投げ捨てる。そして、小さな水しぶきの音が聞こえてくると、窓を閉め、ラジオをつけてまた走りだした。


シカゴで会議があると聞いたわたしは、連れていってほしいとベンにせがんだ。最初は――仕事と遊びを混同したくないとか、わたしが退屈するのではないかとか言って――ためらっていたが、最後にはわたしの説得に負け、夫婦揃って彼の自家用機（ムーニー）に乗りこみ、パッチワーク・キルトのような風景を眼下に見ながらシカゴへと向かった。

あれは土曜日の午後のことだった。ペニンシュラのスイートで、手描きの壁紙に称賛の目を向けながら、洗った髪をタオルで拭いていると、電話がカチッと鳴った。

「リッチが弱腰になっている」サムが言った。もう彼の声はすぐわかる。夢のなかでも、その低いしわがれ声が聞こえてくるくらいだ。

「どういう意味だ？」ベンの声だった。彼はグリーチャー・センターで、がんの遺伝子療法についてのセミナーに出席しているはずだったが、通りのざわめきが聞こえていた。「リッチは、うちで最も優秀な研究員だ」

それを聞いて、雷に打たれたような衝撃を受けた。ふたりは、リズの夫であるポールのことを話しているのだ。リズがあのパーティでわたしを気遣い護ってくれたことが、前世の出来事のように遠く感じられた。あの会場にいた人たちのなかで、わたしにやさしく接してくれたのは彼女だけだった。

「FBIに駆けこみかねないとしたら、研究員としての技量など問題じゃない」

わたしは固唾(かたず)を呑んだ。鼓動が激しくなっている。ベンが電話のなかで悪態をついた。

「信じられない。あの男がもっとましな仕事をしていたら、こんなとんでもないことにはならなかったんだ。あいつは、もう少しでうまくいくと言いつづけていたじゃないか」その声にはパニックの色があらわれていた。

「なんとかなる。ゼーマンを昇進させるよう、すでに手配してある」

張り詰めた長い沈黙が流れるなか、ベンの息を吐く音が聞こえた。自分が息を凝らしていることはわかっていたが、彼も息をとめていたのだ。「よし。リッチを始末しろ。ゼーマンを昇進させて、ただちに代わりを務めさせるんだ」

それで電話は切れた。わたしはベッドの端に坐って、震える手で電話をにぎりしめていた。

リズに子供たちの写真を見せてもらったことがある。三人のティーンエイジャーは、みんな巻き毛で、その頬にはよく似たえくぼが浮かんでいた。わたしは彼らのことを思った。ベンは「リッチを始末しろ」と言ったが、どういう意味なのだろう？　わたしがサムの名を口にした時に、アンソニーの顔に恐怖の色があらわれたのを思い出した。**あの男は……何をするかわからない**。何をするか、今わかった。そう、少なくともわかりはじめていた。黙って見ているわけにはいかない。彼女に知らせる必要がある。

わたしはリズの番号をさがして、発信ボタンをタップした。**早く**。発信音を聞きながら、わたしは繰り返しつぶやいた。**出て、出て、出て**。

「ハーイ、アリソン！」電話の向こうから流れてきたリズの温かな声を聞いて、安堵の波が押し寄せてきた。間に合ったのだ。「ランチの約束は今日じゃなかったわよね？　カレンダーには来週ってことで書きこんであるけど、最近は記憶力に自信がなくて……」

「いいえ、そのことで電話をしたんじゃないの」いそいで言った。「ポールが……ポールが、面倒に巻きこまれてるんじゃないかと思って」

「会社で何かあったの？　心臓がどうかしたんじゃないでしょうね？」パニックに駆られたその声を聞いて、気の毒で胸が痛くなった。

「そうじゃなくて、実は……」わたしは口をつぐんだ。にぎりしめた携帯を押しあてている頬が、じっとりと汗ばんできた。リズをつかまえることはできたものの、なんと言ったらいいのかわからなかった。事実を知ったら、リズは今以上の危険にさらされることになる。それを打ち明けずに、どうやって警告したらいいのだろう？「説明はできない。とにかく、ポールと街を出て」

「何を言ってるのかわからないわ……」

スイートの玄関のあたりで、かすかに物音がしたかと思うと、カチッと鍵が開く音が聞こえてきた。誰かがそこにいる。わたしはバスルームに駆けこんでドアを閉めた。リズは、わたしに残された唯一の友達だ。彼女を救う必要がある。「聞いて」声を潜めて言った。「ポールに危険が迫ってる。あなたの身も安全じゃないわ」タイルの壁に、わたしの声がひびいている。「逃げる必要があるの。お願い。とにかく荷造りをして、どこかに行って。行き先はどこでもいい」わたしを信じてほしかった。

「アリソン、お願い！ わけがわからないわ！」リズは完全にパニックに陥っていた。わたしが怖がらせてしまったのだ。

毛足の長い絨毯を踏みしめるベンの足音が聞こえてきた。「ベイビー？ バスルームにいるのかい？」

「行かなくちゃ」さらに声を落として言った。心臓が早鐘を打っている。「お願い、言ったとおりにして」

「でも――」

通話を終わらせて、携帯をローブのポケットに入れた。「すぐ行くわ！」大きな声でベンに応えた。洗面台の縁を両手でつかんで、鏡のなかの自分を見つめた。真っ赤な頰と、ぼうっとした目。首の付け根のあたりが、ピクピクと脈打っている。頭のなかで、わたしの声が叫んでいた。なんて愚かなバカ女なの？ あんなふうに彼女に電話をかけるなんて、いったい何を考えてるの？ 彼女はすでにつかまってたかもしれないのよ。そうじゃなくても、あ

なたを先に始末しようとする可能性だってある。

いいえ。わたしは目を閉じて息を吸った。**リズに警告したのは正しかった。あなたは、するべきことをしただけ。さあ、落ち着くのよ。**

バスルームのドアを開けると、ベンがほほえんだ。「おいで」彼にそう言われて、感覚を失ったまま、ひろげた腕のなかに身を委ねた。「まだ髪が濡れている」彼はそうささやきながら、わたしの首に顔を寄せた。「今、シャワーを浴びたところなのかい？　怠惰なお嬢さんだな」

身を離したいのを必死に我慢した。「こんなに早く帰ってこられるなんて、思ってなかったの。セミナーに出てるんだとばかり思ってたわ」

彼は肩をすくめた。「さぼってきた」彼がさらに身を寄せて、唇にキスをした。「さあ、支度をして出掛けよう」

彼が好きなシンプルな白いワンピースを選んで、念入りに身支度した。バスルームに入って素足にローションをつけ、メイクをして髪を乾かしながらも、ずっとリズのことを考えて、パニックに呑みこまれまいと闘っていた。今頃リズは、ポールに電話をかけて、わたしが言ったことを伝えているのだろうか？　ふたりは、わたしを信じてくれるだろうか？　**お願い、ふたりに信じさせて。**

わたしは靴を履いて、ベッドルームに戻った。ベンがわたしの携帯を手に、ベッドの端に腰掛けていた。胃が飛びだしそうになった。「リズが電話をかけてきた」彼はそう言って、携帯をわたしに投げた。

「あら」また胃が跳ねあがった。わたしは画面に目を向けた。不在着信のマークは出ていない。喉元に怒りがこみあげてきた。「あなたが出たの？」

「彼女の名前が表示されていたから、挨拶しようと思ってね」ベンがじっとわたしを見つめている。「かまわないだろう？」

「もちろんよ！」ケースから婚約指輪を取りだして、指にはめた。落とした明かりのなかで、ダイヤモンドが輝いている。「何を話したの？」何気ない口調でしゃべろうとしたが、その声は自分の耳にも不自然にひびいた。

「特に何も」彼にチラッと目を向けた。ほんの一瞬、その顔に怒りがよぎったのをたしかに見た。でも、次に見た時には、怒りは慎重に笑顔に隠されていた。「おいで」彼の手がスカートを押しあげて這いのぼってきた。

「口紅がついてしまうわ」そう言いながらも、押されるままベッドに倒れこんだ。ベンはわたしを仰向けにして、両手を頭の上で押さえつけた。彼を見あげてみた。その顔なら隅々まで知っている。でも、この瞬間の彼は、まるで見知らぬ他人のようだった。

「口紅なんかクソ食らえ」彼はそうつぶやくと、唇を重ねた。その手がわたしの身体を撫で、つかみ、揉みしだき、探っていく。そして、彼がわたしのなかに入ってきた。まだ準備ができていなかった。痛みに息を呑んだが、彼は気づかなかった。目を閉じて痛みに堪えながら、バッグのなかのパスポートと、そこに挟んである航空券のことを思っていた。もうすぐ終わ

るわ。わたしは自分に約束した。**そうしたら遠くに、うんと遠くに、行くのよ。**

ベンはすぐに達して、息を切らしながらベッドをおりた。わたしは彼がズボンをはき、シャツの袖をまっすぐになおし、髪を撫でつけるのを見ていた。「いそいでくれ」わたしにチラッと目を向けて、彼が言った。「遅れてしまう」

　わたしはふらつきながらバスルームに向かい、髪をととのえて口紅を塗り直した。彼が時折乱暴になることには慣れていたし、こちらから挑発することさえあったが、今のはそれとはちがう。刺々しくて冷酷で、わたしを傷つけようという意図が感じられた。

　わたしは震える手で、携帯のパネルをこじ開けてチップを取りだすと、それをネックレスのロケットのなかに隠した。

　そして、鏡に映った自分を見つめた。その目のどこかで、ブロンドの髪とメイクを施したマスクのうしろで、見慣れた何かが輝いていた。**わたしのなかのどこかに、まだ彼女が――かつて知っていたあの女性が――いる。きっと彼女を救ってみせる。**

そして、絶対に彼に代償を払わせる。

マギィ

何時間もキッチンのテーブルの前に坐って、トニィに関する情報をさがしつづけた。結婚していたことは嘘ではなかった。奥さんは、彼がＦＤＡをクビになる前の年に心臓発作を起こして亡くなっている。内部告発の一件があるまで、トニィはほぼ二十年間、ひとことの文句も言わずに働きつづけていた。同僚たちは口を揃えて、彼はトラブルメーカーではなかったと言っている。「経歴には傷ひとつない」と、書いている記事もあった。

空腹感をおぼえて初めて、何も食べていないことに気づいた。キャビネットを開けてピーナッツバターの瓶を取りだし、抽斗のなかをかきまわしてスプーンをさがした。その指がつかんだのは、二十五年近く前にディズニー・ワールドで買った、ミッキーマウスのティースプーンだった。それから一年、アリィはこのスプーン以外の何かで、ものを食べようとしなかった。アリィがこのスプーンでポークチョップを食べようとしているのを見て、チャールズとテーブルごしに目を見合わせたこともあった。「ナイフとフォークも買うべきだったな」顔をしかめて自分のお皿をにらんでいるアリィを見て、チャールズがそう言ったのをおぼえている。

わたしはピーナッツバターをすくって口に入れ、裏庭に目を向けた。月明かりのなか、六月に植えたベゴニアが花壇の縁で萎れている。

目を擦って時計を見あげた。もう三時を過ぎていた。何時間も坐って画面を見つめていたせいで、背中が痛くなっている。水道の蛇口からコップに水を注ぎ、ガブガブと数口で飲み干すと、暗いリビングへと向かった。

チャールズの椅子にドサリと腰をおろし、ぼんやりと宙に目を向けた。夏の夜の音が、カーテンを引いた窓ごしに聞こえてくる。部屋は、コオロギのチロチロと鳴く声と、フクロウのホーホーいう声と、シマリスやアライグマがすばやく走りまわる音に、静かに満たされていた。湿気を含んだ空気と、敷き藁と、昼間の名残の熱の匂い。

わたしは影に満ちた世界にいた。

喉の窪みのあたりにかたまりができているのを感じながら、涙が出るのを待った。泣くのを我慢して何になるの？　もう誰もいない。だから、誰かのために強い自分でいる必要なんかないのだ。感情を抑えなければならない理由など、もうどこにもない。アリィは逝ってしまったし、トニィも死んでしまった……自分のなかに、あとどれだけ闘志が残っているかわからなかった。歳をとった気がするし、疲れ切って力が抜けてしまった。

チャールズがいてくれたらと思った。ああ、あの人に会いたくてたまらない。あの穏やかなしっかりとした声と、ジョークを言う前に悪戯っぽく輝く目と、眠る時にわたしの腰にあてていた冷たい掌。そうした何もかもが、恋しかった。朝の彼の匂いも、わたしの頰を擦る無精髭も懐かしい。アリィが部屋にいる時は、誇りと畏れの入り混じった気持ちで、ふたり目を合わせたっけ。

チャールズならば、どうすればいいのかわかったはずだ。あの人がいたら、わたしの手をギュッとにぎって、心配ないと言ってくれたはずだ。ふたりで真相を突きとめようと、すべてうまくいくと、言ってくれたにちがいない。それが嘘だということはわかっている。それでも、たとえ一瞬でも、わたしはその言葉を信じたかった。信じることは美徳のひとつだ。

この町を離れるべきなのかもしれない。失ったもののことは忘れて、新たに出なおすのだ。フロリダに移って、海の近くに小さな家かコンドミニアムを買って暮らすのもいい。抜け殻のようになってしまった他の人たちと日射しのもとに坐って、自分のなかの失った部分を取り戻す機会を待ちながら、日々を過ごすのだ。

わたしは椅子の背に深くもたれて目を閉じ、草のなかから聞こえてくるコオロギのコーラスを聴きながら、深い眠りに就いた。

目的地まで二百七十キロ

アリソン

走っているあいだに、受信可能なラジオ局が次々と変わり、そのたびにカントリィがロックに、そしてまたカントリィにと曲が変わった。そのせいで頭痛をおぼえたわたしは、ラジオを消して窓を開け、ムッとした車内にハイウェイの風を入れた。焼けるように暑い日で、気温はすでに三十度を超えている。水温計の目盛りに、絶えずチラチラと目を向けていた。でも、目盛りが動くことはなく、わたしはこの車を売ってくれたチェットに心のなかで感謝した。このままうちにたどり着けそうだと、わたしは思いはじめていた。

車は日曜日の空いた街の通りを走り抜け、わたしたちは午後の早い時間にシカゴ・ミッドウェイ国際空港に着いた。車のなかでベンはずっとわたしの手をにぎっていて、時折こっちを向いてウインクした。わたしが飛行機嫌いだということを、特にムーニーに乗るのを怖がっていることを、知っているのだ。ベンの操縦が下手なわけではない。むしろ、その逆だ。それでも、広大な空と比較すると、ベンの小さな飛行機は、見えない子供の手が支え持っている玩具(おもちゃ)のように思えてしまう。

わたしたちはターミナルを突っ切って、滑走路に出た。お金持ちはセキュリティ・チェックを受ける必要がない。強い日射しのなか、プロペラをきらめかせて、ムーニーがわたしたちを待っていた。あらゆる方向から熱が放たれ、湿気を含んだ重い空気がのしかかってくる。ベンが、わたしが持っていたバッグを荷物室に入れた。

「おいで」彼はそう言ってわたしを引き寄せ、濃厚なキスをした。「かわいいアリィ、きみが恋しくなるにちがいない」

わたしは、ポカンと彼を見た。「どういう意味?」

「サムが、きみをサンディエゴに送っていく」ベンが言った。「ぼくは、まだこっちでいくつか用事があるんでね」彼の視線の先に、革のバッグを斜め掛けにして、こっちに向かって歩いてくるサムの姿があった。ベンが手をあげて、彼を迎えた。

ぼうっとしていて、いつもの半分くらいのスピードでしか頭がまわらなかった。ベンの目は黒いサングラスのうしろに隠れていて、表情を読もうと目を凝らしてみても、そこに映る驚きに満ちた自分の顔が見つめ返してくるだけだった。「でも……これはあなたの飛行機だわ。あなたが操縦しなくちゃ」

「サムもいっしょにライセンスを取ったんだ。話さなかったかな? サムは操縦がうまいんだ。そうだろう、サム?」ベンが手を伸ばし、彼の背中を叩いた。「サムといっしょなら安全だ」ベンと目を合わせたサムの口角が、キュッとあがった。身体の芯に大量の氷水を浴びせられたかのように、恐怖が身体を突き抜けた。

「お願い、ベン」わたしはそう言いながら、彼の手をつかもうとした。「あなたがいなかったら、さみしくてたまらない。あなたがいない家は、静かすぎるわ。ただ……いっしょにいたいの……お願い……」恐怖のせいで、わけがわからなくなっていた。わたしは大きく息を吸った。「わたしも残る。あなたといっしょにいる……」

ベンは首を振った。「ぼくは一日じゅう仕事だ。きみは退屈してしまう。サンディエゴに帰ったほうがいい。来週はランチの約束があると、リズから聞いたよ。キャンセルしたくはないだろう？」彼には、わたしが混乱しているのがわかったようだ。「きのうリズと話したからね……忘れたのかい？　きみがバスルームにいるあいだに、彼女から電話がかかってきたと言っただろう」わたしはぼんやりと、うなずいた。彼の顔が歪んで、こわばった笑みが浮かんだ。「もうひとつ、リズから妙な話を聞いた。ポールが面倒に巻きこまれてるんじゃないかと、きみに警告されたというんだ。バカバカしいにもほどがある」視界が揺れた。ベンが両手の指先で挟むように、わたしの顎をつかんだ。「ぼくを愛してくれているのだと思っていた」信じられないと言いたげに、かぶりを振りながら、やさしい声で彼が言った。

口を開いてみたが、言葉が出なかった。ショックがわたしをまっぷたつに引き裂いた。一瞬、痛烈な一撃を受けて頭部が吹っ飛んでしまったような感覚をおぼえた。リズはわたしを裏切ったのだ。わたしがベンを裏切ったように。どうしようもないほど完全にひとりぼっちになってしまった。そして、今わたしは死んでいくのだ。

ベンがサングラスをはずして、わたしの目をじっと見つめた。彼の目のなかには何もなかった。温かみも、愛も、何もない。殺し屋の冷たい死んだ目だ。「ベン……」そうささやいたものの、その先は呑みこんだ。もう話すことは何もない。

彼がわたしの顎をさらにギュッとつかみ、頬にキスをした。「決められた離陸時間を守りたければ、もう乗ったほうがいい」

血がドクドクと流れる音を耳のなかで聞きながら、あたりに目を走らせた。叫んだら誰か助けにきてくれるだろうか？　だめだ、誰もいない。**逃げるのよ。逃げなくちゃ**。ターミナルビルは何百メートルも先にある。そこまでたどり着けるだろうか？　わたしは、目の前に立っているふたりを見た。背の高いベンは引き締まった身体つきをしていて、胸板が厚いサムはいかにも力がありそうだ。無理だ。それに、たとえ逃げ切れたとしても、どう説明すればいいのかわからない。誰も信用できないということを、リズが証明してくれた。その時が来たら誰もわたしを助けることができないとアンソニーは言っていたが、そのとおりだった。自分でやるしかないのだ。

覚悟をしておけと言われていたのに、できていなかった。そして今、わたしは罠にかかった動物のように、死に場へと連れていかれようとしている。

サムが乱暴にわたしの腕をつかんで、キャビンの扉のほうを向かせた。「待って！」そう叫んで身を捻った。もう泣きそうになっていて、とにかく必死だった。逃げられないなら、慈悲を乞うしかない。「ベン、お願い。何もかも誤解よ」

ベンが手を伸ばして、わたしの顔にかかった髪をかきあげた。「正しく理解しているつもりだ」彼はそう言うと手をおろし、乱暴に唇にキスをすると、サムのほうにわたしを押しやった。ふたりのあいだに挟まれてしまった。飛行機に乗る以外の選択肢はない。わたしはふらつきながら、キャビンにつづくステップをのぼった。メタル製のフレームが、わたしの重みで揺れている。そこにさらにサムの体重がかかり、すぐうしろにいる彼の身体から放たれる熱が伝わってきた。

音をたてて扉が閉まり、エンジンがうなりはじめた。わたしは、滑走路を横切って遠ざかっていくベンを見ていた。土壇場で救われるチャンスはなくなった。これはお伽噺（とぎばなし）とはちがう。わたしの物語の結末に、王子様はあらわれない。

自分でなんとかするしかないのだ。

マギィ

ドアベルの音に驚いて目を覚ました。朝になっていた。リビングで眠ってしまったのだ。わたしは肘掛け椅子から立ちあがり、こわばる足を引きずって玄関へと向かった。小さな窓ごしにのぞいてみたが、男の広い背中と黒い髪が見えただけだった。たぶんセールスマンだ。わたしはドアを開けた。「なんのご用でしょう?」

男が振り向いてほほえんだ。「カーペンター夫人」胸に手をあてて、彼が言った。「はじめまして。ようやくお目に掛かれましたね」

アリソン

飛行機が上昇していくあいだは、どちらも黙っていた。内臓が、熱くて滑らかな液体に変わってしまったような気分だった。まっすぐ前を向いたサムの目は、果てしなくひろがる青い空に向いていて、その手はしっかりと操縦桿をにぎっている。操縦しているあいだは、何もできないとわかっていた。でも、着陸した途端、わたしは死ぬことになる。

どのくらい知られてしまったのだろう？　わたしはワンピースの襟元を探り、ロケットにふれた。このなかに何が入っているか、知られてしまったのだろうか？

わたしは、皺くちゃの紙のようにも見える、眼下にひろがる山脈に目を向けた。そして、この飛行機を操っている、見えない子供の手のことを思った。その手が青い空のなか、飛行機を上下させ、やがてゆっくりと時間をかけて何もない空間へと落とすのだ。

恐怖の霧のなかから、ひとつの計画が浮かびあがってきた。ベンが操縦しているところは、何十回も見ていた。サムを打ち倒せさえすれば、この手で飛行機を着陸させて逃げることができるかもしれない。うまくいかないかもしれないが、やってみるしかない。それにどうせ死ぬなら、少なくとも彼にも死んでもらう。

カレッジ時代に習った、護身術のインストラクターの姿がよみがえってきた。「目、鼻、喉、胃、急所、足」彼女は、何度もそう言っていた。そして、生徒にも繰り返させた。わたしは頭のなかで、その言葉を唱えた。

鼻。サムは大きな身体をしているわりに動きがすばやいが、操縦しながらでは思いどおりに動けない。手をあげて阻止する間を彼に与えることなく、わたしは肘を振りおろした。骨が折れたのがわかった。「何をするんだ?」そう叫んだ彼の声は、くぐもっていた。鼻にあてた両手の指のあいだから、血が流れだしている。

目。今度は一本指でサムの目を深く突いた。彼があげた首を絞められているかのような叫び声は、人間のものとは思えなかった。サムは血だらけになった片方の手で、傷ついた鳥を包みこむように、見えなくなった目を覆った。涙と鼻水が混ざった血が、悪臭を放ちながら前腕に、そして新品の襟つきの白いシャツへと流れ落ちていく。

戦うのよ。わたしはその隙に、彼が手放したままの操縦桿をつかんだ。高度がぐんぐんさがっていく。わたしは、操縦桿をにぎっている時のベンの手の動きを思い出そうとした。高度をあげるにはどうすればいいの?

考えて。スロットルレバーをうしろに倒して操縦桿を引くと、うなりをあげて機体が揺れ、飛行機は上昇を始めた。でもその時、気を取りなおしたサムに首をつかまれ、スロットルと操縦桿から手を離してしまった。彼が血だらけの指で、わたしを引っ掻いた。その顔はまだらになっていて、鼻はすでに腫れあがり、目から白っぽいピンクの何かが流れている。エンジンがゴロゴロと鳴り、出力が落ちていく。わたしは肘鉄を食らわせて彼を振り払い、操縦桿を操ろうとした。アラームが低い音で鳴りだした。

「何をしてくれたんだ?」サムはパニックの滲む声でそう言うと、わたしの身体を頭がダッシュボードにぶつかるほど激しく揺すった。「いったい何をしてくれたんだ?」

戦うのよ。

そして、飛行機は落ちはじめた。

サムがわたしの腕をつかんで立たせ、キャビンの端に突き飛ばした。アラームは依然として鳴りつづけている。「クソ!」彼は完全にパニックに陥りながらも、明かりがまたたいているコントロールパネルに見えるほうの目を走らせて、なんとか機体を立て直そうと、ボタンを押し、スロットルを倒し、ラダーペダルを踏んだ。でも、遅すぎた。「なんてバカな女なんだ! 何をしてくれたんだ? いったいなんのつもりだ?」わたしたちは落ちて、落ちて、いった。身体が浮きあがりそうだった。

こういうことだ。わたしは死ぬのだ。

いいえ。

航空機事故に遭って生き延びた女の子の話を、新聞で読んだことがある。彼女はボーイフレンドと、ふたりの友達と、飛行機に乗っていた。その飛行機が、高度を失って山肌に激突したのだ。他の三人はその衝撃で命を落としたが、女の子は傷を負うこともなく事故機から脱出した。そして、ひとりで山をおり、行き会ったパークレンジャーに無事保護された。奇跡のサバイバルについてインタビューを受けた彼女は、自分が助かったのは落ち着いていたからだとジャーナリストに話していた。他の者たちのように、パニックに呑みこまれなかったというのだ。

頭のなかで母の声が聞こえた。**パニックに陥ってはだめよ、アリィ。息をして。**

わたしはできるだけ大きく息を吸って肺をいっぱいに満たし、それを吐きだした。サムは痛みと恐怖と怒りに駆られて、自分の世界に入りこんでいる。わたしが座席に戻っても、気づきもしなかった。わたしはシートベルトを締め、身を低くして不時着の姿勢をとった。アラームが悲しげな音で鳴りつづけるなか、サムはダッシュボードを両手で叩いていた。**力を抜いて。**わたしは自分に命じた。**とにかく力を抜いて。**

山がどんどん近づいてくる。ぼんやりと緑色のカーペットのようにしか見えていなかった木々が、一本一本はっきりと見えてきて、わたしたちを歓迎しているかのように風にそよいでいるのがわかった。わたしはサムのほうに手を伸ばした。今、彼は動物のような恐ろしい声で叫びながら、フロントガラスを引っ掻いている。わたしにシートベルトをはずされても、彼はまったく気づかなかった。

頭を低くして。不時着の姿勢よ。息をして。

わたしはネックレスをつかみ、留め金を探った。最後にもう一度、ふたりの顔が見たかった。ロケットの蓋を開けて、金色のケースに収まった写真を、両親の小さな顔を、見おろした。「ごめんなさい」涙で視界がぼやけていた。「ほんとうにごめんなさい」わたしはロケッ

トをにぎりしめ、その裏に刻まれた言葉を唱えた。空、陸、海——**旅人がどこにいようと、**
神はその身を護り導きたもう。
わたしは目を閉じた。そして、飛行機は山肌に突っこんだ。
生き延びるのよ。

マギィ

写真で見るほうがハンサムだった。実物の彼は、顎のあたりが角張りすぎている。それでも、目は深みのあるサファイアブルーで、わたしに向けられた笑みにはひとかけらの陰りもなく、口元にはならびの完璧な真っ白な歯がのぞいている。たしかに魅力的ではあった。

「あなた、死んだんじゃなかったの?」目をしばたたきながら、それだけ言うのがやっとだった。

「驚くのも無理はない」彼がわたしを押しのけるようにして、家に入ってきた。奥に向かって歩きながらも、すばやくあたりに目を走らせている。廊下の花柄の壁紙、擦りきれた絨毯、クッションにわたしの身体の跡が残っているチャールズの肘掛け椅子。わたしは散らかっていることを謝りたい気持ちと闘っていた。

彼のあとについてキッチンへと向かった。「あなたの遺体が見つかっているわ。葬儀もすませたと、ご両親から聞いている」

「ああ、すませたようです。すばらしい葬儀だったらしい」彼はテーブルの上から紙の束を取りあげ、パラパラとめくって、またテーブルに置いた。「カーペンター夫人……ああ、マギィと呼んでもいいですか?　すてきなお住まいですね」彼はキッチンを歩きまわって、カウンターの天板を指で撫でた。「なんというか……とても居心地がいい」

「何をしに来たの？」

彼は質問には答えずに、布巾を手に取ってたたみ、それをオーブンの取っ手に掛けた。

そのあと彼はリビングへと入っていった。あとにつづいてみると、彼が暖炉の脇に立っていた。炉棚に飾ってあったチャールズのブリキのミニカーを取りあげて、掌に載せている。写真のなかのアリィが、わたしたちを見おろしていた。彼がわたしの視線を追って、笑みを浮かべた。「きれいだと思いませんか？」

「何をしに来たの？」重ねて訊いた。わたしは、ショックの波に呑みこまれたようになっていた。

彼は炉棚にミニカーを戻すと、わたしのほうを向いた。「そろそろフィアンセの母親に会う頃合いだと思ったんです」

わたしは一歩彼に近づいた。「アリィはどこにいるの？　生きてるの？　あなた、あの子に何をしたの？」

彼が心配そうな表情を浮かべて、椅子を引きだし、わたしに坐るよう促した。「顔が真っ青だ。坐ってください。ショックを受けたにちがいない。どうぞ坐ってください」

「だいじょうぶ、立っています」ひどく震えていることを知られたくなかった。

彼がほほえんだ。「だったら、せめて水を持ってくるくらいのことはさせてください」彼がキッチンに姿を消すと、コップがカタカタいう音と、水道の水が勢いよくシンクに流れる音が聞こえてきた。わたしは、ぼんやりと部屋を見まわした。これは、ほんとうに起きていることなのだろうか？　わたしは自問した。それとも、ついに正気を失ってしまったのだろうか？

戻ってきた彼を見て、いよいよ怖くなった。この男はどういう人間かわからない。彼は何をするかわからない。だから、自制心を保っている必要がある。コップを受け取ったわたしは、仕方なく水を飲んだ。

「他に何か持ってきましょうか？」わたしに覆いかぶさるように立っている彼は、ハンサムな顔に気遣わしげな表情を浮かべ、必死で役に立とうとしている。「コーヒー・メーカーがあるようだ。コーヒーを淹れてきましょうか？」

胃のなかからこみあげてきた苦いものが、喉の奥で泡立っているような不快感をおぼえた。わたしは首を振った。「お願い」力なく言った。「何が起きているのか、わたしには知る権利がある」

「どうか坐ってください」

わたしはうなずいて、ドサリとソファに腰をおろした。感覚が麻痺してしまったのか、力が抜けてしまったのか、いずれにしても、もう立ってはいられなかった。

「どうやら……いくつもの誤解があったようだ」彼は慎重にそう言うと、チャールズの肘掛け椅子に坐った。その重みを受けて、革が軋んだような音をたてた。

「事故の報告書を見たの」うまくしゃべれなかった。「歯科カルテによって、歯形の一致が確認されたと――」

彼が顔をしかめた。「そういうものを、すっかり信じることはできない。ほんとうはカルテなどなかったのかもしれないし、誰かのものと入れ替えられていた可能性もある」

「あなたは、あの飛行機に乗ってなかったのね？」わたしは、事実を知るために費やした時間を思った。サンディエゴの照りつける日射し、大学の図書館の黴臭さを含んだ静けさ、今もキッチンでわたしを待っている古いパソコンのうなり。様々なことを疑ってみたが、彼の死に疑問を持ったことは一度もなかった。

彼がかぶりを振った。「土壇場で計画が変わったんです。避けようがなかった」

「でも……あなたは、あの飛行機のパイロットだったはず……」わたしは口ごもった。「あなたが乗ってなかったなら、誰が操縦していたの？」

彼はハエを追うように、その質問を一蹴した。「そんなことはどうでもいい」

「理解できないわ」不意に、熱い希望がわたしを捉えた。彼が生きているのなら――あの墜落事故で彼が死なかったのなら――あの飛行機に乗ってさえいなかったのなら……「アリィも、あの飛行機に乗ってなかったということ？　あの子も生きてるの？」

彼が悲しげな表情を浮かべて、わたしを見た。そして口角がさがると、その顔はしかめっ面になった。「アリソンは、あの飛行機に乗っていた。ほんとうに残念だ」

舞いあがった気持ちが、また重く落ちてきた。「でも、あの子は……でも、あなたは……やっぱり理解できない……」それ以上言葉が出てこなかった。自分が愚かしく思えた。全員が答えを知っているのに、わたしだけが、それを知らずにいるような気分だった。

「ほんとうに残念だ」彼が静かに繰り返した。「ぼくは、アリソンを心から愛していた。彼女が欲しがれば、なんだって与えた」彼が腕を伸ばして、わたしの手をにぎった。「いいですか、マギィ、ぼくは善人です。しかし、あなたのお嬢さんには、それがわかっていなかった」声は穏やかで落ち着いているように聞こえたが、輝きを帯びた青い目の表情は読めなかった。彼がわたしの首にふれた。その乾いた指が、皮膚に冷たく感じられた。わたしは怯んだ。彼がブラウスのなかに隠れていたロケットを引きだし、それを眺めている。「なぜアリソンがこんなものを身に着けているのか、いつも不思議に思っていたんです」ロケットを掌に載せて、彼が言った。鎖骨に彼の息がかかっている。「なんていうか、少し……安っぽすぎると思ってね」

わたしの声は、ささやき声のようになっていた。「あの子の父親が贈ったものよ。ふたりは、とても仲がよかったの」

彼はロケットに向かってうなずいた。「開けていいですか」それは質問ではなかった。彼はロケットを開け、なかの写真を見つめた。「ふたりとも、とても幸せそうだ。ぼくたちも幸せでした」彼は爪を使って、ロケットから写真を取りだした。彼の顎の筋肉が引きつったのがわかった。血管に氷水が流れているかのように、わたしの身体を恐怖が駆け巡っている。

「どこにやった？」やっと聞きとれるくらいの声で、彼が言った。

「何を言ってるのかわからないわ」ペンキの缶をミキサーに放りこんだらこんな感じだろう

と思うほど、ひどく震えていた。そんな自分がいやでたまらなかったが、どうしようもなかった。

「ああ、やめてください。もうたくさんだ」彼はそう言いながら、満面に眩いばかりの笑みを浮かべてわたしを見た。この人はふつうじゃないと思ったのは、その時だ。「あなたのお嬢さんは、ぼくをバカにしてくれた。結婚したいと望んでいた女性に裏切られるのがどんなものか、わかりますか？」

わたしは首を振った。暴力を振るわれるかもしれないという恐怖のせいで、突然空気が重くなった。

「死にそうになる」小さな声で彼が言った。「死にそうな気分になるんだ」

目的地まで二十五キロ

アリソン

ハイウェイをおりて交差点に向かった。マクドナルドは、まだそこにあった。マットレスのディスカウント・ショップもそのままだ。でも、新しくスターバックスができていた。

グランヴィルは、アウルズ・クリークの少し南にある。ティーンエイジャーだった頃は、毎週末ここに来て、グランヴィル・モールの不規則に延びる通路をぶらついたものだった。買い物は、たいしてしなかった。〈クレアーズ〉でイヤリングをひとつ、〈ギャップ〉でTシャツを一枚、〈HMV〉でCDを二、三枚、買う程度。何かを買いたくて出掛けてくるわけじゃない。ローライズのジーンズをはいて大きすぎる声でしゃべりながら、みんなでいろんな店をひやかしてまわるのが楽しかったのだ。つまらないことかもしれないが、それで何かをしているという気になれた。アウルズ・クリークは、わたしたちの親世代が若い頃に栄えた町で、とっくの昔に寂れていた。父はよく、母と行ったというドライブインの話や、タウンホールで開かれていたダンスパーティの話をしていたが、別の町の話を聞いているような気がしていた。わたしたちが歩きまわっていたアウルズ・クリークは板を打ちつけた建物だらけで、埃っぽい図書館と救世軍があり、その食堂で一日じゅう卵を配っていた。だから、グランヴィルに来ると――それが官能的な男性用コロン(アバクロンビー)と、たっぷりの油で揚げたチーズの香りに満ちた世界であっても――広い世界を垣間見たような気分になれた。

　そして今、わたしはここまで、スタート地点のすぐそばまで、戻ってきた。太陽に近づきすぎて羽を失い、空に向かって髪をなびかせながら、真っ逆さまに地上に落ちてきた気分だ。〈マーシャルズ〉の角を右に曲がり、ガソリンスタンドの角を左に入る。標識は見なかった。見る必要などない。このあたりの道なら、全部しっかりと頭に入っている。どこに向かっているかも考えなくていい。ただ車を走らせていればいいのだ。アウルズ・クリークは、この長い通りの先にある。昔はよく、両手でハンドルをにぎりしめ、大声で笑いながら猛スピードでタイヤを鳴らし、この通りのカーブをまわったものだった。科学コンテストで三位をとったことがある小学校の前にさしかかった。左に見えているこの校庭で、アンディという名前の男の子と初めてのキスをした。夏のあいだは、この通りの右側を自転車で走ったものだった。初めて髪を切った理髪店が、そのままそこにあった。古い倉庫の窓は、まだ割れたままになっている。食堂のペンキも塗りなおしていない。しばらく離れていたことが嘘のように、この町は何ひとつ変わっていない。

　わたしは酒屋の裏手の駐車場に入り、車を降りて少し足慣らしをした。脚がこわばっていて、最初の数歩はよろよろとしか歩けなかった。暑かった。熱のせいで路面がジリジリと音をたてそうなほどの暑さだった。この上なく鮮やかな青い空と、遠くからかすかに聞こえてくる、アイスクリーム売りのトラックのチリンチリンという音。わたしは不意に、夏だということを思い出した。人々がバーベキューに向かう季節だ。塩素とサンスクリーンの匂いを吸いこみながらラウンジチェアに横たわり、舌で舐め取る間もなく指に滴り落ちるアイスキャンディを食べる季節だ。

後部座席のドアを開けてライフルを取りだす。それは手にずっしりと重く、金属部分が熱くなっていた。薬室をチェックし、もう二発弾をこめた。三発入っている。これでやるしかない。

助手席の床にライフルを置くと、わたしは運転席に乗りこんだ。深く息を吸うと、ゼラニウムとヒヨドリバナの香りに混じって、刈りたての芝生と溶けるアスファルトの刺すような匂いがした。どれも、メインの夏の香りだ。

もうすぐだ。もうすぐ、うちに着く。

マギィ

単調なドアベルの音が家じゅうにひびきわたった。その音は、彼とわたしの両方を凍りつかせた。曇りガラスごしに、ほっそりとした誰かの輪郭が見えている。その誰かが繰り返しドアベルを鳴らし、わたしを呼びはじめた。「カーペンターさん？　いらっしゃるんでしょう？」彼女の声だと気づいた途端、心臓が沈みこんだ。

ベンが、わたしのほうを向いた。「誰なんだ？」吐きだすような声だった。

「シャノン」すぐに答えた。「友達よ」彼女は警官だと告げて、彼が少しは怯えるか試してみようかとも思ったが、危険は冒したくなかった。ここにいるのは、自分を死んだことにして生きている男だ。このとんでもない状況に、彼女を巻きこみたくはない。

シャノンは今、曇りガラスに掌を押しあてていた。「私道に、あなたの車が駐まってるわ」大きな声で彼女が言った。「ジムに言われて来たんです。あのチップに何が入っていたか、伝えてくるようにって！」

ベンが息を呑んだのがわかった。「彼女をなかに」彼はしゃがれ声でそう言うと、肩をつかんでドアのほうにわたしを押しやった。

脚が鉛のように重かった。シャノンに大声で警告したかった。サッとドアを開けて、逃げなさいと言いたかった。でも、わたしはそうする代わりに、震える手でノブをまわしてドアを引き開けた。

玄関前のステップに立ったシャノンが、わたしに笑みを向けた。「いらっしゃるのは、わかってましたよ!」彼女は咎めるようにそう言うと、廊下に入ってきた。「どうしてこんなに時間がかかったんですか?」

「ええと——」背後に目を向けてみた。リビングは空っぽだった。わたしは彼女に視線を戻した。制服姿で、腰に拳銃の入ったホルスターをきっちりとつけている。人を護るのが彼女の仕事だとわかってはいたが、その顔はあまりにも若くて無防備で、身体は小鳥のように小さかった。それを見ていると、こっちが護ってあげたくなる。「トイレに入っていたものだから」わたしは、いそいで言った。「なんだか調子が悪くて……。シャキッとしないの。ちょっと横になろうと思ってたところ」

「ええ、顔色が悪いわ」シャノンがわたしの額に手をあてて、顔をくもらせた。「熱はないみたいですね。何かわたしにできることはありませんか? お茶を淹れましょうか? それとも、薬を取ってきたほうがいいかしら?」

わたしは首を振った。「ご親切にありがとう。でも、ほんとうにだいじょうぶ。いずれにしても、帰ってもらったほうがいいと思うわ。なんだかわからないけど、うつるような病気だったら困るもの」

「わたしの免疫力は馬なみなんです」シャノンはそう言って、わたしの言葉を払いのけた。

「それに結果を聞きたいんじゃないですか？　アリソンのロケットに入っていたのは、マイクロSDカードだったんです。基本的には記録のための装置で、会話の録音もできます。アリソンがしていたのは、それです。あのカードには、数時間——もしかしたら数百時間——分の会話が録音されているようです。まだ全部は聞けていないけど、ジムがあなたから聞いたことを話してくれたんです。あなたが思っていたとおりでした。アリソンは、あの会社の秘密を探っていたようです」

「お願い、シャノン」わたしはそう言いながら、彼女をドアのほうに押しやった。身体が震えて、掌が汗でじっとりと濡れ、胃のなかに冷たい石が入っているような気分だった。「それについては、今度話しましょう。もうほんとうにひとりになりたいの」

シャノンは、わたしを無視してつづけた。「アリソンは、アンソニー・トラカネッリのことも知っていたみたいです。チップに彼から送られた文書も入っていました。それを読んだら、あなたが知っていたのは彼のほんの一部だってことがわかります」

わたしは、力ずくでシャノンを追いだしたいという衝動と闘っていた。今すぐに、彼女がもうひと言でも何かを言う前に、追い返す必要がある。「シャノン、お願い——」

キッチンからドスンというかすかな音が聞こえてきて、わたしたちは動きをとめた。

シャノンが初めて見るような目で、探るようにわたしを見つめた。視線が揺らがないよう頑張ってはみたが、目のなかに恐怖の色を認めたにちがいない。彼女が尋ねた。「誰かいるんですか？」

「いいえ」不自然なほどの即答だった。シャノンは奥へと足を踏みだしたが、わたしがその前に立ちはだかった。視界の隅に、キッチンを横切るベンの影が映った。「お願い」すがるように言った。「帰ってちょうだい」

「コーヒーが入った」

振り返ると、ベンが足音もたてずに廊下にあらわれた。顔に貼りついた仮面のせいで、いかにも礼儀正しく穏やかそうに見える。「お友達にも、いっしょに飲んでいただいたらどうですか?」

彼の正体に気づいたしるしにシャノンの目が輝くのを待ったが、そんなことは起こらなかった。彼女はわたしにサッと懐疑的な眼差しを向けた。「ひとりじゃなかったんですね」

何か言おうと口を開いたが、言葉が出ない。身動きができなくなった自分を、力なく上から見おろしているような気分だった。ほんとうに何もできなかった。

シャノンは、すでにわたしを押しのけてキッチンに足を踏み入れている。ベンが、前をとおる彼女にほほえみかけ、あとにつづくようわたしに合図した。脚の骨が溶けてしまったような感じがする。

キッチンには、淹れたてのコーヒーの香りに混じって、彼のアフターシェーブ・ローションの——スパイシィなムスクと、それをやわらげているキリッとしたシトラス系の——匂いがただよっていた。シャノンはすでにテーブルに着いていて、三つのマグにコーヒーを注いでいるベンをじっと見ていた。

入口でぐずぐずしているわたしに気づいて、彼が言った。「さあ、坐ってください」その口調は軽かったが、それを打ち消すような鋭いひびきが感じられた。わたしはテーブルの前に腰をおろした。シャノンが探るような目で見ているのはわかっていたが、あえて目を合わせなかった。何も問題ないと納得したら、彼女はこのまま帰ってくれるかもしれない。まだ間に合うかもしれない。でもその時、彼女がホルスターの拳銃をすぐにも抜ける位置に指を構えていることに気づいた。シャノンは、何も問題ないとは思っていないようだ。

「自己紹介がまだだった」湯気の立つカップを彼女の前に置きながら、ベンが言った。「ベン・ガードナーです」

シャノンの顔を驚きの色がよぎったが、ほんの一瞬のことだった。彼女は、たった一度うなずき、しっかりとした警察官然とした声で言った。「ここで何をしているのか、説明していただけますか?」

ベンは首を振って笑みを浮かべた。「説明したい気分ではないのでね」彼は砂糖入れを取りあげて、シャノンに差しだした。「砂糖は?」

彼女は首を振った。「ありがとう。でも、ミルクだけでけっこうです」

ベンが砂糖をすくったスプーンを、そのまま自分のマグに入れてかきまわし、濡れたスプーンを砂糖入れに戻した。わたしは、まわりの砂糖が茶色くなって溶けていくのを眺めていた。「さて――」ベンはそれだけ言うと、コーヒーをひと口飲み、それから先をつづけた。「きみはさっきSDカードについて、マギィになんと言っていたかな?」

シャノンは瞬きひとつしなかった。「そのために、ここに来たのね」かわいらしい子供のように見えるかもしれないが、今の彼女は冷静そのもの。その視線は、一瞬もベンから離れなかった。「あなたみたいな人は、電話を使うことにもっと慎重なのだとばかり思っていたわ」

「人を信じなかったら、この世界になんの意味がある?」ベンが椅子を前に引きずって、身を乗りだした。「それはさておき、ぼくについて何を知っているつもりでいるのか、ぜひとも聞きたいね。何もかも、ただの誤解にちがいない」

シャノンは彼を無視した。「最近、ひとりの男性が死んだの。以前FDAに勤めていた人で、名前はアンソニー・トラカネッリ」シャノンも、彼がFDAに勤めていたことを知っていたのだ。他に彼女は何を探りだしたのだろう? 「その人を知ってる?」

ベンは肩をすくめてみせたが、顎の筋肉が硬くなったのがわかった。「会う人間は大勢いるものでね」

「彼は、あなたの会社を調べていた。〈プレキシレーン〉が、薬の——そう、ソムヌブレイズの——副作用について世間に嘘をついていることを証明するために、証拠を集めていたの。その彼が、ここから遠くないホテルの部屋で殺された」わたしのなかをショックの波が駆け抜けた。それを察してか、シャノンが一瞬こちらに気遣わしげな目を向けた。やはり自殺ではなく、殺されたのだ。そして、その裏にはベンがいた。その時、テーブルの下で何かが動いたのを感じた。見ると、シャノンがホルスターのフラップを開け、拳銃のグリップに手をかけていた。「でも、あなたはそれについて何も知らないんでしょうね」

ベンが手を伸ばして、ミルクが入った小さなピッチャーとスプーンを彼女に差しだした。

「まだミルクを入れていない。さあ、どうぞ」

シャノンは空いている左手でピッチャーを受け取った。ミルクを注ぐ彼女の手が、かすかに震えて、テーブルの上にミルクが跳ねた。でも、それを除けばシャノンは一切恐怖をおもてに出していない。彼女がテーブルにピッチャーをそっと置き、同じ手でスプーンを取りあげるのを、ベンがじっと見つめていた。

そのあとに起きたことは、展開があまりに速すぎて、心のなかで繋がらなかった。カチャカチャいわせながら、スプーンでコーヒーをかき混ぜていたシャノンが、次の瞬間、床に倒れていた。胸にあいた穴から流れでる血が、タイルの床にひろがっていく。

わたしは床に両膝をつき、パニックの色が浮かぶ大きな目で天井を見あげている彼女の頭を腕に抱いた。

流れつづける血は、黒と言ってもいいほど真っ赤だった。わたしは出血がとまってくれることを祈って、傷に両手を押しあてた。こんな大量の血を見るのは初めてだった。絨毯のように、わたしたちの下にひろがっていく血が、ジーンズをとおして皮膚にまでしみてくる。シャノンの血だ。この瞬間が現実だなんて、あり得ない。こんなことが起きてしまうなんて、どうかしている。わたしはベンを見あげた。拳銃をにぎっている手は震えていたが、もう一方の手に布巾を持って、ミルクが跳ねたテーブルを拭いている。彼は感覚を失っているようにも見えた。

「あなたは彼女を撃ったのよ。わかってるの?」心のなかで、わたしは言った。真っ青な顔をしたシャノンが、床からわたしたちを見あげていた。その苦しげな呼吸の音が、切れぎれに、そして小さくなっていく。血は依然として流れつづけていた。「救急車を呼ばなくちゃ。何かするべきだわ」

ベンが首を振った。まるで、怯えながら悲しんでいる小さな子供のようだった。「そんなことはできないと、わかっているはずだ」その瞬間、彼がわたしを殺すつもりでいることがわかった。わたしは疲れを感じた。ものすごく疲れていた。

「アリィの身に何が起きたのか、ほんとうのことを話して」わたしは言った。

ベンが立ちあがるわたしに手を貸そうとしたが、わたしはそれを拒んだ。「申し訳ない」穏やかな声で彼が言った。「こんなことはしたくなかった」

そして、彼がわたしの頭上に腕を振りあげ、世界は真っ暗になった。

目的地まで〇キロ

アリソン

家の一ブロック手前の路肩に車を駐めた。小さな男の子が、補助輪に支えられながら自転車でよろよろと通りを走っている。すぐうしろについている母親は、抱っこ紐で赤ん坊を抱いて、ストローでアイスコーヒーを飲んでいた。わたしは、その親子がとおり過ぎるのを待って車から降り、ライフルを肩に掛けた。

最初のフェンスを跳びこえた時は、落ち着いていた。昔、ウォルター家が住んでいた家だ。十三歳の頃、わたしはビリィ・ウォルターに熱をあげ、彼の姿が見えることを祈って、このフェンスごしに家をのぞいていた。でも今、玄関前の郵便受けの名前は剝がされていて、ブルーだった外装材は深緑に塗り替えられている。それに、裏庭に新しくプールができていた。水中に沈めて遊ぶリングと、半分空気が抜けたいかだと、カップ麺の山。わたしは、そうしたものをまわりこむようにして足を進めた。窓の前をとおりながら、なかをのぞいてみる。暗いキッチンはガランとしていて動きもなかったが、一対の金色の目がこっちを見返してきた。探るような目でわたしを見ていたのは、窓敷居に坐っていた大きなオレンジ色の猫だった。

そこからはかがみこみ、フェンスに身を押しつけるようにして進んだ。奥行きのある生け垣の小さな緑の葉が、服に引っかかる。汗が腿の裏側を流れ、膝の裏の窪みにたまっていくのがわかった。ジーンズは、もう腿に貼りついたようになっている。

わたしは次のフェンスを乗り越えて、マンキューゾ家の裏庭に入った。この家のご主人は、いつもバラを自慢にしていた。今も大輪の美しいピンクのバラが、空に向かって大きく花開いている。シャツが二枚、シーツが一枚、枕カバーが一枚――物干しロープに掛けてある洗濯物が、風にはためいている。奥さんは、うちの父が亡くなる何年か前に他界した。やはり、がんだった。家の奥のほうから、昼間のトーク番組のわざとらしい元気な声が聞こえている。

わたしは壁に背中を押しつけて、先をいそいだ。

次はマコーミック家で、その隣がストーン家で、そのまた隣がウッドベリー家。ウッドベリー家の裏庭には、錆だらけになった芝刈り機が放置されていた。

そして、次がいよいよわが家だ。

フェンスごしに様子をうかがってみた。まず目に入ったのはブランコだった。この前見た時よりも錆がひどくなっているようだが、それでもまだブランコはそこにあった。父に背中を押され、高く、高く――チェーンがたわんで、胃が飛びだしそうになるくらいまで――舞いあがった、あの輝きに満ちた瞬間が心によみがえってきた。やめるようにと、母が父に注意していたのをおぼえている。**アリィが落ちてしまうわ！** でも、父は聞いていなかった。わたしはさらに高く、さらに高く舞いあがって、ブランコの上で反り返り、やがて靴の上に空だけが見えるようになった。

二年ぶりにそのブランコを見て、それが自分の心にどれほど馴染んだものかを思い知らされた。草が少し伸びすぎていて、いつもはきれいに手入れされているベゴニアがちょっと萎れてはいるが、何も変わっていない。どこを見ても、そこに過去の様々なわたしがいて、記憶が交差し、重なり、霞(かすみ)に包まれたようになって、そのなかに溶けていった。

わたしは大きく息を吸った。たいせつな人が、この世にまだひとりいる。その人が、あのガラスのドアのすぐ向こうにいるはずだった。

母を見つけなければいけない。

マギィ

気がつくとソファに横たわっていたが、どうやってここに寝かされたのかはわからなかった。記憶が途切れ途切れになっている。それに、視界もぼやけていた。手を伸ばして額にふれてみた。その指が、シャノンとわたしの血で染まった。

シャノン。ああ、なんということだろう。

一瞬、焦点が合ったわたしの目に、向かいの椅子からこちらを見ているベンの姿が映った。

「動かないほうがいい」彼が静かに言った。「動くと、痛みがひどくなります」やさしいと言ってもいいような声だった。

わたしはソファの肘掛けに頭を載せたまま、天井の渦巻き模様を見つめていた。ここに引っ越してきた時に、チャールズがこの漆喰を塗ったのだ。目を閉じて、重力に身を任せた。どうしようもないほど疲れていた。もう、わたしには何も残っていない。とにかく、ただ眠りたかった。

「どうしてわかったの?」そう訊いたわたしの声が、自分の耳に妙にひびいた。まるで遠くから聞こえてくるようだった。「ロケットのことよ。なぜ、わかったの?」

「電話ですよ」彼が静かな口調でそう答えるのを聞いて、わたしは自分の迂闊さを罵った。

そのあと、ベンの声が静寂を破った。「あなたの声を聞くのが好きだった」わたしは、ぱっと目を開いた。わたしに向けられた彼の眼差しには、愛に似た何かがこめられていた。「アリソンを思い出すんです」わたしは目を閉じた。彼が立ちあがる気配がした。「他にマイクロSDカードのことを知っている人間は？」

答える気になれなかった。口を開くのも億劫だ。ベンが質問を繰り返した。そして、彼が近づいてくる気配がしたかと思うと、額に彼の手を感じた。子供の頃、熱を出したわたしのおでこに、冷たい湿布を載せてくれた母を思い出させるような感触だった。「お願いです」やさしい声だった。なだめるような声だった。それを聞いて、心がなごむのを感じた。「必要以上に状況を悪化させたくはない。知っていることをすっかり話してくれれば、それで終わりにします」必死で頼んでいるような口調になっていた。わずかに目を開けてみた。窓から入る午後の日射しを背に受けて、彼の姿がシルエットになって浮かびあがっていた。

わたしは、かすかに首を振った。アリィは彼の秘密を暴こうとして命を落とした。あの子を裏切ったりはしない。今回は絶対に裏切らない。もう二度と、あの子の信頼を裏切らない。

わたしの上に影が落ちた。ベンが覆いかぶさっているのだ。彼が引き金を引くのは時間の問題だ。それで、すべて終わる。

心の準備はできていた。

アリソン

わたしは家に近づいていった。秘密を漏らすまいとしているかのように、家のなかからは何も聞こえてこない。裏口から入ろうとしたが、鍵がかかっていた。ドアの左に置かれた鉢植えを持ちあげ、その下に隠してあった小さなブロンズ製の鍵を取りあげる。これも、けっして変わらないことのひとつだった。鍵穴に差しこんだ鍵をまわし、その音にたじろぎながらも、ゆっくりとドアを引き開ける。

そして、家に足を踏み入れた。

窓からの日射しがあるだけで、キッチンは薄暗かった。わたしは鼻をひくつかせた。漂白剤と、コーヒーと、タイム入りのオリーブオイルと、アロマキャンドルの香り。どれも馴染みのある香りだったが、そこにはそれとは別の臭いが混じっていた。排泄物(はいせつぶつ)のような臭いと、金臭い臭い。それが目に入ったのは、その時だった。母だ。床に倒れたその死体の顔は安らかに見えたが、口元に血が点々とついていて、胸には穴があいていた。床にはべっとりとした黒い血が流れている。わたしはその臭いに圧倒された。鼻を満たした胸が悪くなるような甘ったるい臭いが、肺に、皮膚に、しみこんでくる。苦いものが喉の奥にこみあげてくるのを感じて、吐かないように必死に我慢した。

遅かった。

ちょっと待って。

わたしは死体の横にしゃがみこんだ。顔に見おぼえはなかったが、若い女性であることはたしかだ。それに、警察官の制服を着ている。力が抜けるほどホッとした。母ではなかった。まだチャンスはあるということだ。

リビングで物音がした。何かが擦れるようなかすかな音だった。わたしは身をこわばらせた。耳のなかがドクドクと鳴っている今、音がよく聞こえない。落ち着いて鼓動を静めるよう、自分に言い聞かせなくてはならなかった。もう一度、耳をすましてみた。時計の音以外、何も聞こえなかったが、壁が震えているような気がした。誰かがそこにいる。

ライフルを構えて一歩足を進め、キッチンの扉口に立ってみた。夕方の日射しのせいで、廊下は陰になっている。わたしは息を殺し、そっと廊下に足を踏みだした。父の古い肘掛け椅子が目に入った。炉棚に小さな置物をならべた暖炉と、擦りきれた絨毯と、わたしの写真。ハイスクールの十二年生の時、ルート32の外れのスタジオで、プロのカメラマンに撮らせた写真だ。悩みの数珠（ウォーリービーズ）をつけて、灰色の髪をポニーテールにした、そのヒッピーらしき年配のカメラマンは、わたしを煽（あお）って、ブラウスのボタンを余計にはずさせ、スカートを少したくしあげさせた。「なんてきれいな娘なんだ」彼は独り言のようにそうつぶやきながら、シャッターを切りつづけた。わたしは、ただほほえんでいた。両親以外の誰かにそんなふうに褒められたことがなかったせいか、きれいだと言われてすっかりその気になっていた。でも、ネガを見てちょっと気分が悪くなった。そこには、年配のカメラマンに唇を突きだしてみせたり、カメラのほうに肩を傾けたり、腰に片手をあてて ポーズをとっているわたしがいた。結局、半分は両親に見せる前に捨ててしまった。そして父が、今壁に掛けてある一枚を選んだのだ。子供のように歯を剝きだしにして笑っている、顔のクローズアップだ。

身を乗りだして、部屋のなかに首を伸ばしてみた。ソファに横たわって目を閉じている母が見えた。母がそこにいる。ソファでうたた寝をしている、見慣れた母の姿だった。いつものように両手を脇の下に挟み、曲げた膝を身体に引き寄せて眠っている。でも、何かがちがう。肌は黄色っぽくて蠟のようだし、目は落ちくぼんで、そのまわりが黒くなっている。わたしは息を呑んだ。額に何かついている。あれは血だ。

遅すぎた。母を失ってしまった。彼はわたしからすべてを取りあげた。わたしが必死で築き、築きなおし、かき集め、隠していたものを、ひとかけらも残さず奪ってくれた。何もかも失ってしまった。この世界に、わたしを愛してくれる人はもういない。こうなったら失うものは何もない。

怒りの波が、電流のようにわたしのなかを駆け抜けた。

彼のせいだ。

見つけたらすぐに、殺してやる。

マギィ

声が聞こえる。小さくて、遠くでしゃべっているようにかすかにしか聞こえないが、たしかに声がする。わたしには、それが聞こえる。植物が太陽を求めて日射しに向かって上へ上へと伸びるように、わたしは声のほうに手を伸ばした。

アリソン

もう身を潜める必要などなかった。胸のあたりから遠吠えにも似た叫び声が湧きあがってきた。わたしはライフルを構え、引き金に指をかけて、リビングに飛びこんだ。部屋を見まわしてみたが、ソファに身を横たえている母がいるだけで、他には誰もいなかった。二年前、父も同じようにこのソファに横たわっていた。わたしは、その思いを頭から追いだした。「どこにいるの？」そう叫ぶと、ライフルが鎖骨にあたった。「顔を見せたらどうなの。臆病者！」

何かが軋むようなかすかな低い音が聞こえて、わたしは凍りついた。鳥の羽が籠を打ったような音だった。母だ。

わたしは、母の前に両膝をついてライフルを床に置いた。「ママ？」母の瞼が動いた。「ママ、聞こえる？　アリィよ。わたしはここにいる。帰ってきたのよ、ママ」

母は口を開いたが言葉は発しなかった。どこか深いところから、うなり声が漏れただけだ。それでも、安堵の波が駆け抜け、そのあとに母を護りたいという、動物的と言ってもいいような衝動に駆られた。母がわたしといっしょにここにいる。絶対に失うわけにはいかない。

「心配ないわ。リラックスしていて。すぐに助けを呼ぶ」額の傷にふれてみた。まわりの血は固まりだしていて、打撲の跡が黒い痣になりはじめている。ひどい傷だとは思ったが、命にかかわるようなものではなさそうだ。またも、風呂の湯のように温かい安堵の波が押し寄せてきた。「だいじょうぶよ」わたしはささやいた。

「ついに来たな」振り向くと、部屋の隅からベンが姿をあらわした。手に持った拳銃は、わたしの頭に向いている。「結局は来るだろうと、わかっていた」わたしが床の上のライフルに目を向けるのを見て、彼がそれを蹴飛ばした。ライフルはソファの下に滑りこんでしまった。母が小さなうなり声をあげた。今、ベンはわたしたち母娘の両方に覆いかぶさるように立っている。そのシャツの糊のきいた白い襟に、血が飛び散っていた。

「母には手を出さないで」わたしはそう言いながら、よろよろと立ちあがった。拳銃がおろされることはなく、わたしは両手をあげた。「わたしなら殺してもかまわない。でも、母に手を出さないって約束して。これは、あなたとわたしの問題よ」

彼が悲しげに首を振った。「彼女は多くを知りすぎた」彼が一歩前に踏みだした。「何もかも、きみのせいだ。きみさえおとなしくしていてくれれば、こんなことにならずにすんだんだ。ぼくたちは幸せだった。そうだろう？」

彼は、悲しそうな目をしていた。それを見たわたしは、胸骨のあたりに、古い打撲の痕を突かれたような、鈍い痛みを感じた。「ええ」わたしは小さな声で答えた。「わたしたちは幸せだった」彼が唇にかすかな笑みを浮かべ、わたしの頬にふれた。その瞬間、冷たいものが身体を駆け抜けた。「でも、嘘だった」一歩後ずさりながら、わたしは言った。「あなたは、わたしが思っていたような人じゃなかった。あなたは怪物よ」

殴られたかのように、彼の頭がうしろにガクンと傾いた。「きみはどうなんだ？　きみは、ぼくに話してくれたとおりの女性だったのか？」彼が意地の悪い笑い声をあげた。「初めて会った時のきみは、コカインに溺れるただの娼婦だった」

わたしはソファに横たわっている母に、サッと視線を向けた。「嘘よ」

彼がまた笑い声をあげ、一歩わたしに近づいた。「どうした？　あのバーで何をしていたか、母親に知られるのが怖いのか？　愛してもらえなくなることを恐れているのか？」うろたえているわたしを見て、彼がほほえんだ。「初めから知っていた。このぼくが、素性も調べずにプロポーズすると、本気で思っていたのか？」彼がかぶりを振った。「そのことで、ひどく傷ついたよ。それでも、ぼくはドブからきみを救いあげた。メイン州出のかわいらしい初心（うぶ）な女の子だと家族に嘘をついて、きみをぼくの世界に迎え入れ、きみがほしがるものはなんでも与えた。そう、なんでもね」彼の目が大きくなっていた。「なんでも与えたんだ」彼がつぶやいた。「それなのに、きみはぼくを裏切った。だから今、ぼくがきみからすべてを奪い取ってやる」

膝が崩れてしまいそうで、父の肘掛け椅子の背につかまらなければ、もう立っていられなかった。「このまま逃げきることはできないわ。警察は、あなたが何をしたか突きとめる。まだ生きてるっていうこともね。あなたは刑務所に入るのよ」

彼が首を振った。「最後に、きみが役に立ってくれた。墜落事故のニュースを聞いて、ぼくは激怒した。サムは弟のような存在だったからね。しかし、ぼくが操縦していたことになっていると知って、死んだままにしておいたほうがいいかもしれないと気づいたんだ。何もかも、そのほうが簡単に運ぶ」彼の声には重みが感じられた。一瞬、あの彼が、わたしが愛した男が、世界を救いたいと言っていた男が、何よりも人々を幸せにしたいと望んでいた男が、そこに見えた。でも、瞬時にしてそれは消えてしまった。「すべて片づいたら、ぼくは姿を消す」

わたしは首を振った。「わからない。姿を消すつもりなら、〈プレキシレーン〉の秘密が暴かれてもかまわないじゃないの」

彼がかすかにほほえんだ。「両親だけは、ぼくが飛行機に乗らなかったことを知っている。父は、ぼくが死んだふりをつづけることに賛成した。大混乱になる前に〈プレキシレーン〉の所有権を手に入れられるように、できるだけ時間を稼ぐ必要があるからね」

パズルのピースが、ひとつずつはまりだした。「ご両親は、あなたが生きてることを知ってたの？」〝お別れの会〟の写真に写っていた母の、深い悲しみの色を湛えた目を思い出した。ねじ曲がった金属の残骸のなかで、娘が血だらけになって死んでいると考えて、母は苦しんだにちがいない。でも、彼の両親はその苦しみを免れた。何もかも免れたのだ。

「売却の噂が株主たちの耳に入るようになって以来、父が裏で動いていた」彼は父親の前で、褒められたくて必死になっている無防備な小さな子供のようになっていたにちがいない。

「うまく片づけてみせると父に言ったんだ。株主たちにもそう言ったが、信じてもらえなかった。そして、きみがぼくからチャンスを奪った。アリソン、ぼくは誤解をといて、元のいい状態に戻そうとしていたんだ。人を傷つけるつもりなんかなかった。うまくいくはずだったんだ」彼がわたしの顎を掌で包んだ。その指が、震えているのがわかった。「なぜ、ぼくにそれをさせてくれなかったんだ？　ぼくはきみを愛していた」

　わたしは顔を捻って、彼の手から逃れた。「あなたは、わたしを愛してなんかいなかった。人形みたいに着飾らせたわたしと、寝たかっただけ」

　彼が、かぶりを振ってほほえんだ。「そのとおりだ。ぼくも、その報いを受けたわけだ」

　彼が拳銃を構えて安全装置をはずすのを、わたしはじっと見ていた。もう、それしか目に入らなかった。すぐにも銃口から弾が放たれ、その弾が頭蓋骨を突き抜け、わたしは死んでしまうのだ。わたしを殺した彼は、まちがいなく母も殺す。そんなことをさせるわけにはいかない。彼をとめる必要がある。

　全身がこわばって、筋肉がコイル状に巻いたバネのようになっていた。血がドクドクと鳴っている。**今よ。今がチャンスよ。**わたしは目を閉じて、前方に思いきり跳んだ。

　額が音をたてて彼の鼻梁（びりょう）にぶつかった。彼は拳銃を落としたが、すぐにしゃがみこみ、鼻を押さえながらも片手で必死に床を探りはじめた。木の床に血が流れていく。ぼうっとしていたし、頭がズキズキして目の奥で星がまわっていたが、拳銃をつかんだ彼の指は見えていた。わたしはそれを踏みつけた。怒号とともに振りあげられた彼の拳を膝に受けて、わたしは彼の横に倒れてしまった。そして、つかみ合いが始まった。手足が絡まり、荒い息をつき、口が肉を探ってそれを噛む。彼の血とふたりの汗で、床が滑った。そのすべてに馴染みがあった。それは、わたしたちのセックスに似ていた。ある種の愛は暴力と紙一重にあるのだ。彼に肩を噛まれて、わたしは悲鳴をあげた。

膝立ちになったわたしの上に覆いかぶさるように立った彼が、にぎりしめた拳銃を振りおろした。側頭部に衝撃的な、文字どおり衝撃的な、痛みが走り、わたしはふたたび床に倒れこんだ。白熱を放つほどの熱い衝撃が、わたしを焦がしながら身体じゅうを駆け抜けていく。目を開くと、彼が拳銃を構えて、狙いを定めていた。彼の指がキュッと動いて引き金を引く。銃声が轟き、彼がわたしの上に倒れてきた。その重みで、残っていた息がすべて吐きだされた。

マギィ

拳銃がアリィの頭に振りおろされた時の音は、この先も耳から離れることはないだろう。アリィが床に倒れこむところも、繰り返し心によみがえってくるにちがいない。あの時のアリィは、死んでしまったかのように見えていた。

彼は、アリィに覆いかぶさるように立っていた。背後にいたわたしの存在など忘れていたにちがいないが、すぐに思い出すことはわかっていた。だから、いそいで動く必要があった。わたしは身を起こし、ソファの下に手を這わせて、それを見つけた。ライフルだ。

赤ん坊を抱くように、銃尾を肩にあてた。違和感はなかった。これまでずっとしてきたことのように、自然に思えた。

安全装置がはずれていることをたしかめて、引き金に指を掛けた。彼も拳銃を構えてアリィに狙いを定めている。アリィが目を開けたのが見えた。拳銃を見あげたその目に、恐怖の色があらわれている。わたしは引き金を引いた。

こういうライフルは、屋内で使うものではない。遠くにいる獲物を仕留めるための銃だ。反動でソファに倒れこんだわたしの鼻が、硝煙の匂いに満たされた。見ると、彼が立ったまま揺れていた。背中の真ん中に穴があいていて、すでにそのあたりが血で黒く染まっていた。

そして、彼がアリィの上に倒れ、アリィの肺から息が吐きだされる音が聞こえた。

彼をどけようと引っ張ったが、無理だった。彼が重すぎたのか、わたしの力が弱すぎたのか、とにかく動かなかった。そうしているあいだにも、時間は過ぎていく。どのくらい経ったのかはわからない。ほんの数分のことだったのかもしれないし、一時間経っていたのかもしれない。不意に玄関が開いて、逞しい二本の手がわたしの肩をつかみ、その場から引き離した。途切れ途切れの泣き声だけが聞こえていたが、しばらくしてそれが自分の声だと気がついた。

アリソン

重みから解放された。

息をして。

「乱暴に動かすな」そう言う声が聞こえた。「首に気をつけろ」

目を開けると見慣れた顔がわたしを見おろしていた。「心配ない」ジムおじさんが言った。

「じっとしていなさい。すぐに救急車が来る。だいじょうぶだ。頭に大きな瘤ができているが、だいじょうぶ、必ず治る」

「ママ」自分の声のようには聞こえなかった。

「アリィ」母が言った。「ここにいるわ、いい子ね」母の冷たく乾いた手を顔に感じた。その指が頭の傷を探りあてた。「ああ、アリィ」母がささやいた。「いったい何があったの？」

「だいじょうぶよ、ママ」わたしはつぶやいた。必死で痛みの靄を突き抜けなければ、母と話すこともできなかった。「だいじょうぶ。帰ってきたわ」

母が身をかがめて額にキスをしてくれた。「ええ、わかってる。わかってるわ」

その後

アリソン

「レッドソックスのファンにとって、これ以上悪いニュースはありませんね、チャック。

　ここからは、ビジネス関係のニュースをお伝えします。人気の抗うつ薬、ソムヌブレイズの安全性について調査を開始することを連邦医薬品局が発表して以来、〈プレキシレーン・インダストリーズ〉の株価が急落しています。〈プレキシレーン〉の上層部がFDA幹部に賄賂を贈り、ソムヌブレイズの副作用を隠すためにデータを改竄していたという証拠が、最近になって見つかった模様です。副作用のなかには、一時的な精神疾患も含まれているとみられています。

〈プレキシレーン・インダストリーズ〉の元CEO、ベン・ガードナーは、コロラド州の山脈で起きた墜落事故で死亡したとされていましたが、実際には事故機に乗っていなかったことが判明。スキャンダルから身を護るための工作だった可能性が疑われています。のちにベン・ガードナーは、元フィアンセで、同じく墜落事故で死亡したと思われていたメイン州出身のアリソン・カーペンターとの口論の最中に殺害されています。

　近日中に、ベン・ガードナーの父親であるデイヴィッド・ガードナーの裁判が開かれる予定です。新しいニュースが入りしだい、お伝え致します」

もうひとりのニュースキャスターが、しっかりとセットされた頭を振って言った。「この件に関しては、続々とニュースが入りそうですね、スーザン」

わたしはリモコンを使ってテレビを消した。ベンのことは、もう聞きたくなかった。〈プレキシレーン〉の一件が裁判になれば、またいやというほど聞かされることになるだろう。あの出来事から二週間が経っていた。出来事と呼ぶには、あまりに凄まじい事件だったにもかかわらず、今わたしはあの日のことを出来事と呼んでいる。最初の一週間は頭に包帯を巻いて病院で過ごした。頭に綿が詰まっているような気分だった。ベンに殴られたせいで頬骨にひびが入っていたし、頭のてっぺんに擦過射創と言われるひどい擦り傷ができていた。ベンの拳銃から放たれた銃弾が、頭をかすったのだ。ほんの数ミリ狙いがはずれたということだ。医者がかぶりを振りながら言った。「あなたは運がいい」わたしはうなずいて同意した。そのとおり。わたしは運がよかった。

記憶が、次々とよみがえってきた。ねじ曲がった金属の残骸。顔を失ったサムの頭蓋骨。わたしの上にそびえていた山々。果てしなくひろがる空。ホテルの部屋で、わたしの首を絞めた男の酸っぱい息の臭い。ライフルの銃尾板の下で骨が砕けた音。わたしに拳銃を向けた時の、ベンの表情のない冷たい目。肺に吸いこんだ硝煙の匂い。指についたべとつく血。そして、恐怖。恐怖。恐怖。そのあと、冷たい手が額にあてられ、見あげると不安に目をくもらせた母の顔がそこにあった。母は、ずっとわたしのそばを離れずにいてくれた。

森で倒れた時にできた後頭部の傷は、皮膚に血だらけの歯が一列に埋めこまれたようになって残っていて、腿のひどい癒え方をした傷は、上のほうの皮膚が剝がれたようになってテカテカと光り、皺が寄っている。わたしは、その両方の傷に指を走らせて、硬くなったギザギザの表面にふれるのが好きになっていた。これは証拠なのだ。

あの撃たれた警官は——あとでシャノンという名前だと知ったのだが——命を取り留めた。医者は奇跡だと言っていた。あそこまで失血したらふつうは死んでしまうものらしい。でも、母は驚かなかった。「シャノンは戦士（ファイター）だもの」母は言った。「あなたと同じよ」

今、わたしはアウルズ・クリークにいて、かつての自分の部屋で暮らしている。なんだかドールハウスに住んでいるようで、何もかもが小さく感じられるが、ここにいられて少なくとも今は幸せだ。ここには平和がある。毎朝、階段をおりると、ラジオが流れていて、淹れたてのコーヒーの香りがただようなか、母が鼻歌をうたっている。

それでわたしは帰ってきたことを実感する。これこそがわが家だ。どんなに遠くに行こうと、故郷はそれぞれの人の心に深く刻まれ、そこにある。それが故郷なのだ。

マギィ

二階の廊下を横切って、バスルームへと向かうアリィの足音が聞こえる。わたしは手をとめて、その音に耳をすました。この家のなかで、他の誰かがたてる音を聞くのは久しぶりだったし、もう聞くことはないと思っていた。

まだ悪夢にうなされるし、目の裏にあの幻影が映しだされる夜もある。恐怖。痛み。血。炎。骨。アリィ。わたしの前に倒れていたあの子の頬は腫れて痣になり、頭のてっぺんから血が流れていた。あの姿は今も目に焼きついている。今のアリィの顔は、わたしが知っていた顔とはずいぶんちがっている。

そして、アリィ自身も変わった。今のあの子は、ここで暮らしていた頃の――階段を駆けおりてきては、チャールズとわたしに読んだばかりの本の話や、新たに受けることにしたコースの話を聞かせてくれた――育ち盛りの女の子ではない。わたしたちがサンディエゴに訪ねた――淡いブルーのワンピースを着て、散らかったアパートに住んでいた――若い女性でもないし、青白い顔をして目を落ちくぼませながら、がんに蝕(むしば)まれていく父親を見つめていた娘でもない。あの写真に写っていた、艶やかなブロンドの女性のことは知らないが、今のアリィが彼女とは別人だということはわかる。

今のアリィは、別の誰かだ。時にわたしは、その静かな強さを目のあたりにして息を呑む。アリィはわたしの命を救ってくれた。そして、わたしがあの子の命を救った。アリィは、これまでの自分を全部まとめて、炎のなかで鍛え、鉄のように強くなったのだ。

それでもわたしにとっては、いつも、そしてこれからも、アリィはアリィだ。チャールズとわたしが病院から連れて帰った赤ん坊のままだ。アリィはわたしたちの娘で、その心のなかには、わたしたちふたりの愛情がいっぱいに詰まっている。

謝辞

この物語を本にするために、多くの方々が熱心に働いてくださいました。なかでも夫であるサイモン・ロバートソンと、親友のケイティ・カニンガムと、友人でもあるエージェントのフェリシティ・ブラントには、特に感謝しています。サイモンは、わたしが自分の意志を曲げずに頑張れるよう励ましてくれました。ケイティは、常に書くことを楽しまなくちゃという気持ちを思い出させてくれました。そしてフェリシティは繰り返し草稿を読んで、わたしの背中を押してくれました。三人とも、ありがとう。お酒をたくさん奢らなくちゃね。ふたりのすばらしい編集者に恵まれたことも、ほんとうにラッキーでした。ハーパーコリンズのサラ・ネルソンと、ハーヴィル・セッカーのジェイド・チャンドラー、それにふたりが率いる優秀なチームのみなさんに心より感謝しています。ハーパーコリンズのネルソン・チームで働いてくださったメアリー・ゴール、ヘザー・ドラッカー、サリーアン・マッカーティン、そしてハーヴィル・セッカーのチャンドラー・チームで働いてくださったソフィ・ペインター、アナ・レッドマン、ありがとう。誰よりも優秀なICMのアレクサンドラ・マシニストとフェリシティがいなかったら、わたしは正気をたもっていられなかったでしょう。わたしを進むべき方向に導いてくださったのは、このふたりです。カーティス・ブラウンのルーシィ・モリス、クレア・ノジェール、エンリチェッタ・フレッツァート、カラム・モリソン、ソフィア・マカスキルにも、感謝の意を述べたいと思います。初期の段階の草稿を、わたしに無理やり読まされた方々もいます。チャド・ピメンテル、アリス・ディル、そしてアリス・ラチェンス、有益なやさしいアドバイスに感謝しています。ひどい物語だと言わないでくれて、ありがとう。最後に、いつもすてきでいてくれるわたしの家族――ピメンテルとロバートソンの両家のみんなに、感謝の気持ちを伝えられればと思います。

解説　鮮烈なヒロインが躍動する、破格のデビュー作

三橋　曉

和製英語なのだそうだが、シンデレラ・ガールという言葉がある。それまでは無名でも、何かの拍子にその才能が注目を集め、忽ち人気者になっていく女性のことを、グリム兄弟やシャルル・ペローの童話の主人公に擬えて、そう呼ぶようだ。さらにそんなヒロインが成功の階段を上っていく物語を、シンデレラ・ストーリーと言ったりもする。

近年のミステリ界のシンデレラ・ガールといえば、『ガール・オン・ザ・トレイン』が一躍ベストセラーとなり、エミリー・ブラント主演の映画も話題になったポーラ・ホーキンズがいるが、デビュー作の『メソッド15／33』が絶賛されたシャノン・カークや、『落ちた花嫁』のニナ・サドウスキーらも、そう呼ばれる資格があるだろう。そして、ここにご紹介するジェシカ・バリーもまた、幸運をその実力で射止めた一人と言っていい。

彼女たちシンデレラ・ガールの成功に共通項があるとすれば、その一つは、鮮烈なヒロインを世に送り出したことに違いない。ジェシカ・バリーのデビュー作にも、逆境に屈せず、並外れた行動力を発揮する二人の女性が登場する。

かたやアリソン（アリィ）・カーペンターは、雑誌広告の仕事からいかがわしい水商売に

身を持ち崩すも、富豪の目にとまり婚約し、セレブの仲間入りを果たした三十一歳の知性に恵まれた美女である。一方マーガレット（マギィ）・カーペンターは、図書館のリサーチ・デスクで二十年間働いた実直な女性で、二年前に愛する夫に先立たれ、一人で老境を迎えようとしている。そんな二人の間には、切っても切れない縁、すなわち娘とその母親という血の絆がある。

何はともあれ、ジェシカ・バリーが脚光を浴びることとなった破格のデビュー作『墜落フリーフォール』のイントロをまず紹介してみよう。

シカゴを飛び立った小型の自家用機が、コロラド州のロッキー山中に墜落した。奇跡的に助かったアリソン・カーペンターは、先ほどまで操縦桿を握っていた男の死体を横目で見ながら、僅かな食糧と役に立ちそうなものをバッグにつめる。そして、いつ爆発してもおかしくない機体に背を向け、傷を負った足を引きずり歩き始めた。危険が迫っていると囁く内なる声に追い立てられながら。

その翌朝メイン州では、アリソンの母マーガレット・カーペンターが、昔からの友人でもある警察署長ジムの訪問を受ける。アリィを乗せた飛行機が墜落し、操縦していたフィアンセのベン・ガードナーともども、生存は絶望的だという。娘の婚約も知らなかった母は、二重のショックを受ける。実は二年前、夫チャールズの死と同時に家を出たまま、娘は音信不通になっていたのだ。

本作について作家のカリン・スローターは、「ジェシカ・バリーのデビュー作は、いきなりフルスロットルで幕が開き、畳みかけてくる――読み始めたら、やめられなくなるだろう」とコメントしているが、墜落の事故現場から始まる冒頭を指してのものだろう。飛行機の残骸を前に呆然とするヒロインと同様、読者もまた別の意味で目隠しをされた状態に置かれる。予測のつかない急展開に読者を巻き込む、効果絶大のファーストシーンだ。

物語の前半は、マギィとアリィ母娘の空白の過去をめぐって展開する。絶縁状態だった二年間のアリィの痕跡を求めて、母親のマギィはかつて勤めていた図書館へと向かう。いわくありげに声を掛けてくる男に煩わされながらも、政府のデータベースにアクセスするが、やがて埒があかないとばかりにアリィの新居があるサンディエゴ行きの飛行機に乗る。僅かな手がかりを追うマギィの素人探偵さながらの調査は、謎めいた婚約者とその両親へと向かい始める。

一方、アリィの一人称で語られるのは、ロッキー山中の大自然を行く自身の苦難の行程だ。町をめざし、ひたすら東へと歩き続けるが、ほとんど着の身着のままで墜落現場を離れざるをえなかった彼女は、汲んだ川の水にヨードチンキを滴らして飲用し、枯れ枝を集めて火を焚くサバイバルを強いられる。

このように、物語は娘と母が交互に語り手となり、それぞれの一人称で進められていくが、回想を織り交ぜることで過去をも詳らかにしていく。そこから浮かび上がるのは、母と娘の空白の二年間ばかりでなく、アリィが誕生してから現在に至るカーペンター家をめぐる家族の歴史なのである。

関係者を訪ね歩くマギィのパートに垣間見えるミステリの捜査小説的な面白さも、満身創痍のアリィが父親譲りのアウトドア術に生き残りを賭ける冒険小説のスリルも、本作を構成する重要な要素ではある。しかし、注目したいのは、その二人の女性を強く結びつける、夫であり、父親であるチャールズ・カーペンターという人物だ。

チャールズはがんを患い、すでに二年前に世を去っている。その死は、母娘を引き裂く原因にもなってしまったが、故人であるにも拘らず、チャールズは一家を結びつける存在として二人の心の中に生き続けている。読み進めるうちに読者は、『墜落　フリーフォール』が失われた関係を取り戻そうとする家族の物語でもあることに気づく筈だ。

ところで、先にこのデビュー作を〝破格の〟と紹介したが、その形容は決して大袈裟なものではない。本作の原著 *Freefall*（別題 *Look for me*）は、二〇一九年一月、アメリカの大手出版社ハーパーコリンズから刊行されたが、その出版権料をめぐっては七桁の大台（つまり円に換算すると億単位）に乗ったと噂される。出版前から翻訳権のオファーが殺到したそうで、すでに十七を超える国で出版されており、ハリウッドでの映画化も着々と準備が進められているようだ。

作者の名を初めて目にする方が多いと思うので、ネット等で知り得た情報をいくつか紹介しておこう。ジェシカ・バリー（*Jessica Barry*）は、マサチューセッツ州の小さな町で育った。子供時代は、もっぱら図書館で本を読んだり、公共放送サービスで一九七〇年代のイギリスのコメディを見たりして過ごしたという。ボストン大学で英文学と美術史を学んだ後、二〇〇四年にイギリスに渡り、ＵＣＬ（ユニバーシティ・カレッジ・ロンドン）で現代文学の修士号を取得した。

その後ロンドンで出版業に携わる傍ら、本名でロマンス小説をいくつか発表し始めるが、違うタイプの小説にも挑戦したいと思っていた矢先、本作のアイデアが降りて来たという。執筆には丸二年が費やされた。

ジェシカ・バリーとしての小説執筆は、自分の第二の職業だそうだ。もう一つの仕事は、世界中の出版社に素晴らしい作品の翻訳権を売ることだという。両者のバランスをとるのは容易ではないとのことだが、本作の成功が励みとなっていることは、間違いないだろう。

現在は夫のサイモン、二匹の猫とともに暮らしている。休日は公園を走ったり、パブで本を読んで過ごすことが多いそうで、贔屓（ひいき）の作家として、第一に同郷のデニス・ルヘインの名を挙げる。また、ギリアン・フリンの『ＫＩＺＵ―傷―』も大好きな一冊だと語っている。

読書ウェブサイト〈GOODREADS〉のインタビューに答えて、作者は数年前にワシントンで実際に起きた事件が執筆のヒントになったと語っている。ある飛行機事故で奇跡的に助かった十代の少女が、二昼夜かけて荒野を歩き、たどり着いた道路で通りかかった車に救出されたという。この実話に心を動かされた作者は、同様のエピソードを収集し、本作のアイデアを練りあげていったようだ。

またネタバレの恐れもあるので簡単に触れるに留めるが、本作は製薬産業をめぐる問題点にも鋭く切り込んでみせる。世界には治療薬のない病気がまだ多数あり、一方で新薬開発の費用は高騰し、治験などによる、より高い安全性の確保も求められている。そんな中、本作でも描かれるような事態がいつ起こらないとも限らないだろう。現実と隣り合わせの危機を描く作者の筆はきわめて鋭敏だ。

最後に、次回作の話を少しだけ。二〇二〇年六月に海の向こうで刊行が予告されている*Don't Turn Around*（ふり向かないで）は、深夜、車でテキサスからニューメキシコへと向かう二人の訳ありの女性たちと一人の殺人者の物語とのこと。詳細は不明だが、さて次はどんな手で読者を楽しませてくれるのだろうか。

ジェシカ・バリーのシンデレラ・ストーリーは、まだ始まったばかりだ。

（みつはし・あきら　ミステリ書評家）

集英社文庫

墜落（ついらく）　フリーフォール

2020年1月25日　第1刷

定価はカバーに表示してあります。

著　者　ジェシカ・バリー

訳　者　法村里絵（のりむらりえ）

編　集　株式会社 集英社クリエイティブ
東京都千代田区神田神保町2-23-1　〒101-0051
電話　03-3239-3811

発行者　徳永　真

発行所　株式会社 集英社
東京都千代田区一ツ橋2-5-10　〒101-8050
電話　【編集部】03-3230-6095
【読者係】03-3230-6080
【販売部】03-3230-6393（書店専用）

印　刷　中央精版印刷株式会社　株式会社美松堂

製　本　中央精版印刷株式会社

フォーマットデザイン　アリヤマデザインストア　　マークデザイン　居山浩二

ISBN978-4-08-760763-5 C0197